Koenigs Kinder

Kathrin Schmidt

KOENIGS KINDER

Roman

Kiepenheuer & Witsch

Die Arbeit an diesem Roman wurde gefördert
vom Deutschen Literaturfonds Darmstadt.

1. Auflage 2002

Umschlaggestaltung: Silke Niehaus, Düsseldorf
Gesetzt aus der Caslon und der Daily News
Satz: Greiner & Reichel, Köln
Druck und Bindearbeiten: Pustet GmbH, Regensburg
ISBN 3-462-03129-5

MARL WOLLTE TANKEN UND SAH DAS KIND neben der Einfahrt zur Tankstelle stehen, hätte es beinahe für eine Statue nehmen wollen im Eifer achtlosen Vorbeifahrens, lief aber, als er das Auto an der Zapfsäule zum Stillstand gebracht hatte, überrascht zurück. Das Kind stand mit nassen Strümpfen in der Sommerhitze und weinte. (Auch als Marl das Kind später in den Rettungswagen trug, in der Klinik besuchte, weinte es. Kopfstarrig, wie Marl meinte, und vollkommen lautlos.) Die nassen Strümpfe waren nicht gerade ein Kapitel für sich, aber doch seltsam an solch einem heißen Julitag ohne Anflug von Regen, denn das Kind war ansonsten vollkommen trocken. Trug altertümliche Lederhosen und ein Streifenhemd, dem man bei aller Pflege den Wechsel der Vergangenheiten ansah. Marls Körper wurde augenblicks von waghalsigem Mitleid umspült. Sehr lange hatte er auf ein Kind warten müssen. Er spürte die Not des Kindes, die auch ihn sofort umschloß, als er es aus der Sonne nahm und in die Kühle des Verkaufsraumes trug. Auf den Fliesen liegend, lieferte sich das Kind noch einmal aus: Seine Kehle war offenbar durchschnitten und mit hoher Kunstfertigkeit wieder in eins genäht worden. Als den beteiligt oder unbeteiligt dreinschauenden Kunden, allen voran Marl, der an tanken längst nicht mehr dachte, dies klar wurde, schien es, als zöge die klimatisierte gläserne Halle sich zurück in den stumpfen Entwurf.

Das Kind hatte ihn engagiert. Als dessen Anwalt vollzog er nun, was er für seine Pflicht hielt.

Walja Zeiger hatte vom Verschwinden des Kindes, das in der von ihr bevorzugten Zeitung *die kleine Janina* genannt wurde, beim Wäscheaufhängen erfahren. Immer nach dem Deutschkurs für Aussiedler, den sie an der Volkshochschule besuchte, hängte sie noch ein bißchen Wäsche auf die Leine und versuchte, ihren Wortschatz durch lautes Aufsagen der Textilpflegeanleitungen und Materialzusammensetzungen zu erweitern. Und sie ließ nebenbei das Radio laufen. Sie hatte sich das Datum des Verschwindens nicht einprägen müssen, denn es war der Tag gewesen, an dem sie ihren Mann Edward von einer Besuchsreise in die frühere Heimat zurückerwartete. Vergeblich übrigens. Er war dann eine halbe Woche später als vereinbart eingetroffen, ohne ihr zuvor eine diesbezügliche Nachricht übermittelt zu haben. In jenen Tagen des Wartens hatte Walja sehr oft an *die kleine Janina* denken müssen. Nicht, daß sie das Verschwinden kleinerer Kinder für ein sehr ungewöhnliches Ereignis gehalten hätte, Edwards Ausbleiben war ihr in dieser Hinsicht viel ungewöhnlicher erschienen. Aber Edward hatte eine laufende und sprechende Puppe mit nach Kasachstan genommen für die neugeborene Tochter seines Bruders, und Walja selbst hatte für das Puppenkind noch Pullover gehäkelt und Hosen gestrickt und immerhin zu bedenken gegeben, daß ein neugeborenes Mädchen wohl kaum eine siebzig Zentimeter große Puppe würde an- und ausziehen wollen, und sie ertappte sich während der Abwesenheit ihres Mannes bei dem Gedanken, wieviel nützlicher es doch gewesen wäre, hätte das verschwundene Kind jetzt eine siebzig Zentimeter große Puppe, die es nach Belieben an- oder ausziehen könnte.

Irgendwann meinte Lioba Zeplin, sich eine Putzhilfe leisten zu wollen und tat das im Kollegenkreis kund. Wahrscheinlich hatte sie gehofft, einer der sich selbst verwaltenden, unverheirateten Herren würde ihr sogleich eine Telefonnummer aushändigen können. Statt dessen meldete sich am Abend des letzten Schultages vor den Ferien ein älterer Herr namens Koenig in aufgeheiterter Stimmung und raunte durch die Muschel, seine Tochter könne für sie fegen und wischen, bohnern und fensterputzen. Seine Nachbarin, seit langem Lehrerin an Liobas Schule, habe ihm erzählt, daß sie jemanden suche. Die Frage nach einer Entlohnung fegte er mit der Bemerkung aus der Leitung, seine Tochter sei es von klein auf gewohnt, immer mal jemandem eine Freude zu machen, und dafür nähme sie nun wirklich nur den üblichen Satz, zehn Mark die Stunde. Sie habe schon mehrere Jobs und manche Empfehlung, und überhaupt sei es ihm wichtig, sie ausreichend beschäftigt zu wissen. Wenn die *gnädige Frau* die Güte hätte…? Ein höflicher Mann.

Frau Koenigs erste Feudelstunde bei Lioba Zeplin fiel auf jenen Tag, da vom Verschwinden des Kindes in beinahe jeder Zeitung zum ersten Mal zu lesen gewesen war.

So fing etwas an.

◆ ◆ ◆

Marl war zweiundvierzig Jahre alt geworden neben Frieling. Marl trug die Haut sehr straff. Aber nicht deshalb liebte ihn Frieling. Er war Marls Mandant gewesen während der Zeit seiner Scheidung, Marl hatte Frieling gut vertreten und ihn niemals zu erfolgversprechendem Haß auf die Beklagte aufgefordert. Das mußte gereicht haben, daß ihn eines Tages *die Liebe, die Hur* überfiel, die sich ihm verweigert hatte bislang, und es war die Liebe zu Marl gewesen, seinem Anwalt. Der hatte ihn glimpflich davonkommen lassen aus der beklagten Enttäuschung. So sehr Frieling sich bemüht hatte, seine Frau zu wollen, so sehr war ihm das mißlungen. Bis dann *die Liebe, die Hur* ihn auf Mann brachte. Auf Marl, dessen Haut, dessen Haar. Wie sie aßen, sich durchfütterten, gegenseitig, untergehakt, wie sie küßten – ganz Marl war Frielings Liebe geworden, ganz ausgeschlossen ein Fremdblick. Und Marl genoß. Noch im Obstholen und Milchkaufen floß es ihm über aus der Herzgegend, wenn er sich die Flasche an Frielings Mund vorstellte, die Apfelspalte auf Frielings Zunge. Den Gaumen, wie er das Fruchtfleisch zerdrückte. Nichts Besonderes fand Marl an Frieling, nur seine Liebe. Das war genug. Marl wollte ein Kind mit Frieling. Das war vielleicht zu viel, aber es gelang ihm zumindest, Frieling deutlich zu machen, wie er sich selbst vermißte als Kind, wie er sich nicht erinnern konnte daran, ein Kind und klein und ungeschützt gewesen zu sein, wie er überhaupt nicht ahnte, was das sein könnte: ein Kind. Stundenlang hörte er Frieling zu, wenn der unter *der Liebe, der Hur*, in ihrem Schweiß, davon flüsterte. Auf Marls Verlangen sich herzeigte als Kind, in den Alben herumging mit zitterndem Finger, seine ledernen Hosen vorstellte, deren Geruch. Und immer sprach er zu Marl von Mutter- und Vaterhaben, und Marl verstand nicht und hatte alle Papiere in seinem Schrank, die Urkunde seiner Geburt mit den Namen der Eltern, seinen Pionierausweis und das Abgangszeugnis der achten Klasse, das glänzende Abitur … Marl kannte sich nicht. Manchmal besuchten ihn Vatermann und Mutterfrau, die sich Marl nannten wie er, Reinhard und Viola. Inzwischen kannte er deren Liebe zu schwarzem Kaffee, ihre Plundersucht, den ältlichen Paargeruch. Aber sich selbst kannte Marl erst, seit er seinen ersten Arbeitstag angetreten hatte im Notariat HÜBLER & KOLLWEG, lange bevor er mit eigener Kanzlei und als Anwalt sich niederließ. Er mußte studiert haben, tatsächlich, denn er beherrschte perfekt, was man bei HÜBLER & KOLLWEG von ihm erwartete. Kannte die Gepflogenheiten des Alltags, die Preise von Fleisch und Milch, gute Lokale, kannte Verena, Simone, Marona. Wußte, wie er zu vögeln hatte, daß sie zur rechten Zeit kamen. Liebte sie nicht, fand sie aber passend zu seiner körperlichen Verfassung, fand überhaupt die meisten Situationen passabel, nur *was ein Kind ist*, wußte er nicht. Konnte sich nicht erinnern und erfand einen inneren Kanzler für seinen Kopf, den er wählen konnte, wenn ihm nichts mehr einfallen wollte, für den er Zettel falten und in seinen Mund schieben konnte wie in die Urne in der Fritz-Reuter-Grundschule am Wahltag, und wenn er Papier kaute, glaubte er sich manchmal am Beginn eines Erinnerns. Weiter allerdings kam Marl auch damit niemals.

Frieling ahnte nur, was seinen Mann umtrieb, zu unfaßlich erschien ihm der Kinderwunsch. Am Beginn ihres Zusammenlebens hatte er Marls Blicke auf Kinder gefürchtet, die Kinder selbst gefürchtet als mögliche Konkurrenten, was sich mit den Jahren glücklicherweise verlor. Sie waren gemeinsam beim zuständigen Jugendamt vorstellig geworden mit einem Antrag auf Adoption, hatten ihre Einkommensverhältnisse offengelegt und keinerlei Ansprüche geltend gemacht, was Geschlecht, Herkunft, Intelligenz des Kindes betraf. Eine Zeitlang war Frieling Marl, wenn auch nicht ganz bei der Sache, zum Bahnhof Lichtenberg gefolgt, wo sich Romafamilien aus Südosteuropa ein Stelldichein gaben und oft auch Kinder, von denen man zumindest vermuten durfte, daß sie sich in einem Zustand relativer Elternlosigkeit befinden könnten, den Reisenden um die Füße strichen. Sehr schnell hatten sie es wieder aufgegeben, solche Kinder zu sich nach Hause zu nehmen, sie zu waschen, ihnen zu essen zu geben und einige Kleidungsstücke. Nachbarn hatten sie eilfertig angezeigt, von *Kinderhandel* und *Beihilfe zur Prostitution* war die Rede gewesen. (Frieling erinnerte sich hin und wieder, daß Marls Halsschlagader fingerdick angeschwollen war angesichts solchen Vorwurfs. Vor allem aber erinnerte er sich daran, wie ihn diese Gefäßschwellung sexuell erregt und welche Mühe er gehabt hatte, dem Freund in dieser Situation klaren Kopfes beizustehen.) In der ersten Zeit nach dem Zusammenbruch der DDR schienen die neuen Jugend-Beamten, die auch einmal die alten Funktionsträger gewesen waren, Marl und Frieling wohlgesonnen, schienen sie deren Antrag auf Adoption eines Kindes tatsächlich prüfen zu wollen. Marl schrieb das eher ihrer Unsicherheit im Umgang mit der frisch erworbenen Gesetzlichkeit zu als dem Bestreben, einem Kind zu einem Elternpaar zu verhelfen, und als er recht behielt, brauchte er sich darüber zumindest nicht mehr zu wundern. Seinen Wunsch gab er dann nicht etwa auf, nein, aber ihn zu erfüllen, würde mehr als ihrer beider Kraft kosten. Marl leckte Frielings schnurgerade, bebende Wirbelsäule, während er ihm seinen Entschluß mitteilte, fürderhin nur noch abwarten zu wollen.

Frieling führte den Haushalt und kannte *die Liebe, die Hur* inzwischen hinreichend genau. Marls nackte Beine, die kräftigen, aus der Wölbung des Hinterns in ihre eigene Rundung fliehenden Schenkel, die Kniegelenke, die Keulen der Waden, von Frieling sporadisch zu anmutiger Gymnastik benutzt, mußten Marl einfach menschlicher Begehrlichkeit aussetzen. Frieling war eifersüchtig. Dennoch mochte er den Freund nicht kontrollieren, blieb hinter der Zeitung sitzen, wenn Marl ihm allmorgendlich zum Abschied Vorfreude in den Mund küßte. An jenem Tag, da Marl das Kind an der Einfahrt zur Tankstelle entdecken sollte, konnte er es aber nicht lassen, ihn beim Frühstück an das Versprechen zu erinnern, mit langen Hosen aus dem Haus zu gehen. Später fiel ihm ein, daß er Marl auch nicht nachgeschaut hatte, als er die Treppe hinuntersprang, um in die Kanzlei zu fahren.

Marls Sekretärin war alt genug, sich keine Hoffnungen zu machen. Wenn er morgens eintraf, hatte sie die ersten anfallenden Arbeiten bereits erledigt und saß in einem tiefen Sessel am Fenster, von wo aus sie den Passanten unten auf der Straße nachträumen konnte, während sie rauchte. Marl mochte die Art durchaus, mit der Marona Birnenbaum die Beine übereinanderschlagen konnte. Possierliche Beine. Früher einmal war sie nicht nur seine Sekretärin, sondern auch eines seiner drei wechselnden Zimmer gewesen. Das hatte er nicht vergessen und versuchte gelegentlich, sich vorzustellen, wie er in sie hineingegangen war. Dabei mußte er regelmäßig bemerken, daß er Maronas Eigenheiten als Zimmer offenbar nicht bemerkt hatte – sie flossen in seiner Erinnerung mit dem, was ihm Verena und Simone gezeigt hatten, in eins. Maronas Eigenheiten als Sekretärin hingegen kannte er sehr genau, schätzte sie. Darüber ein Wort zu verlieren, fiel ihm nicht ein, was Marona inzwischen nicht mehr bedauern mußte. Die Sicherheit ihres Jobs bei großzügiger Bezahlung genügte ihr, eine beflissene Angestellte abzugeben. Sie saß also am Fenster wie immer, als Marl an jenem Morgen hereinkam. Die Putzfrau war gerade dabei, Kittel und Latschen im Spind der Teeküche einzuschließen, der Kessel summte, und noch ehe Marona ein spöttisches Wort über Marls nackte Beine hätte verlieren wollen, verschwand Marl, um Kaffee aufzugießen. Als sie dann beieinandersaßen am Fenster, sah auch er den Passanten da unten hinterher, deren Geschäftigkeit ihn nicht daran hindern konnte, an einen ruhigen Tag zu glauben. Sie schwiegen, rauchten. Frau Birnenbaum referierte später die letzten Telefonate des gestrigen Abends, Marl schickte sich in die übliche Arbeit, empfing zwei Mandanten, diktierte, ging zum Mittag außer Haus, aß irgendwas. Merkte zum Ende der Pause, während er schon in die Kokoschkastraße einbog und die Scheibe seines Wagens herunterkurbelte, um eine Kippe hinauszuwerfen, daß sein Tank leer war. Drückte also zurück, um wieder aus der Kokoschkastraße aus- und in die Stendaler einzuscheren, der Tankstelle zu, und geriet so, meinte er später, mitten hinein. Als man das Kind längst in den Rettungswagen getragen hatte, referierte er den eintreffenden Beamten detailliert, wie er es zwischen kümmerlich ausgeilendem Gesträuch zunächst gar nicht gesehen, die Gestalt eher für eine Reklamefigur aus Kunststoff gehalten, wie er dann aber von der Zapfsäule aus das Weinen vernommen habe, gehört, obwohl das Kind ja eigentlich lautlos greine, nicht einmal ein Schniefen oder

Schnorcheln von sich gebe. Daß es den Kopf so starr zwischen den Schultern fixiere, sei angesichts der massiven Verletzung kein Wunder. Daß er lange auf ein Kind hatte warten müssen, sagte er den Beamten aber nicht. Statt dessen gab er vor, es flüchtig zu kennen. Tatsächlich war es nicht viel mehr als der undeutliche Nachhall einer Erinnerung, der ihn mit dem kleinen Gesicht verband, so daß seine Aussage, das Kind habe vor drei Wochen in der Schlange vor der Kasse eines Supermarktes in einem südlichen Berliner Vorort unmittelbar vor ihm gestanden, um eine Packung Weichkaramellen zu bezahlen, behördliches Stirnrunzeln hervorrufen mußte. Marl war aufgeregt genug, sich daraus nicht viel zu machen. Während er redete, spürte er den Talar, den das neue Anwaltamt ihm verliehen zu haben schien, kühl über die Beine streichen. Frieling hatte ihn am Morgen an sein Versprechen erinnert, in Zukunft nicht mehr nacktbeinig aus dem Haus zu gehen. Frieling mußte womöglich geahnt haben, daß ihm der frühe Nachmittag einen halbwegs öffentlichen Auftritt bescheren würde.

◆ ◆ ◆

Vom Wiederauffinden des Kindes erfuhr Walja Zeiger am selben Tage, da Marl dessen Anwalt wurde. Daß sie sich hier in Deutschland ein Auto leisten konnten, schien für ihren Mann eines der bedeutendsten Ergebnisse ihrer Umsiedlung zu sein. Da er bislang keine Arbeitsstelle hatte finden können, befaßte er sich mit dem Gefährt alltäglich ungefähr so lange, wie es einer durchschnittlichen Berufstätigkeit in seinem einstigen Heimatland entsprach, unterbrach aber das Putzen und Schrauben und Lackausbessern durch lange Pausen, in denen ihm Walja Piroshki servierte, bei schönem Wetter auf dem Parkplatz vor dem Wohnblock, bei nicht ganz so schönem Wetter in der Küche, in der Nähe Sinaida Bergnerowas und des Zeitungsstapels, den sie immer in ihrer Nähe hielt und auf eine Gelegenheit lauerte, die Fensterscheiben zu einem Drittel zuzukleben. War Waljas Großmutter aber unterwegs zu einem der erforderlichen Behördengänge oder zum Seniorentreff des Aussiedlerzentrums, so kam es schon vor, daß Edward die Pausen dafür verwandte, seiner Frau so nahe wie möglich zu kommen. Noch hatten sie keine Kinder miteinander und wunderten sich manchmal darüber. Walja freute sich, daß ihr Mann jene siebzig Zentimeter große Puppe wieder mitgebracht hatte aus Kasachstan, denn während er seiner Beschäftigung nachging, konnte sie nun reden mit dem Mädchen, das sie *Janina* nannte nach dem Grund ihrer anhaltenden Unruhe. *Janina* saß im Zentrum des Ehebettes, zwischen den schweigenden Paradekissen. *Janina* wechselte täglich die Wäsche, wurde sauber gehalten, trug praktische Strumpfhosen und kurze, bestickte Röckchen darüber, was auch Edward recht hübsch fand. Obwohl er gelegentlich nachfragte, ob diese rote Bluse, jenes Knäuel Wolle für ein neues Jüpchen denn wirklich notwendig gewesen wären.

Walentina Zeiger nahm auch an jenem Tag die Zeitung zwischen den Glasscheiben ihres Küchenfensters und den feinweißen Halbstores mit einem Gesichtsausdruck fort, der ihre Großmutter ängstlich die Hände vom Schoß über den Kopf reißen ließ zur Vorsicht, aber ein Schlag blieb aus. Walentina, genannt Walja, hatte auf das Häkeln dieser Stores viel Mühe verwandt, und sie wollte oder konnte einfach nicht glauben, daß die Alte immer wieder frisches Zeitungspapier benutzen würde, den draußen vorbeilaufenden Deutschen dieses Kunstwerk vorzuenthalten. Als reiche es noch nicht aus, daß sie nach wie vor behördliche Unterlagen mit »Sinaida S. Bergnerowa« unterschrieb, wenn man sie allein auf den Amtsweg schickte. Als reiche es immer noch nicht aus, daß sie sich allenthalben nach Art der Orthodoxen bekreuzigte. Als hätten sie ihr nicht tausendmal erklärt, daß sie sich nun *im Land der Ahnen* aufhalten dürfen, wenigstens was sie selbst, Walja, und ihren Mann betraf, und die Großmutter nun einfach nur noch Ida Bergner zu heißen brauche. Zum Glück konnte sie wenigstens einigermaßen gut deutsch sprechen, was sie als das Mädchen Sinaida Semjonowna Partkowa einmal in Deutschland gelernt hatte. Walja Zeiger fragte sich immer noch, wann das wohl gewesen sein mochte. Die Worte Ida Bergners klangen ungleich breiter und schmutziger als das gackhüpfelnde Reden ihres Ehemannes, und was diese Worte bezeichneten, glaubte Walja zwar seit ihrer Kindheit zu kennen, fand das aber nach ihrer Ankunft in Deutschland nur selten bestätigt. Früher hatte die Großmutter, die damals noch Sina hieß oder Sinotschka gar, das Kind Walja zum Essen gerufen mit jenem Lauthalsschrei, der wie ESSFASS klang und eine Weile als »Iß was« galt in der Familie. Erst, als Walja die Großmutter davon hatte überzeugen wollen, daß dieser Ruf in diesem Falle eigentlich den Plural erforderte nach den Regeln der deutschen (und übrigens auch der russischen) Grammatik, hatte sich Sinaida Semjonowna ärgerlich ins Recht gesetzt mit einer langsamen Wiederholung, und da hörten die Kinder natürlich das »n« hinter ESS und FASS, klang es, ganz klar, vollkommen richtig: ESSNFASSN, egal, ob zum Beispiel nur Walja oder auch die Nachbarskinder gerufen werden sollten.

Walja Zeiger schien dennoch, als sie das wellige Papier von den Scheiben nahm, nicht wirklich Wut zu verspüren auf ihre Großmutter. Schließlich sorgte die dafür, daß ein bißchen mehr Geld für alle zur Verfügung stand, und davon ließ sich gut Häkelgarn kaufen für weitere feinweiße Stores, wie sie eines Tages an allen Fenstern der für die Zeigers ungewöhnlich geräumigen Wohnung den Deutschen einen Wink geben sollten.

Als Edward ihr zum Ende seiner Arbeit, die er wie gewöhnlich mit einem Dudelprogramm seines Autoradios unterlegt hatte, vom Wiederauftauchen der Kindes erzählte, bat sie ihn, mit ihr gemeinsam das kleine Stück Weg zur Tankstelle in der Stendaler Straße abzulaufen. Daß *die kleine Janina* ausgerechnet in unmittelbarer Nähe ihrer Wohnung gefunden worden war, beunruhigte sie stärker, als Edward Zeiger ahnen konnte. Walja hielt es für eines der Zeichen, die Edwards Mutter immer in Aussicht gestellt hatte für den Fall einer Sünde, und sie beeilte sich, ihr Herzschlagen unter dem schnellen Schritt ihrer Füße unhörbar zu machen. Kroch, wie Edward es liebte, mit ihrem zu seinem rechten Arm unter den Stoff der Jacke, während sie untergehakt das Haus verließen. So warm floß die Sommerluft um ihre Körper, daß sie ein paar Sekunden stehenblieben vor Staunen. Sie erkannten den Duft von Malven und Ranunkeln, er unterschied sich nicht von jenem, der sie auch in Konstantinowka ins Gras hinterm Haus getrieben hatte, unter die Bäume. Wenn sie dort lagen, sahen sie die Fruchtansätze der Pflaumen, Äpfel, Birnen über sich vor dem Grün der Kronen, und lagen sie lange genug, konnte es Abend werden und dunkel für sie allein.

Walentina hatte sich sehr lange für ein russisches Mädchen gehalten. Genaugenommen bis zu jenem Tag, als sie die Ehe mit dem deutschstämmigen Mechaniker Edward Zeiger schloß. Von da an meinte sie, eine russische Frau zu sein, die mit einem Deutschen verheiratet ist. Schon ihre Großmutter Sinaida Semjonowna Partkowa hatte einen Deutschen geheiratet, allerdings war sie zu jenem Zeitpunkt bereits Mutter einer kleinen Tochter gewesen, die ihren leiblichen Vater nicht kannte. Sinaida Semjonowna war mit dem Kind im Bauch aus Deutschland zurückgekehrt. Als Waljas Mutter im November 1950 zur Welt kam, hatte Sinaida Semjonowna, nach dem Deutschen, längst das Schweigen erlernt. Sogar während der schwierigen Geburt war kein Laut über ihre Lippen gekommen, die sich erst zu einem erstaunten *ach nee, ä Mädelschen* öffneten, als die Mutter einen Blick zwischen die Beine des Kindes geworfen hatte. Die Hebamme hatte den Ausspruch natürlich nicht verstehen können, sie war eine freundliche kleine Kasachin, die der Wöchnerin unter der Hand einen Beutel mit Wäsche für das Neugeborene schenkte. Zum Dank nannte Sinaida die Tochter nach ihr: Daghira. Glücklicherweise – und weil er von Semjon Partkow ein schönes Stück Geld dafür erhielt – erklärte sich der Kolchosbauer Woldemar Bergner aus Konstantinowka zum Vater des Kindes, ehe er die Wöchnerin heiratete und aus Pawlodar in sein Heimatdorf holte. So kam alles in jene Ordnung, in der später auch Daghiras Tochter Walentina aufwachsen sollte. *Die Liebe, die Hur* dachte zunächst nicht daran, der jungen Familie Bergner zur Hand zu gehen, aber nach einigen Jahren, als Bergners leibliche Söhne Wilhelm und Viktor eine große Zuneigung zu ihrer älteren Schwester Daghira faßten, ließ sie sich erweichen und drückte Sinaidas und Woldemars Herzspitzen kurz aneinander während einer heimlichen Betstunde. Die kleine Daghira war die einzige Zeugin des Ereignisses und sah, wie die Brustkörbe ihrer Mutter und ihres Stiefvaters sich einen Moment lang öffneten, um in einer leichten Wehe zwei Aromen abzusondern. Daghira verfolgte die Wölkchen vom Küchenschemel aus mit ihren grünblauen Augen. Sie vermischten sich in der Nähe des Fensters, und als das Mädchen hinzutrat, prägte es sich diesen neuen Geruch sorgfältig ein für den Fall, daß er doch wieder verlorenginge.

Als das Ehepaar Zeiger um die Ecke bog, hatte sich der Menschenauflauf um die abgesperrte Tankstelle aufgelöst. Nur vereinzelt liefen noch Kinder herbei, fuhren mit ihren Rädern dicht an die rot-weiße Markierung heran und diskutierten, was sie gehört oder gesehen hatten. Walja wagte es nicht, ihren Mann loszulassen und in den Verkaufsraum zu laufen, sie hätte den Polizisten am Eingang beiseitestoßen und einen sehr schnellen, kräftigen Schritt wählen müssen. Obwohl sie sich das durchaus zutraute, sah man das Ehepaar Zeiger nach wenigen Minuten scheinbarer Andacht die Stendaler Straße hinunterlaufen, auf die Einkaufspassage zu, und als Walja unterwegs die Speisekarte eines Restaurants studiert hatte, beschloß sie, Edward und ihre Großmutter morgen zu einer Pizza einzuladen.

◆ ◆ ◆

Verschwinden und Wiederauftauchen des Kindes wurden ungewöhnlich lange besprochen in den Blättern, Frühstückssendungen und Kassenschlangen, an Stammtischen und Schaltertresen. Als Frau Koenig begann, in Liobas sauberer Wohnung Zettel zu hinterlassen, zunächst wie nebenbei hingelegt, vergessen oder beim Aufräumen übersehen, hatte das sogenannte öffentliche Interesse an dem »Fall« längst Liobas Wahrnehmung erreicht, aber diese Gleichzeitigkeit fiel ihr zunächst gar nicht auf. Sie glaubte später sogar, daß sie die ersten zwei, drei säuberlich mit Computer geschriebenen Seiten achtlos ins Altpapier gegeben, sie für Agitationsschriften irgendeines Vereins oder für Werbepapiere einer sich besonders seriös gebenden politischen Partei gehalten hatte. Standen nicht sogar Wahlen vor der Tür? Erst als ein solches Papier beinahe überdeutlich aufforderte, es aufzuheben, als es unter der frisch ausgeklopften Schmutzfangmatte des Flures hervorsah und Lioba Zeplin nicht mehr daran vorbeisehen konnte, daß es ihre Person meinte, während sie die Schuhe aufschnürte und ins Regal stellte, griff sie danach. Es wäre immerhin auch möglich gewesen, Frau Koenig einfach darauf hinzuweisen, sie dürfe nichts herumliegen lassen, sonst müsse sie sich nach einer anderen Hilfe umsehen, alles herumliegen lassen könne sie schließlich auch selbst.

Lioba las:

ES GIBT KEINEN GRUND

In der Küche steht Wasser neben Wasser, die Flaschen, die Eimer, die Töpfe nebeneinandergerückt, durcheinandergestapelt, drei Menschen dazwischen, darunter auch Ichalstochter, sieben und stramm, die sich die Küche nicht vorgestellt hat. Nein, hat sich nie Küchen nur vorstellen müssen und Wasser neben Wasser und sich mittendrin: Es gibt sie ganz wirklich.

Die Augen flinkern nicht, still ruht die See ihrer Blicke über allem und wartet auf das Ende der Abwechslung, die die Vorgänge in der Küche ihrer Familie darstellen. Dann nämlich wird sie schlafen geschickt und träumen und stillesein und trockene Haferflocken essen zur Strafe, und das ist genug.

Es gibt keinen Grund. Trotzdem steht Ichalstochter seltsam fest, wo man sie hinstellt. In die Vorschule, ein Beispiel. Die Lehrerin besucht Siealseltern: Nicht *muff* und nicht *mäh,* was für ein Kind. Ichalstochter litt weder unter kalten Händen noch unter der Vorstellung, ein Schaf zu sein. Warum also hätte sie *muff* sagen sollen und *mäh*?

Auch später weiß sie selten, warum den Mund auftun, da alles schon einmal gesagt, schon einmal gesungen worden ist. Aber zunächst:

Ein ernstes Gesicht.

Es gehört dem Mann, den *Vati* zu nennen eine ihrer ersten Amtshandlungen war. Ichalstochter hatte keine Mühe damit und erfreute die anderen Bewohner der Küche schon früh mit *Vati.* Dafür singt er ihr heute noch vor und fährt sie über Berg und Tal mit dem Fahrrad. Ichalstochter glaubt auch, daß er ihr dafür schon mehrere Male die Socken hochzog, sogar das. Sein ernstes Gesicht singt aus einer runden Öffnung unter der Nase, die dazu angetan scheint, die kurzen Blicke, die ihm aus den Augen gehen, sogleich hineinstürzen zu lassen. Seine Art zu singen hat also etwas von Selbstverschlingung. Ichalstochter hört das gern. Dualstochter, sagt die Mutter manchmal, du kannst aber auch ruhig mal bißchen mitsingen. Siealstochter, wischpert Frau Brehme von ganzoben zu Frau Kaltwaßer von halboben, ist aber auch gestraft.

Weiß Gott.

Nun aber mal ein bißchen Bewegung hier, nun aber mal flotti.

Der Selbstverschlinger ist immerhin ein Kassenwart der Kultur, ein Münzeneinsammler und Zettelverteiler, Wahlurnenschwenker und Radfahrer. Da heißt es beweglich sein, nicht etwa starr zwischen Wasser und Wasser verharren und müde tun. Im Winter ein Zapfen unter der Nase, im Sommer das Krachleder am Hintern, das Froschhemd darüber, grün kariert, gebügelt von Ihralsfrau.

So wird ein Schuh draus.

So wird eine Zeit ausgemacht.

Ichalstochter sagt *neunzehnhundertzweiundsechzig*, sagt *oderauchungefähr*. Die Zeit, als die Möbel noch nicht gestrichen, das Klavier noch schwarzmasrig war. Sagt vielleicht auch nicht viel. Ein Anhaltspunkt nur, wozu Anstalten machen? Sagt *ichmeinejabloß*. Immerhin klingt das Klavier frisch gestimmt, und wie die schwarzen Masern über das Holz ziehn Stimmen ums Haus. Wandschleicherei auch auf seiten Frau Brehmes, ganzoben, wenn drüben Musik tönt. Hat Glück bei den Fraun. Bei Frau Kaltwaßer nicht, die Ichalstochter hin und wieder ein Loch schenkt mit Strumpfhose drumrum, wer weiß woher. Siealsmutter kann Nadel und Faden benutzen, das Loch verschwinden lassen, daß nur noch die Strumpfhose übrigbleibt. Mein schönes, mein liebes Loch, sagt Ichalstochter enttäuscht.

Die letzte Strumpfhose, die Lioba gestopft hatte, lag einige Jahre zurück. Sie erinnerte sich, daß sie mit Mann und Tochter in der Küche einer schimmligen Altstadtwohnung gesessen hatte, als ihr das Kind ein Loch zeigte. Im trockenen Blut hatten sich Steinchen und Gräser verfangen, Lioba steckte die Strumpfhose in den Wäschesack, den sie aus grünem und rotem Stoff genäht und im unteren Teil eines weißen Regals befestigt hatte. Zuvor waren die unteren Ablagebretter entfernt worden. So enstand unter dem mittleren, das mit den Seitenplanken fest verschraubt worden war, ein Leerraum für den Schmutzwäschesack. Später hing die Strumpfhose ihrer Tochter neben anderen sauberen Wäschestücken, Kleidchen, Pullovern, Unterhemden, auf der Leine über der Badewanne. Damals war Lioba eine praktische Frau gewesen: in zwei Leisten in regelmäßigen Abständen Löcher gebohrt, eine Plastikschnur hindurchgezogen, die Leisten dann in die links und rechts der Wanne befindlichen Wände geschraubt – fertig war der Trockenplatz. Im Stopfen von Strumpfhosen oder Socken hatte sie es in jenen Jahren zur Meisterschaft gebracht, meinte wunderbar entspannen zu können dabei, schickte Vater und Kind auf entlegene Spielplätze. Wenn sie zurückkamen, schien sie manchmal nicht zu erkennen, wer da über die Schwelle trat, ja bitte?, ließ sie regelmäßig vernehmen, wenn der Mann mit dem Kind am Hals neben dem Sofa im Wohnzimmer stand, wenn er ihr über die Schulter sah auf die rechte Hand hinunter, wie sie die Nadel zum Weben einer Stopfstelle hin und her durch die senkrecht gespannten Fäden schob. Der Mann nahm ihr dann immer die Kopfhörer ab und schlug zu, sie brachte später das Kind ins Bett und wunderte sich, daß es so gar nichts in ihr auslöste, wenn es die Ärmchen um ihren Hals, die knisternden, trockenen, ängstlich gespannten Lippen an ihrem Ohr vorbei auf den Hals schob. Zwar spürte sie, wie der Mund sich festsog an ihrer Haut, konnte auch später die zarten, blauroten Male erkennen, brachte es aber nicht zusammen – das Kind und sich selbst. Einmal waren sie, Mann, Frau und Tochter, in die Märkische Schweiz gefahren, hatten Pilze und späte Beeren gefunden, gespielt, gelacht. Der Mann hatte ihr seine Jacke zur Nackenrolle gefaltet und untergelegt, sich selbst dann über sie, während das Kind Rehe und Hasen beobachten sollte. Das war schön, Mücken und Ameisen breiteten süßen Schmerz über Liobas Haut. Schmerz, der ihr von außen nach innen drang – wie jener andere, andersherum, aufhörte, als der Mann dann aufstand. Wunderbar, wie es lange noch wehtat, als sie die Strümpfe, die Schuhe, die Hosen längst wieder übergezogen hatte. Das Fehlen des Kindes hatte sie nicht bemerkt, erst der Mann machte sie darauf aufmerksam, daß auf sein Rufen kein Tochterkind auftauchte hinter den Stämmen der Fichten, zwischen den hohen Gräsern. Daß Lioba weinen mußte vor Schmerz, kam ihr zupaß, als später die Polizei das Kind zu suchen begann: Sie konnte endlich einmal der allgemeinen Erwartung entsprechen, der Mann jedoch ihre Tränen für ein Zeichen der Zuneigung halten, zum Kind, und sich freuen, und immerhin mußte er lächeln, während die Männer mit Hunden ausschwärmten, sein einziges Kind aus dem Dickicht zu retten, und lächelte langsam, breit, voller Staunen, machte sich noch verdächtig, bis das Kind nach zwei Stunden Suche vor ihnen stand wie immer, die Strumpfhose über dem sumpfigen Loch im Knie zerissen und blutig, das helle Gesicht von Schlaf und Erschöpfung zerdrückt. Wie immer stülpte es den Napf seines Munds über die trauliche Stelle an Liobas Hals, wie immer blieb *die Liebe, die Hur* unbeteiligt an jenem zartblauen Mal. Nur daß sie dann gehen mußten, zusammen nach Hause fahren, ließ Lioba den Ausflug im nachhinein in eher unschönem Licht erscheinen. Sie hatte lange nicht an das Kind denken müssen, das später bei seinem Vater aufgewachsen war. Wo es hingehörte. Wo es Lioba nicht jeden Tag sehen mußte, zum Glück. Die Erleichterung darüber kroch wie stets, wenn sie sie fühlte, auch jetzt als betörender Schmerz über Liobas Haut. Nach jenem Ausflug war diese juckende, umwerfende, benebelnde Nesselsucht hin und wieder aufgetreten, wenn die Ausflüge von Vater und Tochter zwei Stunden überschritten hatten und Lioba sich vorzustellen begann, sie kehrten nicht wieder. Die letzte Strumpfhose, die sie gestopft hatte, lag einige Jahre zurück – wie der letzte Auftritt der Quaddeln auf ihrer Haut.

Lioba schob Frau Koenigs Zettel eher achtlos in eine leere Lade im Schrank der Küche, zu aufgeregt genoß sie den süßen Reiz, die weißen Erhebungen auf der geröteten Haut ins Blut zu schicken. Sie trug den einzigen gestrickten Pullover, den sie jemals besessen und der einmal ein Kleid gewesen war und mit den Jahren die Luft verloren hatte zwischen den Maschen. Ob nun die fortgesetzte Aggression der Waschlaugen oder aber ihr innerer Zustand für das Engerwerden des Kleidungsstückes verantwortlich waren, darüber dachte sie nicht nach. Ihr genügte es, in den noch zählbaren Jahren seit ihrem Abitur nur drei, vier Pfund zugelegt zu haben. Jetzt riß sie den filzigen, braunen Pullover wie einen störenden Belag von der Haut, besah für einen Augenblick ihre gepflegten Hände, die erdbeerroten, langen Nägel, und als die ersten langen blutigen Spuren ihre Arme überzogen, ließ sie sich auf den Boden gleiten in ihrem Glück.

Je länger das Glück dauerte, desto besser konnte Lioba spüren, daß sich dahinter etwas anderes befand, das sie neugierig machte. Auf Glück war sie nie neugierig gewesen. Neugier hatte allenfalls dazu beigetragen, Glück gar nicht erst auftauchen zu lassen. Wenn sie darüber nachdachte, mußte sie ohnehin vermuten, daß Glück kein Empfinden, sondern eine außerhalb ihrer Haut befindliche günstige Konstellation der Umstände bedeutete. Glück war etwas für die Augen. Etwas, was sie sehen, nicht fühlen konnte. Am besten ging es, wenn sie im richtigen Moment die Augen schloß, wie jetzt, ausgestreckt auf dem Küchenfußboden. Den Filz des Pullovers hatte sie nach einigen Minuten der Bewußtlosigkeit liebevoll unter ihren Kopf geschoben und überlegte nun, wem diese Liebe zu gelten hatte.

Der Pullover war während ihres letzten Schuljahres aus einem fünfzig mal fünfzig Zentimeter großen, um das Viertel eines alten Besenstiels gewickelten Wollknäuel entstanden. Jeweils am Sonntagabend waren Liobas Schultern und Arme vermessen worden. Die Mutter hatte dazu das gelbe Bandmaß ihres Mannes benutzt. Daß es Hochsommer wurde, ehe endlich die Nähte geschlossen und zwei metallene Reißverschlüsse eingenäht werden konnten am Halsausschnitt, tat der Freude der Mutter, endlich auch einmal etwas zur Staffage der Tochter beigetragen zu haben, keinen Abbruch. Der Damenmaßschneider Zeplin, Herrmann Ingolf, fand während der Monate der Bestrickung wenig mehr als ein paar spöttische Bemerkungen, wenn ihm die klappernden Bemühungen seiner Frau zu Gesicht kamen, und er schloß, ehe ihm der Spott hätte davongehen können, fest die Lippen. Lioba erinnerte sich, daß sie in jenem letzten Jahr ihrer Schulzeit kaum eine andere Sehnsucht gekannt hatte als die, sich vor der Wucht der in ihren Eltern steckengebliebenen Worte in Sicherheit zu bringen. Sie hatte begonnen, sich Ziele zu setzen. Indem sie ihnen die Namen ihrer männlichen Mitschüler gab, machte sie diese Ziele schnell unrealistisch. Der ins Unbestimmte geöffnete Blick, die durchscheinenden Flügel der

Nase, die schon auf winzige Erregungen mit einem heftigen Flattern reagierten, der mit dünnem, unsicherem Strich aufgezogene Mund – Liobas Gesicht sorgte dafür, daß die angepeilten Ziele sich aus ihrer Blickrichtung entfernten, auf andere Mädchenaugen zu, die weniger Komplikationen bei den entschiedenen körperlichen Experimenten verhießen. Als der helle Gunnar doch einmal seine Zunge an Liobas Ohrläppchen vorbei über ihren Hals zog, konnte er sich auf einmal nicht mehr lösen, schmeckte das Karamel, das von Liobas Hals zäh in seinen Mund floß und, als er nicht loskam mit seiner Zunge, schnell nach verbranntem Zucker bitterte, so daß er den nahen Frieden gegen eine heftige Angst eintauschen mußte. Auch auf Lioba ging diese Angst schließlich über. Sie sprang nicht, sondern schob sich wie ein breitfüßiger, beweglicher Polyp von jener Stelle, wo eben noch Gunnars Lippen auf süßseichtem Wasser gerutscht waren, über den Kiefer in den noch geöffneten Mund. Lioba würgte, erbrach sich. Der Polyp war nicht zu entdecken, als sie mit einem Stöckchen nach ihm stocherte, so daß sie ihn von nun an in ihrem Leib wähnte. Zuweilen vergaß, aber doch immer wieder auf ihn zurückkam. Es war nicht leicht, mit solchem Parasiten im Inneren neue Ziele anzupeilen. Gunnar trug die Kunde von der Zeplinschen Klebrigkeit lautstark vor sich her bis zum Ende des Schuljahres, konnte aber seine Angst mit anderen, weniger aufgelösten Mädchen rechtzeitig verlieren. Nur die Sucht nach dem Bitteren verbrannten Zuckers sollte sein Liebesleben begleiten. Er trug noch nach Jahren immer ein Schächtelchen Karamel mit sich herum und schob, wenn er eine Frau planieren wollte, einen Splitter davon unter die Zunge.

Inzwischen hatte ein feines rotes Netz Liobas Körper überzogen. Sie fühlte sich darin sicher, während sie sich an Gunnar erinnerte – und an den Polypen, den sie ihm abgeschluckt hatte. Ihr Blick rutschte jetzt über die auch nach fünfzehn Jahren noch nicht erneuerten Möbel der Küche: Über den Spülschrank mit dem braunen, emaillierten Becken. Die Hängeschränke mit den schief in ihren Angeln hängenden Türen, die sich nicht mehr schlossen. Die beiden weinrot gepolsterten Metallstühle, deren klägliches Krähen, setzte sich jemand darauf, sie sofort im Ohr hatte. Den sprelacartbezogenen Tisch mit den beiden abgeklappten Verlängerungsstücken, die seit langem nicht mehr benutzt worden waren. Schließlich hinüber zum bauchigen Plastiktrichter über dem Herd, durch den der Luftschacht den Wrasen abziehen sollte. Statt dessen blies er die Dünste der darunterliegenden Wohnungen in Liobas Küche und zog einen fettigen Schmarren über die Konservendosen und Flaschen, die Lioba auf den Schränken zur Aufbewahrung abstellte. Wie hatte sie eigentlich hier unten Platz finden können, zwischen all den Möbelfüßen und Tischbeinen, auf denen die konservierte Langeweile sich niemals abzunutzen schien? Mit den Fingern fuhr sie das vorgegebene Streckennetz ab, das die langen, gepflegten Nägel – sie hatte sie einmal ihren ganzen Stolz genannt vor den Kollegen – auf ihre Haut projiziert hatten. Ohne dieses Netz, fand sie, paßte sie ganz gut in diese doch eher hoffnungslose Kulisse. Spürte nun auch, wie ihr Puls der Stille seinen Rhythmus auftackerte und darin einem ihrer windigsten Schüler ähnelte: Die Ohren über Stöpsel mit einem CD-Player in der Hosentasche verbunden, hatte der seine dreckigen Schuhe benutzt, gegen ihren unbeteiligten Monolog über die Geschichte der Habsburger anzutrampeln. Hatte jenes Grinsen, das sein Gesicht wie ein weit geöffnetes Brötchen aussehen ließ, nicht mehr zurücknehmen können im Triumph und war Liobas Verlangen, etwas sehr Dickes zwischen die Semmelhälften zu stopfen, mit der eigenen Zunge zuvorgekommen. Auch jetzt noch mußte Lioba die Niederlage anerkennen. Seufzte. Da, zwischen dem Impuls aufzustehen und dem zentralen Befehl an die Muskulatur, dafür zu sorgen, klingelte es.

◆ ◆ ◆

Nein! Sie würde ihr Geld nie für diese teure Klumpstreu ausgeben, die ihr immer nur zu einem engen Hals und zu röhrendem Husten verhalf, wenn Walja sie ins Katzenklo kippte. Ida Bergner stieg die Treppe hinunter. Eine der Wachstuchtaschen, die sie bald nach der Ankunft zu nähen begonnen hatte, schaukelte an ihrem eingewinkelten Arm. Vor dem Bauch hatte eine die andere Hand fest im Griff. Der Weste fehlten nämlich die Taschen, und Ida schämte sich, ihren Händen kein Versteck anbieten zu können. Kann sein, dachte sie, daß jemand die Gedanken nicht schon nach Haus geschickt hat und die Augen halbwegs geöffnet trägt in dieser frühen Abendstunde. Dann käme ihr jene schläfrige Wut vielleicht in den Weg, die ihr Anblick schon einige Male, insbesondere bei Gleichaltrigen, ausgelöst hatte. Ida wollte sich das nicht erklären müssen und dem grämlichen Geruch von Feindseligkeit ausweichen. Sie überquerte die Straße, lief nun auf die Eckkonditorei zu, in der manchmal in sogenannter *Aktion* ein ihr vertraut schmeckendes Brot verkauft wurde. Ehe sie dazu kam, ein solches Kosakenbrot zu verlangen, erblickte sie durchs Schaufenster die alternden Damen Deutschlands, denen sie ja hatte entgehen wollen, an einem der weißen Tischchen. Die Zeit über Kreuz legend, die ihnen so schlecht verging. Sie mußten sie wohl immer über eine Tasse Kaffee, ein Stückchen Sandkuchen oder eine Zigarette falten, damit sie ihrer Herr werden konnten, die Ärmsten. Außerdem schienen sie sich einige wenige altrosafarbene Jacken und graue Strickhosen teilen zu müssen. Nur was die Blusen betraf, gab es eine gewisse Auswahl. Manchmal auch bestickte, pastellfarbene Pullover. Ida hatte vergessen, die geblümte Schürze abzulegen, ehe sie aus dem Haus ging. Sie hielt mit einem gewissen Trotz zu ihresgleichen, die in größerer Zahl in diesem Teil der Stadt angesiedelt worden waren. *Ausgekippt*, wie Waljas Mann mehr als einmal bemerkte. Obwohl Walja ihr eine dunkelgrüne, solide aussehende Jacke gekauft hatte, trug Ida jetzt doch die Filzweste aus Kasachstan. Die ohne Taschen. In der sie auch ohne die geblümte Schürze wie entlarvt aussah. Die nach Lehm und Mist und Äpfeln roch und in dieser Mischung dafür sorgte, daß Ida ihre Schwere für ein *Wohlfühlgewicht* halten konnte. Nun wollte sie aber doch lieber kein Brot mehr verlangen, die alternden Damen Deutschlands hatten sie schon zielsicher ausgemacht. Hielten sich noch bedeckt in der Erwartung, daß sie den Laden betreten würde, hatten aber die scharf bemalten Lippen schon mal in Idas Richtung geschürzt. Mit Brot in der Tasche fühlte sich Ida Bergner einigermaßen heimisch in dieser zugigen Ecke Berlins, aber dieses Brot mußte es wirklich nicht sein und nicht diese Konditorei und nicht diese auf sie gerichteten Blicke. Außerdem würde die Ladenschlußzeit womöglich mit jenem Moment zusammenfallen, in dem Ida Bergner die Klinke drückte. Alle Aufmerksamkeit würde auf sie zufließen, als stünde sie in einer Vertiefung des polierten Marmorfußbodens, und es würde sie nicht wundern, wenn man sie schließlich für diese Vertiefung verantwortlich machte. Als wäre eine der schwarzen Platten ihrem *Wohlfühlgewicht* zum Opfer gefallen. Ida bezähmte sich und den Wunsch nach Brot und nahm einem vietnamesischen Imbißbudenbetreiber, ganz in der Nähe, eine Reispfanne ab. Die Hühnerfleischfetzen erinnerten sie an die Schlachttage in Konstantinowka und an jene häßliche Krankheit, der die Geflügelbrut des Jahres 1969 gänzlich zum Opfer gefallen war. Das war nicht schön gewesen, wirklich nicht, wie die Hühner im April die Fallsucht bekommen hatten und in seltsamen Anfällen auf die eben gelegten Eier losgegangen waren, die der epileptischen Wucht natürlich nicht hatten standhalten können. Anfangs hatte sie manchmal noch die zerflossenen Dotter zusammengekratzt und zum Backen benutzt, als aber eines Tages Daghira aus der Schule die Nachricht mitbrachte, einem der Kinder sei ein ähnliches Unheil zugestoßen wie den Bergnerschen Legehennen, es hätte nämlich zu zittern begonnen und sich in einem blutigen Krampf zu Boden gelassen, sei über zwei dünne Erstkläßler buchstäblich hergefallen mit seinem auf einmal sehr schweren Körper, ging Woldemar Bergner ans Töten. Ida hatte der Familie des Jungen zwei Wochen zuvor eine fallsüchtige Henne zur Suppe geschlachtet und verkauft.

Sie mußte jetzt ein Schälchen Hühnerbrühe mit Glasnudeln bestellen, der Vietnamese lächelte ihr zu. Eigenartig kalt erschien ihr der Sommerabend – hätte sie doch eine wärmere Jacke überziehen sollen? Sie holte die Suppe vom Tresen, nachdem sie noch einmal den Weg überdacht hatte, den sie nach dem Essen nehmen wollte. Der Vietnamese, dessen einziger Gast sie inzwischen war, kam hinter dem Verkaufstisch seines kleines Wagens hervor und stellte zwei Gläser Pflaumenwein auf den Plastiktisch, sagte dazu nicht viel, sondern henkelte sich bei Ida ein. Die Nudeln, vom Löffel geschliddert, zogen über Weste und Schürze abwärts in den breiten Spalt, der sich zwischen Idas Knöcheln und dem Leder der orthopädischen Schuhe auftat. Der Mann an ihrem Ellbogen war vielleicht einen Unterarmknochen kürzer als sie und erinnerte sie an einen drahtigen Koreaner, der in ihrem Heimatdorf die Kolchosbibliothek geführt und Estradenprogramme organisiert hatte, die Ida immer ganz gern besuchte mit ihren Kolleginnen. Der Dessertwein, den sie bei diesen Gelegenheiten zu trinken bekamen, schmeckte dem Pflaumengetränk vor ihr auf dem Tisch sehr ähnlich, und als Ida nach einem Blick in die kleinen schwarzen Augen des Gastgebers das Glas leerte, tat sie es sehr entschlossen und mit unverhohlen wohliger Erinnerung. So süß wurde es im Kopf, daß sie sich viel zu freundlich verabschiedete von dem kleinen Mann und noch zwei Pakete Mie-Nudeln mitnahm und eine ganze Flasche Pflaume. Und nicht merkte, wie ihr der Vietnamese mehr als dreißig Mark schuldig blieb. Gab ihr einfach das Wechselgeld nicht, das sie auf ihren Fünfzig-Mark-Schein hätte bekommen müssen, lächelte nur süß zurück. Ida hatte nicht übel Lust, ihm das Lächeln mit Daumen und Zeigefinger von der Wange zu kneifen und in die Wachstuchtasche zu packen, ehe sie davonging.

Aus der längst geschlossenen Bäckerei lockte noch immer ein letztes Kosakenbrot zwischen einigen glanzlosen Baguettes und versprach mehr Geschmack, als sie jetzt bereit war sich vorzustellen. Also ignorierte sie es nach einem Blick aus den

Augenwinkeln und beschleunigte ihren Schritt auf die Schonung zu, auf den schmalen Streifen aus Birken und Pappeln, den man zwischen die Überlandstraße und den Beginn der Plattensiedlung gezogen hatte. Einige Tümpel gab es hier und säuberlich angelegte Wege für Spaziergänger, hin und wieder Bänke und über allem die Hochspannungsleitung. Zu abendlicher Stunde verirrte sich kaum jemand hierher, während Ida in der Tiefe der Nacht schon öfter Gruppen junger Leute beobachtet hatte, die im Schallschutz des Baumstreifens Musik hörten, rauchten und Wein tranken und auf eine Weise ausgelassen waren, die sie sich nicht recht erklären konnte. Und es gab Herrn Baum und Frau Nieder aus Idas Block, beide nett verheiratet, wenn auch nicht miteinander, die, in wärmeren Nächten nackt und in kälteren Nächten durch eben ausreichende Öffnungen der Kleidung hindurch, miteinander in Verkehr standen, daß Ida lächeln mußte, wenn sie zusah. Die Selbstverständlichkeit dieses Lächelns hatte verhindert, daß sie es für einen unerlaubten Genuß hielt, und auf ihren nächtlichen Gängen in die Schonung schaute sie gern nach, ob die beiden da waren. Herr Baum mit dem grauen Anzug und der silberfarbenen Krawatte, Frau Nieder mit dem ebenso grauen, kurzen Kostüm über den karminrot bestrumpften Beinen, zwei sehr ordentliche Menschen. Ein schönes Paar, dem keine Ehe die Liebe austreiben würde, dachte Ida beruhigt, wenn Frau Nieders Strumpfhosen aus dem Trabantwrack herauswehten, oder wenn Herrn Baums gut rasierte Wangen im fahlen Mondlicht Schweißtropfen absonderten, die pastellfarben funkeln konnten. Wenn Ida Bergner ihre Witwenrente abheben ging, bevorzugte sie den Schalter, an dem Frau Nieder bediente in der Sparkasse des Stadtteilzentrums, und wenn sie die Bank verließ, vergaß sie nie, Herrn Baum bedeutungsvoll zuzunicken, der an einem separaten Tisch *Finanzierungsmodelle für Ihr Traumauto* anbot. Ida hatte viel Gelegenheit, darüber nachzudenken, wie man in Deutschland miteinander Deutsch sprach heutzutage. Ein Wort wie *Stadtteilzentrum* konnte die erste Masche in einer langen Häkelkette von Gedanken sein, die sie aus dieser peripheren und mit dem Wort *Zentrum* keinesfalls passend bezeichneten Gegend Berlins hinaustragen würde, wenn sie nicht darauf achtete, in ihrem Revier zu bleiben. Darauf achtete sie neuerdings immer seltener, und die Eigenart der durch einzelne Worte ausgelösten Ketten schien es zudem zu sein, ihre Produzentin nicht nur in ferne Gegenden, sondern auch weit entfernte Zeiträume zu befördern. In der ersten Zeit nach der Ankunft aus Kasachstan war ihr das nicht passiert, hatte sie im Kopf überhaupt keine Reisen gemacht, keine Ketten gehäkelt. Als hätte die Übersiedlung, der endgültige Fortgang, gedanklichen Stillstand zur Voraussetzung gehabt. Diesem Stillstand war sie noch heute, Jahre nach ihrer Rückkehr ins Deutsche, hin und wieder erlegen. Sie spürte das, wenn sich ein einzelnes Wort in ihrem Kopf festgesetzt hatte und sich nicht fortbewegen ließ und da nur hockte in ihrem Gehirn und seine bohrenden Daumen von innen in die Gehörgänge stieß, daß sie dann gar nichts mehr hören konnte, weil ihr die Ohren mit einem dröhnenden Findlingsbrocken älterer deutscher Sprache verstopft war, vor dem sie sich fürchtete und in dieser Furcht nicht wagte, ein weiteres solches Wort zum Auftauchen anzustacheln. Dann verzog sie sich ganz in sich, und das Wort filzte einen Kloß in ihrem Schädel, der stetig wuchs und keine Anstalten machte, sich zur Kette aufzulösen, an der man in andere Gefilde gelangen konnte. Manchmal schlug sie dann ihren Kopf gegen das Küchenfenster und war froh, wenn gerade ein Stück Zeitung die sauberen Scheiben vor dem Talg ihres alten Haars und dem fettigen Schweiß ihrer Stirn bewahrte, und war froh, daß das Glas nicht splitterte und gerade niemand im Hause war, der ihr hätte eine Ohrfeige geben können für diese Anfälle, die sie doch selbst nicht leiden konnte. Deshalb mochte sie die neueren deutschen Worte gern: Weil sie wegführten aus dem eigenen Kopf und Zeitungen vor den Scheiben schon manchmal entbehrlich machten. *Finanzierungsmodell* war auch solch ein flippleichtes Wort. Mobil wie das rote Auto, auf das es hinauslaufen sollte.

Es war noch nicht spät genug heute, als daß sie jemandem hätte begegnen können in der Schonung. Ida fingerte eine Kinderschippe aus der Schürze. Nach und nach füllte sich die Wachstuchtasche mit Erde, und der Geruch löste ein Gefühl von Schadenfreude gegenüber der Enkelin aus, die es nie schaffen würde, eine kasachische Katze zur Stubenreinheit zu erziehen, solange sie unsinnigerweise Klumpstreu in die Plastikbox warf. Ein asiatisches Lächeln hielt sich für einen Moment auf Idas Gesicht, ehe es sich in die rauhe Abendluft verflüchtigte.

◆ ◆ ◆

Frieling spürte schon, daß diese Nacht ihn zu bedrohen begann. Marl war nicht nach Hause gekommen – zum ersten Mal, seit sie zusammen lebten, ohne eine erleichternde Nachricht für Frieling, der nun auf dem Balkon saß und überlegte, ob sie auf ein Angebot des Vermieters, den Grundriß ihrer

Wohnung zu verändern, eingehen sollten. Frieling hatte Marl gegenüber schon oft bemängelt, daß die achtzig Quadratmeter nicht gerade ihren Bedürfnissen entsprechend auf vier mißlich geschnittene Zimmer, eine winzige fensterlose Küche und ein ebensolches Bad verteilt worden waren. Wenn Marl auch ein gut verdienender Anwalt war, ließ er im Hinblick auf die Wohnung doch allen Gestaltungswillen vermissen. Frieling war das zum einen ganz recht, denn so konnte er seinen eigenen Ambitionen freien Lauf lassen und hatte es über die Jahre zumindest geschafft, die Wände in einer modernen Wischtechnik zu streichen. Das Wohnzimmer terrakottafarben, die Küche apfelgrün, das nach wie vor ungeflieste Bad zimtbraun, Flur und Schlafzimmer pastellblau. Seinen eigenen Raum hatte er dem von seiner Ex-Frau bevorzugten Landhausstil angepaßt: Das dunkle Grün der Wände vertrug sich auf allseits übliche Weise mit den noch aus seiner Ehe herstammenden Kiefermöbeln, der skandinavischen Sitzgarnitur, den hohen Regalen für Bücher, Zeitschriften und Frielings bevorzugte Sammelobjekte: durchscheinende Porzellantassen mit zierlichen Füßchen. Sogar Glastüren hatte er den Regalen anpassen lassen, damit die guten Tassen nicht zu schnell verstaubten. In seinem Zimmer lungerte er herum, wenn Marl hinter mitgebrachten Akten aus der Kanzlei unerreichbar schien, die Küche aufgeräumt und der Abwasch erledigt worden war. Manchmal wunderte sich Frieling etwas, daß er sich so gar nicht als Frau fühlte in dieser Rolle, von der er einmal angenommen hatte, daß sie jener Person, die Marl nach wie vor nur die Beklagte nannte, seiner Verflossenen also, auf den reizlosen Leib geschneidert worden war. Jetzt, auf dem Balkon, in Abwesenheit seines Mannes, regte sich in Frielings

Herzgegend sogar so etwas wie zärtliches Mitgefühl für die Beklagte: Den Haushalt hatte sie mit ähnlicher Hingabe geführt wie jetzt er selbst, und damals hatte er das nicht im mindesten zu schätzen gewußt. (Frieling begann sich jetzt ein bißchen zu lieben und zu bedauern, was ihm in dieser Gleichzeitigkeit einen sanften sexuellen Aufstand bescherte.) Was sich gegenüber damals geändert hatte, mochte Frieling nicht einfach die Zeiten nennen, wie Marl es gern tat.

Es schien ihm zu kalt zu sein für die Jahreszeit, aber die Abende auf dem Balkon hatten es ihm angetan. Er liebte es, in seine teure Decke aus Kaschmirwolle eingepackt, hier zu sitzen und Wein zu trinken und hinunterzusehen auf die letzten Heimkehrer aus der Stadt, wie man Berlin hier draußen nannte. Kerzen hatte er angezündet und Windlichter plaziert, ein Glas für Marl auf den kleinen Bistrotisch gestellt - natürlich in der Hoffnung, daß der bald eintreffen würde aus dem Off, an dem Frieling offenbar keinen Anteil nehmen durfte und darüber mehr als sauer war. So sauer, daß er sich schließlich doch nicht länger den Kopf darüber zu zerbrechen gedachte, welche der Wände der Vermieter herausnehmen sollte, um ihnen mehr Luft zu verschaffen. Marl brauchte sein eigenes Zimmer kaum, er hatte es mit Verpackungen technischer Geräte, die er für den Fall von Reklamationen eine Weile aufzuheben gewohnt war, und Stapeln von Fachzeitschriften nahezu unbegehbar gemacht und zog sich nur für den Fall einer Suche nach in der Literatur referierten Präzendenzfällen dorthin zurück. Frielings Gestaltungswut hatte er den kleinen Raum mehr als einmal anempfohlen, sicher in der Hoffnung auf eine gründliche Entrümpelung zuvor, aber das war erfolglos geblieben: Frieling wollte weiter gehen, über die

Hausfrauengrenze hinweg, die schlichte Selbstaufgabe. Marl sollte es gut haben bei ihm, das schon, aber den Preis für den Frieden wollte Frieling wenigstens noch immer selbst festlegen dürfen. *Die Liebe, die Hur* war ihm sehr deutlich erschienen und hatte gemahnt, sie nicht zu billig zu handeln, wenn es doch wieder einmal nur der frische Käsekuchen gewesen war, der zu Marls Rückkehr aus der Kanzlei auf dem Küchentisch stand... An solchen Tagen hatte er Marl dann schuldbewußt – natürlich mit dem Kuchen im Bauch – durch Klubs in der Stadt geschleppt, ins Kino manchmal, oder ihn zu einer Überlandfahrt in sein Einkaufsauto geladen. Sie waren dann fast regelmäßig in Altlandsberg schon ausgestiegen und hatten das Kaff entlang der Mauerreste umrundet, waren auf den Wiesen oft genug in ihr schönstes Rutschen gekommen und dann später noch in einem nobel gedachten Hotel in Eggersdorf abgestiegen, wo sie sich in den Pool warfen vor der fiebernd hinausgezögerten Nacht. So sehr stellte sich Frieling den letzten dieser verschwommenen Abende vor, daß ihm Marls Fehlen Bruststechen verursachte. Eines, das er noch nicht kannte und das mit der ausgefallenen Furcht einherging, er müsse Marl womöglich an dieses seltsame Kind abtreten, das ausgerechnet jener und ausgerechnet ganz in der Nähe gefunden hatte, als hätte nicht irgendein braver deutscher Familienvater das zerschnittene und wieder ins Leben geflickte Kind finden können auf der Suche nach Treibstoff... irgendwo außerhalb Berlins, überhaupt weit genug weg von ihm, Frieling, und seiner nun schon sehr bedrohten Liebe... am besten in einem Supermarkt oder dem Warteraum einer Zahnarztpraxis, wohin sich Marl nur unter absonderlich verknoteten, unwahrscheinlichen Umständen verirrt hätte! Und

Frieling platzte nun bald aus der Wut, die ihm eng wurde wie ein Korsett beim Schnüren. Je eine Horde halbstarker Fettleibiger zerrte an den Zugkordeln im Rücken – ja!, er würde sie abschütteln, diese sabbernden Jungbullen, wie sie jede weiterführende Schule der Umgebung zu Dutzenden ausfällte in den Pausen. Überhaupt: Wie sie die Atmosphäre hier so beliebig dimmen konnten mit ihrer bierbeflissenen, dennoch stümperhaft bleibenden Redseligkeit, der breitbeinigen Opfersuche, wie sie sich in sein, Frielings, Wohlbefinden so störend hineinschmierten mit jedem Blick, den sie irgendeinem Mannsarsch hinterherwarfen, lachend, und ohne daß sie gewußt hätten von etwas wie Liebe! *Sei zart!*, hatte Frieling einmal einem von ihnen ins Ohr gehaucht in der Absicht, das Weiche in ihm anzurühren, und er hatte dafür einen Schlag aufs Ohr bekommen mit einer Faust, die zwischen Kindskraft und Mannsstärke noch nicht entschieden hatte, ein bißchen locker noch im Gelenk, mit flaumiger Haut bespannt, aber doch mit ausgebildeter Kraft von der Arm- und Schultermuskulatur geführt, so daß Frielings Eindruck zwiespältig hatte bleiben müssen – wohl war er verletzt, aber auch voller Mitleid zurückgeblieben.

Die Nacht, als litte sie an einem altgewordenen Asthma, zog sich unterdessen beinahe rhythmisch zusammen, um sich kurz darauf in heftigen, dunklen Windstößen zu entladen. Sie machte aus freien Stücken, was Frieling vermied – sie ließ Druck ab. Irgendwie hoffte er wohl auf eine sanfte und sehr allmähliche Entkrampfung, wie sie beim Einschlafen vonstatten geht: Alle Muskeln würden sich langsam und mühelos lösen. Aber hier auf dem Balkon? Mit der Furcht nach Marl im Nacken? Wie war er überhaupt an seine jugendlichen Lieblingsfeinde geraten in diesem doch nur gedachten Zusammenhang – überspannte er sich nicht? Jenen schönen Bogen, den er abgeben konnte unter Marls Händen?

Die vor ihm auf dem Tisch liegengebliebene Nagelschere kam ihm gerade recht. Frieling begann, Knötchen und Fusseln von seinem Plaid zu schneiden, zog zwischendurch die Socken aus, um sich Dreck und Hautfetzen aus den Zwischenräumen der Zehen zu polken, schaute in den klaren, kalt anmutenden Himmel. Wollte gerade loslegen, die Decke in fingerbreite Streifen zu schneiden und jeweils drei zu einem Zopf zu flechten, als Marl endlich kam und ihn fand.

Nachdem er den ziemlich betrunkenen Frieling ins Bett gepackt hatte, duschte Marl und wusch dabei wohl jene Müdigkeit, die ihn doch nach Hause getrieben hatte, mit fort. Statt zu schlafen, lag er noch lange wach neben Frieling, dessen Schlafdunst er begierig einsog, während er sich durch das Stadtviertel streifen sah, in dem er die Eltern des Kindes vermutete. Er sehnte sich nach dem Kind und hatte es nicht gewagt, Frieling von seinem abendlichen Streunen zu erzählen oder ihn mit einer Unwahrheit abzuspeisen. Deshalb hatte er nicht angerufen. Natürlich war Frieling viel zu unsicher, um sich aus seinem Ausbleiben nichts zusammenzureimen. Marl wußte das und spürte darum erleichtert, wie er endlich in einen angenehmen Schlaf hinüberging, in dem er Frielings Ängste nicht spüren würde.

Im Halbschlaf vor dem Aufwachen stand ihm der Sinn weder nach Frielings Tee noch nach einem Ausdauerlauf vor dem Frühstück. Es war Marls Gewohnheit, regelmäßig *Läufe des Grauens* abzuhalten. So nannte er es, wenn er sich bei aufbrechendem Tageslicht zu körperlicher Aktivität hinreißen ließ. Daß er dabei ebenso regelmäßig in einer Tankstelle einkehrte, um einen ersten Becher Kaffee und ein saftig belegtes Baguette zu bestellen, hatte er Frieling nie erzählt, der meist mit einem Speck-und-Ei-Frühstück auf ihn wartete und mit Earl Grey, dessen ranziger Geruch nach Bergamotte Marl ebenso ein Graus wie ein Vergnügen war. Er liebte es, Frieling den Tee genießen zu sehen, den dieser nahezu zeremoniell zubereitete und nach allen Regeln der Trinkkunst in Mund und Schlund beförderte, und es war ihm über all die Jahre ihres Zusammenlebens hinweg gelungen, Frieling zu verheimlichen, daß er niemals auch nur einen einzigen Tropfen dieses Tees zu sich genommen hatte. Meist goß er sich, wenn Frieling sich umwandte, um einen frischen Toast aus dem Gerät zu nehmen, eine halbe Tasse ein und führte diese auch so zierlich wie möglich zum Munde, vermied es aber, die Flüssigkeit hinter die Zähne auf die Zunge fließen zu lassen. Marl mußte lächeln. Als er merkte, daß Frieling nicht neben ihm lag, erschrak er. Frieling war auch nicht eben nur mal ein paar Minuten früher aufgestanden, um einen schönen Espresso ans Bett zu schaffen – die Hand, die Marl in die in solchem Falle hautwarme Kuhle hinüberschickte, hatte nur die schlaflose Kühle der unberührt gebliebenen Bettdecke vorgefunden und war einige Male – zum Begreifen? – darüber hingestrichen, ehe sie zu ihm zurückkehrte und seine Nase rieb und seine Bartspitzen zwirbelte und Marl so daran erinnerte, daß er hatte aufwachen wollen. Aus Frielings leerem Bett sprang ihn nun eine überraschende Gereiztheit an, die sich von hinten um seinen Brustkorb klammerte, in dem die Lungen bald unruhig zu flattern begannen und kleine Schnappseufzer erzeugten. Marl mühte sich, spätestens jetzt den Kehlkopf fest zu schließen, den Deckel auf dem Korb zu lassen, denn das nervöse Flügelschlagen brachte auch seinen Kreislauf in Aufruhr, der tatsächlich binnen kurzem zu stolpern begann. Marl war derart verunsichert, daß es ihn laut und furchtsam nach Frieling zu rufen verlangte. Der mußte sich gleich nach Marls Einschlafen verzogen haben, was angesichts seines offensichtlichen Pegelstandes erstaunlich war. Nachdem er sich in der Wohnung umgeschaut hatte, blieb ihm nichts als die Vermutung, daß Frieling seinen Rausch anderswo ausschlief. Trotzdem öffnete er die Tür ins Treppenhaus so leise, daß Frieling selbst dann keinen Ton hätte wahrnehmen können, wenn er am Abend auf dem Fußabtreter zu Fall gekommen und dort liegengeblieben wäre.

Statt in die Kanzlei zu gehen, wollte Marl zunächst das Kind besuchen. Eineinhalb Wochen waren seit dem Wiederauftauchen des Mädchens verstrichen, und erst gestern war es aus der Klinik entlassen worden. Marl hatte dort einige Male nach ihm gefragt, es aber nicht wirklich treffen dürfen in seinem hellen Patientenzimmer, wo es zwischen Rudeln pastellfarbener Plüschtiere und für Marls Begriffe albern aussehender Puppen in einem steten Dämmerschlaf gehalten wurde, um alle Arten von Schmerz abzuschalten. Marl wußte, daß das ein hoffnungsloses Unterfangen war. Er sah noch unter den geschlossenen Lidern des Kindes die Augäpfel mit aufgeregtem Rollen Schmerz verbreiten, der sich in deutlichen Wellen ausbreitete, die Muskeln zu unkoordiniertem Zucken reizte, die Haut unterwanderte und das Kind in einem Maße auslieferte, das Marl nur als Fortsetzung vorangegangener Qual begreifen konnte, nicht aber als ein Bemühen um deren Beendigung. Wütend hatte er mehr als einmal darum gebeten, den Körper des Kindes berühren zu dürfen. Als sein Anwalt hielt er das für das mindeste, was er zunächst für seine hilflose Mandantin tun konnte. Die Arme des Mädchens hatten wie zerbrochene Knüppelchen auf der hellgrünen Bettdecke gelegen. Vergessenes Brennholz. Marl hatte jetzt wieder das Mitleiden am Hals, dieses Rauschen in den Ohren, das aus der Brust aufstieg. Nein, er mochte das nicht, wie es ihm die Laune bewölkte und daran erinnerte, wie lange und vor allem wie folgenlos er sich ein Kind gewünscht hatte – ein Mann war er darüber geworden, noch dazu einer, der in der Gegenwart einen anderen Mann liebte und auf das, was man natürliche Zeugung nannte, nicht gerade scharf war. Marl wunderte sich darüber und dachte an seine verlassenen Zimmer. In keinem hatte er ein eigenes Kind hinterlassen, obwohl die Gelegenheit damals nicht schlecht gestanden hatte. Simone, Verena, Marona – sie alle waren jung und mutig gewesen, und dennoch hatte er keine von ihnen um ein Kind gebeten, obwohl er schon damals ganz ausgemalt war von dem Gedanken, eines zu haben. Sollte er nicht eigentlich Marona Birnenbaums possierliche Beine noch einmal auseinanderfalten in der Kanzlei? Gleich morgen früh, wenn er sich mit Frieling besprochen hatte in dieser Sache? Natürlich würde er Frieling den Vortritt lassen, wenn dieser darauf bestand. Oder sollten sie beide vorstellig werden bei Frau Birnenbaum, um sich am Ende auch beide als Eltern fühlen zu können? Marls Gedanken gerieten in eine unangenehme Dünnflüssigkeit und machten ihn reglos. Wie er, in eine Flanelljacke gehüllt, zwischen zur Arbeit fahrende, dösende Männern mit grünstichigen Gesichtern geklemmt, aufrecht in der Straßenbahn hing, ließ nicht vermuten, daß es sich bei seiner Erscheinung um einen gut verdienenden Anwalt handelte, den ein gesicherter, dennoch diffus bleibender Kinderwunsch umtrieb. Der außerdem für gewöhnlich mit einem metallicblauen Wagen zu Unternehmungen aufbrach.

Zur gleichen Zeit geriet Frieling zu Hause unter die kalte Dusche einer Enttäuschung, die Marls Abwesenheit ihm bereitete. Daß dessen Auto vor dem Haus parkte, beunruhigte ihn dabei stärker als die Tatsache, daß er nicht wußte, wie er vom Bett aus unter die Linde geraten war, die sein alkoholisiertes Nachdämmern vor dem kühlen Nachtregen geschützt hatte.

◆ ◆ ◆

In diesem Jahr endeten die Ferien bereits Mitte August. Es war ungewöhnlich kühl, und Lioba konnte nicht anders, als nach einem der unansehnlichen Pullover zu greifen, die seit dem letzten Winter ungewaschen im Wäschesack vor sich hin muffelten.

Den Kollegen fiel das schon auf: Wie Lioba, wenn sie Pullover trug, jedes Mal ein wenig zwangdrüsiger wirkte. Die Tage, an denen Lioba im Kleid in der Schule erschien, in damenhaften Bundfaltenhosen oder dem von ihrer Mutter aus deren eigenem Schrank verbannten Jeansrock, hießen darum im Kollegenkreis auch *Freiertage*. Natürlich waren sie sich der Doppeldeutigkeit dieses Wortes bewußt, so daß Lioba Zeplin gegenüber eisern vermieden wurde, es laut auszusprechen. Dafür gönnten sich die Kollegen von Zeit zu Zeit die schöne Erwartung, Lioba werde eines Tages sich einspinnen und dann davongehen aus dem Kokon in ein glanzvolles Leben. Späte

Puppe. Daß sie sich nicht nur von einem Mann, sondern auch von einer kleinen Tochter hatte scheiden lassen, war hinlänglich bekannt und hatte als von Mund zu Mund weitergegebene Information auch vor den Schülerjahrgängen nicht haltgemacht, die seit Liobas Scheidung durch die Schule ihrer Hilflosigkeit gegangen waren.

Sie sprach nicht viel. Schrie selten. Ihre Augen hockten in den Höhlen wie ängstliche Fuchsjunge, denen eben die Mutter abhanden gekommen war. Ein blaßblauer Strich unterwanderte den Kammweg der Nase und bog kurz vorm Erreichen des Gipfels zur Seite ab – Liobas Haut schien zu dünn. Als hätte sie niemals eine Unterlage aus ein wenig Fett besessen. Der Körper, den diese Haut einschloß, war jedoch nicht gerade das, was man mager nennt. Zwar liefen Liobas Beine schmal in eine schmale Hüfte hinein. Ihr Bauch aber sprang aus der Ebene zwischen den Beckenknochen hervor und bildete eine merkliche Kugel. Von der Seite gesehen wirkte Lioba wie eine leicht übergewichtige Frau mit mäßiger Stammfettsucht. Wer hinter ihr stand, meinte eine zarte Person mit schmaler Kontur vor sich zu haben. Lioba wußte das und litt ein wenig unter der disparaten Erscheinung, die sie dem Betrachter aus verschiedener Perspektive bot. Heute bückte sie sich beinahe, als sie im dicken Pullover zu Schule aufbrach – als trüge sie den Leib einer schweren Unlust auf dem Rücken, der von der Bauchkugel gerade noch im Gleichgewicht gehalten werden konnte. Wie immer blieb sie, die Häuserfront im Rücken, nach sechs Schritten stehen, um die Erschütterung abzuwarten, die von der heftig ins Schloß schlagenden Haustür ausgelöst wurde. Dann warf sie einen zufriedenen Blick in Richtung der zerbrochenen Fensterscheiben und vernagelten

Kellerluken, die dem von jeher unbewohnt gebliebenen Teil ihres Häuserblocks die Anmutung einer Ruine gaben. Die drei leerstehenden Aufgänge waren wohl für Bauarbeiter gedacht worden, die aber nach dem Ende der vergangenen Ära, wie Lioba gern sagte, ausgeblieben waren. Im Rinnstein vor der nahegelegenen Imbißbude sammelten sich braunfleckige Wurstpappen und zerbeulte Bierdosen. Der Kiosk hatte seit einigen Jahren einen sicheren Stand hier, während die Pächter des von Lioba noch immer *Kaufhalle* genannten Gebäudes nahezu jährlich wechselten. Die nächste Geschäftsaufgabe würde nicht auf sich warten lassen. Lioba hatte der Halle die Treue gehalten, sie verwandte kaum Zeit auf das Vergleichen von Preisen und Qualitäten, war aber jedesmal doch irritiert gewesen, wenn sie sich zwischen ungewohnten Etiketten und veränderten Warenanordnungen hatte zurechtfinden müssen. In der Bäckerei ließ sie sich eine Lage Erdbeertorte einschlagen.

Zwischen den sanierten Vierteln ringsum nahm sich das Quartier, in dem Lioba ergeben ausharrte, ohne alle Hoffnung aus und schien ihr in gewissem Sinne um den Leib gebaut. Jedenfalls fühlte sie sich unsicher, wenn sie die Straße überquert hatte und gleißende Fahrstuhlfronten die Trostlosigkeit ihrer Häuserzeile spiegelten, ihr vorführten, woher sie kam. Wo sie schlief. Wo sie nicht einmal zu ahnen schien, daß sie jederzeit eine bessere Wohnung mieten könnte.

Lioba lief gebückt und beladen, die ohnehin engen Schultern ums Herz gezogen, an hellblauen und pinkfarbenen, wärmegedämmten Fassaden vorbei, registrierte den einen oder anderen Schüler, der eben aus dem Haus trat, rechnete alles in allem mit einem vertrauten Gang der Dinge, als sie nach einer

Viertelstunde die gläserne Eingangstür der Schule passierte. Im Foyer hatten sich in Gruppen Halbwüchsige versammelt, denen kein Schlaf mehr zwischen den Lidern pappte. Lioba beneidete sie während einer flüchtigen Aufwallung, in der auch ihr Herzschlag ein wenig ausholte, um die Fähigkeit, zu dieser frühen Stunde gickeln und flüssig erzählen zu können. Allerdings würde der in Liobas Ohren nachhallende Redeschwall im Laufe des Vormittags mit einiger Sicherheit einreduzieren zu einer blubbernden, blasigen Soße aus Nichtwissen und Desinteresse. Sie konnte schnell wieder die Unlust auf ihrem Rücken spüren. Das Vertrautsein mit diesem Zustand gab ihr genug Sicherheit, Tag für Tag in gleicher Verfassung ihre Arbeit zu tun, die sie nur für eines unter anderen Übeln ihres Daseins und keiner Aufregung wert hielt. Als sie wenig später im Lehrerzimmer den Kuchen auspackte, fühlte sie sich im freudigen Raunen der Kollegen trotzdem ein wenig erleichtert.

Daß sie nicht hätte sagen können, ob sie Erdbeertorte oder Leberwurst verzehrte, merkte sie erst, als die alte, gebeugte Zündel, Englisch/Französisch, die Dicke der Geleeschicht über den Früchten bemängelte und an die toten Rinder erinnerte, deren Knochen hatten herhalten müssen für solcherart Geschmacklosigkeit. Selbst den leichten Brechreiz, der sich augenblicklich einstellte, konnte Lioba für eine Nebensächlichkeit halten. Es war, alles in allem, kein Kunststück, hier zu sein. Unter dem dicken Pullover kam Wärme auf, Lioba lauerte dem Schweißgeruch auf, den sie bald verströmen würde und den sie liebte. Sie würde sich am Abend überwinden müssen, unter die Dusche zu gehen.

Die Fenster des Lehrerzimmers waren sehr viel sauberer als

die der Klassenräume. Die Zündel hatte im letzten Sommer schwarze Schwalben aus Scherenschnittpapier an die Scheiben geklebt. Tatsächlich hatte es seither jenes Geräusch nicht mehr gegeben, mit dem ein Vogel an der Glasfront abprallte und seinen Irrtum zugab. Lioba mochte keine Irrtümer. Es war gut, daß die Zündel diese schwarzen Ideen hatte. Auf ihrem Teller klumpten inzwischen die Geleedecken dreier Tortenstücke, und als Lioba darum bat, sie aufessen zu dürfen, ließ die Zündel zu sorgenvollem Bejahen den Kopf auf dem obersten Halswirbel tänzeln. Wie eine Scheibe schlug das Gesicht um eine unsichtbare Achse aus, die in Mundhöhe am Rückgrat befestigt schien. Die Zündel hatte ein paar Jahre in Indien gearbeitet, wie sich Lioba jetzt erinnerte.

In der Tat schmeckten die Geleeblöcke nach Tier.

Lioba schaute auf die Uhr: Sie würde pinkeln gehen müssen. Sie stand auf, die anfangs schnelle Bewegung stockte in jenem Moment, als die Unlust, die sie hinter sich auf dem Stuhl geparkt hatte für die Dauer des Frühstücks, keinen Halt mehr fand auf dem harten Holz und Lioba nach hinten riß. Die Zündel bemerkte das, hatte ohnehin heute etwas aufmerksamer auf Lioba geschaut. Einen guten Orthopäden könne sie ihr empfehlen, sagte sie dann, dieses Reißen im Kreuz sei Liobas Alter nicht angemessen, da müsse was sein. Bandscheibe. Arthrose. Was immer. Ein Orthopäde könne da einiges tun, und verblüfft nahm Lioba die Hände der Kollegin wahr, wie sie ihr ans Kreuzbein griffen und Massage antrugen. Sie parierte mit Erschrecken, wandte sich um und konnte sehen, wie die Zündel mit beiden Armen ausholte und etwas fortzuschleudern schien. Sie würde jetzt wirklich pinkeln müssen, meinte Lioba, und wie sie auf die Tür des Lehrerzimmers zuging, hätte zumindest zehn Schritte lang als aufrecht bezeichnet werden können, wäre es jemandem aus dem Kollegenkreis aufgefallen.

Obwohl die Lehrertoilette den Schülern versperrt blieb, gab es kein Papier an diesem Morgen. Lioba hatte ihre Mappe nicht dabei, wühlte also in den Hosentaschen und unter dem Träger des Büstenhalters nach einem gebrauchten Tempo. Was sie dann schließlich in der Brusttasche der untergezogenen Sommerbluse fand, mußte sie vor Gebrauch entfalten.

EINEN AUSDRUCK TRAGEN

Ichalstochter sitzt auf der Trockenmauer mit einem Ausdruck. Der Ausdruck klemmt im Gesicht, die Trockenmauer am Gartenhang hinter dem Haus, und manchmal kommen Frau Brehme von ganzoben und Frau Kaltwaßer von halboben herüber, dem Kind eine Milch zu bringen oder ein Eigelb, mit Zucker verrührt und dem Inneren einer Zitrone. Ichalstochter kann wunderbar einen Ausdruck tragen in ihrem Gesicht. Frau Kaltwaßer wünschte, sie könne so gut Hut tragen wie das Kind Ausdruck. Die drei weiblichen Personen sitzen dann eine Zeit beieinander und spüren dem Ausdruck nach, den sich das Kind ausgesucht hat für diese Begegnung. Heute ist es ein fauler Ausdruck, die Mundwinkel hängen, daß das Eigelb gleich in die Spur nach unten gerät und gar nicht mehr anders kann, als im Sand zu vertropfen. Frau Brehme von ganzoben nimmt sich den Mund des Kindes so zu Herzen, daß ihre weichen Brüste das Eigelb abwischen mit dem flauschigen Stoff, aus dem Frau Brehmes Bluse gemacht ist. Ichalstochter spürt etwas Hartes unter dem Flaum der Bluse, auf beiden Brüsten. Als sie danach greift, muß sie an Spielfiguren aus Holz denken, mit denen in der Stube Mensch-ärgerdich-nicht und Halma ausgefochten werden. Verwirrt ist Ichalstochter jetzt und holt einen ganz neuen Ausdruck hervor. Ganz weit öffnet sie die Augen, die sie sonst immer so halb geschlossen zur Schau trägt und dadurch den Hasenblick hat. Siealsmutter ist sehr besorgt, wenn das Kind auch im Schlaf dabei bleibt, auch im Schlaf die Lider zur Hälfte geschlossen hält. Ichalstochter hat weniger Aufwand mit dem Blicken, wenn sie am Äquator des Augapfels haltmacht mit ihrer Haut und den Blick halb geschlossen oder halb geöffnet trägt. Je nachdem. Einmal hatte die Mutter mit ihr einen Arzt aufgesucht, um nachzufragen, ob die Augäpfel – sie sagte ihm, das Kind besäße eine geradezu aufgetrieben wirkende Art, in die Welt zu sehen – womöglich durch eine krankhafte Druckerhöhung im Inneren vergrößert seien, daß es immer so halbäugig schlafen müsse und die Wirklichkeit nicht wirklich aussperren könne aus seinen Kinderträumen. Frau Kaltwaßer von halboben aber meinte die andere Seite der seltsamen Medaille, wenn sie zu Frau Brehme hinüberwischperte: Siealstochter ist aber auch gestraft, sie kann der Wirklichkeit nicht ins Auge sehen, die Wirklichkeit ist einfach zu groß für das Kind. Weil nämlich Frau Kaltwaßer von halboben Siealstochter nie schlafen sieht, also nicht wissen kann, daß sich die Stellung der Lider im Schlaf und im Wachsein nicht unterscheidet.

Weiß Gott.

Was wird Vati nur sagen, wenn das Kind auf einmal so einen neuen Ausdruck in seinem Gesicht trägt und die Augen zu großen blauen Tellern geworden sind, in denen das Kind den Vati vollkommen spiegeln kann! Da wird er aber staunen! Da wird er wohl sein kariertes Hemd nicht mehr wiedererkennen vor Staunen, wenn er dem Kind in die Teller schaut. Da wird er wohl Siealsmutter herbeirufen und ihr die schönen neuen Teller zeigen müssen, die das Kind angeschafft hat! Da wollen wir aber vorsichtig sein, daß die nicht gleich wieder kaputtgehen, wird er sagen und vielleicht dem Kind einmal mehr Geld mitgeben als sonst, wenn es ihm Zigaretten kaufen soll, und dann wird Ichalstochter genug Geld haben, sich ganz allein eine Butter zu kaufen. Dann braucht sie nur noch ein bißchen Zeit für sich, damit sie die Butter auch ganz allein aufessen kann. Die Verkäuferin wird ein schönes Stück gelber, gesalzener Butter vom großen Block hobeln, der auf der Theke liegt, und wenn es nicht allzu kalt draußen ist, wird Ichalstochter auf dem Rückweg die Butter immer wieder mit einem Strohhalm durchbohren und ihn dann aussaugen. In der Küche am Tisch kann Ichalstochter Butter nicht essen, das gibt immer einen Krach, wenn Siealsmutter dem Kind die Butter unterschiebt, weil das Kind die Butter so gut gebrauchen könnte für Wachstum und Nerven. Frau Brehme von ganzoben schaut jetzt sehr verwirrt in die großen Augen des Kindes, auf die gelben Klumpen in der Pupillenöffnung. Sie weiß nicht, wo das Kind da hinschaut! Was es da spiegelt mit seinem neuen Blick, der den Ausdruck so ungewohnt macht! Umschauen muß sich Frau Brehme, aber sie findet das Original nicht zur Butterkopie in den Augen, ein bißchen unheimlich kommt ihr das vor. Frau Kaltwaßer von halboben haut jetzt mit beiden Händen auf die Finger des Kindes. Au! ruft Frau Brehme, als das Kind nun ganz fest nach den Spielfiguren greift und Frau Brehme zurückkehrt aus einer leichten Benommenheit, die Frau Kaltwaßer angst macht. Was war denn uns das? sagt Frau Kaltwaßer und wird ganz rot im Gesicht und schlägt noch einmal nach den kleinen Händen, die nun loslassen und gar nicht mehr aufhören können zu zittern, weil nämlich die Figuren in der Bluse sehr aufregende Figuren sein müssen. So hart waren sie geworden, als Ichalstochter dran zog.

Weiß Gott.

Frau Kaltwaßer zieht jetzt Frau Brehme zu sich herüber, sie nehmen die Tasse fort, die das Kind längst geleert hat, und sagen kein Wort.

Sie gehen.

Am Abend sitzen Siealseltern in der braunen Stube und hören Radio. Noch immer freut sich der Vati, daß Ichalstochter nun so einen neuen Ausdruck bekommen hat. Warum nur, fragt er die Mutter. Beim Gutenachtsagen muß Siealsmutter sich wundern. Sie spürt was. Sie zieht dem Kind das Nachthemdchen über Ohren. Siealstochter ist jetzt sehr nackt. Auf den Brustwarzen kleben zwei Spielfiguren, die das Kind aus der Schachtel genommen haben muß. Ichalstochter beginnt zu zittern. Der Leim brennt auf der Haut und riecht unangenehm. Siealsmutter reißt dem Kind die Holzstücke ab, daß es ein bißchen blutet. Igittigitt, sagt der Vati, dem ein elender Blick aus den Augen in den Mund stürzt. So elend, daß das Kind jetzt sehr schnell ins Bett möchte. Siealsmutter will nun eine Woche lang mit dem Kind nicht mehr sprechen. Sie sagt das, als sie später doch noch ein wenig Salbe auf die verletzte Brust schmiert. Da liegt Ichalstochter längst im Bett und muß weinen und hat jetzt wieder einen sehr alten Ausdruck in ihrem Gesicht. Teller kaputt, sagt der Vati. Au, sagt Ichalstochter und streichelt die schmerzenden Stellen.

Mein schönes, mein liebes Au, sagt Ichalstochter erledigt.

Lioba warf das Papier in die verschmutzte Kloschüssel. Sie wusch sich die Hände, trocknete sie ab und hetzte über den Flur aufs Lehrerzimmer zu, die Mappe zu holen. Die Stunde mußte längst begonnen haben, Lioba hatte das Klingelzeichen verpaßt. Überlesen. Raffte die Mappe, atmete heftig, als sie dem Raum ihrer ersten Stunde näherkam. Schließlich machte sie kehrt, lief den Weg zur Toilette zurück.

Als sie endlich, nun gründlich verspätet, die Klasse betrat, hatte niemand im Lehrerzimmer ihre Abwesenheit bekanntgegeben, wie es eigentlich die Pflicht der Schüler gewesen wäre. Hätte Lioba das noch gestern für einen Ausdruck bloßer Passivität gehalten, lächelte sie jetzt ein wenig und war ganz froh. Inzwischen roch sie ausreichend verschwitzt, um sicher zu sein. Die feuchte Stelle am Hosenbund, wo sie das wieder aus der Schüssel gefischte Papier trug, fühlte sich gut an.

Während die Schüler über einigen ihrer lustlos ausgeteilten Fragen grübelten, mit denen Lioba die Stunde möglichst ungestört an ihr Ende schleppen wollte, las sie auf einem der mitgebrachten Boulevardblätter auf den Schülertischen, daß nun *die kleine Janina* wieder zu Hause sei. Nach dem Verschwinden des Kindes hatte sich auch Lioba die Fotos in den Zeitungen beiläufig angeschaut. Ein blasses, sommersprossiges Kind, dem man nicht gleich glauben würde, daß es sich um ein Mädchen handelte. Lustige Augen, hinter denen noch genügend Neugier zu vermuten blieb. Nie stellte sich Lioba beim Anblick kleinerer Kinder vor, wie sie aussehen würden, wenn sie im Alter der Schüler wären, die sie unterrichtete. Andererseits konnte sie sich auch nicht ausmalen, wie die vor ihr Sitzenden einmal ausgesehen haben mochten vor Jahren.

Beides, ahnte sie, würde sie unangenehm unruhig machen.

Sie sah dem Kind auf dem Foto lange auf die Augen. Die Lider halb geschlossen, sah es ernst und benommen drein, schläfrig und ohne Neugier.

Die Nässe des Papiers in Liobas Hosenbund hatte jetzt den Pullover durchdrungen, breitete sich aus. Unter dem Stoff der weit geschnittenen Hosen lief etwas die Oberschenkel hinab. Lioba hielt es zunächst für Wasser. Es fühlte sich gut an.

Igittigitt, sagte ein Junge aus der ersten Reihe vernehmbar.

◆ ◆ ◆

Die Bahn schlich am Grund der Schlucht dahin, die zwischen den steil aufragenden Betonbauten der einander ablösenden Plattenbaubezirke klaffte. So kalt die Nächte auch waren, die dröhnende Sonne trieb die Morgenkühle herrisch vor sich her. Die Flanelljacke trug Marl bald um die Hüften gebunden.

Er hatte keine Ahnung, wie er das Kind jetzt finden könnte. Ausführlich war er verhört worden. Zu seinem Glück, wie er meinte, hatte sich eine junge Beamtin, die ansonsten Protokoll schrieb, nicht an die Regeln gehalten und in seiner Gegenwart während eines Telefonates die Klinik erwähnt, in die das Kind eingeliefert worden war. So hatte Marl die Spur aufnehmen können, ehe die Presse darüber Mitteilung gemacht hatte. *Weichkaramellen*. Marl bemühte sich noch immer, einen persönlichen Reim zu finden auf seine frühe Aussage, er habe das Opfer Wochen vor dessen Verschwinden in einem südlichen Berliner Vorort beim Kauf einer Tüte Weichkaramellen bemerkt. Eine verhängnisvolle Aussage. Sie hatte ihm keine Freunde gemacht unter den Ermittlungsbeamten. Der auf ihn fokussierte Verdacht war ihm schon auf der Türschwelle entgegengeschlagen, als er zum ersten Mal der Aufforderung zu einer Zeugenvernehmung nachgekommen war. In langen Gesprächen hatte er solches Mutmaßen wohl ausräumen können, aber immer wieder beteuert, daß er sich zu dem Kind hingezogen fühle und sich seit Jahren eines gewünscht habe. Eines Nachts hatte er sich in der Kanzlei eingeschlossen, einen Antrag auf Entzug des Sorgerechts gegen die Eltern zu formulieren, den er mit einer massiven Verletzung der Aufsichtspflicht begründen zu können glaubte. Zu seiner beruflichen Arbeit vermied Marona Birnenbaum üblicherweise jeden Kommentar. Als sie allerdings am Morgen das Diktat aufgenommen hatte, war sie außer sich geraten, hatte eigentlich nichts wirklich sagen können, aber doch immer wieder in Anfällen gestöhnt und geschwitzt, war unruhig und beklommen aufgestanden und innerhalb der Kanzlei auf ziellose Wanderschaft gegangen, hatte mehrere Male Kaffee und Grappa im Wechsel in sich hineingekippt und es schließlich gewagt, Marls Vorstoß zu einem absurden, ja lächerlichen Unterfangen zu erklären, dessen Widersinn schon allein in der Vorstellung deutlich hervorträte, Marl könne sich in einer solchen Angelegenheit selbst »begünstigen«: Der Antrag, das zu entziehende Sorgerecht auf ihn, Marl, zu übertragen, spottete einfach jeder Wiedergabe. Fassungslos war Marona gewesen und so im Schwanken zwischen Zorn und Besorgnis, daß sie schon daran gedacht hatte, Frieling anzurufen und um Rat zu fragen. Auch früher, in ihrer Zeit als sein liebstes Zimmer, war es vorgekommen, daß Marl aus den Schienen sprang. Daß er behauptete, einem psychologischen Experiment unterworfen zu sein, das sein Erinnerungsvermögen ausgeschaltet hatte. Eine Behauptung übrigens, die im Wechsel auftrat mit tiefer Furcht vor einer neurologischen Erkrankung, der Suche nach Kleinstmikrofonen in der Kanzlei und immer wieder aufs Neue gestellten Anträgen nach Ausfertigung von Geburts- und Abstammungsurkunden. Letztere bewahrte Marl in der Kanzlei auf und hatte es auf einen ansehnlichen Ordner gebracht, von dem nur Marona wußte. Neu eintreffende Urkunden heftete sie inzwischen ohne seine Anweisungen ab und schob ihm nur einen Zettel mit den Kürzeln »Geb. u. Abst. erl.« zu. (Falls sie Marl beim Lesen eines solchen Zettels diskret ins Gesicht schaute, glaubte sie einem zuweilen minutenlangen Schlagabtausch zwischen Zuversicht und Zusammenbruch beizuwohnen. Die gegenläufigen Erregungen löschten einander dann schließlich aus und hinterließen eine dumpfe Grundtönung in Marls Gemüt. In solchem Zustand tat es ihm gut, ihr auf Hintern oder Brüste zu glotzen oder das Ypsilon auf ihrem engen Rock abzuwandern, das sich zwischen Leib und Beinen abzeichnete. Ehe der Wunsch, Marona zu betasten, klar hervortreten konnte, kam ihm zum Glück jedesmal plötzlicher Ekel dazwischen.)

Marl stieg in einer dünnbesiedelten Gegend aus der Bahn und schlug sich durch die schmalen Wege einer Laubenkolonie. Als er sich umschaute, konnte er die inzwischen sanierten Bauten eines Industriegebietes ausmachen: ein Heizkraftwerk, das zum Bürohaus umgerüstete Gebäude einer früheren Elektrogerätefabrik, Lagerhallen und eine Großküche. Die Kleingartenidylle nahm sich vor diesem Hintergrund wie das Relikt einer vorvormaligen Epoche aus. Hinter den Zäunen reiften die Beeren, manchmal stand vor der Pforte ein Korb mit schwarzen Johannisbeeren oder grünem Salat, den der Besitzer anbot. Marl legte ein Zweimarkstück auf einen wackligen Stuhl und nahm sich eine Schale Stachelbeeren dafür, setzte sich in den Schatten einer dichten, dunklen Hecke und kniff Stiele und Blüten ab, ehe er die Beeren zu essen begann. Steckte er eine in den Mund, zerbiß er sie zunächst in der ungefähren Mitte, brachte sie wieder hervor und nahm dann mit Zunge und Lippen das süße, von Kernen durchsetzte Gelee auf, wobei er mit Daumen und Zeigefinger die Fruchtschale zusammendrückte. Erst dann kaute er die saure Haut. Das hatte er immer so gemacht. Frieling brachte ihm oft Beeren vom Einkauf mit. Er liebte Frieling, der ihn offenbar so sehr liebte, daß er ihm Beeren mitbrachte. Frieling wäre ein guter Vater, mußte Marl jetzt denken und grinste bei der Vorstellung, Marona um ein Kind von Frieling zu bitten.

Marl hatte es schwer, den Faden aufzugreifen im Labyrinth seines Kopfes. Seit Marona ihm so etwas wie eine Zusicherung hatte abringen können, den Antrag auf Sorgerechtsübertragung für *die kleine Janina* vorläufig nicht aus der Hand zu geben, hatte er wenig für Frieling übrig, der doch viel brauchte. Das tat ihm weh. Er begriff nicht, was Frieling nicht begriff. Ahnte aber im Nichtverstehen, daß er selbst sich irren, daß womöglich er selbst der größte Irrtum in diesem Geschehen sein könnte. Das dunkle, von warmem Grün durchzogene Rot der Beeren machte ihn traurig. Er kaute langsamer, sog jetzt sehr bedächtig die Fruchtschalen aus, kaute nur zögernd. Ein-, zweimal hatte er das Gefühl, im nächsten Moment einen sehr entscheidenden Gedanken fassen zu können, aber es kam nicht dazu. Die Fiktion entrutschte ihm noch, als er schon zugreifen wollte.

Später lockte ihn Kinderlärm, er vermutete einen Spielplatz oder einen Kindergarten in der Nähe, trieb darauf zu – resigniert, nichts zu Ende überlegen zu können. Die geleerte Schale warf er über irgendeinen hölzernen Zaun, wunderte sich kurz darauf, daß er sie nicht mehr in den Händen hielt. Seine Füße zerstörten das regelmäßige Rillenmuster der frisch geharkten Kieswege. Auch das tat ihm weh, er ertappte sich dabei, es vermeiden zu wollen und nach größeren Steinen Ausschau zu halten, um sich springend fortzubewegen, als überquerte er einen Bach. Er witterte die Schamröte, noch ehe sie sich wirklich über den Hals aufs Gesicht zu schleppen begann. Dem Lärm kam er bald auf die Spur: In einem der Gärten tummelten sich Kinder in einem Plastikplanschbekken, sprangen nach Anläufen auf dem schon warmen Rasen über den Rand ins Wasser, schrien und bespritzten einander. Sie waren nackt. Deutliche Abkühlung vertrieb die heiße Röte in Marls Gesicht. Die Kinder nahmen den Zaungast nicht wahr in ihrem Vergnügen und mußten nicht ahnen, daß Marl ihnen zugetan war. Über die Maßen? Ihm grauste, als er versuchte, ein Maß zu bestimmen. Während er zu ihnen hinüberspähte, arrangierte Marl die Kinder zu einer Runde um seinen und Frielings Eßtisch. Vielleicht sollte man sie in Frielings Vitrinen schließen nach dem Abendbrot. Die Sammeltassen müßten hinaus, dafür würde er ein paar alte Verpakkungskisten herausrücken. Frieling würde ihn unterstützen müssen, dessen war sich Marl endlich sicher. Auf den Holzstühlen würden Pfützen bleiben, wenn sie so weitermachten und nicht daran dachten, sich von der Sonne trocknen zu lassen. In seiner Wohnung würde ihnen das nicht mehr gelingen, wo er sie sorgfältig hegen wollte wie eine Pflanzung. So blieben sie naß, als er sich ihre Münder vorstellte, die wie Füße rosafarbener Schnecken über das vom Atem beschlagene Glas der Vitrine krochen. Kinder fanden ja so viele Spiele zum Zeitvertreib! Frieling würde Freude haben an den neuen Paradestücken in seinem Zimmer. Im Garten öffnete ein bleiches, hellhaariges Mädchen mit offenkundig afrikanischen

Gesichtszügen das zusammengebundene Haar. Vielleicht hatte die Spange zu fest gesessen, dachte Marl, denn das Gesicht des Kindes entspannte sich, die krause blonde Springflut verlieh ihm plötzlich einen betörend ungebändigten Nachdruck. Nun konnte Marl ausmachen, wie sehr das Mädchen einem der Jungen ähnelte, dessen Alter er auf vier Jahre schätzte. Auch dessen Gesicht verriet eine schwarze Linie in der Familiengeschichte, und die Haut war sichtbar dunkler geraten als bei der älteren Schwester. Die Kinder provozierten einander mit Freuden und ohne Arg. Ihr Spiel ließ einfach nichts ahnen, so daß Marl sich fragen mußte, ob er einen solchen Haufen Naivität nicht doch durch einen Wurf junger Katzen ersetzen sollte, statt Frieling Vater werden zu lassen. Der kleinen Janina oder dieser bunten Horde im Wasser oder aber der Idee, die im Bauch Marona Birnenbaums steckte... So wenig hatte er übrig, merkte er wieder, für Frieling, der viel brauchte, und der doch auch einen Anspruch auf ihn, Marl!, erworben hatte, und den er sicher erschreckte, der aber auch ihn erschreckte mit sorgenvoller Überwachung, die ihn, Marl!, in den letzten Tagen so verjagt hatte aus Frielings Nähe, so hatte resignieren lassen, was sein Anrecht *auf die kleine Janina* betraf, daß er schon gar nicht mehr wußte, ob es womöglich Frieling noch gar nicht gab, ob er ihn nicht eben erst erfunden hatte als Widerpart, an dem er sich selbst auf Tauglichkeit prüfen konnte, auf eine Tauglichkeit, die angesichts der nassen Kinder vor ihm aber schemenhaft bleiben mußte, ein dunkles Rätsel, und er, Marl!, spürte schon, daß er sich aufrichten und weglaufen mußte, als eines der Kinder (nicht das kraushaarige Mädchen und auch der kleinere Bruder nicht, sondern ein anderes, hinter einer Taucherbrille gesichtslos bleibendes Kind) seine Beinchen durch die flirrende Luft wirbeln ließ und auf ihn zurannte, auf den ungebetenen Gast, den Zuschauer, den es enttarnt hatte jenseits des Zauns, und einen Meter vor ihm plötzlich stehenblieb und seine Brille vom Kopf riß, sie umdrehte und seinen nichtssagenden Mund an das Glas preßte, daß Marl aufschrie, als er die rosa Schnecke erblickte! Er strauchelte, fand schließlich Tritt und lief, er mußte es prüfen, er mußte die Wohnung aufschließen und nachschauen, ob es Frieling dort gab oder wenigstens eine Spur von ihm, einen Hinweis, winzige Zeichen eines Beweises, daß er Frieling nicht eben erst, sondern vor längerer Zeit schon erfunden hatte, noch ehe das zerschnittene Kind an der Tankstelle stand! (Hatte er es nicht zunächst zwischen kümmerlich ausgeilendem Gesträuch gar nicht gesehen? Es nicht sogar für eine Reklamefigur aus Kunststoff gehalten?)

Marl schwitzte, als er die Haltestelle der Bahn wieder erreichte. Schwitzte noch, als er am fröstelnden Frieling zu Boden sank und klaftertief einschlief. Frieling rief Marona Birnenbaum an, um die Abwesenheit seines Freundes mit einem Schwächeanfall zu erklären. Gar nicht geschwächt aber schien Marls Stimme, als er aus dem Schlaf verlauten ließ, Marona Birnenbaums Bauch stecke voller Ideen.

◆ ◆ ◆

Daß Walja Zeiger schlief, konnte ihre Großmutter schon von der Wohnungstür aus sehen: Sie lag, die Beine ans Kinn gezogen, auf dem Ehebett und hatte die Tür zum Schlafzimmer offengelassen. Langsam kam Ida Bergner näher, versuchte, ihrem Schritt den schlurfenden Nachklang zu nehmen, indem sie wie eine fettleibige Störchin durch den Flur schritt. So hatte sie auch die Tochter Daghira oft im Bett gefunden, die zudem vor dem Einschlafen die Arme fest um die Schienbeine geschlungen und sich in dieser Lage hin und her bewegt, gesungen hatte. *Daghira*. Ida Bergner bedeckte die Schlafende mit einer wollenen Decke, überlegte einen Moment lang, ob sie sich hinter sie legen, sie umarmen sollte wie früher Daghira ... Aber da, wo ihr Platz hätte sein können, lag *die kleine Janina*, das Puppengesicht frisch gecremt, in sauberem Nachthemdchen. Eine vage Unruhe brachte Idas Kopf ins Trieseln. In Konstantinowka hatte sie einmal den Plastiktorso einer billigen Puppe, mit aufgemaltem Gesicht und dem hautfarbenen Relief einer Babyfrisur auf dem Kopf, aus dem Müll gezogen. Arme und ein Bein hatte ihr Mann Woldemar aus dem weichen Holz einer Fichte geschnitzt und in die elastischen Löcher des Körpers eingeschoben – eine beinahe kunstvolle Arbeit, wie sie jetzt fand. Gemeinsam mit Daghira hatten sie aus Stoffresten Kleidchen genäht und und Schuhe aus einem Streifen Wachstuch. Daghira war selig gewesen mit dem holzbeinigen Krüppelchen, hatte es sogar zur Schule mitgenommen, unter dem braunen Rock der Uniform verborgen. Nie wäre sie so weit gegangen, ihm einmal die Strümpfe auszuziehen. Den Händchen streifte sie selbst im Hochsommer winzige gestrickte Handschuhe über.

Irgendwann zu Beginn der sechziger Jahre hatte die Familie in Konstantinowka begonnen, heimliche Gottesdienste abzuhalten in der Sommerküche des Hauses, Ida erinnerte, daß sie die ersten Male nicht recht wußte, wie sie sich zu solchem Anlaß zu verhalten hatte. Ihrem Mann war es ebenso ergangen, so daß sie beschlossen hatten, ihren Weg zu Gott –

oder was sie dafür hielten – selbst zu bestimmen. Die Kinder hatten Obst aus dem Garten zu holen, kleine süße Pflaumen oder gelbfleischige Äpfel, die sie vor dem Beten in einer Glasschale anrichteten, mit Zucker und Essig würzten und gehackte Nüsse vom Vorjahr darüberstreuten. Gott hatte zulangen sollen, und wirklich war es ihnen anfangs erschienen, als hätte die Schüssel sich ein wenig geleert, wenn sie die Köpfe nach dem Beten erhoben. Daß es Daghira gewesen war, die nicht hatte an sich halten können mit ihrem allezeit beträchtlichen Appetit, bemerkten sie erst, als einmal *die Liebe, die Hur* sich zwischen die Betenden und Gott geschoben und Woldemar nach Idas Hand hatte greifen lassen, daß sie aufsahen, einander in die Augen, und dabei eben noch den Schatten der kleinen Hand wahrnahmen, wie er sich erschrocken zurückzog vom Tisch. Sie hatten lächeln müssen, beschämt über den fehlgeschlagenen Versuch, Gott nachzuspüren, beschämt aber auch, das Mädchen bloßgestellt zu haben, das ängstlich zu ihnen herübergeschaut hatte. Woldemar hatte bis zu seinem Tode nicht erfahren sollen, wer der Vater des Mädchens gewesen war, das ihm zur Ehe mit Sinaida Semjonowna verholfen hatte. Er hätte seine Frau niemals kennengelernt, hätte es nicht das Kind in Sinaidas Bauch gegeben und das Geld ihrer Eltern, die ihn in die nachträgliche Verbindung einkauften. Daher war er dem fremden Mann dankbar, der so für ihn vorgesorgt hatte, und bemühte sich, seine Stelle an Daghira anständig zu vertreten, immer darauf bedacht, bei einer womöglichen Begegnung mit dem leiblichen Vater, sei es auf Erden oder vor Gott, den sie doch suchten!, die Angelegenheit ordentlich übergeben zu können mit einem reinen Gewissen.

Ida Bergner lächelte jetzt, als sie an Woldemar dachte und daran, wie er Daghira morgens immer die Zöpfe geflochten hatte in Konstaninowka, vor dem Schulweg am Morgen und zum Ende des Tages noch einmal, ehe das Kind zu Bett ging. Ida war abends damit beschäftigt gewesen, Woldemars Söhnen nach ihren unerbittlichen kasachischen Kindertagen den Dreck von der hellen Haut zu schrubben, im Sommer am Brunnen im Garten, während sie im Winter eine große emaillierte Schüssel mit aufgemaltem Rosenmuster in der Küche mit Wasser gefüllt und die Jungen nacheinander hineingesetzt hatte. Ein bißchen bedauerte es Ida jetzt, daß die beiden nicht nach Deutschland hatten umsiedeln wollen, dabei war sie damals, als es ans Planen ging, froh gewesen, mit ihnen einen sicheren Fluchtpunkt zu behalten für den Fall, daß sie Deutschland doch wieder den Rücken kehren sollte.

Sie bekreuzigte sich.

Sich nach der Art der Orthodoxen zu bekreuzigen, hatte sie schon als Kind von den Eltern gelernt, es aber nicht mit jenem Gott in Verbindung gebracht, den sie später mit ihrem Mann in den heimlichen Betstunden suchte. Sie bekreuzigte sich, wie ihre deutsche Betreuerin im Aussiedlerheim dreimal auf Holz klopfte, wenn sie sich oder anderen etwas wünschte. Sie hatte ihnen Glück gewünscht in der eigenen Wohnung, war auch noch einige Male nach dem Einzug vorbeigekommen, um Dinge abzugeben, die sie im Bekanntenkreis zusammengesucht hatte: Tassen und Teller, Bettwäsche, einen Teppich, einige Handtücher, Tischdecken und zwei Mahagonistühle mit olivgrünem Samtpolster, die Ida in ihr Zimmer gestellt und einen runden Holztisch dazu gekauft hatte. Dem Tisch hatte sie ein passendes Spitzenhemdchen gehäkelt und eine Glasschale mit Äpfeln daraufgestellt. Sie liebte die kleinen, schrumpeligen Äpfel, die es im Ökoladen gab, sie konnte ihre Enkelin nicht verstehen, die das Obst dort viel zu teuer fand und meinte, daß das Angebot in keinem Fall mithalten könne mit dem im *Supermarkt*. So gab es immer zwei Sorten Äpfel im Hause. Ida wußte, welche die besseren waren. Walja wußte es auch. Sie redeten darüber nicht. Es reichte, daß Ida immer wieder Zeitungen vor die Häkelgardinen im Fenster schob…

Als Ida das Schlafzimmer verließ, tat sie es nicht, ohne noch einmal einen Blick auf *die kleine Janina* zu werfen, und sie meinte tatsächlich, einen triumphierenden Ausdruck in deren fettglänzendem Gesicht zu erkennen.

Das war nicht weiter verwunderlich, befand Ida nach einer inneren Prüfung.

Walja mußte während der Vorbereitung des Mittagessens von ihrer Schläfrigkeit überrascht worden sein: In der Küche fand Ida einen halbvollen Topf geschälter Kartoffeln, drei Scheiben gesalzenes Fleisch und Teller mit geschlagenem Ei und Paniermehl. Edward Zeiger werkelte derweil unten am Auto herum, pfiff sich eins, wie Ida hörte, als sie zur Vergewisserung das Fenster öffnete. Seit er von seiner Besuchsreise nach Kasachstan zurückgekommen war, beflügelte eine vorgetäuschte Leichtigkeit all seine Unternehmungen. Es schien ihm beinahe schon denkbar, seine Arbeitstage am eigenen Auto nach Gutdünken zu verkürzen. Oft lud er seine Frau inzwischen zu Spaziergängen ein oder überraschte sie mit einer Einladung zur Nachmittagsvorstellung im nahegelegenen Kino. Walja aber verschanzte sich neuerdings hinter Orientierungslosigkeit. Nach ihrer Aussiedlung waren Edward und

Ida oft überrascht gewesen, wie schnell Walja sich in allem zurechtfand. Wie sie nicht fürchtete, den Deutschen ins Gesicht zu sehen und ohne Spuren von Scheu zu fragen, was sie nicht wußte. Ihre Geschäftigkeit beurlaubte Mann und Großmutter gewissermaßen: Sie kosteten die Ankunft nach allen Regeln der Entwurzelung aus, konnten unbeschwert von den Formalitäten des Neuanfangs leiden – Walja hielt ihnen den Rücken frei. Füllte aus, kaufte ein, sah sich um, so daß immer schon vorbereitet war in ihren Gedanken, was sie den beiden vorzuführen gedachte zum Kennenlernen. In Waljas Windschatten ließ es sich damit leben, den *Einhebelmischer* im Bad nicht bedienen zu können ohne Erklärung oder die S-Bahn nicht zu benutzen, unfähig, die Tickets dafür zu lösen am Automaten. Walja hatte den Bogen raus, wie Ida Bergner damals oft sagte, als sie noch ganz als Sinaida Semjonowna Bergnerowa durchs Haus ging und blinden Blicks, der auf nichts reagierte als auf die Panik im Inneren ihres Kopfes. Die Augen wanderten unruhig von einem Winkel zum anderen, voller Bestürzung über den Arrest in verhafteten Sichtweisen, so daß sie kaum etwas wahrzunehmen vermochten zwischen den ungewohnten Kulissen. Zuflucht fand Ida zunächst in russischen Illustrierten, mit denen sie sich im Begegnungszentrum für Aussiedler versorgte. Sogar Preisrätsel konnte man lösen, und sie war erstaunt gewesen, als sie einen lilafarbenen Taschenschirm gewann. Walja aber fand schnell Freunde unter den anderen Ankömmlingen, hatte schon im Zug mit einigen Bekanntschaft geschlossen und brauchte nicht lange zu suchen, um so etwas wie eine regelmäßige, wenn auch unbezahlte Beschäftigung zu finden: Sie kochte mit Familien aus der evangelischen Kirchengemeinde russische und kasachische Speisen. Diese Abende, die sie noch Jahre später regelmäßig besuchte, hatten ihr Zutritt verschafft in deutsche Küchen. Es gab darunter solche, die der ihrigen ähnelten, deren sprelacartbezogene Möbel also einen winzigen Verschlag mit vergangenen Zeiten vollstopften. Auf der untersten Stufe der Skala rangierten Küchen ohne Fenster, und Walja freute sich treuherzig, daß ihr eigener Verschlag auf sozusagen höherem Niveau existierte. Sie versuchte, diese Tatsache auch Ida Bergner zu erklären, die aber zwischen Luxus und noch mehr Luxus keinen rechten Unterschied ausmachen konnte und verständnislos die Schultern hob. Allerdings gab sie dem Fenster einen Namen, nannte es *Privileg*, wie Walja es auch getan hatte. Das klang allemal gut. Wenn sie aus dem *Privileg* schaute, hinunter aufs Trottoir und hinüber aufs freie Feld, das von hier aus sogar beinahe zu riechen war, wenn es in Blüte stand, machte es seinem Namen alle Ehre. Einmal fragte sie eine Nachbarin, wie die es denn geschafft habe, ihre *Privilege* so nett zu dekorieren, dafür hätte sie gar keinen Sinn, und es wäre doch wirklich zu schön, überall so blumige weiße Fälle von Stoff hinabstürzen zu sehen, und ob sie ihr nicht einmal zeigen wollte, wie man sich so etwas herrichten könnte, da wäre schon Interesse. Die Dame hatte Ida sofort zu Kaffee und Kuchen gebeten und über die Freundschaft zur Großen Sowjetunion gesprochen, und mit der Zeit war es Ida erschienen, sie würde selbst für die Große Sowjetunion gehalten, worunter sie in der Tat zu schrumpfen begann, sich klein fühlte in ihrer Höhe und Breite, die einer Kolchosbäuerin, wie die Dame sagte, gut zu Gesicht stünde! Sie kniff in Idas Unterarm, goß ihr Kaffee nach, der nicht schmecken wollte, den Ida aber unmöglich ablehnen konnte bei so einer freundlichen

Einladung. Zumindest schmeckte der Kuchen, den die Dame nach sächsischer Art, »Echte Dresdener Eierschecke!«, zubereitet hatte, ganz ausgezeichnet, und Ida merkte sofort, daß mit Eiern, Butter und Zucker nicht gespart worden war, was ihr gefiel und unter den bislang probierten Gebäcken der Deutschen eher die Ausnahme gewesen war. Sie buken saftlos und streng, fand Ida, und am wenigsten mochte sie leiden, wonach die alternden Damen Deutschlands in der Konditorei gierten: Streuselschnecken, die im Mund staubten wie Mehltüten. Die cremigen Zungen, Eclairs und Locken hingegen waren für Idas Begriff zu wenig gesüßt, bewirkten so die Linderung nicht, die sie von ihnen erwartet hatte mit ihrer von fern stammenden Erfahrung. Sie zog es vor, sich hin und wieder ein süßes Kissel zuzubereiten und damit zufrieden zu sein.

Im Augenblick war sie gar nicht zufrieden: Ihre Enkelin war dabei, sich von einem Stück hautfarbenen Kunststoffs becircen zu lassen und dabei eine gewisse Zentrifugalkraft zu entwickeln, von der Ida nicht wissen konnte, wohin sie Walja befördern würde – und mit ihr auch Edward und sie selbst, Sinaida Semjonowna, genannt Ida und grade mal halbwegs zur Ruhe gekommen.

Sie seufzte. Klopfte das Fleisch und schälte die restlichen Kartoffeln. Als eine halbe Stunde später Edward auf ihr Zeichen von seinem Arbeitsplatz heraufkam, nahm Ida ihn bei der Hand und schob ihn ins Schlafzimmer. Gemeinsam setzten sie sich auf die Bettkante und betrachteten die in sich selbst eingewickelte Walja. Edward teilte dabei keineswegs Idas sorgenvolle Miene, sondern lächelte und pfiff eine Melodie, die er eben gehört haben mochte im Auto. Er schien sich zu freuen über den tiefen Schlaf seiner Frau, wie er sich in letzter Zeit über vieles zu freuen schien, was ihn noch kurz zuvor geärgert hatte. Sogar einen winzigen Bikini hatte er der kleinen Janina gestern mitgebracht und ihn, mit einem roten Schleifchen in buntbedrucktes Papier gebunden, der fahrigen Walja beim Abendessen über den Tisch geschoben. Erstaunt hatte Ida die beiden beobachtet, schweigend in ein weißes Rübchen vertieft, und als sie sich jetzt, auf der Bettkante, daran erinnerte, fiel ihr auf, daß Walja schon gestern die unerwartete Geste ihres Mannes mit ebenso unerwarteter Schläfrigkeit quittiert, ja, den Bikini nach einem leisen Dank geradezu achtlos in die Besteckschublade geschoben hatte. Der durch nichts zu irritierende Edward hatte daraufhin ein Gespräch über Ersatzteile begonnen, die besorgt werden mußten für den Wagen, und Walja hatte mit schlaffer Hand mitgeschrieben, sich dabei, denn die Liste der benötigten Dinge war lang, eine Strähne des glänzenden braunen Haares zu einem stumpfen Büschel gefilzt. Beim Abräumen hatte Ida den Teller der Enkelin in den Mülleimer im Flur geleert. Sie stand jetzt auf, ließ das Paar allein zurück, um noch einmal nachzuschauen. In der Tat hatte Walja die belegte Schnitte nicht einmal angebissen, den Apfel geschält, aber nur die Schalen verzehrt, das Rübchen planlos in immer kleinere Stücke zerteilt. Sie mußte Hunger haben, denn das Frühstück ließ sie grundsätzlich vorbeigehen, ohne etwas zu sich zu nehmen. Aber Walja hatte keinen Hunger. Als Ida in die Küche trat, saß dort ein zufriedener Edward allein über der zweiten Scheibe Fleisch.

◆ ◆ ◆

Die Vorliebe für Kleidung aus synthetischen Stoffen war Lioba endlich einmal nicht nur der erfreulichen Beförderung des Schwitzens wegen zupaß gekommen. Sie hatte auch ihre Hosen nicht wechseln müssen nach der ersten Stunde, der wie immer an diesem Wochentag eine Freistunde gefolgt war. Draußen herumgegangen war sie, hatte sich den Wind um die Beine wehen lassen, der zwischen den scharfen Straßenecken und Häuserkanten oft zu Hochform auflief. Als Lioba am späten Nachmittag nach Hause kam, erinnerte nicht viel mehr als ein müder Dunst an den morgendlichen Vorfall. Frau Koenig war schon gekommen, hatte sich von der Nachbarin den hinterlegten Wohnungsschlüssel aushändigen lassen, und war nun hinreichend beschäftigt mit ihrer Arbeit. Sie redete gern und viel, war aber schwer zu verstehen für Leute, die sie nicht kannten. Lioba kannte sie kaum. Als Frau Koenig sich vorgestellt hatte, war sie nicht allein erschienen, sondern in Begleitung eines schon etwas gebückt laufenden Herren, der sich als ihr Vater bezeichnet hatte. Mehrmals während des etwa halbstündigen Gespräches waren seine sorgsam manikürten, von Gicht verzogenen Hände zu Frau Koenigs Schultern gewandert, hatte sich sein kaum mehr beweglicher linker Zeigefinger auf die Lippen seiner Tochter gelegt. Die junge Frau hatte diese Art von Beruhigung sehr ernst genommen, zumindest für die Spanne eines kurzen Wortwechsels zwischen Lioba und ihrem Vater. Lioba erinnerte sich, was er zwischen dem haltlosen Geplapper seiner Tochter erzählt hatte: Frau Koenig sei ein waches kleines Mädchen gewesen, bis sie nach einer Impfung im Alter von drei Jahren an einer schweren Meningitis erkrankt wäre. Mit viel Mühe und Durchhaltewillen von Vater und Mutter hätte sie an einer normalen Schule den Teilabschluß der achten Klasse erreichen und danach eine Ausbildung für leichte Bürotätigkeiten abschließen können. Zehn Jahre lang hätte sie als Botin und Mädchen für alles in der Verwaltung einer kleinen Fabrik für Kaffeemaschinen gearbeitet, diesen Job aber mit dem Umsturz der gewohnten Verhältnisse vor zehn Jahren verloren. Seither wäre es schwierig gewesen, für sie eine passende Beschäftigung aufzutreiben, so daß er nach einigen erfolglosen Versuchen, sie in geschützten Werkstätten unterzubringen, dazu übergegangen sei, sie als Haushaltshilfe anzubieten. Das ginge mal so und mal so, sie sei halt gutherzig und friedlich, könne aber nur wenig Distanz halten zu anderen Menschen. Im übrigen sei ihre Fähigkeit, orthographisch richtig zu schreiben, angesichts ihrer intellektuellen Beschränktheit geradezu phänomenal entwickelt, und wenn sie nicht ganz so verspielt und schwatzhaft wäre, könne sie eine hervorragende Schreibkraft abgeben. Arbeitete sie zu Hause, könnte er sie immer wieder ermuntern und zum Durchhalten bewegen. In Heimarbeit aber sei einfach nichts zu finden gewesen bislang. Außerdem sei sie nicht fähig, zwei und zwei zusammenzuzählen. Hätte schon Schwierigkeiten mit eins und eins. Und: Sie liebe die Männer, weshalb es gut sei, wenn sie bei Lioba als offensichtlich alleinstehende Frau unterkommen könne für ein paar Stunden die Woche. Er habe jetzt eine Annonce aufgegeben, um vielleicht einen passenden Partner für Frau Koenig zu finden, sie sei eine angenehme Gesellschaft für einen ähnlich beschaffenen Mann, da zweifle er nicht.

Der alte Herr hatte das mit ganz und gar unbeweglicher Miene erzählt, in den ruhigen Fluß seiner Worte waren nur die Plapperbatzen der Koenig ein wenig störend hineingefallen. Wie künstliche Feldsteine, meinte Lioba jetzt, da sie sich erinnerte: Findlinge aus Pappmaché, deren Umfang das geringe Gewicht zunächst nicht hatte ahnen lassen.

Als Lioba sich nach Frau Koenig umwandte, die hinter ihr im Bad das Waschbecken sorgfältig mit Scheuerpulver ausstreute, kam ein unverfängliches Mitleid in ihr auf. Diese plumpe Gestalt mit den weichen, zerfließenden Gesichtszügen war die zehn Mark wert, die sie ihr für die Stunde zahlte. Frau Koenigs Gewohnheiten bei der Arbeit kamen ihren eigenen entgegen. Auch sie selbst benutzte Scheuerpulver und Topfkratzer aus Edelstahl, auch sie selbst putzte die Fenster mit heißem Wasser und einem Schuß Essig darin, auch sie selbst reinigte, wie Frau Koenig, die Teppiche mit einem Ausklopfer, nachdem sie sie über die Stange hinter dem Wohnblock gehängt hatte. Frau Koenigs unzeitgemäße Reinigungsmethoden stifteten eine warmes Gefühl des Wiedererkennens, das an Liobas Gefaßtheit rührte. Sie sollte mit ihr Kaffee trinken. In der Küche fand sich der Rest eines Zitronenkuchens, den sie aufschnitt, der sich aber auf dem grauen Steingutteller so kläglich ausnahm, daß sie eine rote Serviette unterlegte. Sie brühte Kaffee auf, goß Milch in ein Kännchen, stellte Tassen und die Zuckerdose auf den Küchentisch. Frau Koenig freute sich über Eßbares, wie Lioba längst bemerkt hatte.

Frau Koenig wünschte Kakao und bat um eine Banane.

Die Dose mit dem Kakao fand Lioba, die zunächst erklärt hatte, keinen im Hause zu haben, tatsächlich in jenem von Frau Koenig gewiesenen hinteren Winkel des Vorratsschrankes. Sie rührte das Pulver mit Zucker und etwas Wasser an, während die Milch auf dem Herd heiß wurde. Ihre Tochter hatte gern Kakao getrunken. Seit sie mit dem Vater davongegangen war, hatte das niemand mehr getan in dieser Wohnung. Der Kakao war älter als Liobas Einsamkeit, sie fürchtete ihn, er hatte nur wenige Armlängen von ihr entfernt unbemerkt überdauert, wo sie doch vorsorglich seinerzeit alles fortgeworfen hatte! Die kleinen Bälle, einzelnen Söckchen, bunten Knöpfe, die mißbrauchten Taschentücher in ihren harmlosen Verstecken – alles hatte sie aufgespürt, mit der Zeit und mit Hilfe immer beiläufiger erscheinender Zufälle, daß sie am Ende ganz sicher gewesen war, nichts mehr im Hause zu haben von einem Leben, das sich nicht wirklich hatte führen lassen, das, andersherum, sie geführt hatte wie eine linkische Marionette, und dieses Ende, jener Moment, in dem sie mit Sicherheit davon ausgegangen war, ohne eine Vergangenheit auskommen zu können, lag fünfzehn Jahre zurück! Daß die Koenig einstweilen ihr Kuchenstück unbekümmert mit Bananenscheiben belegte, mußte Lioba nun doch aufbringen, es schien ein gerissener Schachzug auf einmal, wie die einfältige Koenig ihr, Lioba, ans abgelegte Leben wollte, indem sie Kakao verlangte und mit Bananenscheiben ein dämliches Schmäckerchen fabrizierte, das Lioba nun ärgerte und ihr für einen Moment den Atem verschlug, bis sie sich daran erinnerte, wie auch sie selbst als Kind Brotscheiben und Kekse auf diese Weise belegt, wie auch sie selbst einmal in verzückter Einfalt glücklich darüber gewesen war, hin und wieder eine Banane zu bekommen und sich den Genuß verlängert hatte, indem sie die Banane mit Gebäck gewissermaßen streckte, den einzigartigen Geschmack also über die Sattheit hinaus dehnte in ein Gefühl beinahe vollkommener Zufriedenheit hinein, und ehe sie die Hand mit dem Schneebesen, der das in Wasser gelöste Zucker-Kakao-Gemisch in der Milch verquirlt hatte, hätte erheben können zu einem absichtsvollen Schlag auf Frau Koenigs gemütlich gerundeten Kindskopf, strich die andere Hand wider alle Absicht sehr sanft drüber hin, daß Frau Koenig sich nun langsam und mit freundlicher Selbstverständlichkeit zu Lioba umwandte und ihr das breite, unheilbar arglose Gesicht darbot.

So blieb der Moment unbewegt zwischen ihnen stehen, bis Lioba wieder Luft zu holen vermochte und mit dem endlich einsetzenden Herzschlag die Zeit darüber hinwegsprang.

Noch lange an diesem Abend mußte Lioba wach bleiben, nachdenken. Auch, als sie längst ins Bett gekrümmt lag und Frau Koenig mit ihrem Vater vor dem Fernseher vermutete. Nicht, daß sie den Kakao hätte kosten wollen, den ihre Tochter einst so gemocht hatte. Aber das Staunen, das sie auf einmal ankam, als sie an das weggegebene Kind dachte, setzte ihr zu. Das Mädchen war jetzt zweiundzwanzig Jahre alt, war eine Frau geworden, von der Lioba nichts wußte als das, was selten genug, glücklicherweise, über sie herfiel aus der früheren Zeit: Der vage Eindruck eines runden Mädchenkopfes, eines flachen Gesichts ohne ernstzunehmenden Ausdruck. Sie hatte es nie gemocht, wenn das Kind so ruhiggestellt aussah, so betäubt und ohne Energie, daß die Lider schon herunterzuklappen drohten, wenn nur von Schlaf die Rede gewesen war. Ein hölzernes Stimmchen, das durch die spärlich möblierte Wohnung stolperte, wenn es zu leise geworden war im Haus und Töne sich einstellten, die Lioba lieber nicht gehört hätte. Ebenso dünn wie das Stimmchen die kläglichen Beine, auf denen das Kind seine Bauchkugel transportiert hatte. Der Bauch hatte es seiner Mutter ähnlich gemacht, nur daß Lioba mit ihrer Statur niemals den Eindruck einer besonderen Heiterkeit hatte hervorrufen können, während das kleine Kind, damals, von jedermann, der es von ferne sah, für einen drolligen Kobold gehalten worden war. Erst in der Nähe war das narkotisierte Gesicht zum bestimmenden Eindruck geworden und hatte wohl die Vermutung irgendeiner eingeborenen Heiterkeit schnell vergessen lassen. Aber waren da niemals Momente gewesen, in denen Lioba das Kind mit Leichtigkeit hatte anfassen können? Sie hatte es gut gepflegt, als es noch ein Säugling gewesen war, sie hatte sich mit zwei, drei Freundinnen über einen möglichen Namen unterhalten vor seiner Geburt. Es war ihr lange Zeit gar nicht aufgefallen, daß sie es nicht mochte, sie hatte seine kleinen Seufzer geliebt im Schlaf und ihm alles erdenkliche Lächeln ins Gesicht hinuntergeschickt, wenn sie aus der Höhe ihrer Augen auf den Grund des Gitterbettes blickte. Seine ersten Bewegungen in ihrem Leib hatte sie mit einer Befriedigung registriert, die hin und wieder in Glückseligkeit übergegangen war. Alles, was das Kind brauchte, hatte sie gemeinsam mit dem Vater eingekauft, ertauscht, selbst gebaut, hatte sogar gestrickt, gehäkelt und ihre Mutter um Wollreste für eine Patchworkdecke gebeten. Was sie aufgewandt hatte, eine brauchbare Mutter zu sein, unterschied sich im Grunde nicht wesentlich von all dem, was Frauen in ihrer Umgebung damals aus gleichem Beweggrund getan hatten. Lioba schluchzte, wunderte sich noch mehr, solche Aufwallung traute sie ihrer gemächlichen Existenz gar nicht zu. Als sie schon einige Zeit schlief, verließ eine einzelne Träne ruhig den äußeren Winkel ihres linken Auges, lief über die Schläfe hinter das Ohr. Die kühle Spur auf der Haut paßte zum Bild, das Lioba jetzt träumte: Ihre Tochter sägte sorgsam mit einem scharfen Werkzeug die Schädeldecke auf, hob sie ab wie die Hälfte einer Walnußschale, um den darunterliegenden Kern zu betrachten, zu untersuchen – das Hirn ihrer Mutter, von dem sie sich keine Vorstellung machen konnte.

◆ ◆ ◆

Wie Marl schlief, konnte Frieling nun kaum mehr ertragen. Marl schlief wie tot, ohne ein Interesse an ihm, Frieling, seinem Körper, der ausgeatmeten Luft, die er vor Tagen noch begierig inhaliert hatte. So verstört schien Marl, daß Frieling ihn bat, sich einen außerplanmäßigen Urlaub zu gönnen und hinauszufahren in eine andere Gegend, ein anderes Land vielleicht, wo sie auf andere Gedanken kommen konnten. Frieling glaubte an seine Sehnsucht und deren Erfüllung, wollte nicht auf jene Freude verzichten, die Marls mahlende Kiefer in ihm auslösten, wenn sie eine Apfelspalte zerdrückten.

Frieling fror, war verloren in dieser Kühle, die ihn so unbeweglich machte, daß er manchmal seine innere und äußere Erstarrung an der bläulichen Verfärbung seiner Füße und Unterschenkel ablesen konnte. Frieling fürchtete, etwas anzusprechen, was einem Thema ähnelte. Das fremde Kind in seiner nicht zu fassenden Gefährlichkeit konnte er nicht benennen. Kannte es nicht. Wollte es niemals sehen müssen, während Marl keinen Blick in Frielings Zimmer mehr tat, ohne am Glas der Vitrine die Schneckenmünder der Kinder entlangkriechen zu sehen. Marl mußte sich dabei jedesmal herauswinden aus einem engen Futteral aus Ekel und Heimweh, wollte hinein in den Schrank, sich unter die Kinder mischen, klein sein und sehr langsam groß werden dürfen, in Frielings Nähe, seinem störrischen Schutz, und wußte doch, daß die Kinder ihn nicht würden aushalten können als ihresgleichen, daß sie ihm würden vertrauen wollen und einen Gewährsmann in ihm sehen, einen Beschützer. Er hingegen wollte von diesen Kindern beschützt werden, von ihrem Verharren im Zustand des Kindseins zehren, profitieren vielleicht, noch einmal aufwachsen dürfen und sich alles merken dabei, ja, das wollte er, auch wenn er wußte, daß so ein Schrank kein geeigneter Ort für eine Kindheit war.

Marl erschrak, Frieling kam eben nach Hause und setzte die gefüllten Taschen und Körbe nach mehreren Gängen hinunter zum Einkaufsauto auf dem Küchenboden ab. Marl erschrak immer wieder, wenn Frieling ein Beutestück auspackte und anpries, einen Blumenkohl von lakenweißer Farbe zum Beispiel oder ein ph-neutrales Duschbad, das er Marls angegriffener Schamhaarregion zugedacht hatte. Mit solchen Zuckerstückchen der Verlegenheit ging er Marl aus dem Weg, auch wenn er ihn eigentlich erreichen wollte und herauszerren aus seiner kühlen Aura, wieder herüber zu sich, und er hielt sich nun ein paar Takte länger beim Shampoo auf, das er in seiner Vorausschau zahm verrieb auf Marls Haut und dem Freund ein Bild hinwarf, das sie beide unter der Dusche, in der angeschlagenen emaillierten Wanne vor stockfleckigen Fliesenfugen darstellte. Erreichte Marl aber nicht. Der saß nämlich, die nun abwesend geweiteten Augen fest auf die Plastikflasche in Frielings Hand gerichtet, unter einem anderen Strahl, einer eisig über ihn kommenden Lust, seine Eltern zu riechen, sich der Mutter an die buntgeblümten Röcke zu werfen und einen abgerissenen Nagel, eine klaffende Spalte der Haut vorzuweisen. Viola und Reinhard, deren Plundersucht. Die Liebe zu schwarzem Kaffee. Der ältliche Paargeruch.

Fischblütige Gier, daß Marl die Fingerknöchel zu massieren begann, was angesichts der fest verschlossenen Faust ein sinnloses Unterfangen sein mußte. Frieling, als wüßte er etwas, erzählte, während er die letzte Milchflasche in den Kühlschrank stellte, von einem Anruf. Marls Vater ließe ihn wissen, daß ein Umzug bevorstünde, nach Altlandsberg hinüber, in eine Seniorenwohnanlage. Drei Zimmer, Mittagstisch auf Wunsch, Friseur und Geschäft im Hause, ärztliche und physiotherapeutische Betreuung. Das nur am Rande. Viola sei schon ganz kirre von dem Gedanken. Und Apfelplunder sei da, Marl möchte doch auf ein Stündchen vorbeikommen, das Nötige zu besprechen. Und Gruß von Viola. Bis dann.

Es überraschte nun wiederum Frieling, wie Hals über Kopf Marl darauf ansprach, wie in einem merklichen Ruck die Verspannung sich lockerte, löste, so daß er, Frieling, den Mut fand, Marls Hände zu fassen und die Stirn unter den Haaren hervorzustreichen, sogar in Marls Augen zu schauen wagte er und erhielt einen Blick zurück, der nicht kalt, sondern warm und mit einer entfernten Ahnung dessen angefüllt war, was Frieling vermißte seit einiger Zeit. Daß Marl ihn bat, ihn zu den Eltern zu begleiten, erinnerte ihn dann schon sehr an früher, an jene Zeit, da die seltenen Besuche bei den Eltern immer mit ihm, Frieling, stattgefunden hatten – er faßte Hoffnung. Plötzlich.

Marls Eltern wohnten nur wenige hundert Meter von ihnen entfernt, hatten dort schon gelebt, als Frieling Marl kennenlernte. In der ersten Hälfte der achtziger Jahre waren sie, Marl noch der haushaltszugehörige, wenn auch längst schon erwachsene Sohn, dort eingezogen. Sie verfügten immer über wenig Geld, was ihnen damals noch wenig ausgemacht hatte, in den letzten zehn Jahren aber zunehmend zum Problem geworden war. Marl unterstützte die Eltern mit einigen hundert Mark, die er monatlich abzweigte für sie und das ganz selbstverständlich fand. Damit hielten sie sich, längst im Rentenalter, über Wasser und richteten nach und nach ihre Wohnung ein wenig her, immer in kleinen Schritten, die Marl bespöttelte. Es schien ihm egal, ob die Tapeten alle drei oder fünf Jahre erneuert wurden, aber die Eltern hielten sonderbare Stücke auf solcherart Wechsel, die sie allen anderen Aufregungen eines üblichen Seniorenlebens vorzogen. Marls Vater hatte früher als Briefträger gearbeitet, die Mutter war Verkäuferin in einer Bäckerei der Innenstadt gewesen. Marl hatte kein Bild davon, wie seine Mutter Morgen für Morgen den weiten Weg auf sich genommen, wie sie Abend für Abend erschöpft zurückgekehrt war. Was er davon wußte, bezog er aus ihren Erzählungen, ihren ungläubigen Nachfragen, ob er denn so gar nichts mehr wüßte von damals, als er doch ihr guter Junge gewesen sei und ihr lieber dazu. Wenn er an die Mutter dachte, konnte Marl jetzt manchmal Gerüche wahrnehmen, die zu jenen Erinnerungen paßten, mit denen sie ihn dann und wann heimsuchte, wenn Marls Vater nicht dabei war. So flog ihn zuweilen hefiger Brötchenduft an, wenn er durch ein Streicheln von Frieling, eine kaum spürbare Berührung mit dem linken Handrücken, an etwas erinnert wurde, was er schon kannte und von dem er dann glaubte, so müsse ihn die Mutter auch berührt haben, mit dem Rücken der linken Hand, die nach den Brötchen in den großen Körben langte, während die rechte den mitgebrachten Beutel oder das Netz des Käufers hielt. Glaubte er seiner Mutter, hatte er als Schulkind viele Nachmittage im Verkaufsraum verbracht, im Sommer die

Wespen von Apfel- und Kirschtaschen verjagt, im Winter ein Buch gelesen in der Nähe des elektrischen Speicherofens. Oder er hatte ihr beim Einpacken geholfen. Noch heute, so Frieling, konnte Marl besser als jeder andere verpacken: Dinge aller Art, Geschenke oder Mitbringsel für eine Party. Gerade an großen Paketen bestach die mustergültige Lastenverteilung. Leere Winkel stopfte Marl mit Resten von Seidenpapier oder Trockenblumen, kaufte manchmal auch farbige Wattebällchen dafür. Galt es, von Frieling gebackenen Kuchen zu transportieren, zu Freunden oder Verwandten, legte Marl zwischen die Lagen der Stücke durchsichtige Folie, achtete darauf, daß nichts aneinanderkleben konnte und schaffte es, daß der Stapel nach dem Auspacken nichts an Großartigkeit verloren hatte, Frieling also ganz den Dank und die Bewunderung für seine Backkunst ernten konnte, wie er es liebte. Für Frieling stand fest, daß der Liebste das nur von der Mutter gelernt haben konnte, sein Interesse für Alltägliches verlor sich ansonsten völlig in einer umfassenden Unaufmerksamkeit. Und Marl folgte bei solchen Aktionen meist ganz verwundert den eigenen Fingern, die ihre Sache von selbst taten und das sicher auch noch konnten, wenn sein übriger Körper von ihnen getrennt wäre, nach einem Unfall oder einer (kaum zu erwartenden) Folter.

Sie gingen also nach einiger Zeit hinüber, vermieden es, auf der Straße einander bei den Händen zu nehmen oder gar untergehakt zu laufen. Nicht aus Scham, keineswegs, es war immer ihre Art gewesen, umschlungen spazierenzugehen auch am hellichten Tag. Was in der Stadtmitte niemandes Aufsehen erregt hätte, war hier, an der Peripherie, noch immer ein starkes Stück. Hier draußen lebte, wer es gewohnt war oder keine Aussicht sah, es woanders zu tun, weil ihm der Job fehlte oder die feste Beziehung. Jene, die eine Arbeit hier draußen hatten, wurden nahezu unsichtbar zwischen all den Pendlern, die morgens und abends U-Bahnen oder Busse benutzten. Die Alten glaubten zum Großteil, die Genossen der Staatspartei wiederzuwählen, wenn sie ihr Kreuz auf die Stimmzettel malten, und wollten der vermeintlichen Sauberkeit ihrer frühen Entwürfe ein Reservat schaffen. Ein seltsamer Wille zur Reinheit bestimmte die Aktivität älterer Frauen und Männer, die in stoischer Manier ihre Balkons Jahr für Jahr dekorierten und sich an den Wettbewerben der Wohnungsbaugesellschaften um das gelungenste Beispiel beteiligten. Marl und Frieling, die nun also zu Marls Eltern hinübertrotteten, litten schon lange nicht mehr an den indignierten Reaktionen der Balkonbepflanzer und Mülltonnenhüter, die sie ihre Pappkameraden nannten oder ihre Pappenheimer.

Sie gingen nebeneinander, ohne sich zu berühren, und es stimmte ja: Da ging etwas zwischen ihnen, das ihre Nähe verhinderte, wenn auch erst Marl, dann Frieling schüchtern versuchten, den anderen wie aus Versehen mit dem Bein, dem schlenkernden Arm zu berühren. Sie hielten sich tapfer voneinander fern und doch nahe genug für ein stoppliges Schweigen, dessen weiche Borsten zumindest die Haut des anderen kratzten.

Noch immer besaß Marl einen Schlüssel zur Wohnung der Eltern. Reinhard und Viola empfingen sie am gedeckten Tisch. Die Einladung zu Apfelplunder entpuppte sich als maßlose Untertreibung für das, was hier angerichtet worden war. Zwei Flaschen Sekt standen im Eis auf dem Tisch, links und rechts von topfhohen, cremigen Backwerken flankiert. Ganz außen der Apfelplunder, der sich in der Nachbarschaft der Tortenschwestern geradezu kümmerlich ausnahm. Das mußte auch Viola bemerkt haben, die sofort beteuerte, die Stücke, feinste Sorte, am Vormittag aus der Mitte Berlins, aus ihrer alten Bäckerei, beschafft zu haben. Marl glaubte das, sah, roch es nun auch. Reinhard forderte sie zum Platznehmen auf, lachte dröhnend und ließ sein Zähne blitzen dabei. Marl wollte es ihm nachtun, doch es gelang nicht. Reinhard blieb ihm die taube Nuß, die nicht zu knacken war. Kein Schmuckstück von einem Vater, ein weicher, gefälliger Mann, dem immer ein wenig Langeweile dazwischengeriet, wollte er sich schneller bewegen. Jedesmal, wenn Marl ihn besuchte, mußte er sich von neuem darum bemühen, den Mann zu erkennen, der ihn nicht Marl nannte, sondern beim Vornamen – Marl hatte Mühe, ihn nicht zu überhören. Die Mutter vermied es meist, ihn überhaupt bei einem seiner Namen zu nennen, sie rief ihn *min Jong* oder *Kerlsche*. Marl fiel, als die Mutter den *Jong* fragte, ob er Kaffee wollte, ein, wie er vor Zeiten, als Kind, den Namen *min Jong* für eine vietnamesische Übersetzung seines tatsächlichen Vornamens gehalten und eine Weile geglaubt hatte, daß in allen Sprachen dieser Vorname seinen ganz eigenen Klang besaß. Noch immer konnte er sich nicht betrachten als Kind, sah nicht, was er getragen, woran er gekaut hatte, war aber schon überrascht, daß, was sich einstellte, mehr war als ein Geruch.

Als er den Vater dann bat, den bevorstehenden Umzug doch bitte näher zu erläutern, *das sei ja ein Knüller zum Umhauen*, lachte Reinhard Marl noch einmal kurz auf, ehe er unsicher verstummte. Viola nahm es ihm ab, sich breit erklären zu müssen. Aus der Schublade der unscheinbaren Kommode zu ihrer Seite zog sie ein kleineres, mürbes, eng mit Bleistift beschriebenes Stück bräunlichen Papiers und begann vorzulesen, die Stimme ein wenig ins Schneidende gewendet, um die übergroße Aufgeregtheit im Zaum zu halten, die sich ihrer bemächtigte:

5. Juli 1949

Liebe Mutter! Ihr Lieben alle!

Es fehlen mir die Worte, Euch zu schildern, wie froh und glücklich ich war, als ich durch Euren Antwortbrief vom 13.5. die Gewißheit erhielt, daß ich nicht vergeblich gehofft und an Gottes Hilfe geglaubt hatte. In den bittersten Stunden ist er Euch wie mir stets am nächsten gewesen und hat uns vor weiterem Leid bewahrt.

Dir, liebe Mutter, meinen innigsten Dank! Wenn es Dir auch schwerfiel zu schreiben, so spricht doch aus allem, daß Du unser Unglück genauso betrachtest wie ich, nämlich als eine Prüfung und Vorbereitung für neue Aufgaben. Nun endlich haben wir einen greifbaren Weg zueinander gefunden, eine unvorstellbare Erleichterung der Lage nach dieser leidvollen Zeit. Bis wir uns wiedersehen dürfen, werde ich in Gedanken immer bei Dir sein, so, wie ich es bis heute stets zu tun pflegte, wenn ich des Sonntags morgens in meiner kleinen Zelle auf und ab ging. Dann vergaß ich für eine Weile meine traurige Umgebung und war mit Dir zum Gottesdienst. In diesen Stunden fand ich dann jene Kraft, mich selbst zu erkennen und darüber hinaus anderen Kameraden in Kummer und Sorge mit Rat und Tat zu helfen. Eine segensreiche Aufgabe!

In nächtlicher Stunde, wachend und vor mich hin sinnend, kamen mir folgende Gedanken, die mit dazu beitragen sollen, Dich über diese schwere Zeit hinwegzubringen. Vieles hat man uns genommen, doch eins ist uns geblieben:

Glauben, Hoffen, Lieben!

Glaub', o Herz, voll Zuversicht
An des Schöpfers Walten!
Er verläßt die Seinen nicht,
Wird auch Dich erhalten!

Hoff', o Herz, sei unverzagt!
Du wirst dein Ziel erreichen.
Wenn der leichte Morgen tagt,
Muß das Dunkel weichen!

Lieb', o Herz, durch Raum und Zeit!
Gott hat Dir's beschieden.
Liebe überwindet Leid,
Schaffet Freud' und Frieden!

Mit besonderer Freude erfüllt es mich, daß mein Bruder seine Stellung wiedererlangt hat und sogar glücklicher Vater geworden ist. Meine kollegiale und brüderliche Hochachtung!! Über allem möchte ich nicht vergessen, Tante Kitty und allen Verwandten und Freunden für ihre Hilfe und Unterstützung herzlich zu danken!

Bevor ich endige, bitte ich Euch, alle Bekannten, die ihre Teilnahme an unserem Leid bezeugt haben, von mir zu grüßen, vor allen Dingen meine beiden Freunde Kai-Uwe und Edwin. Ihr dürft mir so viel und so oft Ihr wollt schreiben. Legt doch bitte einige Photographien bei, damit ich Euch wenigstens in dieser Form immer bei mir habe.

Wir sind der festen Überzeugung, daß wir bald heimkehren werden, heißt es doch: Alles, was ihr bittet im Gebet, so ihr glaubet, werdet ihr's empfangen. In Liebe und ständiger Verbundenheit verbleibe ich

Euer Reinhard

Über Deinen Gruß, lieber Cousin, habe ich mich besonders gefreut!

Sind Deine Erfolge auf schulischem Gebiet die gleichen wie auf sportlichem? Ich hoffe, daß Du auch auf sprachlichem Gebiet gut vorangekommen bist! Bis wir beide gemeinsam wieder schwimmen gehen werden (damit ich Deine Kunst bewundern kann!) grüßt Dich und ebenso natürlich die kleine Irena

Dein Reinhard

Marl, der verständnislos zuhörte, allenfalls bei der Erwähnung von Namen ein wenig auf seinem Sitz federte, schaute seiner Mutter wie durch Milchglas in die Augen, nahm ein Stück Torte auf seinen Teller. Er merkte wohl, daß die nun eingetretene Stille nicht, wie üblich zwischen den klobigen Möbeln der Eltern, einen hohlen Klang hatte, sondern beladen herumschlich. Ihr schwerer Ton surrte in seinen Ohren und löste jedes Bild auf, ehe es in seinem Kopf hätte Kontur finden können. Marl kaute und wartete ab, Frieling wartete ab und kaute.

◆ ◆ ◆

An so einem Tag, sagte Ida Bergner laut und vernehmlich, zöge sie es doch vor, eine kasachische Witwe zu sein. Die ansteigende Woge Papier, der sie sich auszusetzen hatte, um eine ihr möglicherweise zustehende Rente zu sichern, nahm ihr den Atem, noch ehe sie über ihr zusammengeschlagen war.

Ida Bergner saß im Begegnungszentrum für Ausländer und wartete darauf, aus der Reihe der Wartenden ins Büro gerufen zu werden, um sich beraten zu lassen. Anfangs hatte sie eine Hinterbliebenenrente beantragt und auch bekommen, sie war eine Russin gewesen in den Augen des Gesetzes, das ihre Ansprüche regelte. Später hatte sie der Betreuerin erzählt, daß ihre Mutter Deutsche gewesen sei, aber ihre Abkunft, so gut es ging, verheimlicht und einen Russen geheiratet hatte. Darum habe auch sie selbst sich stets als Russin empfunden. Die Betreuerin hatte ihr nun geraten, darauf zurückzukommen und die Verheimlichungstaktik der Mutter als verfolgungsbedingtes Verhalten zu betrachten. Durch die Heirat eines Deutschen habe schließlich Ida Bergner selbst, die vor ihrem ersten Aufenthalt in Deutschland kaum ein Wort Deutsch gesprochen hatte, den entscheidenden Schritt zur Rückkehr ins Deutschtum getan und könnte deshalb womöglich mit der Anerkennung eines eigenen Anspruches nach dem Fremdrentengesetz rechnen. Ida Bergner war das anfangs sehr unangenehm gewesen. Diese unverdrossen auf dem Konstrukt eines *Deutschtums* zappelnde Rechnerei, dieses Zuschlagen, Abschlagen, Umschlagen, Umwerten, Reinhalten war ihr ein Graus. Warum sollte sie vor den Deutschen ihren russischen Anteil zunichte machen? Warum wollten sie ihr mehr Geld zahlen, wenn sie ihr Blut verdünnte? Es war vor allem Walja gewesen, die ihr zugeredet hatte, *die Chance zu ergreifen*. Wer wußte, wann einer von den beiden eine richtige Arbeit bekommen würde … Also hatte sie zugestimmt und an ihre Tochter Daghira gedacht, die sie damit ja auch in ein spätes Recht würde setzen können, wenigstens im übertragenen, sich seiner selbst beraubenden Sinn. Die aufgelisteten Jahre ihrer Berufstätigkeit ließen eine Lücke, wie das zuständige Amt ihr mitgeteilt hatte. Man forderte einen Nachweis. Die Sanitätssoldatin der Roten Armee, Sinaida Semjonowna Partkowa, hatte als Russin, zweiundzwanzigjährig, in den letzten Tagen des letzten Krieges Berlin erreicht. Eigenhändig hatte sie die jungen Kerle begraben, die ihr unter den Fingern weggestorben waren an Wundinfektionen und verschiedenen Entartungen von Liebe und Haß. Sie hatte angegeben, im Jahr 1947 aus Deutschland in die Heimat und ins zivile Leben zurückgekehrt zu sein. Zu ihrer Heirat mit Woldemar Bergner und zur Geburt ihrer Tochter Daghira gab es Urkunden für ihren *Versicherungsverlauf* – ein Wort übrigens, das einiges auslösen konnte in ihrem Kopf. Eine in den Kriegsjahren unterbrochene Ausbildung zur Buchhalterin hatte sie Ende der fünfziger Jahre erst beendet, als sie lange schon die Geschäfte der Kolchose in Konstantinowka verwaltete. Seit ihre Übersiedlung nach Deutschland geplant gewesen war, hatte sie einige Male versucht, unter Darreichung von Schinken, Dollarnoten und verschiedenen deutschen Adressen, die den Erwerb gebrauchter Autos versprachen, ihre Berufstätigkeit bis ins Jahr 1947 zurückdatieren zu lassen. Es war ihr nicht gelungen. Möglicherweise war sie zu alt. Andererseits hatte hinter dem Schreibtisch, auf dem sie ihre Gaben abgelegt hatte, eine junge Russin gesessen, der es gegen den deutlich gezogenen Strich gegangen sein mochte, selbst nicht nach Deutschland einreisen zu dürfen, während alte Herrschaften ihrer Auffassung nach ebensowenig geeigneter Abstammung die Reise antreten konnten. Vielleicht, dachte Ida Bergner, sitzt die Frau immer noch dort, auf jenem schäbigen Bürostuhl aus Aluminium, auf kunstlederbezogenem Schaumstoffsitz, und versucht, die eigene Lage erträglicher zu machen, indem sie andere Leute verpflichtet, sie mit ihr zu teilen? Ida zerschnitt ein knorriges Äpfelchen und hob die Fersen abwechselnd vom Boden, um ihren Beinvenen etwas Gutes zu tun. Sie erinnerte sich an die frühen neunziger Jahre, als der Gedanke an eine Rückkehr nach Deutschland – und um so etwas handelte es sich zweifellos, wenn man die Dinge recht betrachtete – sich langsam in ihr aufgefaltet hatte wie eine über Jahrzehnte fest zum Bündel geschnürte Zeltplane. Eines Tages dann hatte sie nur in sich gehen brauchen und befand sich unter einem schützenden Dach. Mit der Zeit war es ihr gelungen, auch Woldemar unter dieses Dach zu ziehen. Er wunderte sich zwar, daß eine Russin ihm einen Schritt vorausgegangen war in dieser Frage, ihn zog es nicht mehr fort aus Konstantinowka, aber nur als seiner mitsiedelnden Ehefrau würde Sinaida die deutsche Staatsbürgerschaft zuerkannt werden können. Er tat sich noch einmal schwer, als die beiden Söhne nicht fort wollten aus Kasachstan, und als schließlich Daghira starb, schien ihm der Sinn der Reise für eine Weile ganz und gar hinfällig geworden zu sein. Daghira war es schließlich gewesen, die als erste die Schnur um die alte Plane in Idas Gedächtnis zu lösen begonnen hatte. Sie war bei dem Versuch gestorben, einen gefrorenen Fisch aufzutauen, sie hatte die Backröhre ihres Gasherdes sanft zu erwärmen versucht, indem sie die Flämmchen so klein wie möglich hielt, sie hatte vorgehabt, den Fisch nach dem Auftauen zu salzen und zu säuern, sie hatte die Füllung aus Graupen, Pilzen und Zwiebeln längst vorbereitet und freute sich darauf, ihn der Familie servieren zu können, denn sie hatte den Deutschkurs im Goethe-Institut von Almaty mit glänzendem Ergebnis absolviert und war sogar gefragt worden, wie sie den sächsischen Beiklang erklären könne, der ihr Sprechen begleitete. Daghiras Freude hielt Vergangenheit und Zukunft zusammen in einem Moment des Lächelns, den *die Liebe, die Hur* benutzte, sie sanft einschlafen zu lassen, während sie, am Tisch sitzend, auf den Fisch wartete, den Kopf auf die Tischplatte gebettet. *Die Liebe, die Hur* verschwand schließlich durch einen kaum wahrnehmbaren Riß im Holz der geschlossenen Küchentür, in ihrem Luftsog erlosch die spärliche Flamme im Herd, das ausströmende Gas bescherte Daghira einen friedlichen Tod, der sie längst erreicht hatte, als Ida Bergner mit einem Glas saurem Gemüse aus dem *Magasin* kam. Still hatte sich Ida Bergner zu Daghira an den Tisch gesetzt, nachdem sie die Backröhre ausgestellt und alle Fenster und Türen weit geöffnet hatte. Zunächst war ihr, als müsse sie ihrer Tochter folgen und sich nach einem geeigneten Gegenstand umsehen, mit dessen Hilfe sie sich Daghira endgültig zugesellen konnte. Mit der Zeit aber, als sie fühlte, wie das Blut ihrer Tochter erkaltete, begann sie die Entfernung zu akzeptieren, die sich da auftat zwischen ihnen, und sie mußte daran denken, wie sie Daghira aus Deutschland fortgebracht hatte mit dem dringenden Wunsch, das ungeborene Kind über alle Grenzen zu retten, was ihr für eine gewisse Zeit ja auch recht gut gelungen war. Ida Bergner verbrachte zwei Tage und drei Nächte mit der toten Daghira in der Küche ihres Wohnhauses in Konstantinowka, ehe sie im Morgengrauen des dritten Tages vom Tisch aufstand, ein schwarzes Wollkopftuch unter dem Kinn festband und ins Haus des Dorfsowjets lief, wo sie das Telefon benutzen konnte, um den Mann und die Söhne zu benachrichtigen. Sie mußte den in seiner Trauer um die Tote beinahe hilflosen Woldemar von der Bahn in der nächstgrößeren Stadt abholen und mit dem Taxi nach Konstantinowka schaffen lassen, wo er wie ein leerer Bovist in sich zusammensank. Noch Tage zuvor hatte er voller Kraft Balken geschleppt und Nägel eingeschlagen, er hatte den ganzen Sommer und Herbst in einem russischen Dorf zugebracht, wo sich die Kinder eines Freundes nach ihrem unfreiwilligen Auszug aus Kasachstan ein Haus bauten. Sinaida Semjonowna, die ihre Trauer um Daghira vollkommen ausgelebt zu haben schien, trauerte fortan um die einstige Kraft ihres Mannes. Daghira aber wurde nach Art der Baptisten und also ohne Kreuz auf dem Grabe beerdigt. Aber während auf den Grabsteinen ringsum russische Inschriften an Fleiß und Familiensinn der Verstorbenen erinnerten, war auf jenem Daghiras in deutscher Sprache zu lesen:

Fürs Leben hielt auf meinem Weg ich inne
und zieh nun endlich heimwärts.

Daghira Bergner
1950–1993

Nach Wochen des Zerfalls begriff Woldemar endlich, daß er so etwas wie ein Vermächtnis Daghiras erfüllte, wenn er seiner Frau die Ausreise nach Deutschland ermöglichte. Er begann wieder regelmäßig zu essen und zu trinken und zog bei den erforderlichen Behördengängen ordentliche Kleidungsstücke an.

Heute schickte Ida Bergner ihren beiden Söhnen regelmäßig Geld für die Pflege des Grabes und bedauerte es ansonsten, daß Daghiras Tochter Walja sich um das Andenken ihrer Mutter nicht weiter zu bekümmern schien. Als uneheliche Tochter, der gegenüber man niemals auch nur den Vornamen eines möglichen Vaters erwähnt hatte, hockte Walja Zeiger auf dem Rätsel ihrer Herkunft wie über einem Topf siedender Suppe: Es reichte, den heißen Dampf zu spüren, der davon aufstieg, um einfach davonlaufen zu wollen. Nach dem Tode Daghiras gab es niemanden außer dem in Frage kommenden Mann selbst, der Walja über seine Vaterschaft hätte aufklären können. Dem Eigensinn ihrer Mutter entsprach nach den Regeln der Wahrscheinlichkeit aber eher die Vermutung, dieser Mann wisse nicht einmal von seiner Tochter. Ida Bergner hatte Daghira niemals hierzu befragt, schließlich hatte sie ihr den Vater einst ebenso vorenthalten, wenn auch, wie sie meinte, aus völlig anderen und schon darum ernstzunehmenden Gründen. Glücklicherweise, dachte Ida jetzt, war die Vaterrolle durch Woldemar Bergner ja auch mehr als nur notdürftig besetzt worden, und als sie wieder einmal allen Ernstes glauben wollte, Daghira habe von alledem nicht die leiseste Ahnung gehabt, kehrte sie zurück zu ihrem *Versicherungsverlauf* und stellte fest, daß dessen Lücke mit jener zusammengehörte, in die sich ihr Mann vor Daghiras Geburt nicht unwillig, und weil er von Semjon Partkow ein schönes Stück Geld dafür bekam, hatte einpassen lassen.

◆ ◆ ◆

Als nach einer halben Stunde allseitigen Schweigens nicht auszumachen war, daß Marl auch nur eine Spur dessen verstanden hatte, was ihm zugetragen worden war durch den Mund seiner Mutter, begann diese unruhig zwischen Küche und Toilette zu hantieren, räumte das Kaffeegeschirr ab, um es Minuten später in unverändertem Zustand wieder aufzutragen. Marls Vater kam ihr zu Hilfe und bat sie, für eine Weile die Beine hochzulegen und ein paar Tropfen zu nehmen, die er ihr schließlich auch noch aus dem Wandschank im Bad hervorkramte. Marl hätte ihn durch den Türspalt beobachten können, griff aber lieber nach Frieling, der Anstalten machte, in Marls Achselhöhle hineinzuschrumpfen für den Rest des Tages. So jedenfalls nannte es Marl, wenn Frielings Kopf dorthin drängte, und als Marls Vater ins Zimmer zurückkehrte, blieb er einen Moment lang still in der Türfüllung stehen und nahm die rechte Hand vor die Augen. Verlegen, wie Marl meinte, dem die Situation peinlich zu werden begann. Er schob Frieling von sich... Reinhard Marl ließ die Hand sinken. Sein Blick versuchte, einen vibrierenden Tränenfilm zu durchdringen, der schließlich genau in jenem Augenblick zersprang, in dem Viola sich vom Schlafzimmer aus bis zum nächsten Mal entschuldigte und einen guten Heimweg wünschte.

Reinhard Marl schloß die Tür hinter sich und ging langsam auf seinen Sohn zu. Umarmte ihn. Das war neu, schien kurios. Als der Vater noch einmal zur Kommode ging, um den vorhin verlesenen Brief wieder hervorzuziehen, wurde Marl von Frieling derart tief in den Sessel gedrückt und festgehalten, als müsse er Aufmerksamkeit erzwingen. Die Stimme nicht etwa ein wenig ins Schneidende gewendet, sondern weich geführt, daß sie an den Rändern zerfaserte, las Reinhard Marl nicht den ganzen Brief, sondern ein kleines Stück nur, das er sorgfältig zwischen zwei Zeilen nach hinten gefaltet und mit Tesafilm in der Unsichtbarkeit fixiert hatte, weil Viola es nicht hatte vorlesen sollen. Er brauchte keine Schere, um das Verborgene herauszuschneiden aus seinem Versteck, er trug es schon auf der Zunge, und Marl mußte schlucken, und Frieling stand es kaum durch:

Konnte es dann ausbleiben, daß auch ich einen Menschen fand, der mir meine bestimmt nicht leichte Last tragen half und mir heute mehr bedeutet als nur ein Freund und Bruder? Ich freue mich sehr darauf, daß Du ihn, wenn ich wieder zurückkehre, kennen und schätzen lernen wirst!

hatte Reinhard Marl im Jahre 1949 an seine Mutter geschrieben, der Brief hatte die Zensur der Haftanstalt passiert und bezeugt, daß der Briefschreiber lebte, was nach einer offenbar langen Zeit der Ungewißheit ein unerhörtes Ereignis gewesen war. Und Reinhard Marl hatte einen Mann gefunden damals, dessen waren sein Sohn und Frieling sich sicher, als sie plötzlich aus ihrem Schluchzen in lautes Lachen hinüberwechselten, Sekt nachgossen und in Violas Abwesenheit eine Geschichte vernahmen, die Marona Birnenbaum am kommenden Morgen in der Kanzlei ungefähr folgendermaßen zu hören bekam:

Ach, schon da heute, natürlich, Marona, ich müßte wirklich ein bißchen aufpassen, daß du nicht zu viel für mich tust, du kannst natürlich für mich so viel tun, wie du willst, aber nicht unbezahlt, nicht ungeehrt, sozusagen, wenn auch meine Bezahlung deiner Arbeit natürlich nicht eine Ehrenbezeigung, sondern ein geschäftlicher Akt ist, weißt du –

(Marona merkte, daß sie sich auf einen Monolog einzustellen hatte, einen der nicht zu knapp bemessenen Sorte, und sie kreuzte bequemlichkeitshalber die Beine auf einem Stuhl, den sie aus dem Warteraum der Mandanten herübergeholt hatte, während Marl, natürlich, weiterredete:)

… ich bin zwar eigentlich dein Boss, aber lieber wäre ich bloß dein Bösschen, dein Am-Bösschen vielleicht, du solltest zuschlagen, wenn ich dich in eine meiner dämlichen Ideen hineinzuziehen versuche, klar, aber wenn du mir jetzt noch ein einziges Mal zuhören würdest, meine Marone, das wäre so süß, so ein Akt alter Liebe, die ja nie rostet, bekanntermaßen…

(Marona wurde zunehmend sauer, begann sogar, ihre Fingernägel mit einer Büroklammer zu reinigen, was einerseits nicht im mindesten ihrem Stil entsprach, andererseits aber auch Marl so verhaßt war, daß er einen Moment lang verblüfft innehielt in seiner eben begonnenen Ansprache und Marona Birnenbaum tief in die Augen schaute, zur Vergewisserung über ihre Identität zunächst, dann aber scheu und ein wenig erschrocken sogar, er spürte, daß er sich vor seinem Thema aus dem Staub gemacht hatte in jene gemeinsam verbrachten Zeiten ihrer Vergangenheit, er sah jetzt sehr genau, daß Marona mit ihrer Existenz als eines seiner Zimmer längst gebrochen hatte und liebte sie beinahe ein wenig für die Aufmerksamkeit, die sie ihm immer noch zukommen ließ, indem sie ihn abstieß mit einer aufgebogenen Büroklammer –)

… aber eigentlich wollte ich dir von meinem Vater erzählen, du kennst ihn ja…

(Marona war einige Male als Verlobte vor Marls Eltern aufgetreten, vermutlich, weil sie selbst daran geglaubt hatte, mit Marl verlobt zu sein. Sie überlegte schon, ob sie ausscheren sollte aus der Position der aufmerksamen Zuhörerin, zog die Lippen über die Zähne nach oben und unten, um die Stimmbänder mit dem Luftstrom des Ein- und Ausatmens ins Schwingen zu bringen für eine entschiedene Absage, da bemerkte sie auf einmal eine ihr unbekannte Farbe, ein sanftes Weiß, das sich vom Haaransatz auf Marls Stirn losgesagt hatte und nun über das Gesicht hinabrutschte. Marona hätte gern gesehen, wie es auch die Brust überflutete oder Marls Hintern. Auch nach innen schien sich das Weiß auszubreiten, lasierte Marls Stimme, die magerer wurde, präziser und ihren breiten, gefühlvollen Ausschlag dämpfte, und als Marona den Mund wieder schloß, bereit, das Kommende geduldig bis ans Ende anzuhören, ließ sie sogar die zerspielte Büroklammer in den Papierkorb fallen:)

Wie mir der Vater immer aus der Stirn stürzte, kam ich nicht über ihn hinweg. Er lag vor mir, ein erschlagen wirkender Mann, der aus den Taschen seines hellen Mantels blutete. Immer mußte ich in mir nachfragen, wo er denn nun wieder hergekommen war. Wie er denn überhaupt in mir hatte Platz finden können mit den großen Füßen, dem raumfordernden

Blick. Natürlich wußte ich, daß er seit vielen Jahren an einer immer wieder aufflackernden Entzündung der Knochenhaut seines linken Wadenbeines litt und daß es ihm schwergefallen wäre, Schritt zu halten mit mir in meinen damals noch jungen Jahren. Meist fand ich, war er mir wieder einmal aus der Stirn gestürzt, in der Annahme Zuflucht, er habe mich zuvor heimlich durch eine meiner nicht ganz planmäßigen Öffnungen ereilt. Durch meinen in Liebe und Schrecken oft so starrblütig geöffneten Mund, um unbemerkt mitkommen zu können und bei Gelegenheit einfach herauszufallen und mir den Weg und die Sicht zu versperren. Du wirst das gar nicht empfinden können, Marona. Sieh es mir nach.

So war mein Vater immer am falschen Platz. Nicht da, wo er hingehörte. Mit Frieling habe ich oft Erinnern geübt, er kippte die kleinen Steinchen vor mir auf den Tisch und wollte mir helfen, das alles zusammenzupuzzeln. Die Fotos. Die abgekauten Stifte. Die Schulhefte, Halstücher, die Armbanduhren und deren ausgeschlagene Gläser, die Brillen, Ausweise, sogar eine abgewetzte lederne Hose mit Filzträgern und Hornknöpfen, Frieling hielt sie sich an die Nase und sog den Ledergeruch ein, der so viele Jahre problemlos überstanden hatte. Ich roch aber nichts, es kam nichts auf, ich saß inmitten geruchloser Schmalztöpfe und Pflaumenkuchen, und ohne die üblichen Gerüche mußten die Bilder verblassen, doch während ich noch vor Wochen glaubte, als Kind einmal blind gewesen zu sein, kommt es nun vor, daß mir manchmal ein wiederentdeckter Geruch eine Ahnung zurückbringt, eine Berührung, ein Handheben, und daß ich dann anfange, wieder die Sichelbeinchen zu fühlen, die ich unter dem sechsjährigen Kindskörper trage, oder Verbrennungsgeruch, wie ihn verlorene Zeit hinterläßt. Noch sehe ich keinen Freund links und rechts, kein Mädchen, wie es mein Handgelenk greift und mich mitzieht, in Filmen sind es meist Feld oder Wasser, wo dich die Mädchen hinschleifen, und wo sie dir dann, auf dem Rücken liegend, die gegenwärtige Welt erklären, Marona. Und da sagt mir mein Vater gestern, er habe lange Jahre als Häftling gelebt vor meiner Geburt, er habe an jemanden wie mich überhaupt nicht gedacht dort und sei womöglich niemals wirklich entlassen worden, so daß er sich Tag und Nacht wunderte. Über mich. Über meine Mutter. Was für Personen da in seinem Blickfeld herumgehn ... Mein Vater war ein hoffnungsvoller Abiturient, dessen Interesse, einmal ein Flugzeug führen zu können, gemeinsam mit seinem Bruder über Kreta abgeschossen wurde. Zu jung für den Kriegsdienst, wurde er Luftwaffenhelfer und brachte die Nächte auf Dachböden zu, während seine Mutter im Keller ihres Wohnhauses saß und mit der Sirene heulte, den Ton konnte mein Vater, als er gestern darüber sprach, noch ganz zweifelsfrei reproduzieren. Die warmen Nächte des ersten Sommers danach verbrachte mein Vater dicht an der Haut eines Mädchens, dann eines anderen, und schließlich im Herbst kroch ein drittes unter seine Achsel. Vielleicht war er damals ein glücklicher Mann, sagt er heute, und daß er studieren wollte, und daß er in einem schnellen Kurs sich zum Lehrer hochbilden ließ und Unterricht gab. In der Schule wurde er auch verhaftet, ein heißer, ein alles Lebendige siedender Tag sei das gewesen, ein Vieh von einem Tag, ein brüllendes, heißgelaufenes Vieh unter der grauen Novemberdecke des Jahres 1946. Es warf meinen Vater in hohem Bogen direkt durch die Kellerluke ins U-Boot Hohenschönhausen, Marona, wir haben das mal besichtigt, weißt du es noch?, und ich ahnte nicht einmal, daß ein Teil von mir da schon mal war, genauer gesagt, mein halbes Genom dort in Reserve gehalten wurde, einmal aus den Hoden meines Vaters seinen Ausweg zu finden. Die Gefängnisse, in die es ihn von da aus verschlug, tragen heute noch in den Ohren klingelnde Namen, er war ein junger Mann, nicht einmal zwanzig, und was er dort absitzen sollte, übertraf sein Alter um ein ganzes Viertel, so daß ihm alle Hoffnung davongegangen sein muß, als er sich abmühte zu gefallen. Er war sanft und weich und glaubte an Obrigkeit und frühe Bestimmung, und nach den entsetzten, wütenden Attacken der ersten Haftjahre hat dann sein Herz die langsame Gangart angeschlagen, die der vollkommenen Anpassung und des Verzichts, so daß er schließlich glaubte, diese Zeit der Haft habe ihm Gott als Prüfung auferlegt, und er schöpfte aus diesem Gedanken womöglich Kraft. Was man ihm vorwarf, konnte er nicht verstehen, es war ein Schwall Haß, der ihm entgegenschlug, und sein Entsetzen darüber wurde noch gesteigert durch die Lächerlichkeit, in denen die Anschuldigungen sich darboten: Er habe Lichtmasten gezählt und Eisenbahnschwellen, um die konkreten Zahlen dann an einen namenlos gebliebenen amerikanischen Geheimdienst weiterzuleiten, der sich so einen Überblick hätte verschaffen wollen über die Demontageprozesse in der sowjetischen Besatzungszone. Im Grunde aber hätte er lieber nicht der CDU beitreten sollen als junger Mann. Das war, als unter jungen Leuten zum Eintritt in die Freie Deutsche Jugend getrommelt wurde und mein Vater dem Impuls eines gemäßigten Ausscherens nicht widerstehen konnte. In einer christlichen Jugendgruppe, die sich um Studenten der Berliner Universität geschart hatte, fand er so etwas wie ein geistiges Auskommen und versuchte, mitzumarschieren, wenn auch etwas außerhalb der geschlossenen Reihen. Und zwar geradenwegs hinein in den Schlamassel, wie sich herausstellte. Blauhemden seien nichts gewesen für einen wie ihn, der im Braunhemd seine ersten Ergüsse gehabt hatte. Sagt mein Vater. Den ich immer für ein geschlechtsloses Wesen gehalten hatte, für die neutrale Füllung seiner viel zu weichen Ehebetthälfte. Daß er schon Lehrer war, während die meisten anderen noch studierten, hatte ihm innerhalb der Gruppe noch einmal eine gewisse Abseitsstellung beschert, so daß er eigentlich zweifach neben dem Strom paddelte. (Mein Weichei von einem Vater, ich stelle mir lebhaft vor, wie geschmiert er sein wollte, ein Rädchen, dessen Bedeutungslosigkeit ihn allen Getrieben kompatibel machen sollte. Noch besser wäre gewesen, er hätte als Kupplung herhalten können und kraftschlüssig vermitteln zwischen den erneut sich auftuenden Kampfzonen.)

So überrascht war er vom Zugriff mitten im Unterricht, daß er jede Nacht darauf hoffte, die Verwechslung kläre sich vor Tagesanbruch. Erst als sie ihn fest einlochten und er noch zwei Jahre auf ein, ja, verheerendes Urteil zu warten hatte, wurde ihm klar, daß er zwischen die Räder geraten war. Zur Verhandlung traf er die Freunde der Jugendgruppe wieder, auf der Anklagebank. Daß einer fehlte, steckte ihm ein anderer heimlich zwischen zwei Zigaretten. Meinem Vater wäre das nicht aufgefallen, so ernst nahm er das alles nicht, so sehr vertiefte er sich nicht in Gesichter und Absichten, als daß er hätte sagen können, diesen und jenen vermisse ich über die Maßen. Seine nervtötende Genügsamkeit – als hätte sie keinen Grund, Marona. Bin ich ihm eigentlich ähnlich? Er wanderte ab, es war nicht die Zeit, den Namen desjenigen zu nennen, der da fehlte unter ihnen und der sie vermutlich denunziert hatte. Oder auch nicht, sagt mein Vater noch heute. Es hätte genauso gut sein können, die Erwähnung seines Namens durch einen von uns in Gegenwart unserer Wärter hätte einen Unschuldigen ins Unglück gestürzt. Einen, den das Schicksal bis dahin noch nicht erwischt hatte. Denn um nichts anderes handele es sich, sagt mein Vater, als um ein schweres Schicksal, das zu tragen sich lohnte. Er jedenfalls habe heute ein reines Gewissen und gut gelernt, nirgendwo aufzufallen. Letztlich habe sich diese Strategie als richtig erwiesen, sagt er, und ich?, sage ich, du bist mir nicht aufgefallen, Vater, wie du am gleichen Tisch dein Schnitzel gegessen hast, ich habe es nicht gesehen, ich habe Blumen gegossen vielleicht oder die Asche aus dem Ofen geschaufelt, in den Aschenkasten hinein, den du dann hinuntergetragen hast in die Tonne auf dem Hof, und ich habe das gar nicht bemerkt, wie du mir den Aschenkasten aus der Hand genommen hast, du mußt ihn mir doch aus der Hand genommen haben! Nichts hatte einen Geruch, du hattest keinen und deine Latschen nicht und nicht einmal dein Rasierwasser oder deine Frau, sie haben alle ihren Geruch verloren neben dir, Geruchsalbinos hast du dir an die Seite gestellt, milchblasse Wesen von unentschiedener Farbe, sieh mich doch an, Vater, die wasserfarbenen Augen, was soll ich damit? Was hast du gemacht mit Violas Mischgemüse im Bauch, das muß dir doch auch das Gas aus dem Wanst gedrückt haben, aber es hat nichts gestunken, nichts auch nur die Spur eines eigenen Duftes gehabt, und wenn ich meiner Mutter, die du dir aufgeladen hattest, ein Stück Lavendelseife schenkte, roch es nach nichts, während mir im Laden noch

Schwindelgefühle aufgestiegen waren vor Wonne. Alles versuppte, verwässerte, worin du dich aufhieltest, Menschen wie Luft oder Häuser, in dieser geruchlosen Suppe zerflossen auch alle Bilder, die man ansonsten Erinnerung nennt, jenen Teppich, auf dem wir nach dem Erreichen des Zenits hinter den Horizont zurückgleiten, und nicht nur deshalb will ich wissen, wie es aus meiner Mutter herausstank, als sie mich geboren hatte, Marona, du mußt ihm das sagen, der alte Sack von einem Vater hat mir doch höchstens das Kotzen beibringen können, ich werde ihm einen seiner dämlichen Lötkolben in den Arsch rammen und dann den Stecker in die Steckdose stecken – das Zischen, Marona! :

(Deren Mund stand nun wieder ein wenig offen, aber ihr Blick hatte eine Wendung ins Irre genommen, seine Schärfe schnitt Marls Rede gleich hinter den Lippen ab.)

Ehe es hätte still werden können, lachte sie los.

◆ ◆ ◆

Auch Lioba hatte keine rechte Vorstellung vom Hirn ihrer Mutter. Daß Karla Zeplin hartnäckig weiterlebte, hatte mit den Bemühungen um ihren Ehemann zu tun, der ihr seit mehr als sechs Jahren eine Altersdemenz weismachen wollte. Lioba lag noch im Bett, hatte sich einen dünnen Tee und ein paar Zwiebäcke daneben auf die Marmorplatte der alten Kommode gestellt und malte sich aus, wie ihre Eltern um diese Tageszeit miteinander zugange sein mochten. Sie stieg die beiden Treppen zur Tür der Mansardenwohnung empor, in der sie alle Jahre ihrer Kindheit und Jugend verbracht hatte. In der letzten Dekade war das aus den zwanziger Jahren stammende Siedlungshaus sorgfältig saniert worden, und die Alten konnten von Glück reden, daß irgendeine Verordnung ihnen einen nach wie vor moderaten Mietpreis garantierte. Als Kind hatte Lioba den grünen Gummibelag der ausgetretenen Stufen jeden Samstag sorgfältig zu fegen, zu wischen und zu bohnern. Inzwischen war der matte Glanz des neuen, terrakottafarbenen Linoleums von den Mietparteien mit textilen Stufenmatten gebremst worden, die zweimal wöchentlich mit dem Staubsauger zu reinigen waren. Nicht gerade eine Lösung nach Liobas Geschmack, sie freute sich, daß sie damit nichts mehr zu tun hatte und biß in einen Zwieback. Obwohl sie den Kopf über die Marmorplatte zu halten versuchte, rieselten die Krümel auch auf die Bettdecke und von dort bei jeder noch so leisen Bewegung aufs Laken. Lioba schüttelte grantig den Kopf, ehe sie den Film in ihrem Kopf weiterlaufen ließ und durch die hell- und dunkelgrün gepinselte Tür in den kleinen Flur trat. Der Geruch der gähnenden Schuhe, die sich hinter einem pißgelben, mit dunkelbraunen Blüten bedruckten Vorhang von ihren Einsätzen erholten, ließ Lioba wie stets durch den Mund ein- und ausatmen. Sie beeilte sich, an der sperrangelweit geöffneten Schlafzimmertür vorbei in die Küche zu gelangen, aber schrilles Weckerklingeln löste ein Innehalten aus. Lioba wandte den Kopf zurück zur Schlafzimmertür, wo sie ihren Vater vor den Fächern des Wäscheschrankes stehen und nach einem passenden Oberhemd suchen sah. (Ohne ihren Tagtraum zu verlassen, registrierte Lioba flüchtig, daß das Klingeln aus ihrer eigenen Wohnung kam und sie später den Wecker würde suchen müssen, den sie wieder einmal gedankenverloren irgendwo abgestellt hatte.)

Herrmann Ingolf Zeplin legte großen Wert auf eine korrekte Art der Bekleidung, er wählte die Oberhemden passend zu den meist pastelligen Wirkfäden, die die dunklen Grundfarben seiner Anzüge durchstreiften. Obwohl Damenmaßschneider, fertigte er diese Anzüge eigenhändig, er liebte Anzüge, er liebte es, mit den Augen scharfe Bügelfalten abzuwandern und die Stoßkanten der Hosenbeine über das Leder brauner oder schwarzer Schuhe hinschlurren zu sehen, er polierte so zusagen mit den Stoßkanten die Halbschuhe nach, was Lioba natürlich unnötig fand, denn die Schuhe ihres Vaters wurden auf eine allen Respekt abnötigende Weise vor Gebrauch gecremt und gewienert. Die Kunst des Schuheputzens hatte Lioba im letzten Kindergartenjahr lernen müssen, sie auch fast zur Vollkommenheit verfeinert, aber eine Lust hatte sie nie empfinden können an blanken Schuhspitzen und Stiefelschäften. Herrmann Ingolf Zeplin griff nach einem Hemd, das Lioba kannte und oft genug im Nacken gespürt hatte, wenn sie, vor ihm auf dem Kindersattel sitzend, auf Wegen zwischen den Stoppelfeldern unterwegs gewesen war. Das Fahrrad stand noch immer in der kleinen Kellerbox, die zur elterlichen Wohnung gehörte, ein schwarzes Vehikel mit anmutig gebogener Lenkstange und einem ledernen Reparaturtäschchen unter dem Sattel. Jetzt erinnerte sie sich, daß ihr Vater auch dieses Täschchen von Zeit zu Zeit mit Lederfett behandelt hatte. Überhaupt liebte es Herrmann Zeplin, lederne Gegenstände stets griffbereit zu halten und sie in den Pausen, die ihm das anstrengende Schneiderhandwerk verordnete, zu pflegen und zu reparieren. Lediglich seine lederne Hose stand außerhalb seines Bemühens, blieb stets, wie sie war, und gerade dadurch veränderte sie sich: Die einstmals samtige

Oberfläche hatte sich an den beanspruchten Stellen blankgescheuert, Flecken waren tief in die Substanz gezogen. Noch heute trug er sie hin und wieder, wenn er zum Beispiel in Hof oder Keller werkelte oder die Mülltonnen sorgfältig stopfte und auf die Straße vor dem Vorgartenzaun stellte am Tag der Abholung. Die Hose, aus braunen Rindslederstücken zusammengesteppt, wurde nur durch einen Gürtel auf den Hüften gehalten. Ihr fehlte, um Lioba wirklich zu gefallen, das Trägerpaar mit Filzunterlage und blauweißen Enzianknöpfen, aber die beiden tiefgrünen Eichenblätter rechts und links des Mittelstückes, das zum Urinieren wie zum An- und Ausziehen losgeknöpft werden mußte, hatten es ihr angetan. Sie waren schräg aufgenäht worden und öffneten sich in der Mitte, wenn man die Finger hineinschob: Die zentralen Blattrippen verbargen Eingriffe in zwei geräumige Taschen, in denen Herrmann Zeplin Glasmurmeln und sein altes Schweizer Taschenmesser aufbewahrte. Einige Male hatte die kleine Lioba ihre Mutter dabei beobachtet, diese Taschen umzukrempeln und ein verschmutztes Taschentuch gegen ein frisch gebügeltes auszutauschen. Als ihr klar wurde, wie wenig sich die Statur ihres Vaters in all den Jahren seit den gemeinsamen Fahrradausflügen verändert haben konnte, wenn die Nadel der Gürtelschnalle noch immer im selben Loch steckte, spürte sie so etwas wie eine zärtliche Regung für den alten Herrn. Er ißt, wie Schneiderlein essen, sagte sie laut. Morgens und abends belegte er sich Knäckebrotscheiben mit Magerkäse, ohne sie zuvor mit Butter bestrichen zu haben. Dafür produzierte er genügend Speichel, um das trockene Zeug doch noch in Brei zu verwandeln. Manchmal tropfte es aus seinem Mund, wenn er an seinem Arbeitstisch saß, den Oberkörper zur Nadel der Maschine hinabgebuckelt, und auch bei gemeinsamen Spaziergängen war es vorgekommen, daß ein dünner Faden über sein Kinn auf den durch Fischbeinstäbchen gesteiften Hemdkragen geriet.

Lioba schaute jetzt wieder zum Wäscheschrank und sah, daß ihr Vater tatsächlich die Lederhose trug und schon dabei war, die Hemdzipfel unter den Bund zu stopfen. Ehe er sich umdrehte, ließ seine Tochter die innere Kamera umschwenken und betrat die Küche, wo ihre Mutter damit beschäftigt war, das tägliche Gehirnjogging mit ihrem Mann vorzubereiten. Sie brühte Kaffee auf, der einerseits im Ruf stand, den Blutdruck zu erhöhen, andererseits aber auch die Gefäße zu erweitern. Letzteres war ihr wichtiger, denn vom Gehirn ihres Gatten schien ihr abzuhängen, was sie mit dem Tag würde anfangen können. Der Gatte vergolt diese Auffassung, indem er ihr beharrlich zu entsprechen versuchte und Liobas Mutter somit ein Gefühl von Unentbehrlichkeit vermittelte, nur um vom Augenblick ihrer Abwesenheit an seine Kräfte zu erstaunlichem Tatendrang zu bündeln.

Gelänge es ihr, glaubte die Mutter, ihn an ein dickleibiges Rätselheft zu fesseln, könnte sie sich vielleicht zu einem Einkaufsbummel abseilen oder zur Nachbarin einen Aufgang weiter hinübergehen, die wegen der Probleme mit der kleinen Tochter hin und wieder um Karla Zeplins sozusagen großmütterlichen Rat bat. (Seit Karla Zeplin ihre Enkelin verloren hatte, wußte sie, daß damit ein Kapitel ihres Lebens zu Ende gegangen war, auf das sie sich einmal sehr gefreut hatte. Nie wieder hatte diesbezüglich das Zünglein einer Illusion an ihr geleckt. Weder sie noch ihr Mann hatten sich seinerzeit bemüht, den Kontakt zu dem Kind beizubehalten.)

Lioba sah ihre Mutter Knäckebrot und Käse auf den Tisch stellen, für sich selbst den eingetrockneten Zipfel einer orangefarbenen Mettwurst und ein Stück Butter auf einer Untertasse. Manchmal ärgerte sich Lioba darüber, daß ihre Eltern niemals jene Butterdose benützten, die sie ihnen einmal zu Weihnachten geschenkt hatte. Statt dessen bewahrten sie die Butter offen im Regal einer kleinen Speisekammer auf, und weil es sehr lange dauerte, ein ganzes Stück aufzubrauchen, bildete sich mit den Wochen eine stumpfer Pelz auf dem Fett. Lioba biß erleichtert in ihren trockenen Zwieback.

Das Geschirr ihrer Eltern stammte noch *von der Pest.* Sie lächelte, als ihr dieser regelmäßig wiederkehrende Ausspruch ihres Vaters in den Sinn kam. *Von der Pest* stammten auch die Küchenmöbel, eine Anbauserie aus den sechziger Jahren mit kunststoffbeschichteten Arbeitsflächen in Hellblau und grauweiß gesprenkelten Schrankfronten. Die Schiebetüren der Hängeschränke ließen sich nur schwer öffnen und schließen, die verschiedenen Schubladen für Brot, Besteck und kleinere Küchengeräte hingen ein wenig schief in den Führungen. Gleich neben dem Spülbecken stand die mechanische Brotschneidemaschine, deren Kurbel platzsparend abgeklappt werden konnte. Die Saugfüßchen aus Gummi müßten erneuert werden, hatte der Vater bei ihrem letzten Besuch gesagt, und Lioba hatte grinsend geschwiegen. Seit sie ihn einmal dabei beobachtet hatte, wie er ein abgebrochenes Häkchen der schon ziemlich mürben, hölzernen Hakenleiste für Spülbürste und Topflappen sorgfältig ersetzt hatte, indem er das herausgebrochene Loch verkittete, überschliff und schließlich einen kleinen Metallhaken hineinbohrte, hatte sie aufgehört, ihren Eltern ein wenig mehr Komfort schmackhaft zu machen, den

Einbau einer praktischen Küchenzeile mit Spülmaschine und Mikrowelle oder auch nur den Kauf eines neuen Kühlschrankes, was die Stromrechnung der alten Leute mit Sicherheit spürbar hätte reduzieren können.

Seit kurzem wunderte sie sich manchmal darüber, was sie in der Wohnung ihrer Eltern zu sehen imstande war, während sie in ihrer eigenen mit der Blindheit des Vertrautseins keinen Anstoß daran nahm, daß außer dem Namensschild an der Tür nichts auf sie selbst hinwies. Die Eltern hatten sich hineingewohnt in ihre Mansarde und sich deren Gegebenheiten angepaßt, wie umgekehrt die Wohnung sich nach ihnen gerichtet, nach ihnen zu riechen begonnen hatte, so daß Wohnung und Bewohner längst zu einem kompakten Material verfilzt worden waren. Es wäre nicht möglich gewesen für Herrmann und Karla Zeplin, sich fürs Alter eine andere Behausung zu suchen, eine ebenerdige etwa oder zwei Zimmer in einem gut verwalteten Seniorenwohnhaus, weil sie mit dem äußeren auch den inneren Halt verloren hätten. In Vorahnung dessen gab Herrmann Ingolf Zeplin jene Altersdemenz vor, die ihn stets beim Hausarzt und zuweilen in Gegenwart seiner Frau befiel, nie aber, wenn er allein mit sich zu schaffen hatte oder über den Vorgartenzaun hinweg seine spärlichen Kontakte mit der Vergangenheit pflegte. Deren Repräsentanten wohnten gleich ihm mit starrer Beharrlichkeit in den ebenmäßigen Reihen der Siedlungshäuser. Man kannte sich von den Einsätzen des *Nationalen Aufbauwerks* oder der *Nationalen Front*, der Aktionen *Goldene Hausnummer* oder *Schöner unsere Städte und Gemeinden – mach mit!* Zeplin konnte jene über die Jahre variierenden Bezeichnungen auch ohne Altersdemenz nicht mehr recht auseinanderhalten, erinnerte sich aber daran, wie man miteinander ein Wartehäuschen für den Bus gebaut oder die Klettergerüste und Spielgeräte auf dem gemeinsamen Hinterhof angestrichen hatte. Bäume gepflanzt. Biere getrunken. Lioba erhob sich aus den Zwiebackbröseln unter ihrer Bettdecke und bezog ihren Posten am Fenster, sie schaute hinunter, konnte aber doch nur wieder sehen, wie ihre Mutter dem Vater ein Knäckebrot belegte und ihn dann noch einmal ermahnte, doch bitteschön endlich zu kommen, der Kaffee würde kalt in der Tasse, und nun kam der Herr Zeplin aus dem Schlafzimmer, und seine Tochter, achtundvierzig Busminuten von seiner Wohnung entfernt, am Fenster stehend, die Augen auf die noch kaum belebte Straße gerichtet, machte nun deutlich die Farben seines Oberhemdes aus. Grünkariert. Das Froschhemd. Als sie ihn beobachtete, wie er am Tisch Platz nahm, mußte sie auch die Lederhose beim alten Namen nennen. Und erschrak.

◆ ◆ ◆

In der Abenddämmerung bei schon tiefstehender Sonne erinnerten die fünf- und sechsgeschossigen Plattenbauten an Zahnreihen, die nichts zu beißen hatten als dünnen Himmel. Walja Zeiger liebte solche Ausblicke vom Treppenhausfenster oberster Etagen und empfand das Leben im Schutz von betonhartem Schmelz als ziemlich beruhigend. Jahrelang hatte sie mit ihrer Mutter in einer Kommunalka im Zentrum Almatys, das damals noch Alma-Ata hieß, gelebt und sich eine Toilette mit siebenundzwanzig anderen Bewohnern geteilt. Daghira war ein bißchen verrückt gewesen. Walja erinnerte sich dessen ohne alle Nachsicht. Die Tocher einer Unverheirateten zu sein, die ihrerseits eine Russin zur Mutter und einen Deutschen zum Vater hatte, die einen kasachischen Vornamen trug und an keinerlei Zugehörigkeit glaubte als an jene zur Kommunistischen Partei der Sowjetunion, hatte ihr ein unruhiges, zwischen Aufregung und Sicherheit pendelndes Aufwachsen beschert. Walja sah ihre Mutter rauchend über Büchern sitzen. Daghira hatte sich einen kleinen Schreibtisch aus dem Holz eines ausrangierten Büroschrankes zusammengenagelt. In einem zweiten solchen Schrank hatte sie in ihrem Zimmer eine private Toilette eingerichtet, indem sie einen Stuhl hineinstellte, dessen Sitzfläche sie zuvor mit einem tellergroßen Ausschnitt versehen hatte. Unter diesem Loch stand ein Eimer aus Blech. Vom Dorf ihrer Eltern brachte Daghira regelmäßig große Säcke mit gehäckselter Baumrinde mit, die sie in Lagen über die Ausscheidungen streute. Die Späne banden den Geruch. Das Kind Walja war froh gewesen, nachts nicht mehr über den Flur zur Gemeinschaftstoilette laufen zu müssen, sie bewegte sich im schlaftrunkenen Zustand wie eine frierende Wespe: Nicht sie selbst war es, die sich fortbewegte, sondern die Wände des Flures warfen sich das Mädchen abwechselnd zu. Viele Male hatte Daghira ihre Tochter morgens mit blauen Flecken zu Schule schicken und auch einige Male bohrende Nachfragen der Lehrerin über sich ergehen lassen müssen. Glücklicherweise war sie zu jenen Zeiten einer unangreifbar ehrenhaften Berufstätigkeit nachgegangen, sie fuhr als Sanitäterin im Erste-Hilfe-Wagen einer städtischen Poliklinik Tag und Nacht durch die Hauptstadt Kasachstans, um Trinker und Gebärende, Brandopfer und Selbstmörder einzusammeln. Ihre Hingabe an diese Art Arbeit hatte einige Male *die Liebe, die Hur* von ihrem Fensterbrett vertrieben und statt dessen den Gewerkschaftsbibliothekar eines Wasserkraftwerkes in ihr Zimmer befördert. Daghira hatte ihn während eines seiner klaftertiefen Delirien in einem Vergnügungspark kennengelernt, wo er, den großen, roten Kopf wie ein froststarres Banner voran, in den Halbschatten einer modernden Holzbank gestürzt war. Walja war damals sieben oder acht Jahre alt und wenig erfreut darüber gewesen, daß der Kerl alle Aufmerksamkeit der Mutter von ihr abzuziehen imstande war. Die Routiniertheit, mit der Daghira den Mann seitlich lagerte, eines seiner Beine anwinkelte, um ihn in dieser Lage zu stabilisieren, hatte dem Kind imponiert. Wie die Mutter dann aber seinen Kopf auf dem Ellbogen plazierte, die fahlen, schlußlosen Lippen noch weiter auseinanderzog und einen Zipfel ihres geblümten Unterkleides benutzte, um seine Zunge mit stoffbewehrten Fingern hervorzuziehen, wie sie dann mit der anderen Hand tief in seinen Schlund eindrang und ein erleichterndes Erbrechen hervorrief, stak Walja noch heute kalt im Kopf. Ihr wurde übel. Sie versuchte vergeblich, das Treppenhausfenster zu öffnen und dachte dabei an den schweren Kopf des Mannes, der auf ihren Oberschenkeln gelegen hatte, als sie im Taxi nach Hause gefahren waren. Drei Rubel hatte Daghira in die Hilfsbereitschaft des Chauffeurs investiert, den Mann hinauf in die Kommunalka zu schleppen. Drei Rubel, die Walja eigentlich auf dem Rummel hatte verprassen wollen. Die Tränen, die das Verschwinden des Geldes in der speckigen Börse eines Fremden begleitet hatten, stießen jetzt wieder hervor und mischten sich mit der weiter aufrauschenden Übelkeit und der Wut darüber, daß es zum Öffnen des Fensters offenbar eines Vierkantschlüssels bedurfte. Langsam, um die Unruhe in der Magengegend nicht weiter anzuheizen, ließ sich Walja an der

Wand zu Boden gleiten und bettete sich flach auf den gesprenkelten Beton. Erst jetzt bemerkte sie die Kinder, zwei sprachlose Mädchen, die sich offenbar hinter dem Vorhang eines geräumigen Schuhregales so etwas wie eine Höhle eingerichtet und den orangefarbenen Stoff nun beiseitegeschoben hatten, um ihr beim Erbrechen zuzuschauen. Ihre Gesichter verieten keinerlei Neugier oder auch nur mäßiges Erstaunen über Waljas Anwesenheit. Einen Anflug von Herablassung glaubte Walja aber schon auszumachen, so ein zwei-, dreimal ein- und ausgeatmetes Verachten, das sich unter der Decke des hohen Flures zu einer schwächlichen Kinderfaust ballte. Als ihnen bewußt wurde, entdeckt worden zu sein, kletterten sie aus den Fächern heraus und stiegen umständlich die halbe Treppe von der letzten Wohnebene zu Walja hinunter. Eines der Mädchen ging in die Hocke und näherte sich ihrem Gesicht, schaute ihr dabei gerade so lange in die Augen, wie Walja brauchte, die unverhohlene Leere in den kindlichen Zügen auszumachen. Dann wandte sich das Mädchen der Freundin zu und zog sie zu sich hinunter. Die beiden setzten sich, lehnten die Rücken an die Wand, und während eine von ihnen umständlich eine Zigarettenschachtel aus der Hosentasche fingerte, entzündete die andere ein halbes Dutzend Streichhölzer. Als die Flamme ihre Fingerkuppen erreichte, schaffte sie es tatsächlich, die Freundin mit einem heftigen Raunzen um Tempo anzuherrschen, ließ aber kurz darauf die brennenden Hölzer gleich wieder gelangweilt auf den Betonboden fallen, wo sie qualmend verloschen. Es war offenbar schwierig, in der zerdrückten Packung zwei halbwegs rauchbare Zigaretten zu finden: Nacheinander fielen Tabakbrösel und abgerissene Filter neben Waljas Gesicht zu Boden. Beide Mädchen klemmten sich endlich zwei haltlose Fluppen zwischen die Lippen und zogen den Rauch in die Lungen. Walja wußte, daß der ausgeatmete Qualm ihren Magen zum Überlaufen bringen würde, wenn sie nichts unternahm. Sie setzte sich also auf, nahm einem der Mädchen mit völliger Selbstverständlichkeit die Zigarette aus dem Mund und zog selbst daran. Eine halbe Treppe über ihnen wurde nun eine Wohnungstür aufgerissen, die Erscheinung eines hageren Mannes verriet dessen Vaterschaft. Seine Gesichtszüge ließen sich so offensichtlich in die der beiden Kinder zerlegen, daß Walja lächeln mußte und sich wunderte, daß die Mädchen zueinander wiederum keinerlei Ähnlichkeit aufwiesen. Der Mann fiel beim Anblick der Raucherinnen aus einem Zustand der Erbostheit in eben jene Apathie zurück, die auch seine Kinder so vollkommen beherrschte. Sein Rückgrat entspannte sich, so daß seine Länge sich um den Radius eines beachtlichen Buckels verkürzte. Auch er stieg die wenigen Stufen zu Walja hinunter und zerwühlte seine Hosentaschen nach Zigaretten. Das dunkelblaue Netzunterhemd ließ die Trichterbrust durchscheinen. Bei aller Magerkeit wölbte sich doch ein ärmlicher Bauch über den Gummizug der weinroten Jogginghose, die wiederum so kurz war, daß sie eine Handbreit über den Knöcheln zu Ende ging und das schlaffe Sauerkraut üppiger Beinbehaarung erkennen ließ. Walja, als sie die Gewalt der Gleichgültigkeit in seinen Augen wahrnahm, wußte, daß nur die Anwesenheit der Kinder ihn davon abhielt, sie auf der Stelle zu vögeln, wie sie ihn auch alle Tage davon abhalten mußte, aus dem Fenster zu springen oder die Gasflamme auszublasen. Irgendwann zertraten die vier Menschen wortlos die Kippen und gingen zur Wohnung hinauf.

Walja war es, die als letzte eintrat und der Tür hinter sich einen weichen Stoß mit dem Hintern gab, so daß sie ebenso versöhnlich wie ohne allen Zweifel ins Schloß fiel.

◆ ◆ ◆

Marona Birnenbaums Lachen war minutenlang versucht gewesen, die Kanzlei zum Einsturz zu bringen. Durch die vertikalen Jalousien der Fenster sprang plötzlich die Sonne in Streifen herein und verdünnte das Gelächter zu einer nur noch gemäßigt explosiven Substanz, der Marl, indem er in die Stille des Badezimmers entfloh, ausweichen konnte. Mäßigen konnte sich auch Marona, die ihren Lachausbruch zunächst für das Werk einer außerhalb ihres Körpers befindlichen Instanz hatte halten müssen. Nun aber wich das damit verbundene Angstgefühl allmählich, und sie spürte, daß sie genau diese Angst totzulachen bemüht war. In gleichem Maße, wie diese Tatsache in ihr Bewußtsein stieg, ebbte das Gickern ab. Sie konnte jetzt aus dem Fenster schauen. Durch die textilen Bänder der Jalousie hindurch erinnerten die alltäglichen Bewegungen der Menschen auf der Straße, ihr überlastetes Hasten oder das betuliche Flanieren, an die Bewegungsabläufe eines gigantischen Daumenkinos. Maronas Augen verfolgten drei Frauen mittleren Alters, die in braunen Papiertüten die Beute eines Boutiquebesuchs mit sich führten und nun in ein Schuhgeschäft eintraten. Die getönten Scheiben des Schaufensters machten die Auslagen für Maronas Augen unsichtbar, ließen aber die Sicht ins Innere des Geschäftes zu, wenn der Blick über den mannshohen, metallenen Sichtschutz hinter den ausgestellten Schuhen hinausgehen konnte. Aus Maronas Position – sie schaute immerhin aus sechs Metern Höhe hinunter – war das gut möglich. Eine der Frauen schien auf der Stelle verzückt von einem Paar knöchelhoher Schnürschuhe mit schmalem Absatz. Marona hatte schon des öfteren mit einem Fernglas aus dem Kanzleifenster hinübergeblickt und konnte den feinen, ledernen Umschlag erkennen, aus dem das zarte Bein der Frau bei der Anprobe hervorwuchs. Ihre eigenen Waden, fand Marona, nahmen sich im Vergleich dazu monströs aus, obwohl gerade sie es gewesen waren, die einen Mann wie Marl dereinst hatten betören können. Als die Frau auch den zweiten Knöchelstiefel über den Fuß gezogen hatte, lief sie einige Schritte vor dem Ladenspiegel auf und ab und griff mehrmals in ihre Kniekehlen, schob dabei die aus Daumen und Zeigefingern geschlagenen Klammern über die Wölbung der Waden und tauchte dann mit den Handflächen ins Innere der Stiefel ein. Marona meinte die Hände der Frau am Hornhautkranz der eigenen Fersen zu spüren und nahm sich vor, bei nächster Gelegenheit die Zeit für ein heißes Fußbad zu finden. Meist benutzte sie danach einen Spargelschäler, um die aufgeweichte Haut abzukratzen, bevor sie die Füße mit Kühlgel (zwischen den Zehen) und Melkfett (in den verhornten Regionen) einrieb. Marona hatte nun keine Mühe mehr, ihre gezügelte Furcht unter belanglosem Singsang auszuatmen. Bald überzog der Film alle Oberflächen.

Marl aber hockte unterdessen im kindbreiten Spalt zwischen Dusche und Badewanne, wo er seinen widerwürgenden Empfindungen nachhing. Den Hosenbund hatte er gelockert und die oberen Knöpfe des Hemdes geöffnet. Sich seinen Vater in einem Gefängnis vorzustellen, wollte einfach nicht glücken. Er sah Reinhard Marl, ein schlaffes Federn zeichnete dessen Gang aus, im elterlichen Wohnzimmer auf- und abgehen und die Geschichte dieser unerhörten Abwesenheit erzählen, ja, er mußte auch zugeben, daß das Erzählen etwas in ihm hatte auslösen können, zuerst nur ein Kribbeln in den Oberschenkeln, später eine leichte Neigung zu dünnflüssigem Schnupfen, bis schließlich Marl in dem Gefühl, sich auf der Stelle annullieren zu müssen, seinen Vater gebeten hatte, doch bitte ganz dicht bei den Tatsachen zu bleiben. Das war zu jenem Zeitpunkt geschehen, da Marls Vater anfing, jene Zeit eine *gute Schule* zu nennen, sie als *etwas fürs Leben* zu bezeichnen, in ihr herumzuschleichen mit fast fünfzig Jahre später wiedereröffneten Augen, und den unkenntlich gewordenen Raum im Erinnern zu dekorieren. Was seinem Vater vor Augen stand, würde Marl nie wirklich teilen können, und doch hatte er sich während der Ansprache gerade darum verbissen bemüht. Frieling war es gewesen, der Genaueres wissen wollte vom Freund Reinhard Marls, und die Jüngeren hatten den Alten ausholen und zurückschrecken sehen. Ja, er habe für den Mann eine tiefe Freundschaft empfunden, der da im Kahn sein Galan gewesen war, aber natürlich sei ihm im nachhinein klargeworden, daß in der Schwüle männlicher Enge ein offener Arsch immer den einzigen Ausweg abgibt. Was hätte er tun sollen, jung wie er war und voller Gefühle, die nicht anders in Betrieb gehalten werden konnten als durch solche ersatzweise Übung. Die Bewegung, mit der Marls Vater diese Sätze der Abwehr begleitet hatte, war eine seltsame gewesen. Erst hatte er die Hände fest unter dem Kinn verschränkt, sie dann voneinander gelöst und mit jeder von ihnen die Wölbung einer weiblichen Brust nachgezogen, in die er sich schließlich beinahe verkrallte. Marl stand jetzt auf und versuchte, sich im Halbdunkel des Badezimmers zu orientieren. Die Gelenke schnappten, das Verharren im Zustand der Reglosigkeit, in einen kindbreiten Spalt geklemmt, schmerzte nach. Marl machte das Licht an. Die Tür der selten benutzten Dusche ließ sich kaum öffnen, nach einigen hartnäckigen Versuchen konnte Marl aber doch in die Duschtasse steigen und das Wasser aufdrehen. Er ertrug es nicht, sich selbst zu riechen, den klammen Stockgeruch seiner Bangigkeit, den Katzendunst flüchtiger Erregung, den sauren Schweiß unterdrückten Aufruhrs, so daß die Aussicht, all das abspülen zu können, ihn erhitzte. Er wollte jetzt nach seinem Glied greifen, es trieb ihn, sich eine Abfuhr zu erteilen, da merkte er, daß er mit all seinen Kleidern im Wasserstrahl stand. Nichts war mehr zu ändern, als daß er sie auszog, noch einmal aus der Kabine stieg und die Sachen in die Wanne warf. Dann endlich konnte das heiße Wasser druckvoll auf seinen Rücken prasseln, es betäubte den Schmerz im Augenblick des Entstehens und machte Marl wieder geruchlos, während es seine Schultern traktierte, in der Haut der Oberschenkel tropfentiefe Mulden entstehen ließ, das Schwitzwasser zwischen Skrotum und Schenkelgabel hinwegspülte und Marl schließlich umschloß wie ein Raum, den zu verlassen ihm angesichts dessen, was auf ihn eindröhnte, nur unangenehm sein konnte. Marona Birnenbaum, als sie ihn in benommenem Zustand unter dem heißen Wasserstrahl sitzend fand, brauchte drei Atemzüge, sich zu entscheiden, drehte schließlich zunächst den Hahn zu und legte Marl auf den Fliesenboden, ehe sie zum Telefon lief. Langsam kam Marl zu sich, konnte sich aber weder bewegen noch einen Satz von den Lippen bringen. Daß Marona es mit der Angst bekam, registrierte er nicht, spürte nur, wie er das Kind jetzt wieder sehr nahe bei sich haben wollte, es sollte ihn kalt machen. Marls Poren öffneten sich nach dem Ansturm der Hitze, da würde ein kühles Kind guttun, unter die Achsel geklemmt, daß es den ganzen Oberleib umschlinge mit seinen Armen und Beinen, während der Kopf von unten hinauf zu Marl sprechen könnte, da fiel ihm ein, daß das Kind nichts sagen konnte, daß es die Wunde im Hals nicht so weit schon verschmerzt haben würde, um mit ihm zu sprechen, so daß Marl, in seinem Herzen, sich auch begnügen wollte mit einem lautlosen Greinen, in das er jetzt einstimmte, vorab, und das Wasser, das aus seinen Augen floß, schien ihm ebenso heiß wie das aus dem Duschkopf vorhin, er wollte ausharren, bis es auf den Fliesen zu kleinen Salzhäufchen erstarrte, die er zwischen den Fingern zerreiben konnte.

Nichts war passiert. Während Marona sich einzureden versuchte, nichts sei passiert, passierte nichts. Sie blies unbeholfen über Marls Brust hin, ehe sie aus der Teeküche den sauberen Putztüchervorrat herbeischaffte, die Lappen mit Wasser tränkte und Marl damit zu bedecken begann. Mit jedem Stück des kalten Schleiers, den sie über Marl breitete, wurde Marona einsamer und wollte schon daran glauben müssen, Totenwache zu halten neben dem weißen Paket, als Marl aufstöhnte. Die halbe Stunde bis zum Eintreffen des Arztes verging wortlos. Der Patient wurde nach einer ersten Untersuchung (mit glücklicherweise beruhigendem Resultat) die Treppen hinuntergetragen und in einen feuerroten Wagen geschoben. Frieling hatte eine Nachricht verdient, beschloß Marona, und sie vergaß auch nicht, ehe sie ging, einen Zettel für die Putzfrau in der Teeküche zu hinterlassen: *Bitte heute besonders gründlich fegen und wischen, die Möbel und Geräte abstauben. Birnenbaum.*

◆ ◆ ◆

Lioba Zeplins Erschrecken machte einen beachtlichen Bogen um die Wirklichkeit. Ließ sich nicht fassen. Mit solcherart Erschrecken hatte Lioba schon einige Male zu kämpfen gehabt. Vor Jahren, als sie noch im Blauhemd zur Schule gekommen war am letzten Schultag vor den Ferien, eine junge, bei jedem Satzanfang errötende Lehrerin, war es manchmal vorgekommen, daß jemand an ihrer Tür geklingelt und sich als Zollangestellter oder Jugendamtsmitarbeiter ausgewiesen hatte. Natürlich hatte sie diese Leute ohne Frage in ihre Wohnung gebeten, meist sogar einen Kaffee und eine Schale Gebäck auf den Tisch gestellt. Einmal zum Beispiel hatte man ihr erzählt, eine besonders gute Stellung beim Zoll für die junge Frau aus der Nachbarwohnung vorgesehen zu haben. Zuvor aber müsse man deren Zuverlässigkeit erkunden. Wie denn die Kinder gekleidet gingen. Ob der Lebenswandel der Eheleute zu irgendwelchen Klagen Anlaß gäbe. Leere Flaschen, Wein oder Goldbrand, vor der Tür? Dreckige Schuhe? Nächtliches Gezeter? Liobas Kontakt zu den Nachbarn beschränkte sich auf gelegentliche Gespräche, die nie länger dauerten als ein zufällig gemeinsames Treppensteigen. Die Töchter der Familien waren etwa gleich alt und besuchten zusammen den Kindergarten, Lioba hatte im übrigen keine Ahnung davon, ob sie womöglich befreundet waren. Bereitwillig brachte sie heraus, was ihr als Antwort auf die Fragen der Besucher in den Sinn kam. Ja, manchmal nächtliches Gepolter, naja, man wisse schon, ein lebhaftes Paar, nichts Schlimmes.

Nein, niemals schmutzig gekleidet, die Kinder auch nett und zuvorkommend, immer freundlich und *Guten Tag!*, ohne Frage. Alkohol manchmal, aber nie leere Flaschen vor der Tür, höchstens wenn mal Altstoffsammeln angesagt sei. Da würden alle Glas und Papier rausstellen, aber meist Marmelade- und Obstgläser, Saftflaschen, Zeitungen sauber mit Bindfaden gebündelt. Alles in Ordnung. Ob die Besucher mit solcherart Auskünften zufrieden gewesen waren, konnte Lioba nicht sagen. Auch wenn sie sich konzentriert um Erinnerung bemühte, kam ihr nur wenig mehr als die Hemd- oder Blusenfarbe der Fragesteller in den Sinn, sie hatte es offenbar vermieden, ihnen in die Augen zu schauen. Sie hatte der Nachbarin wenig später von jenem Besuch erzählt, hatte wissen wollen, ob sie sich auf die Stelle beim Zoll freute. Ein mitleidiges Lächeln war die Antwort gewesen und die Mitteilung, daß man diese Leute drei Wochen zuvor vor der Tür abgefertigt hätte, als sie sich nach ihr, Lioba, hatten erkundigen wollen. Liobas Erschrecken hatte damals eher um die Möglichkeit gekreist, jemand befrage ihre Nachbarn über sie, während sie ihre eigenen, vergleichsweise handfesten Antworten lieber vergessen wollte. Die unerfreuliche Angelegenheit wurde zu anderen ähnlich unerfreulichen Angelegenheiten in einen massiven Schrank gefaltet, den Lioba unter der Haut mit sich herumschleppte. Wahrscheinlich stieß sie sich deshalb so häufig, weil der Schrank sie sperrig machte und sie immer einige Mühe brauchte, um heil durch eine Türöffnung zu kommen. Das Verfahren des Faltens und Wegpackens hatte es möglich gemacht, zu einem späteren Zeitpunkt wiederum die Tür aufzuschließen und über Freunde und Kollegen Auskunft zu geben, zu deren Gutem natürlich, und in der Tat hatte Lioba nie etwas zum besten gegeben, was eine Person in einem ungünstigen Licht hätte erscheinen lassen können, selbst wenn für ihre Begriffe in der Tat etwas auszusetzen war an deren Verhalten oder Lebenswandel. Daß sie jetzt daran dachte, wollte sie sich nicht erklären müssen. In den ersten Jahren nach dem Ende aller Blauhemden waren manchmal die festverschlossenen Schranktüren aufgegangen, hatten sich an den Scharnieren wie von selbst aus den Angeln gehoben und Lioba angst gemacht, sie könnte ein Spitzel gewesen sein. In solchen Momenten hatte sie nach einem Mann Ausschau gehalten, der ihre Rundungen aufsuchen und dabei die herausgesprungenen Türen in die Angeln zurückzwingen sollte mit seinen festen Händen. Die Tage, an denen sie zu diesem Zweck in ein Lokal gegangen war, konnte sie noch an einer Hand abzählen. Genau fünfmal war sie auf der Suche gewesen nach einem Reparateur, und dreimal hatte sie jemanden gefunden, der ihr über die schlaflose Nacht half. Daß die Männer nie wieder anriefen oder auch nur um ein Wiedersehen baten, schrieb Lioba ihrer eigenen anhaltenden Klebrigkeit zu, die sie selbst ekelte. Die Männer hingegen hatten in erster Linie nicht verstehen können, wie Liobas Haut unter ihren Zungen von feinem, süßem Karamel zu etwas Bitterem verbrannte, das sie nicht kannten und das sie verstörte, wie es ganz am Anfang den hellen Gunnar verstört hatte, an den Lioba jetzt denken mußte. Als sie aber versuchte, sich seine Augen vorzustellen, versagte sie kläglich. Sie fürchtete das Erschrecken und nahm sich vor, es in Zukunft nach Möglichkeit zu vermeiden.

Eine Suppe würde ihr guttun. Es war Samstag. Die freien Tage steckten wie Joker zwischen den Wochen. Joker allerdings, die sie nicht zu ziehen brauchte, weil sie über sie kamen und sie meist nicht recht wußte, was mit ihnen anzufangen war. Manchmal dachte sie daran, an einem bevorstehenden Wochenende Stadtviertel zu erkunden, die sie während der vergangenen zehn Jahre ausgelassen hatte. Das waren fast alle im Westteil der Stadt, wohin sie nur aufbrach, wenn sie ein Ziel dort hatte. Etwas oder jemanden kennenlernen können? Kein Ziel. Wenn der Joker also zu greifen war, schob sie ihn meist doch wieder zurück, ließ ihn verschwinden, ohne ihn eingesetzt zu haben und überließ sich dem Leerlauf. Sie hackte die äußeren, grünen Blätter eines Wirsingkopfes. Das gelbe Innere würde sie an einem der nächsten Tage mit Stärkemehl und Salz zu einem sämigen Brei verkochen und ein paar Kartoffeln darin ertränken. Heute aber öffnete sie ein Glas Rinderbrühe mit Fleischstücken und setzte den gehackten Kohl aufs Feuer. Gab Kümmel hinzu. Getrocknetes Suppengrün. Ein Stückchen Butter rutschte vom Löffel in den Topf, eine gute Portion Salz. Als es brodelte, schnitt sie Kartoffelwürfel hinein. Wartete. Rauchte. Sah aus dem Fenster und schaltete den Fernsehapparat an, den sie aber nicht weiter beachtete, sondern die Wäsche der vergangenen Woche auf die Leine klammerte. Die bepinkelte Hose, zwei, drei Blusen von unentschiedener Farbigkeit, sieben Schlüpfer und Sockenpaare, einen BH. Sie haßte Unterhemden. Langsam wurde ihr besser, der Puls ging zurück. Wirsing brauchte eine gehörige Kochzeit, sie könnte die Bücher einsortieren, die sie in den vergangenen beiden Jahren gekauft hatte und die sich in der Reihenfolge des Erwerbs neben ihrem Bett stapelten. Bücher sortierte Lioba nach dem Alphabet ins Regal, wobei sie, da sie Namen schlecht erinnern konnte, den Anfangsbuchstaben des Titels zum entscheidenden Merkmal machte.

Als sie fertig war, konnte sie getrost den Tisch decken, trug Teller und Besteck dann aber doch vom Küchentisch ins Wohnzimmer hinüber, plazierte die Maggiflasche im Zentrum des gekachelten Tisches und nahm sich zwei Kellen Suppe. Ein schlecht frisierter Moderator versuchte, zwischen drei streitenden Frauen zu vermitteln. Sie redeten sich in Rage, was Lioba einzuschläfern drohte. Als sie sich mit träger Hand bekleckerte, schob sie den nur unmerklich geleerten Teller beiseite. Griff wieder zum Zigarettenpäckchen auf dem Fensterbrett. Als das Feuerzeug aufflammte, sah sie den rosa Papierzipfel, der zwischen der Schachtel und der Cellophanhülle klemmte. Sie zog das verblichene Wimpelchen hervor und faltete es auseinander:

EIN ANLASS SEIN

Schon wieder hat Ichalstochter Schwierigkeiten, sich einen Reim zu machen. Ganz einfach könnte sie sich einen Schleim machen, aber sie will ja nur einen Reim haben. Einen Schleim bekommt sie manchmal von Frau Brehme von ganzoben. Die kocht in einem Töpfchen eine große Tasse Milch, rührt gequollene Haferflocken hinein. Das muß jetzt ein Weilchen köcheln. Weil die Milch so leicht anbrennt, hat Frau Brehme die Flocken manchmal schon in Wasser vorgekocht und muß, wenn Ichalstochter heraufkommt, nur noch ein bißchen Zucker zur Milch geben und den Hafer durchs Sieb streichen. Ichalstochter darf Hafer und Zuckermilch rühren. Dafür bekommt sie eine schöne Tasse Schleim, die Frau Brehme selbst so gern trinkt, sich aber Ichalstochter hernimmt als einen Anlaß. So einen Schleim hat Frau Brehme von ganzoben früher für das Baby gekocht. Das Baby gehörte Frau Kaltwaßer von halboben. Ichalstochter kann das Baby nicht kennen. Als es das Baby gab, gab es Ichalstochter noch nicht. So lang ist das her, daß Frau Brehme schon gar nicht mehr weiß, vowon sie da eigentlich spricht, wenn sie vom Baby erzählt. Als es Ichalstochter endlich gab, sagt Frau Brehme, gab es das Baby von Frau Kaltwaßer schon lange nicht mehr. Es ist am Zuckerpungel erstickt. Ichalstochter will wissen, was ein Zuckerpungel ist. Sie kann sich einfach keinen Reim darauf machen und steigt die Treppe im Nachbaraufgang hinauf zu Frau Brehmes Wohnungstür. Unterwegs trifft sie Gernot Kleinacker, der gerade dabei ist, selbstgebastelte Flieger vom Fensterbrett des Treppenhauses an den Himmel zu schießen. Gernot Kleinacker ist ein gutes Stück älter als Ichalstochter und kniet im Fensterrahmen. Ichalstochter findet das nicht weiter gefährlich und nimmt es zum Anlaß, selbst auf den Sims zu klettern. Nun hocken sie beide da und schauen hinauf, nicht hinunter. Nach unten ist es ungefähr genau so weit wie nach oben. Wenn sie jetzt nämlich abstürzten, Gernot Kleinacker und Siealstochter, kämen sie im Moment des Aufschlagens im Himmel an.

Weiß Gott.

Ob es ein Glück ist, daß Gernot Kleinacker kein Flugzeug rausrückt, ist schwer zu sagen. Ein Glück ist, daß Ichalstochter die Aussicht ins Blaue langweilig findet und vom Sims herabsteigt. Sie will sich ja einen Reim machen. Also steigt sie die Stufen weiter hinauf zu Frau Brehme und klopft. Komm schon rein, sagt Frau Brehme, die einen prächtigen Schleim rührt. Ich habe dir einen prächtigen Schleim gerührt, sagt Frau Brehme, und nun setz dich hübsch adrett, daß wir auch satt werden.

Ichalstochter hat einen Kloß im Hals. Ob das der Zuckerpungel ist? Aber sie ist ja kein Baby, da braucht sie eigentlich keine Angst zu haben vor dem Zuckerpungel. Du hast wirklich keinen Anlaß, ängstlich zu sein. Frau Brehme sagt das mit einer schnarrenden Hausfrauenstimme und schöpft auf. Der Schleim ist wirklich prächtig. Ichalstocher hat große Lust, gleich mit dem Finger den heißen Brei zu rühren, aber sie beherrscht sich und geht mit dem Finger rundum. Ichalstochter hat die Beherrschung gelernt, da kann sich jeder ein Beispiel dran nehmen. Ichalstochter sitzt kerzengerade auf Frau Brehmes weiß gestrichenen Küchenstuhl und verzieht keine Miene. Fast möchte Frau Brehme glauben, daß Ichalstochter gar keinen Appetit hat. Aber das stimmt nicht. Ichalstochter hat sogar einen sehr großen Appetit. Frau Brehme will einen Startschuß geben, aber ein passender Spruch fällt ihr nicht ein. Meist wischpert sie *und segne, was du uns bescheret hast!*, aber Ichalstochter bekommt niemals mit, wer gemeint ist. Also ist Frau Brehme auf der Suche nach einem anderen Spruch. Piep piep piep, sagt sie laut, guten Appetit, und schon darf Ichalstochter den prächtigen Schleim essen. Ein bißchen Zucker bitte noch und einen Löffel der gelben Butter, die aber bitte nicht salzig sein soll, Frau Brehme. Das schmeckt jetzt aber wirklich gut.

Weiß Gott.

Während des Essens darf Ichalstochter den Mund nur öffnen, um den Löffel hineinzustecken. Frau Brehmes Löffel sind silbern und schmecken nicht besonders gut. Siealsmutters Löffel sind leichter, schmecken aber noch schlechter als die von Frau Brehme. Wenn Ichalstochter nicht aufpaßt, kann sie davon sogar Zahnziehen bekommen. Einen Moment lang wird es sauer im Mund, dann kriecht der Schmerz vom Kiefer ins Gehirn hinauf. Ichalstocher weiß schon Bescheid. Leider hört der Schleim schneller auf als der Appetit. Aber so ist wenigstens Gelegenheit, nach dem Zuckerpungel zu fragen. Draußen donnert es. Wenn es donnert, muß es auch geblitzt haben, sagt Frau Brehme. Das ist nun ein Anlaß, schnellstens das Paket mit den Bestecken und Scheren unter die Matratze zu packen, damit der Schlag nicht dreinfährt. Frau Brehme hat Angst vor den Blitzen, aber nicht vor dem Zuckerpungel, obwohl am Zuckerpungel ja immerhin schon mindestens ein Baby gestorben ist. Das von Frau Kaltwaßer, halboben. Frau Brehme will sich bekreuzigen, aber zuvor bittet sie Ichalstochter, dem Vati nichts zu verraten vom Bekreuzigen. Vom Bekreuzigen hält der nicht viel, und immerhin führt er das Hausbuch. Wer das Hausbuch führt, weiß Bescheid, wischpert Frau Brehme. Und hat Glück bei den Fraun! sagt Ichalstochter laut und vernehmlich. Da muß Frau Brehme aber kichern und zieht sich auf die Toilette zurück. Bestimmt bekreuzigt sie sich vor der Kloschüssel, denkt Ichalstochter, damit es schön heimlich bleibt. Wie es sein muß. Als Frau Brehme zurückkommt, setzt sie sich wieder zu Ichalstochter an den Tisch und stellt die braune Schachtel vor sich auf die bestickte Decke. Ichalstochter liebt diese Schachtel. Es befinden sich Schätze darin, von denen man träumen kann. Eine weiße Porzellanfrau ohne Brüste. Vier Glasknöpfe. Zwei Schlüssel. Eine Garnrolle mit lila Spitzenhäkelgarn. Eine Häkelnadel. Frau Brehme hat für die Häkelnadel ein anderes Wort. Sie sagt Haken dazu. Den Häkelhaken benutzt sie, um Taschentücher zu schmücken. Frau Brehme hat Ichalstochter gezeigt, wie man die geschmückten Taschentücher in Falten bügelt, so daß der ganze schöne Spitzensaum obenauf liegt. Das ist ein Wunder. Das ist ein Anlaß zur Freude, sagt Frau Brehme, wenn sie den kunstseidenen Taschentuchbehälter aus dem Wäscheschrank holt, um Ichalstochter Schätze zu zeigen. Aber jetzt ist erst einmal die braune Schachtel dran. Ichalstochter greift die Porzellanfrau heraus und stellt sie in die Mitte des Tisches. Wie eine Göttin, sagt Frau Brehme. Wir wollen das zum Anlaß nehmen, ein wenig über die Kultur zu sprechen, sagt Frau Brehme. Die Kultur ist nämlich sehr wichtig. Der Vati hat es auch mit der Kultur. Er ist immer unterwegs mit dem Fahrrad, um den Beitrag einzusammeln. Für den Kulturbund. Im Kulturbund kann man lernen, welche Pilze es gibt. Und auch, welche es nicht gibt, sagt Ichalstochter. Frau Brehme ist irritiert, schluckt aber den Moment schnell hinunter. Der verschluckte Moment macht sie noch ein bißchen dicker als gewöhnlich. Vor allem gibt es die Rotkappen und die Steinpilze. Die kann man aufschneiden und braten wie Schnitzel, das ist wirklich eine Delikatesse. Delikatessen kann man auch im Kulturbund kennenlernen. Wie kochen unsere tadschikischen Freunde im Winter? Oder unsere rumänischen im Herbst? Der Vati trägt auch die Einladungen aus zu den Themenabenden, sagt Frau Brehme. Die Themenabende sind ein Anlaß, mal wieder gemütlich beisammen zu sein. Einmal hat der Vati ein Glas eingelegte albanische Paprikaschoten gewonnen und Frau Brehme ein Schüsselchen abgegeben davon. Das Glas war groß genug gewesen, um später Kaulquappen darin auszusetzen. Alle Geschöpfe, sagt Frau Brehme, sind unserem Herrgott ein Anlaß zu unendlicher Liebe. Er sorgt für uns alle mit großer Geduld, und natürlich hat er auch für die Kaulquappen gesorgt. Aber das mag Ichalstochter nicht so ganz glauben, denn eines Tages waren die Kaulquappen verschwunden und hatten Bratheringen Platz gemacht, die Siealsmutter in Essig gelegt hatte. Ichalstochter hat nachher alle Bratheringe sorgsam seziert, um herauszufinden, ob sie die Kaulquappen womöglich verschluckt hatten. Aber nichts da. Die Heringe hatten gar keine Mägen, nur offene, saubere Bäuche mit feinen Gräten und ein paar Gewürzkörnern darin. Alle Wetter, sagt Frau Brehme, als Ichaltochter vom Vati erzählt und wie sie herausbekommen hat, wo er das Hausbuch aufbewahrt. Nämlich zwischen den Unterhosen. Eigentlich darf Ichalstochter die Unterhosen nicht mit ansehen, sagt Siealsmutter, wenn sie Wäsche zusammenlegt. Aber einmal ist Ichalstochter doch dazugekommen, wie die gebügelten Unterhosen im Schrank verschwanden. Und da hatte sie das Hausbuch gesehen, wie es unter dem Hosenstapel verschwand. Der Vati hat ihm ein Hemdchen aus Schrankpapier gemacht, erzählt Ichalstochter Frau Brehme, damit es nicht schmutzig wird und nicht friert. Die Lehrerin in der Schule hat auch verlangt, daß alle Hefte und Bücher Hemdchen aus Schrankpapier bekommen. Ichalstochter ist stolz darauf, daß sie einen Vati hat, der sich so um das Hausbuch sorgt. Und liest er denn manchmal das Buch, will Frau Brehme jetzt wissen. Ichalstochter ist nicht ganz wohl bei der Frage, irgendwie zwickt und zwackt diese Frage am guten Gewissen. Eigentlich soll Ichalstochter nicht so viel erzählen bei fremden Leuten. Die Fragen fremder Leute sind kein Anlaß, aus dem Nähkästchen zu plaudern, hat Siealsmutter gesagt. Aber Ichalstochter kann sich nicht erinnern, daß der Vati im Hausbuch liest. Sie macht sich keinen Reim auf das Hausbuch. Außer daß es nicht friert, weil es ein Hemdchen aus Schrankpapier trägt.

Also kann sie Frau Brehme ruhig erzählen vom Hausbuch, wie es unter den Unterhosen schläft. Bis wieder Besuch kommt. Der letzte Besuch kam zu Frau Kaltwaßer von halboben und blieb acht Tage. Das weiß Ichalstochter so genau, weil es ein freundlicher Besuch war, der Ichalstochter hin und wieder ein Täfelchen Schokolade schenkte. Die Schokolade schmolz auf der Zunge und zerlief zwischen den Zähnen. Aber das kann Frau Brehme nicht wissen. Frau Brehme hat vom Besuch eine Tüte Kaffeebohnen bekommen. Ichalstochter findet Kaffeebohnen nicht gerade lecker. Siealsmutter ist gerade von Kaffeebohnen abgekommen und auf Schwarztee umgestiegen. Grusinischer Bahndamm, dritter Schnitt, wie Vati sagt. Siealsmutter wirft weißen Zucker ins Teeglas und rührt um. Manchmal auch Kandis. Ichalstochter darf dann ein Stückchen Kandis zerbeißen. Das ist doch kein Anlaß zum Träumen! sagt Frau Brehme und wiederholt die Frage. Ob der Vati im Hausbuch liest. Nein. Ichalstochter sagt nur ein einziges Wort. Frau Brehme ist unzufrieden. Was ist ein Zuckerpungel? Frau Brehme legt den Finger an den Mund und lauscht nach dem Treppenhaus. Stille. Wir wollen doch nicht, daß Frau Kaltwaßer wieder traurig wird, was? Sie hat ihrem Baby einen Zuckerpungel gegeben, weil es so laut schrie. Man nimmt eine Windel, gibt ein Häufchen Zucker in die Mitte und bindet den Stoff ab, damit der Zucker nicht herausfallen kann. Dann kann das Baby dran saugen. Es beruhigt sich so schön, weil es das Süße liebt.

Am Abend holt Ichalstochter ein Taschentuch aus dem Wäscheschrank und macht sich einen schönen Zuckerpungel daraus. Sie legt sich ins Bett. Du meine Güte! Siealsmutter ruft nach dem Vati, als sie das sieht. Der Vati macht ein saures Gesicht, beginnt dann aber zu lächeln. Kein Anlaß zur Sorge, sagt er, sie ist doch noch klein.

Die Zigarettenschachtel hatte Lioba Zeplin offenbar zu Boden fallen lassen während der Lektüre. Als sie schon auf dem Weg war, die hauchdünnen Blätter – Luftpostpapier – zu den vorherigen zu legen, sie abzuheften in einem gelben Umschlag, meldete sich das Erschrecken zurück. Das Froschhemd. Das Krachleder. Sie griff nach dem ersten erhalten gebliebenen Brief und fand die Worte, die jemand wie einen Anker ausgeworfen haben mußte. Nun kam sie nicht mehr davon.

◆ ◆ ◆

Die abgestorbenen Kinder brachten eine Tasse aufgebrühten Kaffee, setzten sich neben ihren Vater auf die Couch und grinsten. Einen Moment lang überlegte Walja, ob sie herausbekommen sollte, warum sie mit in die Wohnung gekommen war, deren muffiger, tabakverschlierter Geruch ihr nicht weiterhalf. Ein wenig erinnerte sie der Mann an jenen Bibliothekar, den ihre Mutter aus dem Dreck gezogen hatte. Auch dessen Augen waren leer und glasig, der Tabakdunst allerdings war von Alkohol und Magensäure überdeckt gewesen. Ein Blick auf die Mädchen brachte sie keineswegs auf andere Gedanken, sie wirkten wespenzart und zerfroren, trugen blaue Flecken auf den nackten Armen wie einst sie selbst auf dem nächtlichen Flur der Kommunalka. Aber sie hatte eine Mutter gehabt für ihre Mädchennöte. Ob es für diese Kinder eine erreichbare Mutter gab, begann sie zu interessieren, während der Mann geradeaus stierte, haarscharf vorbei an Waljas Blick, so daß sie einander zwar anzuschauen schienen, in Wirklichkeit aber gründlicher als nötig verfehlten. Die Situation verhieß anscheinend keinerlei Spannung, so daß die Mädchen sich anschickten, gelangweilt den Raum zu verlassen. Im Nachblicken wollte Walja sich das ausgesessene Wohnzimmer vornehmen, aber der Mann schnitt ihr die Sicht ab mit einem deutlichen Rülpsen. Sie schaute ihn an und konnte wiederum nichts entdecken, was ihr ein wenig Klarheit verschaffen konnte über den Grund ihres Hierseins. Die Wohnungstür schlug hinter den Mädchens ins Schloß, Walja hörte, wie sie sich aufs neue in ihrem Schuhregal im Treppenhaus einrichteten. Sie mußte aufstehen, sich neben dem Mann auf die Couch setzen. Während sie noch stand, drückte er sich schon tiefer ins Sofa, legte sich schließlich lang, so daß ihr kein Platz blieb. Sie würde sich auf ihn setzen müssen, er schien das zu merken und begann, seine Hosen umständlich von den Hüften zu rollen. Daß sie zu sich kam, verdankte Walja der Puppe, die sie eben hinter dem gewaltigen Sofakissen hervorschauen sah. Sie ähnelte auf rührende Weise *der kleinen Janina.* Als der Mann die Puppenschwester mit den Füßen von der Lehne stieß, glaubte Walja ein leises Weinen zu hören und rannte davon, an den Mädchen vorbei die Treppe hinunter, hinaus aus dem hohlen Zahn, auf die um diese Stunde laute, belebte Straße.

Die Zeit, innezuhalten und Atem zu holen, blieb ihr nicht. Wer zufällig nach oben schaute, konnte erkennen, daß etwas auf Walja zukam. Womöglich aus einem Fenster der oberen Stockwerke hinabgeworfen, erinnerte es im Fluge an eine Wasserbombe oder an einen mit Steinchen gefüllten Luftballon. Beim Aufschlag zerplatzte die rote Haut, so daß die dunkelroten Fruchtzellen eines Granatapfels über die Gehwegplatten sprangen. Walja konnte nicht anders, als sich danach zu bücken, die Kerne aufzuheben und in den Mund zu stekken. Während sie das Fruchtfleisch aussog, sah sie sich über den Basar in Almaty gehen. Sah, wie sie den usbekischen und tadschikischen Händlern angeschlagene Früchte abzuschwatzen versuchte. Wie aus den zerfurchten, bronzenen Gesichtern nur manchmal ein Lächeln zu ihr herüberkam. Wie sie dennoch hin und wieder eine geplatzte Aprikose, einen faustgroßen Pfirsich mit Druckstellen bekommen hatte. Wie Daghira sie einzufangen versuchte zwischen den langen Reihen der Verkaufsstände, zwischen Kartoffelkörben und Weinbergen, weil es ihr peinlich war, auf diesem Basar beinahe nichts bezahlen zu können außer einer Kanne Milch oder einem beinahe gänzlich fleischlosen Rinderknochen. Wie sie das Kind dann in den staatlichen Laden mitgenommen hatte, in dem sie alles hätte bezahlen können, wäre es denn vorhanden gewesen. Brot gab es immer, auch kleine, schwach gesüßte Hefekringel. Eingelegte Gemüse. Fischkonserven. Lutschbonbons. Wie sie ihrer Tochter drei, vier Stücke Konfekt in eine Papiertüte füllen ließ und Walja dann kaum erwarten konnte, sich zu Hause unter ihrer Bettdecke zu verkriechen und die Süßigkeiten sehr langsam aufzuknuspern. Wie Daghira schwarzen Tee aus einem braunen Glas mit goldenem Rand trank, während sie am Fenster stand, rauchte und in eine Ferne blickte, die ihre Tochter einfach nicht ausmachen konnte. Wie verliebt Walja gewesen war in diese Mutter, die ihr keine weißen oder rosa Zopfschleifen aufdrängte, aber welche besorgte, wenn das Kind sie zu brauchen meinte. Daghiras knappe Zeichen der Zuneigung waren von einer einfachen Selbstverständlichkeit erfüllt gewesen.

Mit jedem Kern, den sie mit den Zähnen aufknackte, erschien ihr Daghiras Kontur ein wenig deutlicher, sah sie die dunklen Haare, die Daghira zu einem monströsen Knoten aufsteckte, um ein wenig größer zu erscheinen. Die beinahe nebelgrauen Augen, in denen sich Walja so gern spiegelte, und die dann deren Lieblingsfarbe anzunehmen schienen: einen warmen Orangeton, der selbst bei gedrosselter Heizung den gemeinsamen Wohnraum nie wirklich kalt werden ließ. Ihr wurde warm, sie kaute, wurde hastiger dabei, und je mehr sie sich darin verlor, desto stärker wurde ihr Empfinden, zu sich zu kommen.

Jemand riß sie aus der Hocke, zog sie herauf. Die Betreuerin aus dem Aussiedlerzentrum hatte sie aufgegabelt und machte mit ihrem ungläubigem Erstaunen Walja die Peinlichkeit der Situation bewußt. Ehe die beiden Frauen die ersten Worte wechselten, waren sie schon einige hundert Meter auf dem Weg zur Wohnung der Zeigers nebeneinander hergelaufen. Man sprach über Geld. Ob denn genug da sei, fragte die Betreuerin, die Walja als beherzte, vernünftige Person kannte und sich nicht hatte vorstellen können, daß ihr Schützling Obst vom Gehsteig auflas, um es unter den Augen der Vorübergehenden selbstvergessen aufzuessen. Walja Zeiger antwortete mit gewohntem Wirklichkeitssinn, daß sie sich die Umstände ihres Zusammentreffens selbst nicht erklären könne, daß eine alte Liebe zum Obst Mittelasiens sie offenbar heimgesucht habe und mit ihr auch jene Erinnerung, die sie als Erwachsene verloren und die Daghira Bergner hatte auferstehen lassen. In Deutschland, das ihrer Mutter verschlossen geblieben war vor dem unverhofften Lebensende am Küchentisch in Konstantinowka.

Walja mußte jetzt weinen. Die Betreuerin öffnete für sie die Haustür und klingelte nach Edward, der die Treppe herunterhastete, um seine Frau in Empfang zu nehmen. Walja hörte nicht, was er zu hören bekam, während sie die Treppe hinaufstieg: Sie hätte auf dem Gehweg gehockt und erbetteltes Obst gegessen. Die Leute auf ihren allabendlichen Besorgungsgängen wären um sie herumgestiegen mit einem Ausdruck des Angewidertseins und der Entrüstung. Das tue der Sache der *Integration* nun gar nicht gut, sagte die Betreuerin, und wer denn das Geld verwalte. Es müsse doch genug da sein für Lebensmittel und Obst. Edward hatte keine Möglichkeit, sich zu wundern. Er dankte der Frau und gab vor, Walja fragen zu wollen, was sie sich denn dabei gedacht habe. Er fände die *Integration* sehr wichtig. Darauf käme es an, natürlich, schließlich sei es unter den Deutschen nicht gerade üblich, im Straßenschmutz zu sitzen und zu betteln. Warum denn auch. Aber natürlich. Es gäbe eine Erklärung, bestimmt, schließlich wäre Walja im allgemeinen ja sehr vernünftig. Zu guter Letzt vereinbarten die beiden einen Gesprächstermin im Aussiedlerzentrum, erst einmal unter vier Augen, um Walja nicht zu beunruhigen. Vielleicht ließe sich mit einem solchen Gespräch ja schon die Luft aus der Vorstellung nehmen, Walja käme mit den Gegebenheiten in der neuen Heimat nach anfänglicher Anpassung nun doch nicht in gewünschtem Maße zurecht?

Als Edward Zeiger wenig später in seine Wohnung trat, saß Walja steif, blaß und trotzdem ganz bei der Sache über einer Deutschlektion. Sie hatte *die kleine Janina* auf den Stuhl neben dem ihren gesetzt und deklinierte zusammengesetzte Substantive. Natürlich konnte Edward Zeiger nicht sehen, was seine Frau zu sehen bekam, während er, ihr gegenüber am Tisch sitzend, versuchte, ihren Blick zu schneiden: Die Puppe nickte, wenn eine Aufgabe erfolgreich gelöst worden war. Anderenfalls schüttelte sie heftig den Kopf, schwieg aber. So vertieft war Edward in sein Bemühen, Kontakt aufzunehmen zu seiner Frau, daß er auch *die Liebe, die Hur* nicht wahrnahm, wie sie von draußen durch das frisch geputzte Fenster hereinschaute und zufrieden Waljas Hände betrachtete. Die Nägel leuchteten rot vom Saft des Granatapfels, den sie hatte fallen lassen. Eigentlich hatte sie darauf vertraut, Walja würde aus eigener Kraft ein Netz aus den alten Fäden ins Deutsche knüpfen können. Nach dem Auftritt in jenem fremden Wohnzimmer aber war zu befürchten gewesen, daß es eines deutlichen Zeichens bedurfte. Das hatte sie nun gesetzt – und machte sich aus dem Staub.

◆ ◆ ◆

Die Putzfrau fand den Zettel mit der Bitte um besonders gründliche Reinigung erst, als sie ihre Arbeit schon beinahe beendet glaubte und sich nach Milch und Kakaopulver umsah, um sich die Wartezeit zu vertreiben. Sie wurde abgeholt von der Arbeit, sie freute sich wie gewöhnlich darauf. Diese Freude verleitete sie oft genug zu oberflächlicher Arbeit. Daß sie nicht früher abgeholt wurde, wenn sie schneller putzte, wollte ihr nicht ohne weiteres in den Kopf. Dabei war ihr viele Male gesagt worden, daß sie diesen wie ihre anderen Jobs nur behalten konnte, wenn sie sie zufriedenstellend erledigte. Schließlich gab es genug Frauen, die auf einen solchen Job warteten. Sie begegnete ihnen, wenn sie in ihrer freien Zeit durch die Einkaufspassage strich, vor den Auslagen der Geschäfte stehenblieb und die Beleuchtung genoß, die immer eine festliche Stimmung in ihr auszulösen vermochte. Die Frauen saßen auf den Bänken aus Edelstahl, zündeten sich Zigaretten an und beschimpften ihre Kinder, die davon weitgehend unbeeindruckt über die Rolltreppen wuselten. Die Putzfrau hatte keinen Spaß mehr an anderen Kindern. Als sie noch zur Schule ging, hatte es ihr nicht so viel ausgemacht, eines von ihnen gewesen zu sein. Sie hatte sich, wenn nötig, gewehrt, und sie hatte die anderen von Zeit zu Zeit zu sich nach Hause eingeladen, wo ihre Mutter Kakao kochte und mit ihnen spielte. Daß sie erwachsen wurde, hatte sie nicht bemerkt. Ebenso, wie sie es genoß, allein in der Einkaufspassage unterwegs zu sein, wunderte sie sich darüber. Als ihre Mutter noch lebte, hatte sie nicht allein hinausgehen dürfen in ihrer freien Zeit. Die Mutter hatte sie an der Hand genommen und war mit ihr über Spielplätze gezogen, hatte sie zur Gymnastik in die Turnhalle gebracht und später wieder abgeholt. Schon damals hatte sich die Putzfrau darauf gefreut, abgeholt zu werden. Eigentlich hatte sich nicht viel verändert. Nur, daß man ihr an der Hand ihrer Mutter stets freundlich begegnet war, während sie heute, wenn sie allein oder an der Hand ihres Vaters unterwegs war, niemals mehr ein Würstchen oder ein trockenes Brötchen geschenkt bekam im Geschäft, von keinem der anderen Kinder eingeladen wurde und selbst niemanden mehr einlud, nachdem sie einige Male vergeblich am gedeckten Tisch gewartet hatte. Die Spielkarten hatten schon bereitgelegen, und den Kakao hatte ihr Vater gekocht, aber niemand war gekommen, auch wenn er es zuvor fest versprochen hatte. Zu jenen Frauen, die auf so einen Job wie den ihren warteten, schaute sie aus ihrer Kindlichkeit auf, versuchte manchmal, ihnen zu gefallen, indem sie deren Kinder von den Rolltreppen jagte. Dank hatte ihr das niemals eingebracht, sie war statt dessen selbst verjagt worden und hatte mit der Zeit aufgehört, darüber enttäuscht zu sein.

Sie würde wohl oder übel noch einmal von vorn anfangen müssen zu putzen, wenn sie ihren Job behalten wollte. Verärgert knüllte sie Marona Birnenbaums Zettel zusammen und schnippte ihn in hohem Bogen aus dem geöffneten Fenster, ehe sie einen kleinen blauen Eimer mit warmem Wasser füllte und etwas Spülmittel hineingab. Um den Staub von den Möbeln zu wischen, würde sie einen frischen Lappen brauchen. Im Bad konnte sie keinen finden, obwohl noch beim letzten

Mal ein großer Vorrat davon im Regal gelegen hatte. Ihr Vater hatte ihr kein Geld mitgegeben, also beschloß sie, eines der beiden T-Shirts auszuziehen, die sie wie immer übereinander und unter dem Pullover trug. Als sie das Kleidungsstück im Seifenwasser untergehen sah, mußte sie lächeln. Natürlich wurde sie nicht rechtzeitig fertig: Ihr Vater klingelte bereits an der Tür, als sie eben die Blumenvasen und Bücher auf dem Aktenschrank beiseiteschob. Also stieg sie vom Stuhl und öffnete ihm, erzählte von dem Zettel, den sie beinahe zu spät in der Teeküche gefunden und leider ins Freie befördert hatte, so daß ihr alle Rechtfertigung für ihr Tun schwierig erschien. Ihr Vater allerdings beruhigte sie und half ihr sogar, er räumte wieder zurück nach dem Putzen, was sie entfernt hatte. Schließlich bat er sie, noch unter die Dusche zu springen. Zu Hause durchlitten sie, was man Strangsanierung nannte. Alle Ver- und Entsorgungsleitungen aus den achtziger Jahren wurden durch neue aus unbedenklichem Material ersetzt. Für die Mieter der Wohnungen hatte man deshalb Sanitärcontainer im Hof hinter dem Block aufgestellt. Um die Tochter nicht zu ängstigen, hatte er ihr für diese Zeit die Benutzung eines Nachteimers in ihrem Zimmer gestattet, den er allmorgendlich vor der Dämmerung aus dem Küchenfenster auf eine kümmerliche Rasenfläche entleerte. Daß sie hier duschen konnten, hatte er ihr schon einige Male erklärt, aber sie hatte es nie getan bislang. Wenn er sich nicht darum sorgte, würde sie sich womöglich niemals waschen – er schüttelte resigniert den Kopf, während er nach dem Ende der Arbeiten das T-Shirt auswrang und über die Heizung unter dem Fenster der Teeküche hängte. Wenn sie aber erst einmal duscht, wird sie wieder kein Ende finden... Er begann auf und ab zu wandern in der Kanzlei, wo er sich inzwischen gut genug auskannte, um den gewöhnlichen Platz der Dinge zu kennen. Als er sich über Marona Birnenbaums Postablage beugen wollte, bemerkte er den Schmutzwassereimer in seiner Hand. Er hatte ihn ausleeren wollen in die Toilette, aber die Tochter war ihm zuvorgekommen, hatte die Tür schon verriegelt und ihre Kleider abgelegt. Er richtete sich auf und bemerkte, wie Traurigkeit über ihn herfiel, er öffnete das dem Schreibtisch am nächsten gelegene Fenster und kippte die Brühe aus. Ein Vordach, unter dem sich die Eingänge in das Bürohaus befanden, fing das Wasser, es rieselte durch Fallrohre bis in die Kanalisation hinunter. Nun, vermutete er, war er sicher vor dem Inhalt des Eimers, den er für jenen plötzlichen Kummer verantwortlich machte. Es war seine Gewohnheit, Gefühlsumschwünge unmittelbar auf einen stofflichen Austausch mit der Umgebung zurückzuführen, und er hatte natürlich auch versucht, seine Tochter einzuweihen in den richtigen Umgang mit Schadstoffen. Sie hatte solche Bemühungen allerdings nur mit dem ihr eigenen Unverständnis quittieren können. Er hörte, wie sie laut sang unter dem Wasserstrahl, den sie heiß und druckvoll am liebsten mochte. Ihr gebrochenes Kinderlied paßte zu jener sanften Melancholie, die auch nach dem Auskippen des Schmutzwassers in seinem Kopf geblieben war und ihn von innen tönte. Ja, er spürte das Grau, es ähnelte dem der Nebelkappen, die er als Kind in den märkischen Wäldern gesammelt hatte. Seine Bedrückung wollte einfach nicht weichen, auch als er sich an die Gefährten jener frühen Streifzüge erinnerte, an die so schwärmerisch empfundenen Nächte am Lagerfeuer, wenn sie, die Hand am Fahrtenmesser, Braunhemd an Braunhemd gelegen hatten. Man hatte, nachdem die

Hemden aus der Mode waren, von ihm Scham erwartet, was diese Nächte betraf. Schon damals hatte er Gefühlslagen ausweichen wollen, die man ihm vorzuschreiben versuchte. Was die Gefühle betraf, die er für die Putzfrau hegte, so wußte er natürlich, daß sie nicht wirklich seine Tochter war. Jedenfalls nicht im Sinne biologischer Verwandtschaft. Sie hingegen hielt ihn für ihren Vater, und er hatte offenbar begriffen, daß er diese Tatsache nicht würde ausräumen können. Je lauter sie sang, desto stärker wurde sein Wunsch, es gäbe diese Diskrepanz ihrer beider Auffassungen nicht. Er liebte sie. Seit ihre Mutter nicht mehr lebte, trug er die Verantwortung für sie ganz allein, wie es die Verstorbene gewünscht und wie er ihr immer wieder versprochen hatte.

Der Gesang aus dem Duschraum ließ ihn an jene unbefangenen Stunden denken, die sie zu dritt verbracht hatten, das debile Kind hatte sich ihm, den Hinzugekommenen, von Anfang an in die Arme geworfen. Obwohl es schon zehn Jahre alt gewesen war, als er seine Mutter kennengelernt hatte. In einer Kaufhalle war sie ihm aufgefallen, er sah jetzt sehr genau jenes Bild ihrer ersten Begegnung vor sich: Eine kleine, rundliche Frau mühte sich lachend, ihre Tochter daran zu hindern, die Waren im Einkaufswagen immer wieder in die Regale zurückzupacken. Das Mädchen war so stolz darauf gewesen, ganz genau zu wissen, wo die Gemüsekonserven hingehörten. Die Schrippen kippte sie aus der Papiertüte zurück in die Brötchenrutsche, was eine kaum verhaltene Entrüstung bei anderen Kunden hervorrief, die den Verkaufsstellenleiter herbeizitierten. Schließlich, als das Kind schon Anstalten machte zu weinen, weil es annehmen mußte, Ursache der plötzlichen Aufregung zu sein, hatte er es bei der Hand genommen und aus dem Laden geführt. Die Mutter war ihm gefolgt, ohne sofort zu begreifen, was er vorhatte. Die Selbstverständlichkeit, mit der er für den Auszug der Angeklagten gesorgt hatte, führte auch die allgemeine Empörung über den Umweg einer kurzen Irritation wieder in die Routine des Einkaufens zurück. Die Luft klarte auf, ohne daß es eines weiteren Wortes bedurft hätte. Daß die Frau sich nicht schämte, für oder mit ihrem Kind, hatte ihn sofort für sie eingenommen. Als sie sich später in ihn verliebte, dann auch, weil er ihr Verwachsensein mit dem Kind sofort wahrgenommen hatte und nie Gefahr lief, zu vergessen, daß es früher als er an ihrer Seite gewesen war und seine Stellung zu ihr immer die der zweiten Person nach der Tochter bleiben würde. Die Mutter der Putzfrau war ihm anfangs ohne Fehl und Tadel erschienen, er liebte und bewunderte ihren unaufgeregten Mut, die Dinge auszuhalten, wie sie nun einmal waren. Ja, überhaupt erst an ihrer Seite hatte er begriffen, daß zum Aushalten nicht unbedingt weniger Mut nötig war als zum Aufbegehren gegen das Gegebene. Das war ihm neu gewesen, er hatte es nicht gewußt, ehe er ihr begegnete. Später, als er sie längst besser kannte, konnte er sich auch ärgern darüber, daß sie manchmal so lange brauchte, um aus der Sorge für ihre Tochter aufzutauchen und sich ihm zuzuwenden mit aller Aufmerksamkeit. Aber dieser Ärger war immer sehr rasch vergangen, wenn er die Tiefe ihres Interesses an seiner Person begriff, die sich ihm vor allem in der Unbedingtheit offenbarte, mit der sie auch ihn ertrug. Sein forderndes Schweigen. Seine Schlaflosigkeit. Seine Verzweiflung und die Tatsache, daß er nichts wirklich zu ändern vermochte. Sie war der einzige Mensch gewesen, der um die Anfänge seiner Zerrissenheit wußte, die er vor allen anderen angstvoll verbarg. Ihr Tod war ihm auch so etwas wie ein Auftrag gewesen, in ihrem Sinne duldsam zu sein und nicht auszuweichen, und so war er mit ihrem Kind, das damals längst eine Halbwüchsige geworden war, an den Stadtrand gezogen, war der Spur gefolgt, die, wie er glaubte, andere für ihn gezogen hatten, und nur, wenn er sie nicht verließ, würde er einmal Rechenschaft verlangen können, denn sie würde ihn ins Zentrum seines Verhängnisses führen. Daran dachte er noch, als die Putzfrau mit nassem Haar aus der Dusche trat, auf ihn zu. In ihrer Einfalt hatte er immer auch ihre größte Begabung gesehen: die Fähigkeit zu vollständigem Vertrauen, die ihm so sehr fehlte und um die er sie beneidete. Er kämmte sie, holte den Fön aus Frau Birnenbaums Schrank und trocknete ihr Haar. Als sie wenig später die Kanzlei verließen, um nach Hause zu gehen, verflog die Melancholie endlich, auch wenn im Dunkeln, für jenen kurzen Moment, in dem er das Treppenlicht suchte, die Gesichter der Putzfrau und ihres Arbeitgebers, des Rechtsanwalts Marl, wie Abziehbilder übereinanderglitten und er zu spüren glaubte, er müsse sie einander auch in Wirklichkeit näherbringen.

◆ ◆ ◆

Daß sie nun nicht mehr davonkam, hatte Lioba Zeplin schnell vergessen. Es genügte, daß sie sich kratzte, um Anlässen zu besonderer Erregung mit ihrer wiedergewonnenen Nesselsucht zumindest vorläufig entgegenzutreten. Das Wochenende über korrigierte sie Arbeiten ihrer Schüler. Drei Klassen hatten sich in erwartet oberflächlicher Weise auf viel zu viel Papier verewigt, hatten ihr einen Berg Arbeit hinterlassen und genossen das Wochenende, während sie unter dem spärlichen Schein ihrer Wohnzimmerlampe am Tisch saß und sich der Gedankenarmut der Kinder ausliefern mußte. Zum Glück schaffte sie es, ihren Ärger in Geringschätzung umzumünzen. Nach einer Weile machte es ihr sogar Spaß, miserable Zensuren wie Ohrfeigen auszuteilen. In ihre Verachtung mischte sich Spott. Das Verlangen, mangelnde Orthographie mit Punktabzügen zu bestrafen, war immer dann besonders groß, wenn sich die Fachnote noch einmal verschlechterte dadurch. Als Lioba die fertigen Korrekturen, zu drei Stapeln geordnet, vor sich liegen sah, breitete sich ein Anflug von Zufriedenheit in ihr aus, der für die letzten Stunden des Sonntags anhalten sollte. Er begleitete sie durch einige Kapitel eines Kriminalromans und veranlaßte sie gar zu einer gewissen Vorbereitung ihrer morgigen Unterrichtsstunden, die sich normalerweise erübrigte, da sie Jahr für Jahr auf ihre alten Unterlagen zurückgriff. Als sie sich kurz vor dem Zubettgehen die Zähne putzte, registrierte sie, daß Frau Koenig ihre Lieblingslektüre vergessen hatte, eine bunt bebilderte Jugendzeitschrift. Sie war hinter die Heizung geruscht und zwischen Wand und Befestigungsschelle hängengeblieben. Frau Koenig mochte es nicht, wenn sie beim Schmökern erwischt wurde. Sicher war Liobas Schlüssel im Schloß zu hören gewesen, und sicher hatte Frau Koenig wie üblich auf dem Deckel des Toilettenbeckens gehockt, als sie sich entscheiden mußte zwischen der raschen Verriegelung des Örtchens und dem Verschwindenlassen der Zeitschrift. Offenbar hatte sie die geräuschärmere Variante beschlossen und das Heft hinter die Heizung rutschen lassen. Lioba lächelte beinahe, als sie sich Frau Koenigs erschrockenes Gesicht vorstellte, und begann zu blättern. Noch nie hatte sie daran gedacht, daß Frau Koenig sich für irgendetwas interessieren könnte. Daß sie jemals eine Diät machen würde, erschien Lioba höchst unwahrscheinlich. Ebenso wenig legte sie auf Äußeres wert. Trug keinen Schmuck außer der silbernen Kette mit einem Herzen aus Granat, die ihr die Mutter einmal geschenkt, wie sie Lioba erzählt hatte. Schminkte sich nicht. Trug, was man ihr kaufte. Hatte ihr Vater gesagt. Eigentlich ähnelte sie ihr, Lioba, in dieser Unachtsamkeit. Allerdings trug Lioba manchmal erdbeerrote Nägel, was für Frau Koenig undenkbar gewesen wäre. Die Erdbeernägel gehörten in jene Kategorie der bescheidenen Versuche, sich nicht völlig aus allgemein gültigen Vereinbarungen zu stehlen. Zwei Drittel der weiblichen Lehrerschaft trug gelackte Nägel, wiederum zwei Drittel davon künstliche. Ein Drittel letzterer, die Mudrack, hatte Lioba diese roten Nägel auch geschenkt. Die Mudrack litt an Moral, seit Lioba sie kannte. Immer wollte die Mudrack etwas aufbauen zwischen ihnen. Und Lioba mußte lachen bei diesen Anträgen, denn sie stellte sich die Mudrack beim Bau einer Mauer, eines Walls, eines Festungsturmes vor. Und ließ sich auf nichts ein. Nahm aber eben einmal die roten Nägel, damit die Mudrack sie mit dem zeitgleichen Zweitanliegen eines gemeinsamen Kinobesuches des Lehrerkollegiums verschonte. Und wirklich hatte die Mudrack so gestaunt darüber, als sich die kleine Schachtel auf einmal nicht mehr in ihrer eigenen, sondern in Liobas Hand befand, daß sie das Zweitanliegen für sich behielt.

Die Zeitschrift forderte die Leserschaft auf, unter jeweils zwanzig weiblichen und männlichen Kandidaten die *Typen des Jahres* zu wählen. Lioba versuchte ein paarmal, andere Seiten aufzuschlagen. Kosmetiktips. Die Leserbriefseite. Mode für wenig Geld. Die Bildergeschichte. Den Fortsetzungsroman. Immer wieder kehrte sie zu den *Typen des Jahres* zurück, probierte schließlich bei jedem Mädchenfoto die Vorstellung aus, es handele sich um ein Konterfei ihrer Tochter. Das gelang nicht, sondern versetzte sie in einen Zustand, der von außen betrachtet möglicherweise als der einer tiefen Apathie hätte bezeichnet werden können. Liobas Innerem aber brach das Getriebe entzwei, sprangen die Organe aus ihrer stotternden Mechanik in die Positionen des Leerlaufs, liefen sich in der Tat leer in Liobas Bemühen um Wiedererkennen. Sie begriff das nicht. Hatte sie das Kind nicht zu ihrer eigenen Erleichterung abgetan wie einen korrigierbaren Fehler? Hatte sie nicht alle Jahre ohne das Kind besser auskommen können als es zuvor der Fall gewesen war? Auch jetzt verspürte sie keinerlei Sehnsucht, litt sie dieselbe Angst, das Kind wolle ihr an die Haut, sie berühren, ihr den Napfmund auf den Hals pressen. Diese Angst erklärte sie sich, nachdem sie sich eingestanden hatte, daß das Kind unterdessen erwachsen geworden sein mußte, sogar mit ihrer allgemeinen Furcht vor gleichgeschlechtlicher Berührung. Es ekelte sie, von einer Frau angefaßt zu werden. Die fremde Frau, die ihre Tochter war, saß vielleicht zu dieser Stunde auf der Kante eines Doppelbettes, cremte sich Hals und Oberarme, lächelte jemandem voller Erwartung zu. Oder sie bügelte, las, rauchte, kochte das Essen für sich und ihren Vater. Schob eine Vorhaut zurück mit den Lippen. Vögelte. Wurde gevögelt. Daß diese Frau ihr in einigem ähnlich sein mußte, verblüffte Lioba genauso wie der Gedanke, Frau Koenig ließe sich von irgendeinem Interesse leiten in ihrem Tun. Ja, das Kind konnte ihre, Liobas, Art zu schwitzen geerbt haben, ihre Nesselsucht, es ließ sich möglicherweise in einer von Lioba ererbten Gedankenlosigkeit zur Lehrerin ausbilden, sich ein Kind machen. Heiratete jemanden, der an ihr leiden würde wie sie an ihm. Vermutlich würde das Kind aber keine Löcher in Socken und Strumpfhosen stopfen können, dazu hätte es jener altmodischen Anleitung bedurft, die Lioba von der eigenen Mutter zuteil geworden war. So erging sie sich im Labyrinth aller Erdenklichkeiten, und neben ihr rauschte das Wasser in den Abfluß des Bekkens. Sie hatte den Hahn nicht zugedreht nach dem Zähneputzen.

In dieser Nacht sollte Lioba Zeplin nicht mehr schlafen. Die Stunde bis zwölf verbrachte sie damit, jene alte Kakaodose aus Blech von einer Ecke der Wohnung in die andere zu tragen und die Bilder zu erkunden, die maschinell in das Metall geprägt und von irgend jemandem in Handarbeit bemalt worden waren. Frau Koenig, die ihr die Existenz der Dose mit solch entwaffnender Selbstverständlichkeit vor Augen geführt hatte, als hätte sie selbst den Kakao vor vielen Jahren in Liobas Küchenschrank verstaut, schien nicht zu merken, daß das braune Pulver längst ranzig roch. Hatte sie keine Zunge? Schmeckte sie nicht, daß die Zeit alles verdorben hatte? Eine Taube sah vom Fensterbrett zu, wie Lioba an der geschlossenen Wohnzimmertür hinabglitt, sich auf den Boden setzte. Die aufgelösten Haare konnten dem Gesicht keinen Rahmen geben, lösten es beinahe auf in eine unstrukturierte Sammlung sehr ähnlich gefärbter Punkte. Das schmale Rot des Mundes verlor sich im bleichen Teint. Die Lider hingen über die Augäpfel herab, geschnittener Blätterteig, in dessen Säume sich ängstlich die farblosen Wimpern zurückzogen. Sommersprossen stürzten in hellen Scharen vom Nasenrücken auf die

Haut der Wangen, und dort, wo das Kinn seinen Frieden mit
dem Hals zu machen hatte, zitterte ein leerer Hautbeutel im
Rhythmus des Schluchzens. Es stieg laut aus Liobas Kehle
auf, die Taube flatterte in Panik davon. Hätte die Mudrack sie
sehen und fragen können, was ihr denn zugestoßen sei, daß
sie so weinen müsse, hätte Lioba auf der Stelle aufhören kön-
nen. So aber blieb sie sitzen und ließ das Wasser hinaus, das
sich ja doch in ihr angesammelt haben mußte für diesen Mo-
ment, hielt sie also die Schleusen geöffnet. Konnte den Fluß
auch nicht aufhalten wie vordem das Wasser am Waschbek-
ken, fand den Hahn einfach nicht. Merkte aber, daß etwas aus
ihr herausglitt in diesem Schwall – eine erwachsene Frau, der
sie den Namen ihrer Tochter gab und die sie kennenlernen
wollte, als sei sie ihr noch nie begegnet.

Als es draußen zu dämmern begann, schnitt sie sich in die
Zunge, stach einfach das kleine Küchenmesser tief in den
kräftigen Muskel. Das Blut gab ihr Farbe zurück, wie es aus
der Wunde stieß und nicht zu halten war von den zuerst fest
aufeinandergepreßten Lippen. Es trieb Ober- und Unterkie-
fer auseinander, Lioba Zeplin spuckte Blut und empfand kei-
nen Schmerz, eher eine vorläufige Erleichterung. Alles an ihr
war vorläufig, sah sie jetzt deutlich. Sie hatte ihre Entschlüsse
zeitlebens befestigen wollen, indem sie sie hinter sich ver-
scharrt und nicht bemerkt hatte, daß sie auch Teile ihres Kör-
pers in all den Grabhügeln zurückließ, und wenn sie vorwärts
gegangen war, hatten die Stücke sich erst einmal losreißen
müssen von ihr, würden aber an ihren alten Platz zurück wol-
len, solange sie lebte, und als Lioba sich nicht mehr zu retten
wußte vor dem, was aus dem Hinterhalt auf sie zukommen
würde, um ihre Vorläufigkeit außer Kraft zu setzen, fiel ihr

ein, daß sie in der sechsten Etage wohnte. Vermutlich sogar endgültig. Und so, wie die Zeit eben noch beinahe ganz an ein Ende gekommen schien, nahm sie nun wieder zu. Dehnte sich aus.

Lioba konnte zwei Tassen starken Kaffee trinken, einen Teil der korrigierten Arbeiten in die Tasche packen, zwei Brötchen aufbacken. Essen konnte sie nicht mehr, nahm aber die belegten Hälften mit in die Schule. Sie kam pünktlich. Ihr Mund saß fest, nachdem sie ihm Kontur gegeben hatte mit rotbrauner Faschingsschminke. Am Nachmittag würde sie einen Lippenstift kaufen.

◆ ◆ ◆

Frieling würde Marl am Vormittag aus dem Krankenhaus abholen können. Man hatte ihn zwei Tage zur Beobachtung dabehalten, hatte auch mit Frieling über die Möglichkeit einer tiefergehenden psychiatrischen und neurologischen Diagnostik gesprochen. Marl äußerte aber offenbar keine anhaltend suizidalen Vorsätze, so daß man, einvernehmlich, erst einmal darauf verzichtete. Und während Frieling (in Halbschürze) eine zarte Kalbshaxe anbriet, mußte er grinsen: Marl hatte einfach zu heiß geduscht.

Er biß sich auf die Lippen und goß eine Tasse Brühe in den Schmortopf. Im Kopf ging er weitere Varianten durch, das Übertragene wörtlich zu nehmen:

Marl war nicht ganz dicht. Marl hatte einen Webfehler. Einen Knall. Einen Dachschaden. Marl war ausgefallen. Mit dem Klammersack gepudert worden. Hatte Stroh im Kopf. War verregnet. Bescheuert. Bekloppt. Wenn er wieder zu Hause war, sollte er ihn sich vornehmen. Sie würden den ganzen Tag im Bett bleiben und einander die Haare durchzählen. Sie würden das Fleisch essen und den Knochen abnagen. Viola hatte sich angesagt für einen Krankenbesuch. Er mußte sie ausladen. Marl sollte am Tag seiner Heimkehr ihm gehören dürfen. Marls Meise auch. Frieling überlegte, ob er später die Soße binden sollte. Gebundene Soßen waren nach seinem, nicht aber nach Marls Geschmack. Für Marl reichte es, ein Stück Fleisch nur lange genug zu kochen. Die klare Brühe nannte er dann Soße, und Frieling war es nie gelungen, ihm das auszutreiben. Soße war auch das Kochwasser von Rosenkohl, Porree oder gar Kartoffeln, Frieling schüttelte sich. Er würde die Soße binden, stellte aber jetzt den Herd ab, um sich auf die Fahrt vorzubereiten. Griff nach Portemonnaie und Schlüsseln, warf die Lederjacke über die Schultern. Seine Lust auf den Bekloppten (Verregneten, Bescheuerten…) war größer als die, ihn tatsächlich abzuholen. Da er Marl aber wohl kaum im Klinikbett würde ficken können, mußte er ihn mitnehmen.

Mit dem Auto fuhr Frieling an den auf bloßen brandenburgischen Acker gesetzten Einkaufstempeln vorbei, die seit einigen Jahren die Sicht auf die nächsten Dörfer versperrten. Früher hatten Marl und er weite Touren aufs Land mit dem Rad unternommen, hatten sich in den kleinen, verräucherten Dorfkneipen *Boulette mit Mayo* oder *Schnitzel mit Brot* kommen lassen und sich kein bißchen gewundert, daß der Geschmack der Speisen sich den veränderten Zeiten nicht im mindesten angepaßt hatte. Jetzt, da er Hönow und Eiche schon kaum noch ausmachen konnte von seinem Fenster aus, war auch die Lust darauf verflogen, dorthin zu gelangen.

Statt dessen tätigten sie ihre Einkäufe auf dem ehemaligen Acker, dessen hoch aufschäumender Weizen einmal ihre erste körperliche Begegnung beschirmt hatte. Frieling lächelte, als er sich Marl vorstellte und dessen Bemühen, die Halme plattzuwalzen mit seinem schon nackten Körper. Marl hatte seine Jacke mitgenommen trotz des hitzeflirrenden Sommerwetters, und er, Frieling, hatte geahnt und ersehnt, was geschehen sollte, als Marl die Jacke endlich umständlich auf den Boden gebreitet hatte. Er mußte ihn holen, trat aufs Gas.

Marl hatte gepackt, wartete schon auf ihn. Viola war ihm zuvorgekommen, er hatte sie nicht mehr erreicht vorhin, um sie auszuladen. Ja, gab er zu, er hätte sich denken können, sie hier zu treffen. Wartete Marl wirklich auf ihn? Er saß auf einem, seine Mutter auf dem anderen der beiden Stühle auf dem Flur, vor dem Krankenzimmer. Das heißt, sein Hintern saß dort, sein Oberkörper aber lag auf dem Schoß seiner Mutter, er hatte die Arme um ihre Hüften gebreitet und schien zu schlafen. Tatsächlich legte Viola, als sie Frieling sah, den rechten Zeigefinger an die Lippen, nachdem sie die Hand unter dem Kopf ihres Sohnes hervorgezogen hatte. Als sie die Hand wieder sinken ließ, konnte Frieling deutlich einen haarfeinen Speichelfaden zwischen dem Zeigefinger und Violas Lippen entdecken. Sah, wie er schließlich zerriß und eins der Stücke auf Marls Haar herabfiel. Das andere Ende blieb an Violas Kinn kleben. Ihm wurde übel. Er lief zur Toilette vor dem Schwesternzimmer, erbrach sich in eines der Spülbecken für die Uringläser. Womöglich war es dieses Geräusch, das Marl weckte, jedenfalls saß er ein wenig benommen und doch erwartungsvoll aufrecht auf seinem Stuhl, als Frieling auf den Flur zurückkehrte. Sie umarmten sich. Als auch Viola aufstand und sich nach der Tasche ihres Sohnes bückte, drängte Frieling gebieterisch seine geschlossene Faust durch den Stoff der Hose gegen Marls Glied, das prompt aufspringen wollte. Violas Langsamkeit ließ zu, daß Frieling dann die Eier umschloß, sie sogar für einen Moment durch seine Finger spielen ließ. Marl erstarrte, schloß die Augen, öffnete sie. Sein Blick traf zuerst Viola, nicht Frieling, der sich so gesehnt hatte nach Marls Fügsamkeit, nach dem Versteifen der Augäpfel, in denen die Pupillen im Rhythmus des Pulses vibrierten. Natürlich konnte Viola mit diesem Blick nichts anfangen, aber als Marls Augen auf Frieling trafen, löste sich die unterwürfige Starre schon auf – Frieling hatte Marl loslassen müssen. Gemeinsam liefen sie zum Auto hinunter. Marl wunderte sich im stillen über den melancholischen Unterton, den er in Frielings Erregung wahrzunehmen glaubte, da ergoß er sich unversehens. Im Weitergehen war er bemüht, die anderen das nicht merken zu lassen, hielt nur kurz inne, wie um nach einem Taschentuch zu graben in den Tiefen seiner Hose. Später, zu Hause, als sich Viola nach einem Stück Fleisch in brauner, legierter Soße verabschiedet hatte, erzählte er Frieling davon. Der lachte. Auch ihm war es abgegangen, wenig später nur: Als er die Handbremse löste, sei auch das nicht mehr zu halten gewesen. So lagen sie still nebeneinander im Bett und warteten. Es dauerte lange. Eingehende Anrufe beachteten sie ebensowenig wie das Klingeln an der Tür, wie den Wechsel von Licht und Dunkel, ihren Hunger. Den Fleischrest im Topf neben dem Kopfende. Die beiden Flaschen Rotwein, die Frieling für den Fall bereitgestellt hatte, sie würden sich nicht beruhigen können. Manchmal hatten sie sich schon verletzt dabei, waren dann wie müde Krieger aus ihren Wunden in den Tag gestiegen. Jetzt aber warteten sie auf innere Signale zum Losschlagen. Am Abend des dritten Tages endlich sah Marl Frielings wiederum geschlossene Faust auf seinem Oberschenkel ruhen. Die Tatsache, daß ihre Größe in etwa der seines sozusagen randvollen Hodensackes entsprach, läutete einen Schußwechsel ein, der bis zum Morgen des folgenden Tages dauern sollte.

Frieling fühlte sich leer und erfrischt, als er danach zu sich kam, erwachte wie aus ungeschlafenem Schlaf, mit aufgesprungenen, vollen Lippen, die sich kaum mehr verschließen ließen, mit einer rauhen Stelle in der Haut über der Hüftschaufel, dort, wo er sich an der Polsterkante der Kopfstützen geschubbert hatte, während Marl schon tief geröhrt hatte um Erlösung, er aber noch lange nicht so weit gewesen war, sondern in dem Gefühl, eben erst Anlauf genommen zu haben, Marl gebeten hatte, das Kondom abziehen zu dürfen. Er hatte ihn angestoßen, fort. Und wieder herangezogen. Sie hatten sich gefreut, beinahe gleichzeitig so weit gekommen zu sein, daß sie einander zusehen konnten. Wenn Marl wirklich bekloppt war, dann, weil er, Frieling, ihn liebte und keine Idee hatte, wie er ihm ein Kind machen konnte. Es würde sich alles fügen, irgendwie, hoffte er, und als er aufstand, um in der Küche Kaffee zu mahlen und aufzubrühen, dachte auch er allen Ernstes an Marona Birnenbaum. Dachte keineswegs an *die kleine Janina.* Glaubte womöglich, daß, wenn er das zerschnittene Kind ausblendete, Marl ihm würde folgen können auf ein weniger gefährliches Terrain. Frieling ahnte Marls Gefährdung eher, als daß er ihr einen Namen hätte geben wollen. Hielt ihn nicht für einen Kinderficker, konnte und wollte das nicht im mindesten glauben. Spürte aber natürlich, daß Marl nahe daran war, den Verstand zu verlieren, wenn *die kleine Janina* darin herumging. Ein weibliches Kind! Frieling ließ ein kurzes, heiseres Lachen hören, schaltete die Kaffemaschine ein. Begann zu reimen. Den Hals voller Grind. Die Hure im Spind. Der Arsch wie vom Rind. Das Hemdchen im Wind. Die Augen ganz blind. Die Rinne verzinnt. Wo wir nur sind.

Wo sind wir nur? Er hatte vergessen, die Kanne unter den Filterauslauf zu stellen. Die heiße Brühe tropfte von der Arbeitsplatte auf den Fußboden, Frieling lief nach der Kanne zum Ausguß, fand sie, spülte sie aus und setzte sie auf der Heizplatte der Maschine ab. Goß Wasser nach, besann sich aber – er wollte den Kaffee keinesfalls dünn und mild. *Die kleine Janina* war in den letzten Tagen beinahe unmerklich verschwunden aus jenem Winkel des öffentlichen Interesses, den sie für kurze Zeit gepachtet zu haben schien. Frieling hoffte, Marl würde zu hoffen beginnen.

Und Marl? Lag nebenan im breiten Bett und schlief nicht. Stellte sich aber schlafend, um eine Weile noch ungestört durch seine innere Kanzlei streunen zu können und sich vorzustellen, was es mit seinen Absencen auf sich haben mochte. Sein Verlangen nach einem Kind hatte durch die Begegnung mit *der kleinen Janina* noch einmal einen schicksalhaften Aufschwung genommen, obwohl er in ruhigen Momenten schon hatte Abstand gewinnen können davon. Frieling mußte womöglich glauben, es sei diese alte Sehnsucht, die ihn verzweifeln ließ, je mehr sie sich selbst alle Aussicht auf Erfüllung verbaute. Wer würde einem Kerl seines Alters ein Kind anvertrauen? Er sah jetzt sehr deutlich Marona Birnenbaums schweigende, schreckgeweitete Augen, als sie seinen Antrag auf Sorgerechtsentzug gegen die Eltern des Mädchens kommentierte, um ihn dann wortlos verschwinden zu lassen. Er war ihr dankbar dafür in dieser Minute, mußte aber erkennen, wie er Frieling getäuscht, wie wenig er Frieling hatte mitteilen können von dem, was da über ihn hergefallen war, seit jenem Nachmittag in der Wohnung der Eltern. Daß er nicht mehr aus noch ein wußte in seiner Wut auf den geruchlosen Alten, der ihm ebenso leid tat wie lieb war. Marl kannte sich gar nicht mehr aus. Hatte er nicht vor Marona Birnenbaum alle Fassung verloren? Sie beauftragt, Reinhard Marl anzudrohen, er werde ihn mit einem Lötkolben mißbrauchen, wie er selbst sich mißbraucht glaubte von der Abwesenheit seines Vaters? Es war seine Kindheit, die ihm abhanden gekommen sein mußte vor ewig gefälschter Kulisse, ja, er blutete aus der Wunde eines fremden Kindes, fühlte sich gar verantwortlich dafür, daß er dessen Schmerz nicht hatte verhindern können. Seine Erregung kehrte sich um, kehrte sich gegen ihn selbst, daß er nun mit den Fäusten seine Augäpfel ins Innere des Schädels zu pressen versuchte, den Druck genoß und sich fragte, was passieren würde, wenn er abließe von sich.

◆ ◆ ◆

Den Gesprächstermin im Aussiedlerzentrum nahm nicht Waljas Mann, sondern ihre Großmutter wahr. Edward hatte sie darum gebeten, nachdem es ihm einige Nächte lang nicht gelungen war, Walja auch nur mit einer Fingerspitze zu berühren. Er würde nicht imstande sein, vernünftige Antworten zu geben, wenn man ihn etwas Vernünftiges fragte. Edward wußte, daß Ida seine Frau noch immer besser kannte als er selbst, sollte sie sich also mit der Betreuerin ins Benehmen und sie alle in ein wenigstens einigermaßen angenehmes Licht setzen.

Vor den Stufen zur Eingangstür blieb Ida Bergner stehen und kratzte sorgfältig die Schuhsohlen am Gitterrost vor den Treppenstufen ab. Niemand sonst tat das. Aber Ida hatte es immer sehr bewundert, wie sauber das Aussiedlerzentrum gehalten wurde, das sie für eine öffentliche Einrichtung hielt und deshalb Vergleiche mit den Amtsstuben Kasachstans anstellte. Zwei-, dreimal hatte sie zugesehen, wie die Räume gefegt, der Schmutz zusammengekehrt und fortgeworfen, wie die Böden anschließend mit warmem Seifenwasser gewischt und zu guter Letzt mit Selbstglanzwachs eingerieben wurden. Der alte Kunststoffbelag war an einigen Stellen durchgetreten, blanker Beton blickte aus aufgerissenen Löchern zu den Besuchern auf, aber solange Glanz von ihm ausging, konnte Ida Bergner den Boden behaglich finden. Sie setzte sich in den Flur, wo man Stühle und Tische aufgestellt und so einen provisorischen Warteraum eingerichtet hatte. Natürlich wäre auch ein Abstecher ins Gemeinschaftszimmer möglich gewesen. Sicher hätte sie dort für ein gutes Stündchen Russisch reden und süßen Tee bekommen können, aber ihr ging der Sinn nicht danach, sondern war auf Walja aus und deren offensichtlicher werdende Verrückung. Bedachte sie es recht, so spürte sie ein großes Vertrauen in ihre Enkeltochter und fürchtete nicht wirklich, sie an einen deutschen Psychiater zu verlieren. Aber daß sie sie verlieren würde, begann sie langsam zu begreifen. Nur wohin Walja sich wandte, wollte und wollte nicht klar werden. Seit Tagen lag sie nachts fest in ihre Daunendecke gewickelt und umarmte im Schlaf *die kleine Janina*. Edward schien nicht im mindesten eifersüchtig auf die Puppe, vielmehr neidisch auf seine Frau, die offenbar imstande war, ohne ihn auszukommen. Sehr gern wäre auch er ohne jemanden ausgekommen, hatte das aber nie gelernt. Ihm wurde nur wohl, wenn er sich in Waljas Schläfrigkeit betten, ihren müden Duft atmen konnte. Gern vergrub er sich in ihrem Achselhaar oder zog sein Gesicht in stummen Bögen über ihre Haut. Stippte seine Nase in ihren nur flachen Nabel.

Zwei Frauen, die nur wenige Meter von Ida entfernt warteten, öffneten ihre kunstledernen Stadttaschen und holten Strickzeuge hervor. Ida wandte sich ab, es war ihr unangenehm, den Frauen zuzuschauen. Die um die Finger der linken Hand geschlungenen Fäden, das Nadelspiel wie das Spiel der Finger beim Abheben jeder vollzogenen Schlaufe bestürzten in der Absonderlichkeit ihrer Verstrickung Ida Bergner immer wieder aufs neue. Außerdem war es hier keinesfalls üblich, laut redend vor sich hin zu stricken. In einer den Deutschen fremden Sprache das Entstehen befremdlicher Kleidungsstücke zu begleiten: Deutsche Kinder verabscheuten Pudelmützen in Bonbonfarben, und keiner ihrer Mütter wäre es nach Auffassung Ida Bergners in den Sinn gekommen, den lieben Kleinen vom Hals abwärts in einem Stück gestrickte Raglanpullover aufdrängen zu wollen, von deren Bauchseiten sich kräftige, zuweilen sogar kunstvoll gefertigte Zopfschlangen abhoben. So viel hatte Ida – bei aller Liebe zu ihrer kasachischen Filzweste – inzwischen begriffen. Und deshalb schämte sie sich der Tätigkeit der beiden wie sie aus dem Osten stammenden Frauen ebenso, wie sie sich den Strickerinnen gegenüber eben dieser Scham schämte, und alles in allem ging es nun beinahe schon ums Versinken in einer großen Welle aus schamvoller Verlegenheit. Von der die Strickerinnen im übrigen nicht einmal eine Spur einer Ahnung bekamen. Da war es Ida nun sehr recht, daß man sie rief. Aufrief. Daß man ihren im Russischen so klangvollen Dreikomponentennamen in ein ganz unauffälliges Deutsch hinüberbog und sie nun eintreten konnte, um an Stelle ihrer Enkelin mit der deutschen Ehrenamtsinhaberin das Bemühen um Unauffälligkeit auch für die Zukunft ein für allemal festzuschreiben. Ida nahm Platz. Die Betreuerin redete gern und laut auch mit sich selbst und lief nach einem sauberen Teeglas, stellte in ihrer gutartigen Sanftmut in Sirup eingelegte Aprikosen zum Süßen auf den Tisch. Sie mochte Ida Bergner vor all den anderen, die sie im Laufe der Jahre ein Stück begleitet hatte. Ziemlich genau erinnerte sie sich der ersten Begegnung. Eine weinende Großmutterfigur hatte ihr vom Tode ihres Mannes erzählt. Nach dem Passieren der deutsch-polnischen Grenze, zwischen Frankfurt an der Oder und Fürstenwalde, hatte sich Woldemar Bergner von seinen Angehörigen verabschiedet und wie auf Bestellung einen Herzschlag erlitten, an dem er offenbar schmerzlos zugrunde ging. Die Großmutterfigur hatte mit dieser Geschichte mitten in die unerfreulichen Diskussionen hineingetroffen, die seit einiger Zeit zwischen den Betreuungsvereinen für Aussiedler und den behördlichen Aufnahmestellen geführt worden waren, und wirklich war es, noch ehe die Formalitäten zur Bestattung des Bergner, Woldemar hätten erledigt sein können, amtlicherseits zu der Frage gekommen, ob der unzweifelhaft russischen Witwe unter diesen Umständen der dauernde Aufenthalt in Deutschland gestattet werden sollte. Da es unbeteiligte Zeugen dafür gab, daß der Deutsche Woldemar Bergner tatsächlich auf deutschem Boden das Zeitliche gesegnet hatte, konnten die Dinge für die Hinterbliebenen und deren Betreuerin zufriedenstellend zum Abschluß gebracht werden, und nach Erlangung der erforderlichen Stempelfülle in den Papieren hatte niemals wieder jemand die Rechtmäßigkeit des Aufenthaltes in Frage gestellt. Glücklicherweise. Denn ebenso, wie Ida Bergner sich beispielsweise der Strickleidenschaft und Geschwätzigkeit von Aussiedlerfrauen schämte, waren ihrer Betreuerin die Verfahrensweisen der Bürokratie Leuten wie Ida Bergner gegenüber peinlich. Die Gegenstände der Peinlichkeit wurden im zwischenmenschlichen Kontakt daher nach Möglichkeit umschifft. Es bedurfte dazu einer zuvorkommenden Hilfsbereitschaft, wie sie die Betreuerin alle Tage anstandslos aufbringen konnte. Dazu trug sie wie zum Beweis grundlauterer Lebensführung ein naturbelassenes Mädchengesicht, über dessen Wangen nur selten Zornesröte kroch. Im Augenblick ähnelte die Färbung ihrer Haut allerdings dem blaustichigen Rot unreifer Pflaumen. Fror sie? Ida ertappte sich dabei, ausgerechnet einen flauschigen Strickpullover für die Ärmste herbeizuwünschen. Sie lächelte, stand auf und legte den rechten Arm über die Schulter der Frau, die sofort mit ihrem linken um Idas Rücken fuhr, und so standen sie dann für einen Moment, sprachlos und an längst vergangene Ereignisse erinnert, beieinander. Legten schließlich, wie zum Beweis einer Erleichterung, die jeweils freien Hände in eins: Ida die linke, die Betreuerin die rechte. Sofort überlagerten sich auch ihre Erinnerungen und trieben die Frauen im Polkaschritt durch den Raum. Lautes Lachen ertappter Mädchenseelen schepperte durch die Räume, die Ida so anheimelnd sauber, der Betreuerin so schäbig anmuteten. Beide schauten einander kichernd in die Augen und wagten dann einen kurzen Galopp, der sie schnell außer Atem und Ida an den Rand einer wirklichen Freude brachte. Es war schön, ohne Vorbehalt albern zu sein, und es war lange her, daß Ida einmal wirklich albern gewesen war. In Konstantinowka hatte sie sich für die einfachen Streiche ihrer Söhne begeistern können, sich gemeinsam mit ihnen ins Gebüsch auf die Lauer gelegt, um zu beobachten, wie die Passanten nach einer auf dem Boden liegenden Geldbörse griffen. Sorgfältig hatten die Jungen zuvor eine dünne Angelsehne am Zipper befestigt, mit der sie das Objekt der Begierden blitzschnell zu sich ins Gebüsch ziehen konnten, wenn jemand sich danach bückte. Meist hatten die Gefoppten gelacht und den dreien im Hinterhalt kopfschüttelnd mit der geballten Faust gedroht. Auch hier hatte Ida diese Art Streiche von ihrem *Privileg* aus beobachten können, aber nie hatte ein Erwachsener sich mit den Kindern verbündet, und nie hatte ein Genarrter freundlich gedroht. Miesepetrig und gereizt reagierten sie auf den harmlosen Streich. Ida kam langsam wieder zu Atem und streichelte mit den Handrücken die rotfleckigen Wangen der Betreuerin. Sie setzten sich an den Tisch und tranken Tee. Ida mochte das Gespräch nicht beginnen. Auch nach einer Viertelstunde saßen die Frauen einander noch schweigend gegenüber, als fürchteten sie, ein Satz könnte sie noch im nachhinein aus ihrer Polka stolpern lassen. Das Risiko, sich in fruchtlosem Reden zu verheddern, stand beiden überdeutlich vor Augen. So war es ein willkommenes Geräusch, die Putzfrau zu hören, die eben die Tür des Beratungszimmers öffnete, sich umständlich in den Raum drehte und anfragte, ob sie denn mit dem Reinigen schon beginnen könne, sie müsse noch länger arbeiten heute, hätte nach dem zweiten noch einen dritten Job, und müde sei sie schon jetzt, das brauchte eben alles seine Zeit. Ansonsten würde sie erst einmal in der oberen Etage die Toiletten putzen wollen. – Aber nein. Wir sitzen hier nur beim Tee, es ist alles gesagt, du kannst immer schon mal anfangen, wir heben die Füße oder gehen rüber ins Büro, was, Frau Bergner? Nehmen Sie mal eben schon Ihre Tasse, ich komme gleich nach, ein Minütchen bitte nur noch. – Die Putzfrau nickte zufrieden und, wie Ida meinte, mit einem Ausdruck des Stolzes in den Augen. Vielleicht war sie stolz darauf, zwei ältere Damen ohne weiteres dazu gebracht zu haben, ihrer Arbeit Respekt zu zollen. Und wie der Stolz über das breite Gesicht der Putzfrau rollte, konnte man auch eine Spur Verwunderung in ihm erkennen. Vom Büro aus war deutlich zu hören, wie laut und derb die Frau mit den Gerätschaften umging, wie sie sogar den vollen Wischeimer unbedacht umstieß und unter vernehmlichem Fluchen das Wasser wieder aufwischte. Man konnte das Ungelenke geradezu hören, und es tat Ida Bergner gut, sich vorzustellen, das Mädchen einmal richtig anzuleiten und ihm Tricks und Kniffe zu verraten. Andererseits konnte sie ihre Arbeit nicht wirklich schlecht tun, wie Ida ja gründlich bemerkt hatte. Sicher war sie nur einfach etwas plump und unbedarft, und es freute Ida, daß man das Mädchen hier gut untergebracht hatte.

Auch Walja war seit einiger Zeit bereit, jede erdenkliche Arbeit zu tun. Als studierte Landmaschinenbauerin war sie von ihrer Ankunft an ohne jede Hoffnung gewesen, in ihrem Beruf arbeiten zu können. Ließ sich zwei-, dreimal umschulen, was ihre Aussicht auf eine Anstellung aber nicht wirklich verbesserte. Inzwischen sortierte sie manchmal Waren in die Regale des Lebensmittelmarktes ein und trug für eine Werbeagentur Prospekte aus. Immer darauf bedacht, ihren Sozialhilfesatz nicht zu gefährden durch die unregelmäßigen Einnahmen. In letzter Zeit war das Geld zum großen Teil in die Ausstattung *der kleinen Janina* geflossen. Walja kaufte ihr gern Puppen und Brettspiele, aber auch Wolle und schöne Garne und Stoffe, die sie regelrecht bunkerte in ihrem Schrank. Niemand ahnte, daß sie mit *der kleinen Janina* wirklich Quartett spielte und Pferderennen, während sie nähte oder strickte. Auch Ida Bergner ahnte das nicht, sonst wäre ihr dies als ein geeigneter Einstieg in ein Gespräch willkommen gewesen. Statt dessen ergriff nun endlich die Betreuerin das eine Ende des Schweigens und warf es weit hinter sich. Der sich anschließende Redeschwall verfolgte kein Ziel, sondern rekapitulierte in langem Bogen die letzte Begegnung zwischen der Sprechenden und Walja Zeiger. Ida konnte sich nicht recht einen Reim machen auf die Granatapfelgeschichte, was sie aber nicht weiter verwunderte. Sich einen Reim zu machen, war ihr in den letzten Wochen immer schwerer geworden. Sie unterbrach also die Rede nach der ersten Silbe des Wortes *Trottoir* mit dem unpassenden Satz, es sei immerhin genügend Geld da, um Klumpstreu zu kaufen. Klumpstreu für die kasachische Katze, die Edward Zeiger von seiner Reise mitgebracht hatte. Das Tier wäre ein raunzendes Elend gewesen nach der langen Fahrt, ein verängstigtes Wesen, das in jeder Ecke der Zeigerschen Wohnung zunächst eine Marke hätte setzen müssen zur eigenen Sicherheit. Später hätte das Tier dann mit *der kleinen Janina* um Waljas Gunst gebuhlt, letztlich aber hoffnungslos verloren. Daß Walja Klumpstreu kaufte, wäre dafür Beweis genug, und zwar schlagend. Eine kasachische Katze vertrüge keine mitteleuropäische Klumpstreu, sondern nur duftenden Erdboden, am besten in freier Natur. Sie habe einige Male versucht, das Kätzchen an einem Hundehalsband in das nahegelegene Weihergebiet auszuführen, aber weder dem Tier noch ihr selbst habe sie damit eine Freude bereiten können. Also holte sie die Erde jetzt direkt aus dem kleinen Wäldchen zu sich nach Hause. Seitdem habe sich das Tier gut erholt und sich ihr ganz und gar angeschlossen. In Waljas Nähe fauche es nur und sträube angstvoll den Schwanz über dem aufgebuckelten Rücken.

Nicht einmal Zecken dürfe es auflesen, wo doch immer nur die stickigen Zimmer sein Auslaufgebiet abgäben. Dabei sei es ganz wichtig für eine kasachische Katze, Zecken zu nähren, weil die Parasiten ihr das Schlechte aus dem Blut zögen. So bliebe sie länger gesund. *»-toir«* rief die Betreuerin an dieser Stelle – ohne wirkliche Kontrolle über ihr Mundwerkzeug. Diesen Irrtum müsse sie aber unbedingt aufklären, denn Zekken seien weder für Mensch noch Tier von irgendeinem Vorteil, sonden in jedem Fall einfach nur schädliche Parasiten. *Borreliose. Encephalitis.* Gräßliche Krankheiten. Ob es denn in der kasachischen Steppe keine Vorstellungen von Hygiene und moderner Medizin gäbe? Ob denn die kasachische Steppe von den revolutionären Errungenschaften der einstigen Sowjetmacht ganz und gar ausgenommen worden sei? Ob denn Sowjetmacht plus Elektrifizierung keine Ergebnisse gezeitigt hätten in diesem Fall? Schon die Teppichweber von Kujan-Bulak hätten gewußt, wie sie den Genossen Lenin am besten ehren konnten: Indem sie sich nützten und genügend Petroleum kauften, um damit die Mückenplage der Sümpfe zu bekämpfen. Und Turkestan könne so weit schließlich nicht weg sein von Konstantinowka mit seinen zeckengeplagten

Katzen… Sie redete sich in Rage, daß Ida Bergner gar nicht mehr wissen wollte, wie sie am besten die eigene Sippe in ein erfreuliches Licht setzen konnte, sondern nur noch bedacht war darauf, jetzt nur nichts falsch zu machen vor der vermeintlichen deutschen Behörde. Die nahm es offenbar mit dem Kommunismus ganz anders, als sie gedacht hatte. Da gab es noch Nester, in denen weitergebrütet wurde an dem großen faulen Ei? Das immerhin ihrem Ehemann die Kindheit verpestet hatte mit dem Gestank in dreckigen Waggons eingeschlossener Deutscher, die aus dem ukrainischen Blumengart hinter den Ural oder nach Kasachstan verfrachtet wurden! Im Jahre 1941 hatte es Woldemars Familie getroffen und zerrissen. Notdürftig flicken ließ sich das erst lange nach dem Krieg, die Fehlstellen wurden unter Umständen mit neuen Kindern gestopft, die dann in Pawlodar oder Konstantinowka zur Welt kamen. (*Die Liebe, die Hur*, die nur Kinder nichts kostete, konnte ein Lied davon singen.) Mancher ließ sich, bot sich eine Möglichkeit, als Russe registrieren und vergaß den schwäbischen Zungenschlag seiner Eltern und Großeltern. Dennoch war es in den deutschen Gemeinden Kasachstans zu erträglichen Zuständen gekommen, wenn man das jeweils Gegenwärtige mit dem Vergangenen verglich. Man kannte seine Sprungbrettchen und Hintertürchen, konnte die Kinder zur Schule schicken, sie ärztlich versorgen lassen. Man hatte Obst und Gemüse im Garten und Kleinvieh im Stall und konnte den knappen Besitz oft mit anderer Gabe erhalten und mehren als die Russen oder Kasachen, denen man gerade darum hin und wieder aufs neue zur Zielscheibe wurde. Aber alles in allem ließ es sich leben, und nicht nur im Suff. Im Suff konnte man verpflichtende Freundschaften schließen von

Mann zu Mann, also von Günter zu Igor, von Gerhard zu Amanbek. Igor und Amanbek küßten sich schließlich auch, und diese Art Freundschaft hielt oft erstaunlich fest auch in nüchternen Zeiten. Ida ging in Gedanken die Leninstraße entlang ins Kolchoskontor, auf dem Weg zu ihrer Arbeit kam sie an den geharkten Vorgärtchen vorbei und las die Namensschilder an den gußeisernen Zauntürchen: Neufeld, Gudsenko, Kupper, Kreuter, Ignatjuk, Gering, Baikushimow. Die Straße wurde turnusmäßig gefegt, sie führte von der Entbindungsstation im Osten bis zum westlich gelegenen Friedhof und stemmte die Sonne jeden Tag über sich hinweg. Ida konnte nicht sagen, daß ihr das Leben in Konstantinowka mißfallen hätte. Aber sie war mit den Jahren müde geworden, sich über jedes erschlichene Stückchen Normalität zu freuen, die Kraft hatte ihr nicht mehr ausgereicht, immer wieder die Mundwinkel auseinanderzuziehen über eine Tüte Zucker oder ein auch nur brauchbares Stück Seife, während die Nachbarn so belanglose wie verlockende Pakete aus dem Westen erhielten von ihren ausgewanderten Kindern: Seife und Pudding und feine Strümpfe, Waschpulver und Weichspülmittel. Ihre Tochter wollte die deutsche Literatur im Original lesen, hatte sie ihr erklärt, mit Bohemiens und Philosophen durch das sündige Paris streifen dürfen und dafür sorgen, daß ihr flügge gewordenes Kind sich nicht an die Unannehmlichkeiten eines muffigen Alltags verschleudern mußte mit seinem wespenzarten Körper und dem gar zu langweiligen Mann am Hals. Das hatte Daghira nicht verstanden: Wie Walja gleich nach Erreichen der Volljährigkeit sich einen blaßwangigen männlichen Hohlkörper umhängte, ihn heiratete und bemutterte, statt nach ihrem Vorbild ungebundenes Leben zu proben. Mit dem

Hang zum kleinlichen Kompromiß, wie sie zugegeben hatte, aber immerhin mit dem Mut zur Probe. Ja, sie hatte schon versucht, einen Mann zu finden für sich und das Kind. Ida wußte, daß Daghira gern eine bestimmte Sorte betrunkener Männer aufgelesen hatte. Um richtige Kerle aus ihnen zu machen. Sie hatte sie mit nach Hause genommen, ihnen ihr Kind und die jeweilige Weltlage zu erklären versucht und ihnen einen schönen Platz neben sich angeboten, wenn sie sich für das bessere Leben entschieden. Nur zwei- oder dreimal war einer der Männer nach dem Ausnüchtern länger als einen halben Tag geblieben. Die meiste Hoffnung hatten sowohl Daghira als auch Ida auf jenen Gewerkschaftsbibliothekar eines Wasserkraftwerkes gesetzt. Sechs Monate hatte er nach einem klaftertiefen Delirium zwischen Daghiras Wänden und Händen verbracht, hatte den Rauch inhaliert, den sie ausatmete, hatte ihre unbeholfenen Versuche, ihn nach Kräften zu verwöhnen, eine Zeitlang genossen, sich dann aber doch wieder seiner vollbusigen Gewohnheitsfrau zugewandt. Als er Daghira verließ, hatte die ihn vor deren Haustür abgeholt, und Ida hatte die beiden beobachten müssen. Die Frau, mit vollkommen ausgeräumtem Blick, hatte ihr Respekt eingeflößt: Sie mußte froh sein, den Mann wiedergewonnen zu haben, brachte aber nicht die Heuchelei auf, ihm ihre Freude darüber zum Geschenk zu machen. Freute sich möglicherweise auch nicht wirklich, sondern nahm den Mann wahr wie ihr gutes Recht, in diesen Zeiten nicht aller Ersparnisse beraubt zu werden, die sie in ihn investiert hatte. Ja, Ida hatte es genau gesehen: Es war ihr Lächeln, mit dem er Daghira bezaubert hatte, er hatte das Gesicht seiner Frau geplündert und allen Ausdruck in seinen Besitz gebracht. Es war ein rundliches, weibliches Lächeln, das in den beiden Grübchen rechts und links seiner nach oben gebogenen Mundwinkel hockte. Ein Lächeln, das auch Ida Bergner bezaubert hätte, wäre sie nicht über seine Herkunft gestolpert. Ida hatte sich dann genötigt gefühlt, der Frau etwas mitzugeben auf den Heimweg zu zweit, und sie hatte aus ihrer Tasche eine Fotografie ihrer Tochter hervorgezogen. Das unberührte, fünfzehnjährige Lächeln auf Daghiras Gesicht mußte sie der fremden Frau einfach schenken, zum Dank dafür, daß sie dem Mann keine Gelegenheit ließ, auch Daghiras Gesicht derart auszurauben wie das eigene. Wenn sie darüber nachdachte, war sie nicht sicher, ob die Frau das Geschenk in ihre oder aber der Mann in seine Tasche gesteckt hatte. Jedenfalls, war sie sicher, hatte weder die eine noch der andere verstehen können, was sie Ida überlassen hatten mit diesem Abzug. Erst Mitte zwanzig war Daghira zu jener Zeit, und daß sie ein achtjähriges Kind hatte, mochte kaum jemand annehmen, der Mutter und Tochter damals gemeinsam begegnete…

Ida war den wortreichen Belehrungen über Hygiene unversehens entkommen, hatte sich auf einen ihrer imaginären Wege nach Hause begeben und bemühte sich nun, da sie es merkte, ins Beratungszentrum für Aussiedler zurückzukehren, auf ihren Platz, zum Teeglas in ihrer Hand. Als ihr Blick auf die unterdessen wieder ruhig dasitzende Betreuerin fiel, rastete die Verbindung endlich an der richtigen Stelle ein, und man konnte beginnen, ein Ziel zu verfolgen. Es mußte gelingen, der Tag für Tag zu Hause sitzenden Walja zu einer geregelten Beschäftigung zu verhelfen, und wenn dies auch vermutlich keine bezahlte Arbeit würde sein können, so doch wenigstens ein Ehrenamt in einem Wohltätigkeitsverein. Die schrägen

Gedanken seien nicht weiter verwunderlich, wenn ein junger Mensch so aus dem Lot des Geregelten geraten sei. In Kasachstan hatte Walja nach dem Ende ihres Studiums auch keine Arbeit im Beruf finden können und die wenigen Jahre bis zur Ausreise damit verbracht, deutsche Heimwehtouristen und deren Kinder und Kindeskinder bei ihren Streifzügen durch die alte Heimat zu begleiten. Sie sprach sehr viel besser Deutsch als ihre Mutter Daghira. Das kleine Mädchen Walja Bergner hatte nicht nur *Hoppereiter* auf dem Schoß Großvater Woldemars gesungen. Während Daghira verschiedener Ängste halber noch vornehmlich im Russischen aufwuchs und daneben von ihm mit einem stümperhaften Schwäbisch abgespeist worden war, hatte er seiner Enkelin während der Ferien, die sie stets in Konstantinowka verbrachte, Sprachstunden bei einer jungen georgischen Deutschlehrerin vermittelt. Die hatte ihre Kenntnisse aus Jena mitgebracht, wo sie Germanistik studiert und einen schöngesichtigen Russen geheiratet hatte. An seiner Seite war sie nach Konstantinowka geraten, wo sie viel Gelegenheit fand, den Badesommern am Schwarzen Meer nachzutrauern und dem urbanen Leben in ihrer Heimatstadt Tbilissi. Sie bedauerte vor allem, mit niemandem weit und breit in ihrer Muttersprache reden zu können. Daher war es ihr beinahe schon eine Genugtuung, den Kindern – und zuweilen auch Erwachsenen – in Konstantinowka ihr thüringisch gefärbtes Hochdeutsch nahezubringen im schützenden Schatten der Dominanz des Russischen, die sie hier ebenso verachtete wie sie es in ihrer Heimat getan hatte. Ihr Mann lachte über sie. Sie freute sich über ihn. Ein schönes Paar.

Walja hatte zwischen den Sommern Aufgaben bekommen und in Alma-Ata mit Eifer erfüllt, sie war keinen Leerlauf gewohnt gewesen zwischen Schulunterricht, Ballett, Musikschule und Gymnastiktraining. Daß sie eines Tages Landmaschinenbau studierte, gehörte zu den Ungeheuerlichkeiten, für die Daghira keinerlei Verständnis aufbringen konnte. Sie hatte dem Kind philosophische Studien nahegelegt, Sprachen und Literatur, und wenn auch Walja nicht hätte sagen können, daß es sie in besonderer Weise verlockte, einen plumpen volkseigenen Mähdrescher zu entwerfen, so tat sie es doch – gegen den ihr verschlossen bleibenden Sinn ihrer Mutter. Im Kolchos Konstantinowkas, glaubte sie, wäre jederzeit Platz für sie, die Stelle eines Ingenieurs würde sich dort sicher finden, und in der Nähe der Großeltern zu leben, erschien ihr allemal sinnvoller, als mit einer nicht ganz gerade gewachsenen Daghira ein Schrankklo zu teilen. Aber es war anders gekommen. Alles war anders gekommen. Ida wußte von Waljas Bemühungen, sich als Reiseführerin für russische Touristen in Berlin zu versuchen. Die Enkelin scheiterte nicht etwa erst an ihrem Mangel Berlin betreffender Kenntnisse, sondern bereits an der Vielzahl abgewickelter einheimischer Übersetzerinnen, die ihr allemal vorgezogen wurden. Und wenn Walja einmal ganz nahe an einem Putzjob oder einer einfachen Montagearbeit im Akkord war, verhinderte das als Referenz gedachte Schreiben des Arbeitsamtes ihre Einstellung: Der Makel zu hoher Qualifikation ließ sich nicht verheimlichen, wenn sie den offiziellen Weg gehen wollte. Inzwischen war Walja lethargisch geworden in diesen Dingen und heftete ihr Herz an eine laufende und sprechende Puppe, deren Pflegebedürftigkeit dauernde Beschäftigung in Aussicht stellte. Ida fand keine Worte, die der Betreuerin einen zutreffenden Eindruck der gegenwärtigen Situation hätten vermitteln können.

Diese schlug vor, einmal im nahegelegenen Nachbarschaftshaus nachzufragen, ob dort kostenlose Russischkurse für Kinder ins Angebot paßten. Ida wußte nicht, daß die an den Nachmittagen dort betreuten Kinder zum großen Teil in der benachbarten Schule für Lernbehinderte unterrichtet wurden und Schwierigkeiten hatten, sich in der eigenen Sprache auch nur einigermaßen zurechtzufinden. Hätte sie es gewußt, wäre ihr Lächeln ein anderes gewesen, als sie sich verabschiedete. Vor dem Verlassen des Hauses begegnete ihr noch einmal die Putzfrau, und Ida erinnerte sich, wie deren Sprechweise sie verwundert hatte. Aber so sehr sie sich auch bemühte – ihr wollte nicht mehr einfallen, warum.

◆ ◆ ◆

Den Vormittag über hatte sie die Zunge kaum gespürt. Jetzt aber, da Lioba dabei war, einen Lippenstift auszusuchen und die routiniert geschminkte Verkäuferin um eine Empfehlung zu bitten, wollte sie nicht gehorchen, schien sie mit einer seltsam verspäteten Schwellung ihr Recht einfordern zu wollen, in Ruhe gelassen zu werden. Lioba drehte sich ab und griff hinter vorgehaltener Hand in den Mund, fand dort die Wunde, die sich gut geschlossen und schon am Morgen nicht mehr geblutet hatte. Auch eine deutliche Schwellung war nicht auszumachen. Die Zunge lag nur taub auf ihrem Grund und geriet möglicherweise in einen Zustand der Lähmung. Lioba empfand keine Beunruhigung, sie wandte sich wieder der Verkäuferin zu, legte die Zunge zwischen die aufgefalteten Hälften eines Taschentuches und hielt sie fest, während sie zu sprechen versuchte. Das gelang. Zumindest konnte sie hinreichend deutlich erklären, was sie suchte. Die Verkäuferin zog sich in eine geschulte Kundenfreundlichkeit zurück, statt Verwunderung zu zeigen, und überzog Liobas Handrücken nacheinander mit fünf pflaumenfarbenen Strichen. Pflaume sei *das Gegebene*. Ihre Worte hoben die vermeintlichen Vorzüge hervor, die Liobas Gesichtsschnitt auszeichneten, und vermittelten nützliche Tricks, diese Vorteile dezent zu unterstreichen. *Einer Dame wie Ihnen sieht man den Mut zur Dezenz ja geradezu von weitem an.* Lioba fühlte sich an ihren ersten und einzigen Besuch in einem Schönheitspflegesalon erinnert. Vor ihrer Hochzeit hatte sie sich ein Make-up gönnen wollen und deshalb lange im voraus einen Termin bei einer Kosmetikerin gebucht. Solche Termine waren begehrt, und die sie vergaben, wußten, daß hinter jeder Kundin zehn andere Schlange standen und warteten. So hielten sie sich auch kaum zurück, wenn ein Gesicht für die Zukunft keine Stammkundin verhieß. Sie haben so richtige KZ-Augen, hatte die Frau zu Lioba gesagt, da könne man sowieso nicht viel machen. Nach einem Viertelstündchen lustlosen Bemalens hatte sie die Behandlung für beendet erklärt, und als Lioba am nächsten Morgen zum Standesamt fuhr, sah sie aus wie immer. Die Feststellung, sie habe KZ-Augen, erschien ihr jetzt von entwaffnender Ehrlichkeit und darum sogar angenehmer als die Heuchelei der Verkäuferin hinter dem Ladentisch. Dennoch entschloß sie sich, einen Stift zu kaufen, lehnte aber die Pflaumentöne ab und wählte einen transparenten, pfirsichfarbenen Lippenglanz, den sie der Zunge wegen nicht ausprobieren wollte, aber auf den ersten Blick mochte, als er auf ihrem Handrücken erstrahlte.

Auf dem Weg nach Hause nahm das Stück Fleisch in ihrem Mund an Gewicht zu. Fast mußte Lioba sich vornehmen, hin und wieder den Blick vom Boden zu heben und nach vorne zu schauen, während sie lief. In ihrem Stoffbeutel trug sie ein halbes Brot und eine Singlepackung Diätmaragarine. Die Mudrack hatte ihr ein wenig Apfelschmalz mitgebracht. Lioba haßte Schmalz und warf das Glas in den Müllcontainer, ehe sie das Haus betrat. Sie schloß die Tür auf und spürte ungewöhnlich klar, daß der Zustand, in dem sie bis in die Nacht verharren würde, der einer dörrenden Langeweile sein mußte. Die Deutlichkeit dieses Gefühls überraschte sie so sehr, daß sie zögerte, ihre Wohnung zu betreten. Obwohl es im eigentlichen Sinne keine Schwelle gab, gelang es ihr auch nach mehrmaligen Versuchen der Überwindung nicht, einen Fuß in den Korridor zu setzen. Sie beschloß, zu ihren Eltern zu fliehen.

Nur selten fuhr sie die Dreiviertelstunde mit dem Bus durch die Stadt. Wo ihre Eltern lebten, glich Berlin ebensowenig irgendeinem Bild von Berlin wie in ihrem Bezirk. Dabei wohnten die Zeplins keineswegs an der Peripherie wie die Tochter. Von ihnen aus war das, was man das Zentrum der Stadt nannte, weitaus bequemer und schneller zu erreichen. Aber ihre Wohngegend war eine der Reihenhäuser, die zwischen den Industriebrachen Lichtenbergs und den Wohnschluchten Hohenschönhausens vergessen worden waren und darauf warteten, daß jemand sie abholte in eine bessere Gegend. Die Bewohner wußten die Vorteile des Verstecks zu schätzen, sie wurden weder von der einen noch von der anderen Seite behelligt, die Straße verband sie nicht etwa mit Lichtenberg und Hohenschönhausen, sondern schnitt sie, im Gegenteil, ab, wie die Abwesenheit irgendeiner Institution oder eines Einkaufscenters sie vor jeglicher Aufmerksamkeit schützte. In jedem Hausaufgang lebten drei Familien. Es war ein überschaubarer

Ort, über lange Zeit gewachsene Beziehungen strahlten noch über die Zäune hinweg eine gelangweilte Vertraulichkeit aus, von der sich Besucher zuweilen unangenehm bedrängt fühlten. Auch Lioba konnte sich des Eindrucks nicht erwehren, vereinnahmt zu werden, als sie mit schwerfälligem Schritt auf das Haus ihrer Eltern zusteuerte. Sie klingelte, wurde eingelassen und stieg die Treppe hinauf. Karla Zeplin empfing ihre Tochter mit freudiger Überraschung. Beinahe wollte sich Lioba entschuldigen dafür, daß sie der Mutter noch im Bus zugetraut hatte, sie könnte sich durch den unangemeldeten Besuch gestört fühlen. Jetzt erst bemerkte sie, daß sie weder Blumen noch Konfekt mitgebracht hatte und glaubte damit die Möglichkeit vertan, einen unverfänglichen Aufmerksamkeitsbesuch vorzugeben. Der Vater lag in seiner Hälfte des Bettes und schlief fest, als die Mutter die Tür zum Schlafzimmer öffnete. Sie hatte die Ankunft der Tochter mitteilen wollen, hielt sich aber nun schnell die Hand vor den Mund und ließ die Tür leise wieder ins Schloß gleiten. (Sie hatte ein Kind, und sie hatte den ganzen Tag lang nicht ein einziges Mal daran gedacht.) Verlegen bat sie Lioba in die Küche, nahm ihr den Beutel ab und staunte nicht einmal über die ungewöhnlichen Mitbringsel. Ihre Freude darüber, daß die Tochter sie mit Brot und Margarine bedacht hatte, ließ sie einen Moment lang schweigen, als wisse sie nicht recht, was sie als nächstes tun sollte. Vielleicht wollte sie auch nur den Moment der Freude ein wenig anhalten, zum Stillstand bringen, um ihn ein Stück über sich hinaus zu genießen.

Lioba streckte ihrer Mutter die Zunge heraus. Karla Zeplin sah die Verletzung sofort, hielt sie aber für eine Schramme, wie sie etwa die Kruste zu scharf gebackenen Brotes verursachen konnte, wenn man zu gierig zubiß. *Schleimhaut heilt gut. Spucke macht den Rest* – Lioba kannte die abwiegelnden Diagnosen jeglicher Beschwerden noch sehr gut. Zog also die Zunge zurück, und Karla Zeplin lachte an dieser Stelle sehr vollbusig: Gerade hatte sie in ihrem Kind ein Chamäleon gesehen, das mit peitschender Spaltzunge nach einem Insekt jagte. In jenem Augenblick, da Lioba die Zunge wieder zurücknahm, glaubte ihre Mutter zu bemerken, wie die stark verrutschten, gegenläufig rollenden Augäpfel an ihren angestammten Platz zurückkehrten. Sie hatte Spaß an flüchtigen Halluzinationen. Die gröberen, anhaltenden Täuschungen blendete sie aus, funktionierte sie unter der Hand um. Was dabei herauskam, war in der Regel ein *Prinzip*, und mit *Prinzipien* kriegte man die Wechselfälle des Lebens allemal unter den Hut einer großen Alltäglichkeit. Lioba konnte sich nicht daran erinnern, einmal von ihrer Mutter umhegt und gepflegt worden zu sein wie ihre Freundinnen, wenn sie mit Husten, Schnupfen oder Durchfall im Bett lagen. Es gab keine wirklichen Krankheiten. Es gab Symptome, die man bekämpfen mußte, ehe sie ganz hervorbrechen konnten. Am besten konnte man sie schon im Keime ersticken, wenn man dem Kranken keine Möglichkeit ließ, an die eigene Entkräftung zu glauben. Kopfschmerz wurde als das Verlangen des Hirns nach besserer Blutzufuhr gedeutet. Kopfschmerz war demnach ein Ausdruck körperlicher Vernunft. Durchfall war Reinigung von grobem Unrat, Fieber ein einziger Abwehrkampf. Am Schmerz zu verzagen oder gar eine Heulerei zu beginnen, hatte sie nie geduldet, sondern ihrer Tochter in solchem Falle spöttische Verachtung signalisiert. In der Tat war Lioba auch als Erwachsene selten krank. Zumindest sagte man von ihr, daß sie noch mit dem Kopf unterm Arm zur Arbeit erschiene. Meist, insbesondere aus dem Mund der Mudrack, war das als Anerkennung gemeint. Ihre Schüler hingegen sahen das anders.

Während die Mutter begann, das mitgebrachte Brot in Scheiben zu schneiden, hatte sie Mühe, aus ihrer Freude einen Gesprächsfaden zu spinnen. Der Küchentisch überbrückte die Kluft zur Tochter, wie er es immer getan hatte, nur notdürftig. Karla konnte Lioba einen Teller hinstellen. Sie hatte ihr früher belegte Brote und Schulhefte über den Tisch zuschieben können, ohne an den Graben darunter denken zu müssen. Sie war die Stärkere gewesen, hatte aus ihrer Überlegenheit die Sicherheit gewonnen, den Tisch an seinem Platz halten zu können. Seit aber Lioba erwachsen geworden war, gab es diese Angst, das Kind wolle irgend etwas verändern, gar den Küchentisch verschieben, um den Boden zu wischen – dann hätten sie beide den Spalt zumindest wahrnehmen müssen in seiner Tiefe und Gefährlichkeit.

Als wüßten sie es, hatten sie solche Spielchen souverän vermieden. Das Prinzip, der Küchentisch gehöre unwiderruflich an den angestammten Platz, hatte Karla Zeplin auch ihrem Mann zum Gesetz machen können, der die Stellpunkte für die Tischbeine regelmäßig mit signalroten Klebepunkten auf dem seit der Sanierung mintgrün gefliesten Küchenboden markierte. Die vier Stühle standen streng ausgerichtet an den Längsseiten, der Vater hielt auf Symmetrie. Lioba rollte die Kniestrümpfe bis zu den Knöcheln hinab, bat um einen Tee. Wie früher erschien den Eltern Tee als zweitklassiges Getränk – im Vergleich mit Kaffee. Früher hatte der schwarze Tee, den Lioba während der letzten Schuljahre zum Frühstück bekam, nicht einmal eine Mark gekostet. *Bahndamm, dritter Schnitt* nannte Herrmann Zeplin den grusinischen Tee. Die *Indische Mischung* war etwas teurer, im Geschmack aber schwer von der grusinischen zu unterscheiden gewesen. Es hatte auch chinesischen Tee gegeben, in rotgoldenen Blechdosen wurde er in Delikat-Geschäften verkauft, teurer als andere Sorten, dafür aber mit einem Geschmack, der sogar langsames Schlürfen lohnte. Karla Zeplin hielt dünnen schwarzen Tee für das Notgetränk der Magenkranken, Lioba erinnerte sich, daß sie vor einiger Zeit die Mutter hatte schimpfen hören über die heutigen Preise für diese ihrer Meinung nach lausigen Mixturen getrockneter Blätter, da sieht man mal wieder, hatte sie gesagt, wie die uns ans Geld wollen.

Lioba sah sofort, daß der Tee *von der Pest* war. Karla Zeplin kramte nach einem Tee-Ei für die *Indische Mischung*. Das goldbraune Tütchen wurde von einem Schnipsgummi verschlossen und hatte sicher ein gutes Jahrzehnt im Hängeschrank verdämmert. Den Geschmack vorauszuahnen, sollte Lioba nicht schwerfallen. Gespannt erwartete sie den ersten Schluck und sah sich bestätigt: Da war nichts mehr an Aroma. Sie vernebelte das Nichts mit Zucker und etwas Zitronensaft. Karla brühte sich einen Kaffee in der Tasse, und als die beiden einander gegenübersaßen, fehlte ein Heft, um es von der einen zur anderen Seite des Tisches zu schieben. Die Frage nach dem Hausbuch traf Karla daher durchaus nicht unerwartet, aber das Hausbuch gab es nicht mehr. Die Hausbücher waren im Frühjahr vor neun Jahren vom damaligen Abschnittsbevollmächtigten eingesammelt worden. Als er längst arbeitslos war, erzählte er Herrmann Ingolf Zeplin unter komplizenhaftem Lächeln von seiner mutigen Aktion, wie er es nannte. Er hatte die querformatigen Hefte im Ausguß seiner Küche eigenhändig und unter Zuhilfenahme von Schuhcreme verbrannt. So konnte Karla Zeplin der Tochter eine Auskunft geben, die zwar verläßlich schien, aber eben auch alle Hoffnung begrub, Lioba könne darin nachlesen, wer außer der Familie Zeplin in ihrem und in den beiden benachbarten Aufgängen gelebt hatte. Dunkel erinnerte sie sich an einen älteren Jungen, der nebenan gewohnt und mit dem sie Ausflüge und Radtouren unternommen, dessen Hund ausgeführt oder ferngesehen hatte. Brehme? sagte sie laut, Kaltwaßer?, Kleinacker? Karlas Erstaunen über das anscheinend so gute Gedächtnis ihrer Tochter war nicht gespielt. Frau Brehme wohnte ganz oben, über Frau Kaltwaßer. Beide hatten ihre Männer im Krieg verloren. Beide vermieteten unter an junge Männer, weil sie sonst ihre Wohnungen nicht hätten behalten dürfen. Adrette Frauen, aber auch sehr geschwätzig. Und Kleinackers mit den Kindern Gernot und Ursula gehörte die Parterrewohnung, bis Ursula auf der Straße vor dem Haus von einem dreirädrigen Gemüselieferwagen überfahren wurde und drei Wochen später starb. Da hatten es die Eltern nicht mehr ausgehalten und waren nach Bielefeld gezogen, merkwürdige Sache damals in den frühen Sechzigern, einfach so nach Bielefeld, wer konnte das schon. Einfach so wird das wohl nicht gewesen sein, aber als sie das Hausbuch holten, um sich auszutragen am Tage ihres Umzuges, da hatte der Herr Kleinacker es ganz deutlich gesagt: Nach Bielefeld zögen sie um, ans andere Ufer, und er hat dem Vati frech ins Gesicht gelacht. Und da sei richtig Hohn und Spott in seinem Blick gewesen, sagte Karla Zeplin, als läge die Begebenheit zwei, drei Tage zurück.

Es gab sie also, die Menschen, die durch Frau Koenigs heimliche Botschaften segelten und von denen Lioba angenommen hatte, sie ließen sich gut vergessen. Einige von ihnen *hatte* es gegeben. Frau Brehme, erzählte Karla Zeplin, sei schon Mitte der Sechziger gestorben, am Zucker. Sie habe so unvorsichtig gegessen, immer süß und fett, das konnte nicht lange gutgehen. Frau Kaltwaßer habe sich aufgehängt, sie hat wohl immer dem Kind nachgetrauert, das ihr gestorben war kurz nach dem Krieg. Eingegangen wie Seebachs schwarze Katze. Im Bettchen erstickt. *Plötzlicher Kindstod*, sagte Lioba, *Zuckerpungel*, entgegnete Karla Zeplin.

Der Vater hatte sich erhoben, schlurfte über den Flur auf die Küche zu. Lioba war sicher, er würde geradezu leichtfüßig tänzeln, wüßte er seine Frau nicht in der Wohnung. Knurrig blickte er auf die Tochter. Ob sie es sei.

Kindstod?, fragte Lioba.

Zuckerpungel, beharrte die Mutter erneut.

Herrmann Ingolf Zeplin war nicht zu erwecken, hatte die Maskerade der Altersdemenz vorzüglich befestigt. Seine Tochter stand auf, umarmte ihn, was er widerwillig geschehen ließ. In seinem Gesicht blitzte aber doch ein winziger Schalk auf, Lioba wußte, daß ihm ihr Kommen guttat. Behagte. Daß sie ihn, seit sie denken mußte, *Vati* genannt hatte, erschien ihr in diesem Moment läppisch. Nicht einmal, als sie ein kleines Mädchen gewesen war und er, statt Demenz vorzutäuschen, mit ihr das Weite gesucht hatte auf dem Fahrrad, um sich der Verfügungsgewalt seiner Frau zu entziehen, hätte sie ihn *Vati* nennen sollen. Das wäre ihm besser bekommen. Statt dessen hatte sie seine hilflose Sabberei befördert, die ihn bei aller Anstrengung befiel. Es mußte ihn angestrengt haben, ihrer Vorschrift zu entsprechen: *Vati* zu sein. Die Mutter hatte es zum *Prinzip* gemacht, daß er mit *Vati* anzusprechen war, wie auch sie selbst ihn anredete. Lioba hatte sich der Regel mit kindlicher Ratlosigkeit gefügt, sie fühlte keine Schuld, wohl aber, daß sie mit ihrer Fügsamkeit eine Täuschung zwischen den Eltern überbrückt hatte. Sie genoß es in diesem Augenblick, das deutlich benennen zu können, ohne sich niedergeschlagen oder mißbraucht zu fühlen. Lachend drückte sie Herrmann Zeplin auf den Stuhl hinab und goß ihm ein Täßchen Schwarztee ein, der noch dampfte, weil Lioba das gläserne Stövchen untergestellt hatte – ein Geschenk der Eltern zur Hochzeit. Sie hatte es nach der Scheidung achselzuckend zurückgegeben. Weder Zucker noch Zitrone konnten den alten Herrn veranlassen, nach der Tasse zu greifen. Wieder lachte Lioba und sprang zum Herd, um noch einmal den Wasserkessel aufzusetzen. Der Vater mochte es dick in der Tasse, also zählte sie ihm drei gehäufte Teelöffel Kaffee in den Pott. Karla Zeplin sah ihrer Tochter ein wenig ungläubig zu, sie war deren lethargisches Verharren im Umkreis der signalroten Klebepunkte gewohnt, allenfalls noch einen behäbigen Gang zur Toilette oder die Frage, ob sie sich einen Eierlikör aus der Hausbar im Wohnzimmer nehmen könne. Daß Lioba aber wirklich einmal für die Eltern Kaffee gebrüht oder gar ein Essen gekocht hatte, war glücklicherweise niemals vorgekommen.

Karla Zeplin merkte, daß sie einen ihrer Kamelhaarhausschuhe vermißte. Er mußte ihr vom Fuß gerutscht sein, sie griff unter den Tisch, angelte aber ins Leere. Als sie sich nach ihm bückte, sich ruckartig nach unten beugte, um ihn zu finden, erlitt sie eine flache Bewußtlosigkeit. Mann und Tochter zogen sie hoch und setzten sie auf den Stuhl, fächelten ihr Luft zu. Sie kam zu sich, befürchtete aber, der Schuh könne hinabgefallen sein ins Schwarze, das sich unter dem Tisch vor ihren Augen aufgetan hatte.

Liebe, *Siealsmutter*, hörte sie dicht neben dem Ohr aus Liobas Mund.

◆ ◆ ◆

Mit der Zeit sollte er es lernen. Marl war nun sicher, daß es besser war, sich nicht selbst zu bedrängen. Freute sich, als ihm der passende Spruch seiner Mutter einfiel: *Kujonier dich nich so, min Jong.*

Viola. Die er nicht riechen konnte. Deren geblümte Röcke ihm aber immer häufiger in den Sinn kamen, daß er sich manchmal schon mitgerissen fühlte von dem bunten Wirbel, in dem sie sich bauschten vor seinen Augen. Der Arzt hatte ihn auf seinen Wunsch hin für arbeitsfähig erklärt. Die Kanzlei hatte ihn wieder, nebenan klapperte die Tastatur, Marona Birnenbaum telefonierte beim Schreiben mit einem Freund. Wußte nicht daß Marl sie hören konnte, weil die Tür nicht fest geschlossen war. Die winzigen Obszönitäten, mit dem sie dem Unbekannten ihre Aufwartung machte, erheiterten Marl zunächst, versetzten ihn dann jedoch in eine zerbrechliche Erregung. Er wollte das nicht, sprang auf, ließ die Klinke ins Schloß fallen. Mußte nun aber an Frieling denken, an die harten, rückhaltlosen Akte der vergangenen Woche. Dabei wartete Arbeit auf ihn. Termine waren ausgefallen, mußten nachgeholt werden. Er hatte den Tag für Koordinierungsarbeiten eingeplant, was zwar den Terminberg noch einmal anwachsen ließ, ihm aber die Gewißheit verschaffen sollte, alles abarbeiten zu können. Er vertrat einen Jungen, der gegen das Versammlungsgesetz verstoßen hatte, indem er geklaute Buttersäure bei sich trug, als er jenseits des Polizeischutzes einer Neonazidemo Antifaparolen skandierte. Während er sich schon entfernte, die Versammlung sich auflöste, war er festgenommen, war sein Rucksack gefunden und die Buttersäure konfisziert worden. Die Eltern hatten ihn aus der Gefangenensammelstelle abholen müssen, man hatte ihn einer Leibesvisitation unterzogen und auf eine Art behandelt, die Marl lieber den festnehmenden Polizisten eine Anklage hätte an den Hals wünschen lassen. Er hatte wenig Erfahrung in solchen Sachen, in derartigen Fällen meist an Kollegen verwiesen. Dieser Junge aber hatte ihm gefallen. Das sensible, weiche und dennoch in seiner Ebenmäßigkeit prägnante Gesicht. Marl seufzte, hielt, was er fühlte, für einen Mangel an Professionalität. Merkte, wie bemüht er war, sich solcher Aufwallungen wie jener mit *der kleinen Janina* zu schämen, spürte aber ebensosehr, wie es nicht gelang. Er hatte nicht noch einmal versucht, das Kind zu finden. Mied sogar die Tankstelle, an der er es entdeckt, es in sein Leben hatte stolpern lassen mit seinem lautlosen Schluchzen. Auf dem Weg zur Arbeit redete er sich ein, jetzt ohnehin den Kopf voll zu haben, er zerstückelte seine Zeit zwischen der Kanzlei, Frieling und den Umzugsvorbereitungen der Eltern. Es war kein Nachmieter gefunden worden für deren Wohnung, so daß es niemanden gab, mit dem man über eine eventuelle Übernahme der Möbel und Einbauten reden konnte. Reinhard und Viola würden nicht alles mitnehmen können nach Altlandsberg. Frieling machte sich über die Anhäufung alten Plunders ohnehin lustig und schlug vor, eine Entrümpelungsfirma zu bestellen.

Marl wußte, daß die Eltern das nicht übers Herz brächten. Da er sich um solche Angelegenheiten nie kümmerte, ahnte er nicht, daß es unmöglich sein würde, für die Möbel seiner Eltern noch einen Abnehmer zu finden.

Die Wohnung in Altlandsberg gefiel ihm. Zwei geräumige Zimmer, eine helle, vorzüglich ausgestattete Küche. Die Eltern hatten ausgerechnet, daß sie, wenn sie Ihre Ausgaben genau planten, mit Violas Rente ein gutes Stück des Lebensunterhalts, mit Reinhards die Miete bezahlen konnten. Was fehlte, würden sie von der gut angelegten Summe fortnehmen, die Reinhard Marl als Entschädigung für die Haftzeit gezahlt worden war. Während Viola zunehmend Gefallen daran fand, die Küche wohnlich herzurichten, und in Gedanken exotische Gerichte ausprobierte, die sie auf der langen Arbeitsfläche viel leichter würde vorbereiten können als in der fensterlosen Kochzelle ihrer bisherigen Wohnung, begann sie, die Haft ihres Mannes als ein unverhofftes Glück zu betrachten. Sie, die auf das Thema jahrzehntelang nicht zu sprechen gekommen war, zumal Reinhard ihr nachdrücklich verboten hatte, in irgendeiner Weise nachzufragen, hatte zwar keine Vorstellung von dem, was ihr Mann während jener Jahre erlebt hatte, aber auch kein Verlangen, etwas darüber zu wissen. Es genügte ihr, den Nachbarn von *der schweren Zeit damals* erzählen zu können, über die sie lange Jahre nicht habe reden dürfen. Wurde das Thema in den Zeitungen besprochen, überblätterte sie jene Seiten noch immer diskret. Es war ihr unangenehm gewesen, daran zu denken, solange das Stigma des Makels am Leben ihres Mannes gehaftet hatte. Nachdem aber der vermeintliche Makel sich verkehrt hatte in eine zudem noch recht einträgliche Reputation, glaubte sie an ihren

Anteil an der Ehrenhaftigkeit ihres Gatten. Zwar hatte sie ihn erst nach dessen Entlassung kennengelernt, aber natürlich: Nicht jedes junge Mädchen blieb bei seiner Liebe, wenn es erfuhr, daß der Geliebte eine lange Haftzeit hinter sich hatte. Es hatte ihr geholfen, daß er kein Mörder oder Dieb war, daß er niemanden betrogen hatte. Genaueres hatte er nie erzählt, aber die Tatsache, daß man ihm nach zwei Jahren der Bewährung anbot, wieder in den Lehrerstand zurückzukehren, betrachtete sie als ausdrückliche Rehabilitation. Sie bedauerte noch heute, daß er es nicht gewollt hatte, noch einmal vor einer Klasse zu stehen. Zu viel Zeit hatte sich über seine bescheidene Ausbildung gelegt. Er hatte keinen Mut mehr gehabt, noch einmal anzufangen, und war stattdessen Briefträger geworden, nachdem die verordnete Arbeit in der Möbelfabrik seiner Lunge nicht bekommen war.

Marl konnte sich seinen Vater nicht als Lehrer vorstellen. Lehrer hatten Eigenarten, hatten Stimme und Körper. Der geruchlose Lumpen aus Luft, der dem Jungen Marl immer entwischte, sobald er nach ihm griff, konnte unmöglich einer Klasse vorgestanden haben, einer Gruppe Jungen und Mädchen, wo er doch seinem Sohn nicht einmal ein Gefühl für sein Vorhandensein hatte vermitteln können!

Marona Birnenbaum öffnete die Tür, lächelte ein wenig anzüglich, was ihr angenehmer war, als sich des Telefonates wegen zu schämen. Sie erinnerte an den Jungen mit der Buttersäure, seine Eltern waren besorgt über das mögliche Strafmaß und wollten ihn unbedingt am gleichen Tage noch aufsuchen. Am Telefon gelang es Marl, sie erst einmal zu beruhigen: So etwas ging in der Regel glimpflich ab, glich eher einem Spiel, das Polizisten gern spielten und das sie in ihrem Überlegenheitsgebaren zu Aktionen verleitete, die den jeweiligen Anlässen nicht mehr entsprachen. Denen ging es nur darum, ihre Position gefestigt zu sehen. Recht zu haben, wenn sie einen dieser Jungs hochzogen, die gar nicht in der Lage waren, einen anderen Menschen mit Buttersäure anzugreifen. Stinkbomben wollten sie werfen, aber diesem hier hatte wohl selbst dazu der Entschluß gefehlt. Er hatte nicht gewußt, wo er die Flasche unterbringen sollte und sie deshalb in den Rucksack gepackt. Daß er sie überhaupt geklaut hatte aus dem Chemieraum seiner Schule, schien ihm ebenso peinlich zu sein wie die Tatsache, zu wenig Mut besessen zu haben für eine richtige Aktion. Er würde erwachsen werden mit einer Verwarnung in den Akten für einige Jahre und sicher gemeinnützige Arbeit leisten müssen. Es stimmte nicht, daß er niemandem geschadet hatte, denn sein Verhalten hatte sich gegen ihn selbst gerichtet auf eine Weise, die Marl zwar nicht als gerecht empfinden, die er aber auch nicht ändern konnte. So war es oft.

Marl, nachdem er den Hörer wieder in die Ablage gesteckt hatte, fand nun keinen Anfang mehr für einen weiteren Fall. Er war hungrig, rief Frieling an, ob es sich lohne, nach Hause zu kommen zum Essen. Offenbar hatte er ihn im Schlaf gestört. Daß er müde sein mußte, hätte Marl ahnen können, nahm es ihm dennoch übel. Eigentlich war er auf sich selbst sauer, weil er sich weitere schöne Tage mit Frieling durch seinen vermeintlichen Arbeitseifer verbaut hatte. Also besann er sich, ertappte sich gleich darauf dabei, wie er einige der vorhin aus Maronas Mund geschlüpften Obszönitäten nun Frieling zuflüsterte, der ja im Bett lag und Gelegenheit hatte, mit Marls Anwandlungen etwas Handfestes anzufangen. Aber er reagierte nicht, er fragte mit schlaftrunkener Stimme, ob Marl denn schon gut vorangekommen sei in seinem Bemühen um Ordnung. Ob er auf dem Weg nach Hause am Abend nicht ein Baguette mitbringen könne, denn er sei so faul und erledigt, daß schon der Gedanke an einen Kochtopf ihn auf der Stelle wieder einschlafen ließe. So kannte ihn Marl noch nicht und war zu langsam, sich ein Urteil darüber zu bilden: Frieling legte rasch auf.

In diesem Moment glaubte Marl wieder, Frieling nicht zu kennen. Sich von Frieling ebensowenig einen Begriff machen zu können wie von der Zusammengehörigkeit seiner Eltern. Beinahe bestürzt sah er die Erinnerung auftauchen an ähnliche Gespräche. Wie sein Vater, wenn die Mutter einen arbeitsfreien Tag hatte, um die Mittagszeit anrief und offenbar fragte, wann das Essen denn fertig sei. Wie die Mutter eine Uhrzeit angab und zurückfragte, ob er denn frisches Brot möchte zur Suppe. Kurzer, unmißverständlicher Austausch. Marl war sich nicht sicher, daß seine Mutter gelächelt hatte bei ihrer Auskunft. In der Erinnerung ließ er sie lächeln und nahm nun erstaunt den Geruch des Eintopfs wahr. Frühlingsgemüse, in Rinderbrühe gekocht. Das Brot auf dem Teller war wirklich frisch, war noch warm, als der Vater dann kam. Nach dem Essen fuhr er für eine letzte Tour noch einmal zu seinem Postamt zurück. Marl sah, wie er seiner Frau dankte, sich verabschiedete, sie bat, den Rest am Abend noch einmal aufzuwärmen. Während die Mutter ihm die Knöpfe der Jacke schloß, vermied er jede überflüssige Berührung, versteifte sogar beinahe ein wenig, als sie ihm mit den Fingern untern den Kragen fuhr, um einen Krümel hervorzukehren. Viola blickte ihrem Mann lange nach, ehe sie die Tür schloß und zu ihm, Marl zurückkehrte, der noch über dem halbvollen Teller saß und sich quälte. *Nu kujonier dich nich so, min Jong.* Sie nahm ihm den Teller fort und goß die Suppe in den Topf zurück. Am Abend würde der Vater sie auslöffeln. Marl war Viola in diesem Moment für jenen vergangenen sehr dankbar.

Wieder stiegen nun Röcke vor seinen Augen auf, die umeinanderwirbelten, und als er ganz genau hinschaute, konnte er dahinter von Zeit zu Zeit ein Gesicht auftauchen sehen: Sein eigenes Kindergesicht, das er aus den Alben kannte, im Spiegel aber nie erkannt zu haben glaubte, es lächelte und lockte ihn. Die Haare igelkurz geschnitten. Unter der blanken Stirn gab es warme, fröhliche Augen, wie sie Marl zuletzt bei seinem Streifzug durch die Kleingartenanlage begegnet waren, unter dem blonden Haar eines vielleicht vierjährigen Kindes von unentschiedener Farbe, und nun sah er auch seinen eigenen, kindlichen Mund, die süße rosa Schnecke, wie sie sich an die Scheibe preßte, die ihn trotz allem noch immer von sich selbst trennte, und er konnte nicht mehr. Lief über zu Marona. Fragte, ob er ihre Brust küssen durfte, wartete die Antwort nicht ab und griff mit den Zähnen nach der weißen Bluse. Marona hatte nicht vergessen, daß sie alt genug war, sich keine Hoffnungen mehr zu machen. Sie ohrfeigte ihn. Nestelte aber doch an seinen Hemdknöpfen, am Reißverschluß der Hose, erregte sich heftiger, als sie es für möglich gehalten hatte nach den ereignislosen Jahren, die zwischen ihnen lagen. Aber Marl schaffte es nicht. Wurde nicht wild. Kriegte keinen hoch und entschuldigte sich. Dafür wie für alles andere. Minuten später schämte er sich, daß er Marona unterschätzt hatte. Beinahe wollte er Weisheit nennen, was sie jetzt tat: Sie brachte Kaffee und fragte, ob er denn ihren

Beistand brauche, sie habe durchaus Zeit und könne mit ihm gemeinsam essen gehen. Die Vorstellung, ihn wieder wie früher am Abend noch zwischen den Beinen riechen zu können, habe sie geil gemacht, aber ihr sei klar, daß er wohl nicht sie gemeint haben konnte. Sie streichelte seinen Nacken so, daß er es ohne Scheu genießen konnte. Beide wunderten sich über die so plötzlich entstandene Situation: daß sie einander brauchten, ohne sagen zu können, wozu.

◆ ◆ ◆

Sie wußte am Abend nicht recht, ob sie etwas erreicht hatte mit dem Besuch im Aussiedlerzentrum, aber weder Edward noch Walja fragten nach Idas Tag, als sie gemeinsam am Tisch saßen. Keiner hatte das Essen vorbereitet, nur Zeitschriften türmten sich auf dem Tisch vor dem *Privileg*, Kugelschreiber dazwischen, abgekaute Bleistifte. In einer Schale bröselte Salzgebäck vor sich hin. Ida Bergner wußte nicht einmal mehr, ob sie etwas hatte erreichen können, sie hatte noch die Polka in den Beinen, und der Kopf wälzte den Gedanken um und um, in diesem Land bebrütete man ein verlorenes Ei. *Verlorene Eier* hatten die Schwiegereltern in Konstantinowka auf den Tisch gebracht, als Wilhelm zur Welt gekommen war. Schnee stiebte in Konstantinowka, der Frost hatte auch die ansonsten beinahe unpassierbaren Straßen abseits des Zentrums begehbar gemacht. Mit Wilhelm im Arm ging Ida am Tag nach der Geburt durch den eisigen Wind zum Haus der Schwiegereltern, wo Woldemar und Daghira die letzten Tage verbracht hatten und sie erwarteten. *Verlorene Eier* … Die saure Soße, in der sie schwammen, aß Ida gern, konnte an diesem Tag aber nichts davon bei sich behalten, so sehr sie sich mühte. In den Wochen nach der Geburt wurde sie traurig, vergaß zu essen, zu trinken, wollte weder kochen noch lesen. Woldemar mußte zur Arbeit, er hatte die Zeit nicht übrig, die sie von ihm erhoffte, so daß sie jeden Tag ratloser aus dem Fenster schaute, ob sie ihn nicht endlich heimkommen sah. Mit Wilhelm an der Brust saß sie in der am Morgen von Woldemar geheizten, im Lauf des Tages aber sich abkühlenden Küche und wartete darauf, daß etwas verging. Heizte nicht. Stand nicht auf vom hölzernen Armlehnstuhl, von Woldemar mit Decke und Kissen ausgepolstert. Die Schwiegereltern hatten Daghira zu sich genommen, hatten auch Ida mitnehmen wollen, aber sie blieb, so wenig sie das Alleinsein auch ertragen konnte. Woldemars zärtliche Gelassenheit in jener Zeit begann sie erst zu faszinieren, als der kleine Wilhelm nicht mehr nur Milch, sondern nach anderem verlangte und sie endlich herauskriechen konnte aus ihrer Traurigkeit. Da war es schon Sommer geworden, die Maulbeeren färbten den Weg vor dem Haus mit ihrem Saft dunkel. Der Nachthimmel stand oft klar. Daß es wieder gut war, merkten sie daran, daß Idas Lust auf ihn zurückkam, erst scheu heranschlich wie eine verängstigte Katze und sich dann schnurrend auf seinen Bauch setzte. Später auch kratzte und fauchte...

Merkte Edward, woran sie dachte? Sein Blick sprang fahrig über Schrank und Herd, verweilte im Obstkorb, kroch in den Brotkasten. Edward stand auf, nahm Papier vom Tisch, versuchte im Vorbeigehen, Waljas Haar zu berühren. Als er längst die Teller auf den Tisch gestellt, Besteck, Gläser und Brot plaziert hatte, erhob sich auch Walja und holte aus dem Kühlschrank, was noch zu finden war. Butter. Russischer

Ketchup. Saure Sahne. Ein Glas Rote-Bete-Salat. Salzhering. Sie schlug die letzten beiden Eier auf und ließ das gut gemeinte Omelett verunglücken, das auf den Fußboden schlidderte, als sie es mit kühnem Schwung in der Pfanne wenden wollte. Die Katze schleppte es mit den Zähnen zu ihrem Korb im Flur, hinterließ eine gelbliche Schleimspur dabei. Als Walja zu weinen begann, zog Ida die grüne Filzweste über und stieg die Treppen hinunter. Setzte sich neben der Eingangstür unter die Briefkästen, um herauszubekommen, ob sie hungrig war. Triebe sie Hunger um, würde sie die Straße hinunterlaufen zu jener asiatischen Imbißbude, deren Betreiber ihren heimischen Kolchosbibliothekar hätte doubeln können. Sie zog es vor, nicht an den eigenen Hunger zu glauben. Daß sie trotzdem wenig später, eine Chinapfanne vor sich, an einem der Plastik-Stehtische des Eurasia-Grills stand, bemerkte sie erst, als sie satt war und überlegte, die noch halbvolle Schüssel einpacken zu lassen. Vielleicht sollte sie sich eine eigene Wohnung suchen?

Plumpe junge Männer standen am Nachbarstisch, musterten sie beiläufig, redeten überlaut und mit weit ausholenden Gesten, sie ähnelten Gorillas, wie sie sich an die Brust schlugen. Kippen warfen sie unter den Tisch, kickten sie in die Pfützen der brachliegenden Fläche zwischen den Häuserzeilen. Leere Bierdosen wanderten im Falle eines Treffers in einen aufgestellten Müllsack, rollten ansonsten die leichte Schräge unter dem aufgebockten Wagen hinab in einen kleinen Graben, wo sie sich sammelten. In den achtziger Jahren war es modern gewesen, leere Getränkedosen aus dem Westen in den Wohnstuben Konstantinowkas zu Dekorationszwecken aufzubahren, ja, sie zu grotesken Gebilden zusammenzustellen, zu Tischlampen zu verlöten oder sie nach dem Aufschneiden plattzuwalzen und eine Wand damit zu bekleben. Woldemar hatte nicht abseits stehen wollen damals und ein Holzbrett über der Tür befestigt, auf dem die wenigen Dosen, die sie ergattern konnten, genug Platz hatten. Eine kleine Neonröhre hatte er dahintergeschraubt, so daß die Dosen, von hinten angestrahlt, in der Dunkelheit merkwürdige Silhouetten bildeten. Die unerreichbaren Städte Amerikas hatte Ida sich vorgestellt, wenn sie hinaufschaute. Wolkenkratzer, die ihre grazile Wucht dem von unten erleuchteten Himmel entgegenstellten. Sie hatte sich gern Zeit genommen für unsinnige Träume, aus denen man wunderbar melancholisch erwachen konnte. Sie waren schon beide älter als fünfzig gewesen, und noch immer liebte Woldemar die dunklen Schatten, die sie nach solchem Erwachen unter den Augen trug, liebte es, unversehens ihrem dann bleichen Gesicht zuzusetzen mit seinen Lippen, die, wenn sie ihren Mund gefunden hatten, fest anzogen. Er saugte ihr das Blut in die Lippen zurück, daß sie sich füllten und, wenn er sich löste und sie anschaute, so naß waren wie ihre Vulva.

Die Männer am Nachbartisch waren zu vierschrötig, als dass sie etwas hätten lesen wollen in Idas Augen. Warum sie jetzt dennoch zu ihr herüberkamen, sich neben sie stellten und nach weiteren Bieren liefen, konnte sich Ida nicht erklären. Sie merkte aber, daß sich Angst in ihr niederließ. Nicht aufstieg, nein, sondern sich von oben her in sie hineinbohrte. Diese Angst erinnerte sie an das Gewicht an der Nadel eines Metronoms: Wenn es nach unten geschoben wurde, beschleunigte es den Takt seines eigenen Schwingens. Immer schneller schlug die Nadel aus, schlug in immer kürzeren Intervallen

Alarm, das Klacken hatte bald ihren Unterleib erreicht und erzeugte einen solchen Widerhall an den Grenzen ihres Körpers, daß sie befürchtete, die Trommelfelle würden dem inneren Druck nicht standhalten können. Als sie die geschlossenen Fäuste an die Ohren preßte, nutzte einer der Männer die Gelegenheit, ihr von hinten unter die Brüste zu greifen und sie anzuheben, *drei Tonnen!*, er lachte heulend, und ein anderer zwang in diesem Moment sein Knie zwischen ihre, schob den Rock hoch und rammte ihr die Faust zwischen die Beine, *da paßt der ganze Arm rein!*, ihr Schlüpfer störte ihn, so daß er ihn lachend zerriß, das breitschultrige Grinsen in seinem Gesicht machte es Ida unmöglich zu schreien, die Angst hatte jetzt die Flimmerfrequenz erreicht, daß sie erstarrte. Jemand riß ihr die Arme nach hinten, noch immer gab sie keinen Ton von sich, wieder ein anderer drückte nun seine Faust gegen die bloßliegende Scham und zog sie wiehernd zurück, als er merkte, daß sie naß war, *die Alte ist geil!*, und als der fünfte bei dem Versuch, sich ihr mit einer halbvollen Flasche zu nähern, stolperte und hinschlug, konnte sich mit einem Schrei auch ihre Angst lösen, sie entleerte sich, ihr Urin lief dem Gestürzten über Gesicht und Brust. Sein Schrei löste ihren ab, er hatte Sekunden gebraucht, sich orientieren zu können, hatte die Flüssigkeit für siedendes Wasser gehalten, so heiß hatte es ihn erwischt, bemerkte nun aber, was geschehen war, schrie wieder, und als sein Schrei abebbte, brüllte er, *Russenkuh!, Du elende Russenfotze!, Drecksau!, Mach doch die Drecksau alle!*, aber Ida hatte nun keine Angst mehr, die Kerle kamen dem, der am Boden lag, zu Hilfe, lachten nicht mehr, zogen ihn hoch, er tropfte, heulte vor Wut, verfärbte sich, sein blaugrünes Gesicht schien sich zu teilen in einem langsamen Öffnen des

Mundes, er gab her, was er gegessen, getrunken hatte zuvor. Schließlich rannten sie weg, nicht ohne dem *Fidschi* zu drohen, er solle es nicht wagen, sie zu verpfeifen.

Ida ordnete ruhig ihre Kleider. Erst, als sie sich vorsichtig umsah, wurde ein Anflug von Fahrigkeit sichtbar, aber niemand schien die Szene von fern beobachtet zu haben. Der Vietnamese kam die Stufen aus seinem Wagen herunter, half ihr die zwei, drei Schritte zurück zum Tisch, stieg wieder hinauf, trug einen Stuhl herunter und zwang sie, sich hinzusetzen. Erst als sie sich loslassen konnte, fest saß, begann sie zu zittern, die Knie, die Zahnreihen schlugen aneinander, sie weinte, sie schämte sich jetzt, und der Mann schien ratlos, brachte ihr dann einen Schnaps. Ida trank, ohne ihn anzusehen, reichte ihm das Glas zum Nachfüllen hin. Er goß ein, setzte dann selbst den Hals der Flasche an seinen Mund, sie hielten beide erst dann inne, als nur noch ein Drittel des Korns in der Flasche schwappte. Langsam begann der Mann, die Jalousien vor dem Tresen herabzulassen, die Tische an einem der Träger festzuketten, auf denen sein Wagen stand. Er schloß ab, fragte Ida nach dem Weg, wollte sie wohl nach Hause begleiten. Sie rührte sich nicht. Er schien sich zu schämen, sie begriff seine Scham nicht, ihn traf an allem doch keine Schuld, er brauchte sie auch nicht nach Haus zu bringen, sie hätte selbst wissen müssen, daß besoffene Kerle einander in aller Welt ähneln. In Alma-Ata hatten sie einmal einen jungen schwarzen Studenten in einen Baum gehängt und ihm die Eier abgeschnitten, sie fragte sich, warum ihr das ausgerechnet jetzt einfiel. Der Student schlief mit einem kasachischen Mädchen, trotz aller Vorsicht war das ruchbar geworden, da hatten ein paar Kerle, Kasachen und Russen, allen voran der Bruder des Mädchens, sich Wut angesoffen und den Schwarzen entmannt. Daghira hatte ihr das erzählt, die ihn vom Baum schneiden und ins Krankenhaus hatte bringen müssen, wo man ihn zwar versorgt hatte, von wo er aber sehr schnell verschwunden war. Als nämlich Daghira drei Tage später nach ihm sehen wollte, sogar auf dem Basar Obst gekauft hatte für ihn, war er längst weg, und niemand war bereit gewesen, ihr eine Auskunft zu geben. Ein einziges Mal hatte sie in Kasachstan ein farbiges Kind gesehen, ein kleines Mädchen, das an der Hand seiner Mutter ein Eis aß, sie waren an irgendeinem Bahnhof kurz vor Alma-Ata in den Zug gestiegen, als Ida einmal Daghira hatte besuchen wollen. Immerzu hatte sie dem schwarzen Kind in die Augen schauen und an jene Geschichte denken müssen, aber das Mädchen konnte die Tochter jenes Studenten nicht sein, denn seine Mutter war zweifellos keine Kasachin. Mein Gott, Ida kam den Haken kaum nach, die ihr Erinnern schlug, warum nur fiel ihr das ein, sie hatte in all den Jahren hier nicht ein einziges Mal an das Mädchen gedacht, und nun saß sie auf einem Stuhl am Rand einer häßlichen Brache im Osten Berlins und spann sich Geschichten zusammen, die die Herkunft eines schwarzen Kindes in Kasachstan erklären sollten, während ihr noch eben ein paar Kerle an die Wäsche gegangen waren – sie spürte endlich den Schmerz, den die Faust des Angreifers hinterlassen hatte, auch die Rippen taten ihr weh. Sie schaute zu dem schmächtigen Vietnamesen auf und schämte sich der Wucht ihrer Brüste, sehr abstoßend mußte das sein für einen so schmalen Mann. Ida Bergner trank ein letztes Glas und bemerkte, als sie sich erhob, um nach Hause zu gehen, wie seine Lider zuckten.

Auf dem Weg nach Hause mußte sie mehrmals innehalten. Zuweilen wurde das Zittern ihrer Beine so stark, daß sie die Kraft nicht aufbringen konnte, weiterzugehen. Als sie die Brache hinter sich gelassen hatte und dabei war, in einen zwar heruntergekommenen, aber zumindest einigermaßen belebten Einkaufsboulevard einzubiegen, bemerkte sie neben ein wenig Blut, das ihre ausladenden Waden aneinander verrieben, auch die Niedergeschlagenheit, die sich in ihr ausbreiten wollte. Wenn sie nicht aufpaßte, würde die Verzweiflung sie noch zusätzlich auftreiben. Sie fürchtete sich davor, setzte sich auf eine Bank, weinte zu allem Übel. Mit den Zipfeln der Filzweste, wischte sie sich immer wieder die Tränen weg und war froh, daß aus der Dämmerung nun schon ganz und gar Dunkelheit wurde, die ihr zwar keinen Schutz bot, aber die Furcht dämpfte, jemand würde sich ihrer erbarmen, ihr zusprechen wollen. Langsam beruhigte sie sich und bemerkte die Frau gar nicht, die sich neben sie setzte, die nun auch, im Licht einer Peitschenlampe, das Blut an ihren Unterschenkeln sehen mußte. Eine Weile mußten sie schon nebeneinander gesessen, mußte Ida dumpf die Nähe der Frau registriert haben, denn als die Fremde zu sprechen begann, vernahm Ida deren Stimme aus nächster Nähe und ohne alle Überraschung, als habe sie nichts anderes erwartet. Ida antwortete nicht etwa, Ida erzählte eine Geschichte, die die fremde Frau frösteln ließ. Sie hörte aufmerksam zu, ihr schien, was sie da hörte, seit langem bekannt, so daß sie nur an jedem Wort aus Ida Bergners Mund die eigene Version dieser Geschichte überprüfen mußte.

◆ ◆ ◆

Nein, Lioba Zeplin hatte wirklich keine Ahnung, was sie mit der Frau anstellen sollte. Seit sie neben ihr in der Küche am Tisch saß, hatte sie kein Wort mehr gesprochen. Lioba brühte einen Nierentee auf, die Frau schien ihr zu leicht bekleidet, so ohne Strümpfe in der schon kühlen Nacht. Sie hatte sie auf einer Bank im Kastanienboulevard aufgelesen, hatte sie mitgenommen in ihre Wohnung, als die Frau ihr nicht sagen wollte oder konnte, wohin Lioba sie hätte begleiten können. Lieber wäre ihr gewesen, sie hätte einen guten Brennesseltee im Hause gehabt.

Im ersten Erschrecken hatte sie die Frau zum nächstgelegenen Polizeiabschnitt bringen wollen. Ihr war offensichtlich übel mitgespielt worden von jener Horde dumpfbackiger Kerle, die Lioba oft genug an der Imbißbude stehen sah, die sie alltäglich auf ihrem Weg zur Schule passierte. Auch ihr selbst hatten sie schon so viel Dreck hinterhergeworfen, daß es zu einer Anzeige wegen sexueller Belästigung gereicht hätte, aber ihr waren die Jungs des Aufhebens nicht wert, das man von ihnen machen würde. In diesem Fall lag das anders: Offenbar war die alte Frau angegriffen und verletzt worden von ihnen, sie blutete, hatte ein vom Weinen aufgeschwollenes Gesicht und wurde von Zeit zu Zeit von heftigem Zittern erfaßt. Außerdem schien sie eine Menge Alkohol getrunken zu haben, was ihr im Fall einer Vorsprache auf dem Revier keine Pluspunkte einbringen dürfte. Lioba kannte die Jungen, sie hatte sie alle vor einigen Jahren ohne ernstzunehmenden Erfolg unterrichtet, sie waren selten zum Unterricht erschienen und hatten, wenn sie sich einmal in das Schulgebäude verirrten, ohnehin nur gestört. Es wäre ein Leichtes, sie ausfindig zu machen und der Frau neben ihr auf dem Stuhl Gerechtigkeit widerfahren zu lassen. Aber die lehnte hartnäckig ab, allein die Vorstellung einer ärztlichen Untersuchung versetzte sie in Unruhe. Schon die ersten Worte auf der Bank unter dem Neonlicht hatten Lioba in ihrer Abneigung gegen die meisten ihrer Schüler, derzeitige wie verflossene, bestätigt. Was die Frau ihr erzählt hatte, war ihr deshalb zwangsläufig bekannt vorgekommen, beinahe mochte es scheinen, die Frau wiederholte nur, was sie, Lioba, ihr in den Mund gelegt hatte. Sogar die Namen der Jungen würde sie erinnern können, wenn sie sich mühte, und wenn sie sie ausspräche, würde nicht die Hoffnung der Eltern, die sie den Jungen in die Vornamen gepackt hatten vor vielen Jahren, im Raum stehen, sondern deren Vergeblichkeit. Die Hoffnungen der Eltern mußten sich sehr geähnelt haben, denn Jungen dieser Sorte trugen ähnliche Namen: Die älteren hießen Ronny, Maik, Enrico, die jüngeren Kevin, Steve oder Marcel. Lioba hatte nie versucht, sich ein Bild zu machen von jenem letztlich enttäuschten Hoffen der Eltern, war oft nur mit einer Spur Spott über den Klang dieser Namen hinweggegangen, hatte ein wenig Zuflucht gesucht bei den dünner gesäten – Max, Paul und Julius etwa. Aber auch diese Namen hatten sich schnell erledigt für sie, denn sie mochte die Art der zugehörigen Eltern nicht, jede Laune ihrer Sprößlinge mit deren überbordender, kreativer Phantasie zu rechtfertigen und von ihr, Lioba, zu verlangen, sie möge die Individualität der ihr immerhin anvertrauten Kinder in das Zentrum ihrer Bemühungen stellen. Was im Zentrum ihrer Bemühungen zu stehen hatte, wurde *weiß Gott!* durch anderes bestimmt … Max, Paul und Julius wurden damals wie heute nach dem zehnten Schuljahr in die Abiturstufe geschickt, während Ronny, Maik und Enrico zu ihrer Zeit knapp und mit diversen Begleitmaßnahmen den Zehnklassenabschluß geschafft hatten. Steve, Kevin und Marcel aber waren schon während der Schulzeit Bodensatz, sie schwammen nie oben, sie hatten Mühe, die vorgeschriebenen zehn Jahre abzusitzen, und wenn sie es schafften, so hatten sie in den seltensten Fällen einen Hauptschulabschluß erreicht. Sie verabscheute ihren Beruf.

Wenn die Frau nicht bereit war, sich ärztlich untersuchen zu lassen, hatte eine Anzeige keinen Zweck. Und wenn die Frau ihr selbst nur ein wenig ähnelte – *Siealsfrau!*, dachte Lioba –, dann wäre es ihr leid um die Aufregung, die sie mit einer Anzeige vor allem sich selbst bereitete. Lioba konnte das gut nachfühlen, strich, während sie den Tee absetzte auf die Tischplatte, über den Unterarm der Fremden, deren Bluse über den Handgelenken einige Male umgeschlagen worden war. Der Eindruck schlaffer, faltiger Haut überraschte Lioba, die Frau war gut untersetzt, rundlich und kräftig. Daß Muskeln und Fettgewebe von so dünner, leicht verschieblicher Hülle gehalten wurden, ließ sie noch verletzbarer wirken. Daß sie nicht von hier stammte, hatte Lioba sofort gesehen und ihren Akzent der vermeintlichen Herkunft zugeordnet. Spätaussiedler zogen Jahr für Jahr hierher, an den Rand der Stadt, wo sich die Zahl leerstehender Wohnungen dennoch stetig vergrößerte. Sie wohnten gern hier. Lioba vermutete, daß diese Art der Unterkunft ein Grundgefühl von Vertrautheit in ihnen auslöste. In den achtziger Jahren war sie einmal in der Omsk und Petrosawodsk gewesen und hatte ebenso gefühlt, wenn sie mit dem Bus durch die in ihrer Unendlichkeit unkenntlich bleibenden Neubaugebiete gegondelt worden war.

Lioba merkte, daß sie lange kein Mitleid gehabt hatte mit jemandem.

Auf ihr zaghaftes Angebot, russisch miteinander zu sprechen, ging die Frau nicht ein, fragte aber endlich nach ihrem Namen. Lioba? Sie fragte ungläubig nach, lächelte erstaunt, hatte nicht gewußt, daß man auch im Deutschen so heißen konnte. *Ljuba*, Liebe. Ihr erster Russischlehrer hatte Lioba auf den slawischen Ursprung ihres Vornamens aufmerksam gemacht. Eine Urgroßmutter Karla Zeplins hatte so geheißen.

Lioba-Ljuba goß Tee nach. Die Frau stellte sich nun ihrerseits vor, Ida Bergner, geborene Partkowa, Vatersname Semjonowna. Jener Russischlehrer, erinnerte sich Lioba jetzt, hatte sie und die anderen Kinder angehalten, einander mit Vor- und Vatersnamen anzureden im Unterricht. Lioba Ingolfowna? Lioba Herrmannowna Ingolfowna? Lioba Herrmann-Ingolfowna? Sie konnte sich nicht erinnern, mußte aber lächeln, als sie es versuchte.

Ida Bergner fragte, ob Lioba Kinder hätte. Ob sie schon schliefen.

◆ ◆ ◆

Noch während Marona Birnenbaum *Steak au four* bestellte wie zu Zeiten ihrer gemeinsamen Restaurantbesuche, verging Marl der Appetit. Daß er dennoch Fischsuppe orderte, erwies sich als Fehler. Er brachte sie nicht herunter, eine Gräte legte sich quer im Rachen, er mußte husten, würgen, und auch der herbeieilende Kellner konnte wenig ausrichten. Erst als Marona Birnenbaum in zupackender Art eingegriffen hatte, vermochte Marl sie auszuhusten. Leider verging darüber auch Maronas Appetit, so daß sie das Lokal recht bald wieder verließen. Der Kellner lehnte es in aller Diskretion ab, daß sie das Bestellte bezahlten, er hatte seine Lektion gelernt und berief sich auf die Großzügigkeit des Hauses, die ihm eine Herzensangelegenheit sei.

Marl überlegte, während er mit Marona die Straße überquerte, ob er Frieling untreu geworden war mit jener vormittäglichen Attacke. Die Ahnung, Frieling untreu zu werden, untreu geworden zu sein, war ihm in den letzten Wochen schon einige Male aufgestiegen. Und es war auch Frieling gewesen, der ihm eine solche Deutung nahegelegt hatte mit seinem pikierten Gebaren. Seiner Demut. Seiner Anhänglichkeit. Rührung erfaßte Marl, als er Frielings Verhalten Treue nannte. Daran mochte er nicht rühren. Er war ein Spießer geworden...

Marona war ihm, seit sie ihm den gemeinsamen Abend angeboten hatte, wie ein Pfirsich erschienen. Nicht wie ein südlicher, großer, süßer, sondern wie eine jener würzigen, graugrünen Früchte, die seine Mutter manchmal aus den Gärten ihrer späten Freundinnen anschleppte. Maronas Erscheinung hatte jenen herben Zustand von Reife erreicht, der dem Altern unmittelbar vorausgeht und dessen Reiz gerade darin besteht, daß er jeden Augenblick Vergangenheit sein kann. Sie hatte abgenommen, was nach Marls Ansicht nicht unbedingt nötig gewesen wäre, ihre Ausstrahlung unbedingter Entschlossenheit aber etwas dämpfte, sie schmiegsamer machte. Mit dem Gewicht hatte sie an Kraft verloren, so daß ihre Muskulatur weich und gelöst erschien, selbst wenn sie Aktenstapel von einem Zimmer ins andere trug. Marl wußte, daß der Eindruck matter Schläfrigkeit in ihrer Körperhaltung täuschte, sie war hellwach und resolut wie eh und je. Es schien ihm, daß gerade aus der Diskrepanz zwischen dem doch nur leicht veränderten Äußeren und ihrer gewohnten Spritzigkeit ein besonderer Reiz entsprang, der ihn dazu gebracht hatte, über sie herzufallen. Auch jetzt, da er daran dachte, fühlte er sich auf irritierende Weise zu ihr hingezogen. Nicht ins Gespräch mit ihr, sondern zwischen die Beine. Die Pobacken. *Die Liebe, die Hur* merkte, daß ihm das unangenehm war. Er fühlte sich verantwortlich. Er würde Frieling davon erzählen, und Frieling würde sein kläglichstes Gesicht aufsetzen. Marl würde Frieling stehenlassen mit seinem kläglichen Gesicht und in sein eigenes Zimmer gehen, würde die Tür verschließen und zu lesen versuchen, und der Zustand würde ihm genauso unangenehm sein wie dieser hier neben Marona, und die gleiche Verantwortlichkeit würde ihn auch zu Hause einkrallen und festhalten in Frielings Nähe, und was sie wollten, war doch, daß sie einander aus freien Stücken begegneten – oder gar nicht, und er überlegte nun, ob er ganz aus freien Stücken auf Marona Birnenbaum zugegangen war und damit gar nichts gemeint hatte als sich selbst – Marona hatte ihn offenbar verstanden.

Sie fanden Platz im Pub auf der anderen Straßenseite. Der Qualm biß sich in Haar und Kleidung fest. In diesem Nebel schien Marona sofort ein wenig zu welken. Marl war erleichtert, weil damit auch der Sog nachließ, der ihn zu ihr zerrte. Er hätte ihr an diesem Abend nicht auch noch sagen wollen, daß er sich schämte, scharf auf sie zu sein. Er wollte bulgarischen Wein, Marona bewahrte ihn vor der Blamage. Sie hatten schon Bier und Gebäck, ehe er in die Verlegenheit gekommen wäre, sie um Verzeihung zu bitten. Ohnehin hätte er nicht sagen können, wofür. Also war er dankbar, daß sie zu sprechen begann. Daß sie ihm darzulegen versuchte, wie besorgt sie seit dem Auftauchen des Kindes in Marls Vorstellung um ihn gewesen sei und wie froh, daß der heutige Tag in seiner Deutlichkeit die Verwirrung auch für ihn, Marl, zugänglich gemacht habe. Wie sie wohl wenigstens hoffe. Wie sie daraus entnehme, daß er sich auf diesen Abend eingelassen hatte. Sie nahm kein Blatt vor den Mund. Er brauchte Unterstützung. Einen Therapeuten? Das hatte sie nicht sagen wollen. Mit Therapeuten konnte man sich einlassen, wenn man stotterte oder einnäßte. Wenn man ein Sadist war und sich selbst fürchtete. Wenn man trank oder auf Reisen in Panik geriet, weil man sein Schlafmittel vergessen hatte. Nein, Marl hatte nach Marona Birnenbaums (sie betonte: unmaßgeblicher!) Meinung einfach einen kleinen Riß in der Schüssel, den andersherum gestrickte Leute am ehesten in einer ordentlichen Ehe kitten konnten. Daß sie selbst klafften, bliebe unbemerkt, wenn sie den anderen zusammenpreßten. Würgten. Wenn aber einer, wie Marl, des anderen Liebhaber war, ihn also lieb hatte um seiner selbst willen, dann könne der eigene Riß nur noch weiter aufgehen, weil keine Pflicht ihn bandagierte. Marl verstand Bahnhof. Die Züge pfiffen durch seinen Schädel, daß es laut wurde und viel zu gefährlich, einen einfachen Gedanken in die Welt zu setzen – er würde sofort überfahren werden. Marl liebte seine Gedanken. Verhütete also, daß welche entstanden. Wartete auf Beruhigung, auf das Ende des Bahnsteigs, auf dem Marona balancierte und ihm, eine nach der anderen, ihre Wahrheiten wie durch den Lautsprecher um die Ohren schlug. Marl spürte, wie im Luftwirbel der endlich abgepfiffenen Rede sein Denken gegen Maronas aufstand. Sie hatte ja keine Ahnung. Er liebte Frieling auch nicht anders als irgendeine Frau, als eines jener drei Zimmer, die er vorzeiten abwechselnd besetzt gehalten hatte. Verena, Simone, Marona. Er wußte, wie er zu vögeln hatte, daß sie zur rechten Zeit kamen. Bei Frieling wußte er's auch. Wie er mit Frieling zugange war, erschien ihm nun enger als eine Ehe. Wie sie sich morgens schon den Abend einzureden versuchten, die Besorgungen teilten – da brauchte es Energie, mal eine Schneise zu schlagen und den Schwelbrand der Gewöhnung zu stoppen. In ein Hotel zu fahren, nach Eggersdorf hinüber zum Beispiel, und dort doch nur wieder zu vögeln, was sollte da anders sein als in einer Ehe?

Und erst Frielings Käsetorten und Schmorbraten, seine Eifersucht, seine immer ein wenig kränkelnde Freude an ihm, Marl. Es war eine Ehe, was er mit Frieling lebte. Er fühlte sich verantwortlich. Es prickelte, wenn er Frieling auch nur einige Tage lang nicht gesehen hatte. Es war, gemessen an ihm bekannten Ehen, eine recht erfreuliche, ja, aber es war eine Ehe. Sogar ein Kind wünschten sie sich, Frieling verhaltener zwar, aber doch hatte er sich Marls Kinderwunsch untergeordnet. Aus Eifersucht? Aus Angst, ihn sonst zu verlieren? Auch das roch nach Ehe, wenn auch nicht mehr ganz so angenehm wie gerade zuvor. Er nahm einen Schluck, ließ ihn lange im Mund rollen, daß er schon wieder hinausschäumen wollte und Marl die Lippen fest verschließen mußte. Der Schluckreflex schien für einen schmerzhaften Moment blockiert, Marl hatte Mühe, das Bier bei sich zu behalten. Zum Glück bemerkten das weder Marona noch andere Gäste. In der Beruhigung darüber gelang es ihm endlich zu schlucken. Marona hatte unterdessen erneut zu sprechen begonnen, sicher hatte er zu lange geschwiegen. Sie kam noch einmal ärgerlich auf jene Mißgriffe zu sprechen, die sie ihm in seiner Professionalität eigentlich nicht zugetraut hatte. Sein heimliches Getue um Geburts- und Abstammungspapiere hatte sie sich mit Marls Vatergeschichte inzwischen erklären können und lachte darüber. Zwar konnte sie sich nicht vorstellen, wie es sein mußte, die emotionale Abwesenheit der eigenen Eltern mit einer selektiven Gedächtnisblockade zu kaschieren, um sie nicht wieder und wieder nachfühlen zu müssen, aber es erschien ihr glaubhaft, daß Marl dabei war, die Aufnahmen in seinen Alben mit Farben und Gerüchen zu unterlegen, die sie ihm wieder zugänglich machen und eine Brücke schlagen konnten zwischen dem Anwalt Marl und dem Jungen, der er gewesen sein mußte. Und noch einmal empfahl sie ihm, den Papieren zu glauben: Er entstamme weitgehend unzweifelhaft der Verbindung von Reinhard und Viola Marl. Das Verschrobene seiner Wahrnehmung des Gegenwärtigen mache ihr eher zu schaffen: Noch immer verwirre es sie, für jemanden zu arbeiten, der einem Paar, geschunden genug durch ein Verbrechen an seinem Kind, das Opfer, das Kind!, hatte abjagen wollen in einem Zustand (mit Verlaub, Marl!) geistiger Umnachtung, und der damit nicht nur den fremden Eltern, sondern vor allem dem Kind eine noch größere Verletzung hatte zufügen wollen in seiner Verblendung. Marona zitterte, das Öffnen und Schließen ihres Mundes erinnerte Marl an die leicht eingerostete Klappe des Werkzeugschrankes in der Garage seiner Eltern. Er sah ihre Angst vor seiner Verrücktheit, die ihre Unterlippe klemmen ließ, so daß die Worte in einem Rhythmus des Verzögerns und Lospolterns klapperten, und voller Mitleid legte er seinen auf ihren Mund. Die Feuchtigkeit machte, daß sie nun wieder sicherer wurde und flüssiger sprach, während sie ihm ohne jedes Erstaunen in die Augen sah. Sie redete an ihm vorbei, der Punkt, an dem sie ihn getroffen hatte, löste in Marl das Empfinden aus, er nähme zu seiner Umgebung nur durch die gläsernen Wände eines Inkubators hindurch Kontakt auf. Das Bild wurde deutlicher, sein Vater und seine Mutter näherten sich und standen jetzt voller Scheu vor dem Inhalt des Brutkastens, seine Mutter griff durch die Handschuhschleusen nach ihm, er fühlte Gummi statt Haut, ihr Duft konnte ihn nicht erreichen in seiner gläsernen Kiste, er wollte sie küssen, sein Mund kroch übers Glas, es gelang nicht, sie mußte doch sehen, wie seine süße Schnecke nach ihrer Haut gierte!, aber sie zog die Hände zurück und wandte sich ganz dem Vater zu, der sich inzwischen abgewandt hatte und dabei war, den Raum zu verlassen. Er sah ihnen nach, ein altes, kraftloses Paar, das sich müde entfernte.

Marl wußte, daß er keineswegs zu früh geboren worden war, daß er, im Gegenteil, seine Mutter hatte warten lassen auf sein Erscheinen. Er wußte, daß sein Bild des Inkubators nicht etwa einem *frühkindlichen Trauma* Gestalt gab. Er grinste verächtlich. Nein, sein Gefühl, hinter Glas zu leben, beschrieb sehr genau, daß er ausgeschert war. Daß die Beziehung, die es ja geben mußte zwischen ihm und den Menschen, die ihn gezeugt hatten, sie nicht band, sondern trennte, daß sein Kinderwunsch, wenn er den Kasten nicht verlassen konnte, mehr als riskant war. Sollte tatsächlich ein Kind dorthin geraten, wo er sich gerade befand – zwischen der Hoffnung und dem Scheitern aller Hoffnung –, so bliebe womöglich nichts von ihm übrig.

◆ ◆ ◆

Die *Kinder* schliefen schon, als Ida Bergner die Tür zur Wohnung aufschloß, die Schuhe auf dem ausgebreiteten, feuchten Lappen abstellte und ins Bad schlich, sich ein zweites Mal zu säubern. Eine Deutsche namens *Ljuba* hatte sie nach Hause gebracht, als sie selbst schon gar nicht mehr daran hatte glauben wollen, noch einmal zurückzukehren in diese Wohnung. Sie war von Wogen aus Wut, Verzweiflung und mutlosem Jammer die halbe Nacht über durchspült worden und in einem vergleichsweise angenehmen Zustand der Leere angekommen. Wäre sie allein gewesen mit sich, hätte also eine der Wogen sie ganz und gar ergreifen können – sie hätte womöglich einen Schlußstrich unter die Geschichte ihrer Aussiedlung gesetzt. Statt dessen saß sie nun auf ihrer angestammten Klobrille und pinkelte den harntreibenden Tee wieder aus, den Ljuba ihr aufgebrüht hatte.

Sie besah sich. Es schien keine ernsthaften Verletzungen zu geben. Unter den Achseln würden sich Hämatome zeigen. Da, wo die Männerfaust sie getroffen hatte, schmerzte es eben wie nach dem Treffer einer Männerfaust. Ljuba hatte ihr Unterwäsche geben wollen, aber nichts gefunden, was einigermaßen gepaßt hätte. Es gab aber einen ausgeleierten Badeanzug, den sie schließlich untergezogen und der sie schön zusammengehalten hatte den Weg über. Ljuba lebte allein, sie sah müde und ein wenig krank aus. Unter Umständen hatte sie ihre schönste Zeit verschlafen, und vielleicht hatte sie ein Kind gehabt. Ida Bergner versuchte sich an den genauen Wortlaut der Antwort auf ihre diesbezügliche Frage zu erinnern. Ljuba hatte zunächst nur den Kopf geschüttelt, dann aber gemeint, es könnte sein, daß das Kind schon schlief. Sie hatte gelacht und sich an die Stirn getippt wie nach einem Versprecher. Ida hatte gemerkt, daß sie nicht weiter nachfragen sollte. Vielleicht hatte sie sich mißverständlich ausgedrückt, ihr Deutsch war noch immer von einer sie beschämenden Unbeholfenheit. Sicher würde sich daran auch nichts mehr ändern.

Die Brüste schmerzten. Ida Bergner wusch sich sorgfältig und ausdauernd. Das Wasser schoß auch nachts heiß und kraftvoll aus der Leitung. Zu Hause hatte sie es immer schwer gehabt, heißes Wasser zum Baden zusammenzubekommen. Es mußte in Töpfen auf dem Herd erwärmt werden. Selbst wenn sie sich viel Zeit nahm, das Familienbad vorzubereiten, reichte das Wasser nur für eine einzige Wannenfüllung. Zuerst hatte sie die Kinder hineingesetzt. Die beiden Jungen hatten in der kälteren Jahreszeit regelmäßig die Küche unter Wasser gesetzt. Im Sommer badeten sie im Garten hinter dem Haus. Manchmal hatten sie die Wanne dann auch zwei- oder dreimal füllen können. Wenn die Sonne brannte, war das am Morgen in Tonnen gefüllte Wasser am Abend lauwarm geworden, und sie brauchte nicht so viel siedend heißes aus der Küche herbeizutragen, um für eine angenehme Temperatur zu sorgen. Nachbarskinder hatten dann mit den Jungen im Wasser geplanscht, sie waren abwechselnd in die Wanne gesprungen, hatten sich gegenseitig aus Blasrohren bespritzt und einen solchen Appetit angesammelt dabei, daß sie zuweilen um ihre Vorräte fürchtete. Die Söhne hatten das Haus übernommen, Ida wußte gar nicht genau, wie sie es unter sich aufteilten. Sie hatten anbauen wollen, gleich nachdem Ida mit den Zeigers nach Deutschland gezogen war. Die Sommerküche hatte noch Woldemar selbst in den letzten Monaten vor der Abreise überdacht und vergrößert. Die Kaninchenställe waren ein Stück versetzt worden, so daß jetzt ein elektrischer Herd Platz fand, wo sie gestanden hatten. Die Schwiegertöchter vertrugen sich nicht miteinander. Daß sie trotzdem unter einem Dach leben wollten, verstand Ida nicht.

Sie war müde. Wollte nie mehr dorthin zurück. Hatte Sehnsucht nach den beiden Jungen, der unter allem Dreck so hellen Haut ihrer Kindertage. Seit sie doch noch von Ljubas Küchentisch aufgestanden war, wußte sie, daß sie nicht mehr einschlafen würde bis zum Morgen. Während des Weges hatte sie sich bemüht, nicht über die Brache zu blicken, als fürchtete sie, die Kerle könnten dort auch noch herumlungern, wenn die Bude längst schon geschlossen worden war. Womöglich hätte es Ljuba dann geschafft, sie doch zu einer Anzeige zu bewegen und zu einer ärztlichen Untersuchung. Seit sie zu Beginn der fünfziger Jahre einmal einem Gefängnisarzt vorgestellt worden war, scheute sie Arztbesuche. Darüber wollte sie nicht auch noch nachdenken müssen und setzte sich in ihrem Zimmer an den kleinen runden Tisch. Untersuchte die Äpfelchen in ihrer Schale auf faule Stellen. Der Himmel über dem Haus stand hell und klar, wenn sie sich ein wenig zur Seite beugte und den Kopf vorstreckte, konnte sie den vollen Mond sehen. Sie war nackt. Mit beiden Händen versuchte sie, sich eine Rheumacreme in die Haut zu reiben. Wenn das Zeug die Durchblutung förderte, verhalf es möglicherweise auch dem angesammelten Blut der Hämatome zu schnellerem Abbau. Die Salbe brannte, Ida genoß den präzisen, schneidenden Schmerz. Sie würde sich eine eigene Wohnung nehmen. Die *Kinder* – nie zuvor hatte sie Walja und Edward so genannt! – mußten allein zusehen, wie sie zurechtkamen mit den sich leise aufschaukelnden Verhältnissen. Daß Walja sich an einer sprechenden Puppe austobte, erschien Ida in diesem Augenblick als einfältiger Ersatz für einen handhabbaren Entwurf. Sie würden noch alle zu halluzinieren beginnen, wenn die Fettfratze *der kleinen Janina* länger zwischen ihnen stand. Gestern hatte Walja die Puppe wieder einmal aufgezogen und über den Flur laufen lassen. Mit steifen Schrittchen war sie in die Küche getrippelt und hatte jede Vernunft mit ihren falschen Füßchen getreten. Idas Hoffnung, die Katze möge sie zerfetzen, ihr die Haare ausreißen, die so blöde klappernden Augen zerkratzen, wurde regelmäßig im Keime erstickt, wenn Walja wie ein Wachhund jede synthetische Bewegung ihres Lieblings beschattete. Ein bißchen wunderte sich Ida ob des aufkeimenden Hasses auf *die kleine Janina*, die ihr immerhin auch einige Erinnerungen an Daghira und an Woldemars Fürsorge für das untergeschobene Kind beschert hatte. Als wollte sie diese Verwunderung ad absurdum führen, stand sie auf, zog sie sich ein Nachthemd über und öffnete sehr vorsichtig die Tür zu Waljas und Edwards Schlafzimmer. Während die Enkelin fest schlief, lag Edward wach und kam Ida zu Hilfe. Es gelang ihnen, *die kleine Janina* unbemerkt aus Waljas Umarmung zu lösen. Ida meinte, ein leises Weinen zu vernehmen. Sie griff die Puppe am linken Oberarm und trug sie vor sich her in die Küche. Edward folgte ihr und öffnete das *Privileg*, gemeinsam gaben sie dem *Element*, wie Edward das künstliche Kind teilnahmslos nannte, einen heftigen Stoß. Im Aufschlagen schepperte aus dem Inneren des Bauches das Stimmchen auf, das sie seit Wochen belästigt und irritiert hatte.

◆ ◆ ◆

Ob sie denn Kinder hätte. Ob sie schon schliefen.

Lioba hatte alles fortgeworfen. Die ihr verbliebene Geburtsurkunde der Tochter. Die letzte Anschrift ihres geschiedenen Mannes. Den Briefwechsel zur Vorbereitung der Adoption. Die neue Frau ihres Mannes hatte ihr gut gefallen. Sie hatte sich in fairem Ton nach Liobas Motiven erkundigt, ihr das Kind mit letzter Konsequenz ans Herz zu legen. Hatte weder Freude noch Enttäuschung gezeigt, als Lioba ihr darüber keine Auskunft zu geben vermochte, hatte nur Liobas Hand zum Abschied sehr fest gedrückt. Auch der Mann hatte sie weder bedrängt noch die Prozedur verzögert, er hatte einfach getan, was nach Liobas Meinung das Beste für seine Tochter war. Die Befragungen in den Amtsstuben der Jugendhilfe absolvierten sie gemeinsam, obwohl sie, seit einiger Zeit geschieden, schon lange nicht mehr nebeneinander gesessen hatten. Er war über die Zeit, in der er sie voller Wut beschimpft und manchmal geschlagen hatte, längst schon hinweg. Lioba wußte, daß es immer Verzweiflung gewesen war, die ihn zur Raserei getrieben hatte. Sie hatte an seiner Verzagtheit gestrickt, ohne es wirklich zu wollen, sie hatte das Kind nicht lieben können, und daß sie es zugegeben hatte, konnte er nicht verwinden. Es war ja sein Kind, das sie ablehnte. Wer hätte das aushalten können. Sie hatte Verständnis für seine Wut, hatte ihm das aber nie mitteilen können, statt dessen die Opferrolle auszufüllen versucht. Das hatte ihr gut gefallen. So war sie langsam alles losgeworden, was sie störte.

Diese Methode aber schien nun erschöpft. Lioba holte den gelben Umschlag hervor, in dem sie die dünnen Blätter verwahrte, die ihr seit einigen Wochen zuflogen. Sie hatte längst noch nicht alle gelesen, die Neugier stieß immer wieder an

Grenzen, insbesondere, seit sie ahnte, daß jemand sie provozieren, sie aufstören wollte. Dafür sorgen wollte, daß sie nicht einfach alles fortwerfen konnte. Sie hatte ein paar Mal versucht, der Putzfrau nachzulaufen, wenn sie sich von ihr verabschiedet hatte, aber stets war die schon unten an der Haustür von ihrem Vater erwartet worden, als fürchtete er um ihre Jungfräulichkeit, wenn er sie allein nach Hause gehen ließ. Wenn er ihr aber kaum Raum ließ, sich allein zu bewegen, konnte nur er selbst der Verfasser der Briefe sein. Lioba konnte mit diesem Gedanken wenig anfangen, drehte ihn wie einen stinkenden Lappen ratlos zwischen den Händen. An jenem Abend vor kurzem, am Tisch ihrer Eltern, war es ihr wieder aufgestoßen: *Siealsfrau. Ichalstochter*. Lioba kannte das gut: So hatte sie selbst gesprochen. Die Eltern hatten ihr oft genug erzählt von ihrer kindlichen Marotte, das *Du* zu vermeiden und die übrigen Personalpronomen in aberwitzige Zusammenhänge zu packen. Mit dem Beginn des zweiten Schuljahrs hatte das angefangen. Sie hatte den Vati immer Vati genannt, das schon, aber andere Menschen bekamen ihr *als* an den Hals. Noch heute rümpfte Karla Zeplin verächtlich die Nase, wenn sie über das Verstiegene in der Kinderseele ihrer Tochter räsonierte. *Nicht muff und nicht mäh*. Ein verstiegenes, mürrisches, maulfaules Kind. Immer hatten die Lehrer zu meckern. Dem Vati hatte das nicht so viel ausgemacht, aber ich, sagte Karla Zeplin, ich konnte schon platzen vor Wut.

Es war eine Abwechslung gewesen, Herrmann Ingolf Zeplin auf seinen Kassierfahrten zu begleiten. Lioba hing im Kinderkorb an der Lenkstange, wenn er das Fahrrad von Haustür zu Haustür schob, klingelte und den Monatsbeitrag kassierte. Sie hatte sich angewöhnt, ihr Schweigen mit einem anhaltenden Lächeln unangreifbar zu machen. Das hatte die Leute einerseits ermuntert, immer wieder auch an sie ein paar freundliche Worte zu richten. Andererseits hatten sie, wenn kein Gespräch in Gang kommen wollte, keine Veranlassung, den Vater auf eine etwaige schlechte Gemütsverfassung seiner Tochter anzusprechen. Auf diese einfache Weise hatte Lioba die Gesichter im Viertel gut kennenlernen können. Wer nicht Mitglied des Kulturbundes war, wurde dennoch aus seiner Wohnung geklingelt und freundlich gefragt, ob er eintreten wollte. Auf den Kassierfahrten trug der Vater im Sommer am liebsten das Froschhemd, grünkariert und tief ins Krachleder gesteckt. Damit, wie er sagte, ein Wiedererkennungseffekt wirken könne. Der Schreiber der Briefe mußte Herrmann Ingolf Zeplin kennen. Hätte es dafür weiterer Beweise bedurft, so standen sie Lioba seit dem letzten Besuch bei den Eltern klar vor Augen: Frau Brehme. Frau Kaltwaßer. Gernot Kleinacker. Nicht muff und nicht mäh. Das Hausbuch. Als sie älter geworden war, hatte Lioba selbst das Hausbuch zu den Leuten gebracht, bei denen Besuch abgestiegen war. Karla Zeplin beobachtete alles sehr genau vom Küchenfenster aus. (Das tat sie noch heute. Wußte immer, wer wann das Haus verlassen und wieder betreten hatte.) Und damals hatte sie Lioba losgeschickt: Daß die Leute sich aber auch ja eintragen! Daß mir der Vati da ja keinen Ärger bekommt! Es befremdete Lioba, daß sie nie eine Unfreundlichkeit hatte wahrnehmen können, daß aber alle Unfreundlichkeit sich aufgespart hatte für durchscheinende Luftpostbögen. Sie zog einen hervor, wußte nicht einmal mehr, bei welcher Gelegenheit sie ihn gefunden hatte:

Ichalstochter geht schon das fünfte Jahr zur Schule und trägt einen Ring am Finger seit einigen Wochen. Der Ring hat eine offene Stelle. Da ist es nicht so schlimm, sagt Siealsmutter manchmal, wenn Ichalstochter noch dicker wird mit der Zeit. Dann kann man verstellen. Siealsmutter macht sich große Sorgen, daß Ichalstochter zu dick wird. Daß sie die Semmelschwäche bekommt, bei ihrer Vorliebe für Weißbrot und Milchbrötchen. Mann nennt das auch Mehlnährschaden. Ichalstochter hat den Mehlnährschaden in einem Buch gefunden. Das Buch heißt *Deine Gesundheit,* aber das kann Ichalstochter nicht aussprechen. Außerdem wundert sie sich darüber, daß ein Buch mit solchem Titel nichts als Krankheiten enthält. Einen Mehlnährschaden bekommt man, wenn man zu viel Mehl ißt und die anderen Lebensmittel links liegen läßt. Siealsmutter weiß natürlich, wo so ein Mehlnährschaden noch enden wird: In der Abmagerungskur. Die Abmagerungskur hat einen hoffnungsvollen Beginn und ein trauriges Ende. Am traurigsten Ende kann man im übrigen den hoffnungsvollsten Beginn erkennen. Siealsmutter hat gerade eine Abmagerungskur hinter sich, ist also traurig. Am meisten abgemagert ist ihre Freude, während sie selbst nur ein ganz kleines bißchen weniger rundlich ist als am hoffnungsvollen Beginn. Am hoffnungsvollen Beginn hat Siealsmutter den Würstchen unter dem Kleid einen Platzverweis erteilt, eine Kampfansage. Ihr Bauch wirft Falten. Zwischen den Bauchfaltenwürstchen riecht es säuerlich. Aber wegen der Kampfansage hat Siealsmutter jetzt wenig Zeit, sich zu waschen. Sie will kämpfen, die Würstchen verjagen. Im Laufe der Schlacht will sie die Würstchen dann nur noch ein bißchen dünner haben als vorher. Eigentlich gewinnen die Würstchen den Kampf, aber das kann Siealsmutter nicht zugeben und geht mit erhobenem Kopf zur Sportgemeinschaft. Die Sportgemeinschaft trifft sich immer am Montagabend. Wenn Ichalstochter so weitermacht mit der Semmelschwäche, wird sie niemals in eine Sportgemeinschaft aufgenommen werden. Ihr Bauch ist zu dick, die Arme sind schwach, und die Beine sind lahm. Einmal ist Ichalstochter in der Sportgemeinschaft gewesen und hat sich vorgestellt. Sie sollte eine Rolle vorwärts und eine Rolle rückwärts, einen Kopfstand, einen Handstand und einmal Radschlagen vorführen. Der Handstand mißlang. Dafür konnte Ichalstochter einen erstklassigen Spagat hinlegen. Nun mußte die Chefin der Sportgemeinschaft für Kinder – Ichalstochter sollte sie eine Übungsleiterin nennen – eine Weile nachdenken. Sie kam schließlich zu dem Schluß, Ichalstochter sei zwar eins a gelenkig, aber zu fett. So etwas könne sie hier nicht gebrauchen zum Geräteturnen. Ichalstochter bekam einen Schein, mit dem sie bei der Leichtathletik vorsprechen sollte. Kugelstoßen, Speerwurf und Diskus. Aber leider – Arme zu schwach, Beine zu lahm. Ichalstochter darf nicht zur Sportgemeinschaft. Siealsmutter schämt sich vor den Nachbarn. Dabei ist es den Nachbarn sehr egal, ob das Kind in einer Sportgemeinschaft trainiert, sie haben genug mit dem Vati zu kämpfen, seiner Kassierwut, dem Wahlurnenschwenken. Ein einziger Kampf. Gegen den Bauch, dessen Würstchen, die Lahmheit, die Semmelschwäche, die Beitragssäumigkeit, die späte Stimmabgabe. Am Wahltag gibt Vati seine Stimme stets als einer der ersten ab. Siealsmutter begleitet ihn, Ichalstochter ist meist schon vor ihnen da zum Singen. Die schöne Stimme. Die kann man so richtig heraushören aus dem Chor. Liebe Heimat, deine Weiten. Sind nicht nur die Städte und Dörfer. Wie Ernst Thälmann, treu und kühn. Und diese Fahne ist rot. Glückauf, Glückauf. Zum Kampf, zum Kampf. Ihr Kampfgenossen, all'. Ein einziger Kampf.

Ichalstochter ißt kein Gemüse mehr. Ausgerechnet Gemüse. Siealsmutter will schon verzweifeln, da klingelt Frau Brehme. Frau Brehme von ganzoben hat Lauch gekocht in Butter und Mehl für das Kind. Siealsmutter schreit Semmelschwäche! und Mehlnährschaden! Schreit: Zum Schinder nochmal!, daß Frau Brehme das Töpfchen wieder davonschleppt. Später schleicht Ichalstochter hinauf zu Frau Brehme und bekommt eine schöne Portion. Und zum Nachtisch dann Schleim. Frau Brehme ist nicht allein. Sie hat ihren Untermieter zum Essen geladen. Der Untermieter hat einen dünnen Bart auf der Oberlippe. Er schweigt. Ob er nicht sprechen kann. Frau Brehme legt Ichalstochter die Hand auf den Mund. Sie wird rot, sie wird weiß. Fällt um. Der Untermieter zieht sie hinauf auf den Stuhl, hält sie fest und gibt ihr kaltes Wasser zu trinken. Frau Brehme schläft jetzt nicht länger, das Wasser macht ihr zu schaffen, daß sie aufstoßen muß. Ja, ein Untermieter weiß, was zu tun ist. Frau Brehme muß husten. Muß lachen. Verschluckt sich noch einmal am Wasser und spuckt es dann aus. Ichalstochter bekommt eine Ladung Wasser aufs Kleid. Juchzt auf. Zieht das Kleid vom Körper weg, damit sie nicht frieren muß. Der schweigende Untermieter kümmert sich nicht darum. Aber Frau Brehme sagt, das arme Kind!, es kann doch nun wirklich gar nichts dafür! Zum ersten Mal macht der Untermieter den Mund auf, sagt trotzdem. Nix da, wischpert Frau Brehme zum Untermieter hinauf, daß mir das Kind außen vor bleibt!

Ichalstochter ist pappesatt am Küchentisch. Vom Lauch. Vom Schleim. Das Kind verdaut so schwer. Siealsmutter kann sich das nicht erklären. Seit sie aufhörte, Weißbrot zu kaufen, hat das Kind gar keinen Hunger mehr und wird trotzdem nicht dünner. Es ist ihr ein Rätsel. Und das, wo sie doch so den Kampf führt gegen die Würstchen! Wo sie doch schon gegen dreieinhalb Pfund ihres eigenen Leibes gewonnen hat! Früher hat das Kind gar nicht mehr aufhören können zu essen, und heute das! Und trotzdem so dick! Man muß sich ja schämen!

Siealsmutter will einen Kurs besuchen im Kulturbund. Wie bereite ich eine appetitliche Gemüsebeilage zu. Rohkostsalate. Fisch auf den Tisch. Nimm ein Ei mehr. Die Rezepte flattern den dünnen Heften davon, in denen sie eigentlich warten sollen, bis man sie braucht. Ichalstochter tun die Rezepte leid. Sie weiß, was es heißt, darauf zu warten, daß man zu etwas gebraucht wird: ein einziger Kampf. Gegen die Langeweile. Gegen das Ganzvergessenwerden. Normalerweise passiert immer das Halbvergessenwerden. Letzteres reicht zum Glück nicht aus, Ichalstochter irgendwo einfach stehenzulassen. Aber schön ist es nicht, wenn im Halbvergessenwerden der Vati keine einzige Frage mehr beantworten will und immer das Ja und das Nein verwechselt. Ein einziges Mal ist schon Ganzvergessenwerden gewesen. Das war, als Uschi Kleinacker vom Dreirad überfahren wurde. Uschi Kleinacker lag auf der Straße mit sehr weit aufgerissenen Augen und schaute in den blauen Himmel hinauf. So hatte Ichalstochter die Uschi Kleinacker noch nie gesehen. Normalerweise konnte man denken, daß Uschi die Augen immer beinahe zumachte, weil sie eine so dicke Brille trug. Sie war älter als Ichalstochter und kümmerte sich nicht um sie. Siealsfrau hatte gesehen, wie das Dreirad vom Gemüsewalter gar nicht mehr anders konnte als die Uschi zu überfahren, die mit ihrer dicken Brille wieder mal den Wald vor lauter Bäumen nicht sehen konnte. Der Vati lief dann gleich von der Nähmaschine weg auf die Straße und versuchte, der Uschi Kleinacker den Atem wiederzugeben, den sie verloren hatte. Er blies ihr den Brustkorb auf und drückte mit dem Handballen auf ihrem Herzen herum – ein einziger Kampf. Ichalstochter konnte von oben sehen, daß er Hänschen klein spielte auf ihrem Brustbein. In den Pausen zwischen den Versen blies er sie wieder auf, bis sie

Blut spuckte und die Augen schloß. Das Rettungsauto kam, und der Doktor dankte dem Vati recht herzlich für die erste Hilfe, die der Uschi das Leben gerettet hatte. Die zweite Hilfe kam aber zu spät, Uschi Kleinacker kämpfte, starb dann doch noch am Gemüsewalter, und der Vati mußte ganz schön daran arbeiten, daß er das Ganzvergessen loswurde. Immerzu wollte er Ichalstochter ganzvergessen, ein einziger Kampf war das um den Vati, der immer an die Nähmaschine gebuckelt saß und den Kopf nicht mehr hob, weil er der letzte war, dem Uschi Kleinacker in die Augen gesehen hatte.

Aber heute ist das vorbei. Längst hat Ichalstochter den Vati zurückbekommen und denkt nur noch selten an Uschi Kleinacker. Auch, weil die Kleinackers in ein ganz anderes Land gezogen sind, wo es verboten ist, das Pionierhalstuch zu tragen. Bestimmt liegen sie unter hohen Palmen und lassen sich Apfelsinen auf den Kopf fallen. Oder Kokosnüsse. Ob sie tapfer darum kämpften, daß Gernot das Halstuch tragen durfte? Manchmal schaut Ichalstochter heimlich in den Himmel und hofft, daß Gernot Kleinacker ihr einen Flieger geschickt hat mit einer geheimen Nachricht. Hat er natürlich nicht. Und Ichalstocher schämt sich, weil sie eigentlich viel zu alt ist für so eine Hoffnung.

Auf dem Rücken des Buches *Deine Gesundheit* entdeckt Siealsmutter beim Entstauben ein Pflaster. Jemand hat mit einem Pflaster den Titel überklebt. Als sie das Buch aus dem Regal zieht, kann sie lesen, was statt dessen auf dem Buchrücken steht: *Deine Krankheit.*

Mein Gott, seufzt Ichalsmutter, ein einziger Kampf.

Der Verfasser mußte ein genauer Beobachter sein. Hatte er vor Jahrzehnten ein Tagebuch geschrieben? Oder erinnerte er die Begebenheiten so genau, weil er über ein phänomenales Gedächtnis verfügte? Lioba überflog noch einmal, was sie eben gelesen hatte. Der Grad der Einfühlung, der sich in der Schilderung des Kindes Lioba spiegelte, drohte sie zu überrumpeln. Daß sie sich zugleich entdeckt und geschützt fühlte, hatte es selten gegeben in ihrem Leben. Meist war mit dem Gefühl, entdeckt worden zu sein, das der Bloßstellung verbunden gewesen. Und es kam vor, daß sie sich gut geschützt fühlte, wenn sie sich fest verschanzte. Eine Hülle aus Schweiß um sich schloß. *Die Liebe, die Hur*, die sich nicht unter Wert hingab, verlangte aber nach wie vor den vollen Preis: Eine Antwort auf die alles entscheidende Frage, was denn ein Kind eigentlich sei. So weit war Lioba noch nicht gekommen. Was der Verfasser der Briefe über sie schrieb, bestürzte sie, weil es den engen Radius ihres intimen Zirkels nachzeichnete. Von dem sie meinte, niemand könnte sich ungestraft darin aufhalten. Der ihr das schrieb, hatte entweder gezielt nach ihr gesucht oder sie über lange Zeit begleitet. Natürlich konnte Lioba, wenn sie so denken übte, nicht ohne Angst sein. Aber etwas anderes begann zu überwiegen. Sie würde herausfinden, was es war.

◆ ◆ ◆

Marls Drang, Frau Birnenbaum verbindlich zu vögeln, nahm zum Ende der Nacht noch einmal sehr zu. Da hatte er längst vier Stunden Schlaf auf dem Sofa in ihrem Wohnzimmer hinter sich, und der Alkohol war eben dabei, zumindest sein Bewußtsein freizugeben. Marl wollte abhauen, die Situation störte ihn ziemlich. Als er aufstand, um sich anzuziehen, spürte er überdeutlich sein steifes Glied, das auch nach dem Harnlassen nicht kollabierte, und den Wunsch, Marona zu unterwerfen. Zu überrennen. (Die Rigorosität der Worte, die ihm dafür kamen, verunsicherte ihn.) Maronas Nähe machte ihn offenbar ebenso an, wie sie ihn eben noch weg von hier zu Frieling getrieben hatte, in seine so treu geregelte Bahn. Als er ihre Schlafzimmertür öffnete, sah er im Schatten des Vollmonds ein stark behaartes Bein, das sie, die auf der Seite lag und die Hände unter das rechte Ohr gefaltet hatte, in dieser Haltung fixierte. Natürlich. So diskret wie möglich schickte er alle Hoffnung zum Teufel und stellte erstaunt fest, daß mit der Hoffnung auf Erfüllung auch der Wunsch selbst verging. Vorerst zumindest.

Draußen auf der Straße waren die Frühaufsteher und Spätheimkehrer unterwegs. Wieder einmal hatte er Frieling nicht angerufen und rief sich prophylaktisch dessen kläglichstes Gesicht vor Augen. Gleichzeitig stellte er sich vor, ihm ganz entschieden die Flöte zu spielen, wenn er nur erst in der Wohnung war. Das würde Frieling nicht mundtot, aber wortlos machen, so daß sie nicht streiten brauchten.

Kurz vor dem Eingang in ihren Block fingerte Marl nach den Zigaretten, die er in der Toilette des Pubs aus dem Automaten gezogen hatte. Marona hatte eine so zierliche Art zu rauchen, daß er am liebsten wieder umgekehrt wäre, um sie zu wecken und sich gemeinsam mit ihr, als ihr frühvergreister Eleve, den Sonnenaufgang anzuschauen. Sie würden auf dem Balkon stehen und sich eine Zigarette anzünden. Maronas unvergleichliche Art, die Lippen um das Filtermundstück zu schließen, hatte ihn schon betört, als sie noch eines seiner wechselnden Zimmer gewesen war. Kein winziger Spalt blieb zwischen der Zigarette und ihren Lippen, und doch sah es so aus, als hielte sie den Mund nur knapp, nur zum Schein, geschlossen – Marl mußte wirklich überlegen, als er sich fragte, ob er in sie verliebt war. Nein, natürlich war er das nicht. Er war nicht einmal durcheinander. Er wußte, wie sehr er Frieling anhing, wie gierig er auf dessen Berührungen reagierte. Im Verlangen nach Marona mischten sich Neugier und Sentimentalität, er glaubte hin und wieder, daß er sich damals auch anders hätte entscheiden können als gegen das Modell Frau und litt deshalb zuweilen unter der Folter seiner um sich selbst kreisenden Überlegungen. Aber er war nicht wirklich wankelmütig, was Frieling oder Marona betraf. Frieling trieb nicht, er lockte ihn in die Enge. Dafür war er ihm noch dankbar, als er schon längst die Kippe fortgeworfen und ausgetreten hatte. Er atmete tief. Seufzte. Steckte den Schlüssel ins Schloß der Haustür und merkte erst jetzt, daß sie offen war, jemand hatte das Haus verlassen, war vielleicht schon zur Arbeit gegangen. Marl stieg die Treppen zur Wohnung hinauf und trat in den Flur. Aus dem Wohnzimmer drang Licht. Er hängte die Jacke über den Bügel. Frieling war vermutlich vor dem Fernseher eingeschlafen. Wenn Marl ihn weckte, würde er in seiner üblichen Art dreinschauen. Marl zögerte, öffnete aber die Tür. Frieling saß, die Beine überkreuz, auf dem Teppich und las. Schaute nicht einmal auf, zeigte aber auch kein bestürztes, vorwurfsvolles, leidendes oder Marl in irgendeiner anderen Art belästigendes Gesicht. Frieling las einfach, und er las auch weiter, als Marl sich neben ihm auf dem Teppich niederließ, unfähig, die eben noch so selbstbewußt entworfene Vögelei anzuzetteln. Beiläufig ließ Frieling verlauten, daß er Marl in solchen Augenblicken nicht riechen könne.

Kinder, wie die Zeit vergeht – Marl lachte hämisch auf, als ihm der Satz auf die Zunge schlitterte, er ihn aber daran hinderte, herauszurutschen. Die Zärtlichkeit, die ihn erfaßte, ließ ihn zu sehr zittern, als daß er den Geliebten hätte anfassen können. Marl legte sich still neben ihn, der weiterhin las, nun aber nach Marls linkem Fußknöchel griff mit der rechten Hand, ihn festhielt und nicht mehr lockerließ. Marl lag ganz still und genoß die Geborgenheit, die Frielings Griff vermittelte. Er wußte jetzt, daß er ihm nicht untreu geworden war, ahnte sogar, daß das Wort Untreue nicht wirklich eine Rolle spielte in ihrer Beziehung. Stundenlang würde er so liegen können, den Blick an die Decke gerichtet. Es war Samstag. Er brauchte nicht aufzustehen, um in die Kanzlei zu gehen. Er könnte mit Marl über das Kind sprechen, das er sich nicht mehr wünschte, sondern gefunden zu haben glaubte, wenn er die Aufnahmen in seinem Kopf entwickelte (*die kleine Janina*, die Kinder aus der Kleingartenanlage, sich selbst zwischen den Röcken der Mutter ...), daß sie sich von ihrem Untergrund lösten und übereinanderglitten in das ideale Gesicht, dessen letzte Gestalt konstant blieb.

◆ ◆ ◆

Als Ida Bergner am Morgen aus dem *Privileg* auf den Weg vor dem Haus hinuntersah, war die tote Puppe längst verschwunden. Ida hoffte, daß irgend jemand, der ein passendes Kind kannte, *die kleine Janina* mitgenommen hatte. Ein passendes Kind würde sie wieder zum Leben erwecken können. Es würde ihr das Gesicht salben wie vordem Walja, und jemand würde sich finden, der ihr ein paar neue Sachen schenkte. Oder Ida würde in einer der kommenden Nächte, im Schutz der Dunkelheit, auch den Kleidervorrat durch das *Privileg* entsorgen. Kein Problem. Wer in aller Herrgottsfrühe hier vorbeikam, tat es womöglich regelmäßig, befand sich vielleicht auf dem Nachhauseweg von der Nachtschicht und würde sich, wie er sich über die Puppe gefreut hatte, auch über einen Beutel geeigneter Kleidung freuen. Bliebe nur abzuwarten, wie Walja auf den Verlust der Fettfratze reagierte.

Walja und Edward schienen noch fest zu schlafen. Jedenfalls rührte sich nichts. Ida setzte sich in die Küche, um heißen, süßen Tee zu trinken. Sie setzte dafür sogar den Samowar in Betrieb, der eigentlich nur zu besonderen Anlässen vom Schrank geholt wurde. Sie hatten das Ungetüm aus Kasachstan mitgebracht. Hätten sie geahnt, daß es inzwischen auch in Deutschland problemlos möglich war, in russischen Läden solche Geräte zu kaufen, hätten sie ihn in der Sommerküche stehenlassen können für die Kinder und an seiner Statt etwas anderes mitnehmen können. Es wäre aber auch dann schwer zu entscheiden gewesen, welches Mitbringsel ihnen von der neuen Heimat aus am ehesten eine Brücke zu ihren alten Gewohnheiten hätte schlagen können. Vielleicht der Abakus, den Ida seit dem Ende ihrer Berufstätigkeit aufbewahrt hatte? *Stschoty* nannte man ihn in den Geschäften. Ida hatte sich über die Abwesenheit derartiger Hilfsmittel in Deutschlands Läden zunächst gewundert. Es hatte einige Zeit gedauert, bis sie ein Gefühl für die Unvereinbarkeit des Gleißens der Angebote und der Schäbigkeit eines *Stschoty* entwikkelt hatte, dessen Holzkugeln durch jahrelangen Gebrauch stumpf geworden waren. Aber noch jetzt ertappte sie sich zuweilen bei dem Versuch, in einem ihr noch fremden Supermarkt nach der Kasse zu fahnden, indem sie die Ohren nach dem Klappern der Stschotykugeln spitzte...

Ida verdünnte konzentrierten Sud mit heißemWasser aus dem Samowar. Sie nahm nicht Zucker, sondern original abgefüllten kaukasischen Tannenhonig, den sie neulich im Ladenregal neben den üblichen Marken hatte stehen sehen, als gehörte er hierher. Auch ein Stück der Wabe, die am Grunde des Glases lag, brach sie sich ab und legte sie auf eine mit Butter bestrichene Brötchenhälfte. So hatte sie gewissermaßen das Alte mit dem Neuen versöhnt: Brötchen zum Frühstück zu nehmen, war ihr unbekannt gewesen zu Hause, den Honig hatte sie dort schon geliebt. Morgens hatte es Kascha gegeben in Konstantinowka, nach russischer Art aus Buchweizen gekocht. Manchmal auch Würstchen und Bratkartoffeln. Lächelnd erinnerte sie sich des Schauders, der sich auf dem Gesicht ihrer Betreuerin spiegelte, als sie einmal, kurz nach dem Bezug der Wohnung, zum Frühstück geladen worden war. Ida hatte noch überlegt, ob sie auch Räucherfisch anbieten sollte und war schließlich froh gewesen, die Verpackung nicht aufgerissen zu haben. Inzwischen wußte sie, daß neben der Betreuerin auch die alternden Damen Deutschlands, daß Herr Baum und Frau Nieder – und mit ziemlicher Sicherheit auch der (hoffentlich glückliche) Finder *der kleinen Janina* – derart Handfestes wie Bratkartoffeln oder Räucherfisch am Morgen verabscheuten.

Ida ließ den Tee heiß in den Rachen fließen. So heiß, daß es schmerzte und Kraft brauchte, ihn nicht in hohem Bogen auszuspucken. Nach einiger Zeit steckte sie den Zeigefinger in den Mund und genoß es, die Blasen zu zerquetschen, die sich auf dem Gaumen gebildet hatten. Sie zog die feinen weißen Hautfetzen ab und spürte die eigene Verletzlichkeit wie einen Segen, den sie sich selbst erteilte.

Zu ihrer Verwunderung erwähnte Walja Zeiger das Verschwinden *der kleinen Janina* mit keinem Wort, als sie, gemeinsam mit Edward, am fortgeschrittenen Vormittag endlich am Frühstückstisch auftauchte. Statt dessen zärtelte sie an ihrem Mann herum – in einem Maße, das Ida hinlänglich verwirrte. Walja flößte ihm kaukasischen Honig ein und leckte ihm danach die klebrige Süße von den Lippen. Sie ließ kaum eine Gelegenheit aus, seine Haare, den Nacken, die Unterarme in scheinbarer Zufälligkeit zu berühren. Ida mahnte schließlich etwas mehr Diskretion an. Wärend sie Herrn Baum und Frau Nieder, zugegeben, ganz gern zusah, beschämte sie doch die Vorstellung dessen, woran sie Walja und Edward womöglich in diesem Moment hinderte.

Als ahnte sie Idas Vorhaben, bat Walja in einer Pause zwischen zwei Schlucken Tees ihre Großmutter darum, den Beutel mit Kleidung behalten zu dürfen, den sie im Laufe der Zeit für *die kleine Janina* angeschafft hatte. Ida zuckte nur mit den Schultern und gab sich ratlos, äußerte dann aber ihrerseits eine Bitte an die Enkelin: Wenn diese ihr doch erlauben würde, die Fenster ihres Zimmers mit Zeitungen zukleben zu dürfen? Sie spürte, daß jetzt kein Raum war, über die Vorkommnisse der letzten Nacht zu sprechen. Den Angriff. Die deutsche Ljuba. Den Fenstersturz *der kleinen Janina*. Edwards Mittäterschaft. Walja gickelte nur. Als sie ihre Großmutter bat, doch bitte zu tun und zu lassen, was sie für richtig halte, sie wolle sich ihrerseits anstrengen, ihr keine Order zu geben, bemerkte Ida überrascht, daß die Enkelin das *R* nicht mehr slawisch über die Zunge rollen ließ, sondern da erzeugte, wo es auch bei den meisten Deutschen seinen Ursprung nahm. Sie freute sich. Auch Aussiedler, die schon sehr viel länger in Deutschland lebten und ein noch flüssigeres Deutsch sprachen als Walja, verrieten ihre Herkunft durch das rollende *R*, und selbst wenn sie schon in der Kindheit Deutsch gesprochen hatten, war es ein anderes, altertümliches Deutsch gewesen. Sie selbst lebte in ständigem Bemühen, sich den sächsischen Dialekt ihres noch stark akzentbehafteten Sprechens abzugewöhnen, sie hatte begriffen, daß er allenthalben Verwunderung hervorrief. Und hätte sie ihn erklären sollen, so wäre sie ins Rudern geraten...

Wie seltsam berührte es sie noch immer, einen Franzosen oder Engländer Russisch sprechen zu hören! Das kam nicht oft vor, aber im Fernsehen hatte es das schon gegeben. Und einmal war eine Delegation französischer Kommunisten, die mit der Transsibirischen Eisenbahn nach Osten unterwegs waren, zu Besuch in ihrem Kolchos gewesen. Einige von ihnen hatten Lenin im Original lesen wollen und deshalb Russisch gelernt. Einen gestelzten, verstellten, mit Angst und Unsicherheit aufgeladenen Empfang hatte man ihnen bereitet, der Ida die Schamröte ins Gesicht getrieben hatte. Wie immer bei solchen Gelegenheiten war es erst der am Abend ausgeschenkte Wodka gewesen, der die Gastgeber die starren Masken hatte ablegen lassen, so daß man bis in den Morgen in nun wiederum unangemessen brüderlicher Gestimmtheit beieinander sitzen, singen und tanzen mußte. Am Morgen war der Troß der Franzosen dann zur Bahnstation aufgebrochen, zwei russische Köchinnen weinten, während die Gäste in den Bus stiegen. Ida hatte die Tränen für ein Zeichen purer Langeweile, allenfalls resignierten Fernwehs gehalten. Den Franzosen aber mochte es vorgekommen sein wie herzliches Beileid zur Aussichtslosigkeit, den Sozialismus auch in Frankreich zu etablieren, und sie hatten nun ihrerseits zu schluchzen begonnen, was die Köchinnen und die anderen Anwesenden als Trennungsschmerz deuteten. Schließlich waren einige Männer des Vorstands verschwunden und kurze Zeit später mit Selbstgebranntem zurückgekehrt, den sie den Franzosen durch die Busfenster aufdrängten. Als das Gefährt sich schon in Bewegung gesetzt und an die zweihundert Meter auf der Leninstraße in Richtung Entbindungsstation zurückgelegt hatte, hielt es noch einmal an, die Gäste stiegen aus und intonierten unter den Fenstern des Dorfsowjets die Marseillaise und später die Nationalhymne der Sowjetunion, in russischer Sprache. Der französische Akzent hatte dem Gesang eine elegante Note gegeben, die der üblicherweise geblähten Vortragsweise buchstäblich die Luft nahm. Aus zweihundert Meter Entfernung hatten dann die Gastgeber mit der Internationale geantwortet. Die zufälligen Zeugen des Wechselgesangs, Straßenfeger oder in ihre Besorgungen verstrickte Passanten etwa, hatten nur kurz innegehalten, und einige von ihnen, erzählte man später, sollen den Gesang für eine von fernab verfügte Solidaritätsbekundung gehalten haben: Schließlich hatten soeben militärische Auseinandersetzungen mit der Volksrepublik China um den Verlauf der sowjetisch-chinesischen Grenze begonnen.

Nach dem Frühstück widmete sich Edward nicht etwa in gewohnter Manier seinem Auto, sondern lud seine Frau zu einem Ausflug nach Sanssouci ein. Sie waren schon in Potsdam gewesen, hatten sich eine Ausstellung im Filmmuseum angesehen, nachdem Walja von irgendwoher einen Werbeprospekt dafür mitgebracht hatten. Edward spürte, daß etwas geschah, daß die stumpfe Beschichtung, unter der seine noch junge Ehe zuweilen schon nach Luft schnappen mußte, Risse bekam, sich durchscheuerte an der den Umständen nicht gerade angemessenen, plötzlichen Unbeschwertheit seiner Frau. Als sei ihr ein Klotz aus den Händen genommen, langte sie nun nach ihm. Als sie am Morgen, nachdem sie das erste Mal auf der Toilette gewesen war, noch einmal zu ihm ins Bett kroch, hatte er unter ihrer Haut wie unter Schnee gelegen, der an seiner Wärme zerfließen mußte, und als er schon das Gefühl hatte, die Schmelze liefe ihm nicht nur an den Seiten herab, sondern schaffe es, in all seine versteckten Winkel und Öffnungen vorzudringen, war sogar ein wenig Angst in ihm aufgestiegen. Er hatte doch schon beinahe vergessen müssen, wie sie sich anfühlte: In den Wochen zuvor hatte sie sich ihm mehr und mehr entzogen, war übergelaufen zur *kleinen Janina*, die er ihr nicht einmal übelnahm, denn er selbst hatte sie angeschafft, und was sollte das schon Besonderes sein, daß eine so wenig ausgelastete, vielseitige Frau wie Walja an einem fiktiven Kind Gefallen fand! Auch seine Mutter hatte sich Puppen aufs Kanapee gesetzt und sie ausstaffiert. Aber etwas hatte Walja so ganz von ihm weg auf *die kleine Janina* fixiert, daß er ärgerlich geworden war auf sie. Er hatte sich einmal vorgenommen, sie zu verehren oder, wenn er das nicht schaffte, von ihr wegzugehen. Es war ihm selten schwergefallen, sie zu verehren. Es gefiel ihm, ihr Mann zu sein. Er hatte ihr hier in Deutschland manchmal pflaumenblaue Wäsche gekauft, die sie gern für ihn getragen hatte, er hatte ihr dabei zugesehen, wie erst die Wäsche unter ihrem Pullover, den Jeans zum Vorschein kam, und dann hatte sie sehr langsam, mit einer ihn unendlich aufreizenden, berechnenden Schüchternheit den Slip und den durchscheinenden BH abgelegt, hatte beides dicht an seinem Gesicht vorbei in die Zimmerecke geworfen, und er hatte sowohl ihren als auch den Duft der abgelegten

Wäsche geatmet, daß es ihm beinahe schon kam, während er ihr nur zusah. Sie aber zog sich dann regelmäßig noch einmal hinter die geöffnete Schranktür zurück, sie wußte, daß er immer ein paar Augenblicke lang sich noch dehnte und streckte, wie eine Sehne sich spannte zum Schuß, ehe er die Spitze der Erregung noch einmal ein Stück zurücknehmen konnte, um auf sie zu warten. Er wußte nicht, was sie tat, während sie hinter der Schranktür stand und er nach ihr zitterte, dann sein Glied in die Hand nahm und drückte, daß es wieder zurückwich. Sie hatte ihm nie gesagt, wie gern sie ihm dabei zusah, wenn er sich spannte, wenn sich sein Rückgrat voller Verlangen bog, sie liebte sein Verlangen nach ihr, das sie so deutlich durch die Lamellenspalten der Schranktür wahrnehmen konnte, während er sie nur ahnte und manchmal dachte, sie riebe sich vielleicht ein duftendes Öl zwischen die Beine, um es ihm leichter zu machen.

Als er die Puppe kaufte, hatte er sie der neugeborenen Tochter seines Bruders zugedacht. Er war nach Kasachstan gereist, um die Verwandten nach den Jahren seit der Ausreise wieder einmal zu sehen und hatte die Puppe im Gepäck, die deutsch sprach und trippeln konnte, und als er *die kleine Janina*, die damals freilich noch ohne Namen gewesen war, in Konstantinowka auspackte, vor der Haustür noch, er war vom Flughafen in Almaty per Anhalter nach Hause gefahren, da hatte er sich gewundert, daß niemand ihn zu erwarten schien, denn die Tür blieb verschlossen und eine übermäßige Stille lag über dem Anwesen, fraß an seiner Vorfreude, daß er das Papier gedankenverloren wieder um die Puppe herumzuwickeln begann und sie dann in die Tüte steckte, in der er sie transportiert hatte. Er war dann eingetreten, die Stille hatte ihm schon einige Kraft aus den Knochen gesogen, und seine Schwägerin war die erste, die er zu sehen bekam. Sie hockte in der Küche, stumm, und schnitt graugekochtes Rindfleisch in Würfel. Sah ihn nicht an, schien ihn nicht einmal zu bemerken. Während er auf sie zulief, sie zu küssen und zu umarmen, entzog sie sich schon und floh, und er hatte sich gewundert, warum aus ihren Augen nun Tränen stürzten und sie in einem Anfall panisch zu nennenden Entsetzens nach ihm schlug, *ein wildgewordener Handfeger*, hätte seine Mutter gesagt. Da endlich war sein Bruder aus dem Garten gekommen, war durch die Sommerküche ins Haus getreten und zog ihn nun hinüber ins Schlafzimmer. Auch er schwieg, die entsetzliche Stille über dem Haus schien seinem Blick ein Leck geschlagen zu haben, so daß Edward nicht einmal mehr die Spur eines menschlich zu nennenden Gefühls in den Augen seines Bruder ausmachen konnte, als dieser das Himmelchen über der Wiege zurückschlug, daß Edward hineinschauen konnte. Das Kind schlief nicht. Obwohl erst wenige Wochen auf der Welt, wirkte es groß und klobig und hatte langes, dunkles, fransiges Haar, das jemand hinter die schönen Ohren gestrichen hatte. Ein kleines rundes Kinn hockte unter hellen Wangen, der schmallippige Mund verzog sich nur hin und wieder zu einem Anflug unbewußten Lächelns. Es war ein liebes Kind, glaubte Edward zu erkennen. Es hatte die Augen geöffnet, und Edward ahnte die Konsistenz der blutig-trüben Wucherungen, die ihm aus den Lidern drängten anstelle der Augäpfel. Das Kind war blind und mehrfach behindert zur Welt gekommen und hatte seine Eltern noch nicht erreicht, die sich in ihrem Schmerz hinter der gefräßigen Stille verschanzt hatten und sich gegen jede Rührung zu verteidigen suchten, die das Kind ihnen abforderte. Edward hatte die Puppe während der nächsten Tage unbemerkt unter dem Bett versteckt gehalten, in dem er schlief, und schließlich wieder mitgenommen nach Hause. Zuvor hatte er versucht, den Bruder und die Schwägerin für das Mädchen zu erwärmen, das immer still unter dem Himmelchen der Dunkelheit nachforschte, von der es umgeben war. Er hatte das Kind aus dem Bettchen genommen und in den Garten getragen, hatte dort einen Korb am Ast eines Apfelbaumes befestigt und das Kind hineingelegt, daß er es schaukeln konnte, während er dem Sonnenlicht zusah, das im Rhythmus des Wiegens über die toten Augen wanderte. Er wünschte sich, das Kind könnte das warme Licht als wohltuendes Rot über die Haut wahrnehmen, aber natürlich zeigte es keine Regung dabei. Die Schwägerin brachte es nicht übers Herz, dem Mädchen einen der klangvollen Namen zu geben, die sie während der Schwangerschaft ausgesucht hatte. Ein blumiger Name würde nur falsche Hoffnungen wecken, hatte sie noch auf dem Kreißbett gesagt und verfügt, es solle Getraud heißen nach einer Tante.

Edward Zeiger hatte die Puppe nicht loswerden können. Er war ein paar Tage länger geblieben. Die Stille im Haus seines Bruders ließ ihn nicht los. Auch, als er längst schon wieder zurückgekehrt war nach Deutschland, klemmte sie wie ein Pfropf in seinen Ohren und hinderte ihn daran, Walja und Ida die Wahrheit über seine Reise zu erzählen. Die Fotos, die er mitgebracht hatte, zeigten ein schlafendes, auf der Seite liegendes Baby voller Anmut, und Edward glaubte, als Walja so anstandslos die zurückgeschleppte Puppe adoptierte, sie hätte damit eine Leerstelle besetzen wollen, die sie schmerzte. Vielleicht hatte er sogar gemeint, ihre Liebe zu dem Kunststoffkind zu einem Teil selbst verschuldet zu haben, da er bislang kein lebendiges gezeugt hatte mit ihr, obwohl sie, seit sie verheiratet waren, nicht mehr verhüteten. Aber sie hatten auch nie über ein Kind gesprochen, nicht einmal ganz am Anfang ihrer Beziehung, als sie sich die Zukunft ausgemalt hatten mit Farben, die es in Kasachstan gar nicht gab und die ihren Plänen eine so ganz und gar exotische Anmutung verleihen mußten, daß sie darüber noch heute zuweilen lächelten. Über knappe Businesskostüme, unter denen Waljas Beine hervorschossen, in hochhackige Schuhe hinein, deren Absätze ein achtunggebietendes Klacken auf dem Marmorbelag des Ateliers hinterließen, in dem sie arbeitete. Über Edwards eigene KFZ-Werkstatt mit Karosserieklempnerei und einer Lackierabteilung, in der der Chef selbstverständlich mit Hand anlegen konnte, wenn er wollte. Meist aber würde der Chef in einem gut temperierten Büro sitzen und darüber wachen, daß seine Angestellten das Vertrauen rechtfertigten, das er ihnen selbstverständlich entgegenbrachte. Waljas Onkel waren in diesen Plänen als Tankstellenpächter aufgetaucht oder als Akquisiteure größerer Aufträge. Einer Überholung der Maschinenbestände der Kolchose etwa oder der regelmäßigen Wartung von Feuerwehrfahrzeugen. In ihren Plänen hatte es nach Benzin gerochen, nach Lack, Schmierstoffen oder den teuren Parfüms, die Walja auflegte, ehe sie in ihr Industriedesign-Atelier ging. Es waren keine Gerüche gewesen, in denen ein Kind sich hätte wohlfühlen können. Edward wunderte sich jetzt, daß ihm das damals nicht aufgefallen war. Einerseits fürchtete er, Walja könnte nach dem Verlust *der kleinen Janina* tatsächlich ein Kind zur Welt bringen wollen. Andererseits erinnerte er sich, wie es ihn während der vielen Nächte, in denen er, Lichtjahre entfernt, neben ihr lag, danach verlangt hatte, sie ganz und gar abzufüllen mit seinem Samen und ihr ein Kind zu machen, das lebte und mit dem nicht nur sie, sondern auch er sprach und laut lachte, wenn es über den Flur in die Küche gelaufen kam. Er hätte es nicht länger aushalten können, neben ihr allein zu sein und immer wieder auf die Gewohnheiten seiner doch schon vergangenen Jugend zurückkommen zu müssen, seinem Verlangen Abhilfe zu schaffen. Nach dem Fenstersturz *der kleinen Janina*, dem er in einem Moment der Verzweiflung seine Unterstützung nicht hatte verweigern können, war er in sein Bett zurückgekehrt. Abwechselnd waren in rollenden Wellen Genugtuung und Entsetzen über ihn hinweggegangen, wenn er daran dachte, wie seine Frau auf den Verlust reagieren würde. Um so größer war sein Erstaunen gewesen, daß Walja nur kurz aufseufzte und beinahe ohne ein Zeichen von Verwunderung die Abwesenheit der Puppe konstatierte. Statt dessen hatte sie sich umgedreht, sich ihm zugewandt mit geschlossenen Augen und einem in seltsam kindlicher Art verzogenen Mund, und während er sie erstaunt betrachtet hatte, war sie tief in seine Umarmung gekrochen und hatte ihre Glieder um seinen Leib geknotet, daß er *die kleine Janina* schon beinahe um den Verlust bedauerte, den er ihr zugefügt hatte mit Ida gemeinsam. Er hatte nicht mehr die Zeit gefunden, in Walja hineinzugleiten, so sehr hatte ihn allein ihre Anschmiegsamkeit erregt.

Nach Potsdam also. In Ida Bergners Gesicht fand Edward keine heimliche Sehnsucht, doch mitgenommen zu werden auf den Ausflug. Er dankte ihr sehr dafür, und sie merkte es, ohne daß einer von ihnen ein Wort verloren hätte. Nicht einmal ein Lunchpaket wollte sie mitgeben, wie sie es sonst immer angeboten hatte, und er hatte ihre Lunchpakete durchaus gern gehabt unterwegs. Manchmal aber hatten sie ihn und Walja daran gehindert, ein Lokal aufzusuchen oder auf einem Ausflugsschiff auch nur Limonade zu bestellen. Idas Lunchpakete hatten etwas Gebieterisches, vor allem, wenn sie in leeren Bierflaschen mit Schnappverschlüssen aus gummiertem Porzellan Kompott mitgab und den hartgekochten Eiern ein winziges Döschen Kaviar beifügte, der Walja und Edward immer wieder korrumpierte, auch wenn sie sich fest vorgenommen hatten, den Griechen in Altlandsberg keinesfalls links liegen zu lassen.

Als Edward noch einmal in Idas Gesicht sah, wie um sich zu vergewissern, daß er sie tatsächlich, ohne ihr weh zu tun, zurücklassen konnte, begriff er, daß sich die Frage andersherum beantwortete: Es würde sie schmerzen, nicht allein bleiben zu dürfen. Ein seltsamer Vergleich fiel ihm ein, dessen er sich sofort schämte, den er aber nicht verdrängen konnte. Sie war offenbar dabei, den eignen, in ihrer Jugend verstaatlichten Blick zurückzufordern.

◆ ◆ ◆

Als Frau Koenig das nächste Mal kam, achtete Lioba darauf, rechtzeitig vor ihrem Eintreffen zu Hause zu sein. Sie gab eine Unpäßlichkeit vor. Tatsächlich wurde sie bleich, während sie ihrem Direktor mitteilte, sie könne die sechste Unterrichtsstunde unmöglich halten. Schnell lief sie nach Hause, schaffte es sogar, noch eine Tütensuppe und für Frau Koenig einen Kakao zu kochen. Inzwischen hatte sie das alte Pulver, von dem ihre Tochter getrunken hatte, fortgeworfen und durch frischen, niederländischen Kakao ersetzt. Sie machte Milch heiß und rührte den Kakao mit Zucker und Wasser zu einem sämigen Brei. Dabei stellte sie sich vor, mit einem der großen Schiffe vergangener Jahrhunderte edle Gewürze wie Zimt und Kardamom, exotische Früchte und indische Seiden nach Europa zu bringen. Sie gab eine Prise Salz in den Brei und ließ ihn in die heißgewordene Milch einlaufen, rührte und achtete darauf, daß sich am Boden des Topfes nichts absetzte. Als es klingelte, nahm sie daher erst den Topf vom Herd, ehe sie zur Tür lief, um Frau Koenig einzulassen. Die hatte eine neue Frisur: Über dem rechten Ohr trug sie einen abstehenden, sperrigen Zopf, der auf ihrer Schulter aufschlug und bei jedem Schritt wippte. Lioba mußte lachen, nahm ihr Tasche und Mantel ab und bat sie herein. Frau Koenig hatte gewohnheitsmäßig geklingelt, hingegen nicht erwartet, jemanden anzutreffen. Um so mehr freute sie sich, daß sie zu Kakao und Pfannkuchen in die Küche gebeten wurde. Sie hatte kein Mittagessen gehabt, weil ihr Vater heute einen Arzttermin wahrnahm und ihr zu spät eingefallen war, den Teller mit Nudeln und Schinkensauce selbst in die Mikrowelle zu stellen. Sie aß so gern süß, und Lioba empfand etwas wie Zärtlichkeit, als sie daran dachte. Sie sah den Spatzenschlund ihrer kleinen Tochter, der sich dem süßen Grießbrei entgegenreckte und dabei grunzende Laute der Ungeduld von sich gab. Lioba hatte das Kind gern geärgert, ihm den gefüllten Löffel wieder und wieder weggezogen, den das Kind schon beinahe im Mund gespürt hatte. Wenn es nahe daran gewesen war, zu verzweifeln, war oft ihr Mann aus dem Nebenzimmer herbeigekommen und hatte ihr Teller und Löffel entrissen, das Kind auf seinen Schoß gesetzt und in Frieden gefüttert, und wenn er damit fertig war, hatte sich der Ausdruck der Verzweiflung vom Gesicht des Kindes auf seines gelegt. Seine Berührungen, wenn er ihr den Teller fortnahm, hatten regelmäßig jenen Nesselausschlag verursacht, hinter den sie sich dann für eine Weile zurückziehen konnte.

Frau Koenig schnitt einen Pfannkuchen säuberlich in zwei Hälften, um dann in jenes Stück hineinzubeißen, in dem sich der größere Marmeladenanteil befand. Lioba Zeplin wußte, daß ihr Mut endlich war wie der Pfannkuchen auf Frau Koenigs Teller und zu allem Überfluß ebenso leicht zu zerstükkeln. Natürlich hatte sie keinen Grund, Frau Koenig gegenüber ängstlich zu sein, die in ihrer Harmlosigkeit sich dazu hergegeben hatte, Lioba Botschaften zu überbringen, obwohl sie deren Sinn nicht im mindesten ermessen konnte. Oder täuschte sie sich? Lioba zweifelte einen Augenblick lang. Sie versuchte, Frau Koenigs Blick zu fassen mit ihrem eigenen, begriff aber schnell, daß der Pfannkuchen ihr keine Chance lassen würde. Also setzte sie sich der Putzfrau gegenüber und befragte sie erst einmal, womit sie sich den gestrigen Abend vertrieben habe. Außerdem läge da im Bad vom letzten Mal noch eine Zeitschrift, die sie heute aber nicht vergessen dürfe!, und wenn Frau Koenig es wolle, würde sie deren Vater anrufen und fragen, ob sie heute ein wenig länger bleiben und ihr Gesellschaft leisten könnte, sie würde sie dann auch nach Hause begleiten, da brauchte sich niemand Sorgen zu machen. Aber Frau Koenig schüttelte ungerührt den Kopf und erzählte, daß sie nachher noch die Kanzlei Marl zu reinigen habe, außer der Reihe heute, ehe sie abends dann den Dienst von morgen runterschrubben müsse. Morgen nämlich wolle sie mit ihrem Vater auf eine schöne weite Reise gehen übers

Wochenende. Und bloß keine Angst: In der nächsten Woche würde sie pünktlich wieder da sein, um den Feudel zu schwingen. Sie lachte. Verschluckte sich, konnte die Krumen aber schnell wieder aus der Luftröhre hervorhusten. Lioba wußte jetzt, daß sie Frau Koenig nicht dazu bringen konnte, mit ihr über den Auftrag zu sprechen, den sie erfüllte, indem sie in Liobas Wohnung Botschaften hinterließ. Sich sogar nach ausgeklügelten Verstecken umsah, in denen die Zettel auf die seltsamsten Gelegenheiten warten konnten, sich Lioba zu zeigen. Lioba machte sich daran, Frau Koenigs intellektuelle Fähigkeiten, sich die Schlupfwinkel für ihre Zettel selbst auszudenken, zu bezweifeln. Dann aber fiel ihr ein, mit welch präziser Eindrücklichkeit sich der Inhalt ihrer Schrankfächer in Frau Koenigs Gedächtnis abbildete – sie hatte die Kakaodose in einem hinteren, von jeglicher Beleuchtung abgeschnitteten Schrankfachwinkel gewußt... Lioba, die sich völlig sicher war, der Koenig niemals einen Einblick in ihre Schränke erlaubt oder gar empfohlen zu haben, die darüber hinaus sogar verboten hatte, Schubladen aufzuziehen oder Behältnisse zu öffnen, verspürte Furcht, die Putzfrau wegen der doch offensichtlichen Übertretung aller Gebote zur Rede zu stellen. Als liefe sie damit Gefahr, etwas Unüberschaubares zu provozieren. Etwas Ungewisses, das sie lieber nicht enziffern würde, wenn sie es recht bedachte. Sie sah die Koenig in ihrer, Liobas, Rolle: als Lehrerin, während sie selbst in der Ahnung einer unmittelbar bevorstehenden Beschämung eher die verängstigte Schülerin abgab. So sicher sie auch war, daß nicht die Putzfrau sie über Herkunft und Absicht der Briefe würde aufklären können, so sehr fürchtete sie auf einmal, Frau Koenig als Brücke zu mißbrauchen, über sie hinwegzugehen auf ein unbekanntes Ziel zu, aber im Ton des Zweifels, ob die Brücke das aushalten würde, konnte sie endlich nachfragen.

Ja, berichtete Frau Koenig, der Vater habe ein lustiges Spiel mit ihr vereinbart, sie solle Briefe deponieren in Liobas Wohnung, sie solle sich aufmerksam nach guten Verstecken umschauen, die nicht sofort offenbar würden, aber auch nicht Gefahr liefen, unentdeckt zu bleiben. Am Anfang habe er ihr gezeigt, wie sie das anstellen sollte, er sei einfach zwei-, dreimal mitgekommen hierher, als Lioba noch in der Schule war, und habe ihr die richtigen Stellen gezeigt, und wenn auch Lioba inzwischen eine ganze Menge der Zettel gefunden habe, so seien einige nach wie vor gut verborgen, und solange Frau Koenig dem Vater berichten könne, daß längst nicht alles entdeckt worden sei, dürfe sie sich von ihm etwas wünschen, wirklich nett sei das und sehr schön, so einen Vater zu haben. Sie habe sich Zirkus gewünscht und Kaufhausrolltreppe, eine Barbiepuppe und eine pinkfarbene Hose zum Beispiel. Das alles habe sie von ihm bekommen, und sie bat nun Lioba, sie möge sich auch weiterhin nicht zu viel Mühe geben beim Finden.

Lioba war nicht überrascht, anderes hatte sie nach allem nun nicht mehr erwartet. Die Putzfrau würde nicht erzählen können, in welcher Beziehung sich Herr Koenig zu ihrem, Liobas, Leben glaubte. Würde sie Angst haben, wenn sie ihm gegenüberstand? Sollte sie lieber zur Polizei gehen? Einen Anwalt um Rechtsauskunft und Beistand bitten? Oder würde womöglich das Verlassen des privaten Raumes über Gebühr Schaden anrichten? Lioba ahnte, daß sie sich selbst nicht trauen sollte. Daß, was sie erwartete, längst vor ihr stand in

Reichweite und sie es dennoch nicht sehen oder berühren wollte.

◆ ◆ ◆

Marl und Frieling hatten nach dem Wochenende keine Hemmungen mehr, die Wohnung von Marls Eltern zu entrümpeln und endgültig freizuziehen für neue Bewohner. Am Sonntag waren sie nach Altlandsberg gefahren und hatten das weitere Vorgehen mit Reinhard und Viola abgestimmt, die sich nur schwer hatten dreinschicken wollen, große Teile ihrer Möblierung als Sperrmüll entsorgen zu lassen. Sie waren hinter der Stadtmauer über die Wiesen gelaufen zu viert, und Marl hatte sich gewundert, wie unbefangen seine Mutter mit Frieling sprach. Ausgerechnet mit Frieling, den sie lange Zeit für den Urheber von Marls *Krankheit* gehalten, den sie aber nie beschimpft oder zur Rede gestellt hatte deswegen. Meist hatte sie mit einem Ausdruck ratlosen Bedauerns vermieden, Blickkontakt aufzunehmen. Oder sie hatte ihren Sohn etwas unbeholfen gefragt, ob Frieling *denn wirklich sein müsse*. Marl hatte diese Frage genial gefunden, sie umschrieb, in einem freilich ganz anders gemeinten Sinne, seine eigene, periodisch auftretende Unschlüssigkeit dem Geliebten gegenüber zu umschreiben. Die Frage, ob Frieling *denn wirklich sein müsse*, war, wenn er sie selbst stellte, das blinde Eingeständnis purer Aggression. In Momenten, da er sich so fragen mußte, waren seine Scham, seine Bestürzung über sich selbst von einer Wucht, die er kaum beherrschte und denen er daher für Augenblicke lieber ausgewichen wäre als sie zu ertragen. Er hätte nur zusehen können, wie er sich selbst verletzte im Zuge der Antwort. So war das unbefangene Gespräch seiner Mutter mit Frieling befreiend gewesen wie der Ausblick, den sie alle genossen hatten: Über die Ebene konnte man von der Mauer aus, die in ihrem Rücken Gärten verbarg, den Horizont für sehr weit entfernt halten, man würde endlos und ohne Hindernis dorthin unterwegs sein können.

Reinhard Marl indes hatte mit der zunehmenden Gesprächigkeit seiner Frau einen Rückzug ins Schweigen begonnen. Zunächst fiel das nicht weiter auf, da die Gesamtzahl der vom Ehepaar Marl gesprochenen Worte konstant blieb. Erst als Reinhard völlig verstummte, Viola hingegen ihren Redeschwall unablässig vergrößerte, hatte Frieling Marls Hand gekniffen. Sie hatten sich eben entschlossen, in die berühmte Altlandsberger Eisdiele einzukehren, deren Eis als unübertrefflich galt. Die Einrichtung des Ladenlokals hatte sich, seit Marl es kannte, nicht verändert. Der modrige Geruch der kleinen Gaststube erinnerte ihn – und er war lebendig wie ein kleiner Junge herumgesprungen, als er es merkte – ebenso an den Dunst im Speisesaal seiner Oberschule wie die quadratischen *Sprelacart*-Tische und die Metallrohrstühle mit Kunstlederpolster.

Das Eis mußte man selbst am Tresen in Auftrag geben und abwarten, bis die Becher, gefüllt und dekoriert, auf die Glasablage gestellt wurden. Man bezahlte, und dann erst konnte man mit dem Erworbenen zu seinem Platz zurückkehren. Viola hatte Wiener Kaffee bestellt und einen Eierlikör im Schokobecher, Reinhard hingegen hatte nichts übrig für *die Konditorei im allgemeinen*, wie er es ausdrückte. Frieling hatte Marl gebeten, ihn überraschen zu dürfen, und so war Marl gespannt gewesen, was sich in seinem Becher befinden würde. Vanilleeis mit heißen Sauerkirschen. Schwedenbecher. Aber

Frieling war mit *Banana Split* auf dem Tablett zurückgekehrt, und Marl hatte einige Mühe, seine Enttäuschung nicht überdeutlich werden zu lassen. Zu seinem Erstaunen legte Viola ihre Hand auf Frielings und tröstete ihn, ihr Sohn sei zu allen Zeiten immer schon ein wenig seltsam gewesen und schwer zu berechnen. Frieling lächelte Viola verständnisinnig an, nannte sie gar Schwiegermama, als er Kaffee und Likör kredenzte und mit ihr anstieß auf die kommenden, schönen Zeiten. (*Banana Split* erschien Marl schon deswegen völlig indiskutabel, weil er allenthalben der Versuchung umfassenden Wiedererkennens nicht widerstehen konnte und genau wußte, daß, was er suchte, aus der bananenfreien Zeit herrührte. Von Frieling, das mußte er sich eingestehen, hatte er mehr Aufmerksamkeit erwartet.)

Marl hatte das Eis seinem Vater anbieten wollen, hatte ihn angeschaut, er saß ihm am Vierertisch genau gegenüber, war aber, ehe er sein Angebot hätte vorbringen können, vor dem einfrierenden Mienenspiel zurückgewichen. In Reinhard Marls Kälte, das spürte Marl sehr genau, ging eben wieder einmal *der gute Wille* zugrunde, der ihn noch stets an Viola gebunden hatte und auch diesmal wieder aufflackern würde. Im *guten Willen* Reinhard Marls hatte seine Frau ihr Auskommen gehabt, hatte gelernt, die Liebe und deren Schatten zu verwechseln, hatte es sogar zu einer gewissen Vollendung gebracht, den Schatten der Liebe zu einer Leidenschaft zu machen, in der ihr heiß werden konnte, und Marl war sich sicher: Sie hatte es nicht bemerkt. Marl hatte keine Vorstellung, was dem *guten Willen* seines Vaters folgen könnte. Dazu hätte es einer Idee bedurft, wem Reinhard Marl mit seinem *guten Willen* hatte gefallen wollen. Marl hatte nie den Mut aufgebracht, seinen Vater zu fragen, warum er das Land nicht verlassen hatte nach seiner Haftentlassung. Reinhard Marl schien so ohne Kontur, daß es niemandem schwerfallen konnte, ihm im Nachhinein verschiedene Gestalten zu geben. Er war ein zitternder Luftwaffenhelfer gewesen und ein sehr junger Lehrer, er war Häftling und Geliebter eines Häftlings geworden, ehe er vom Knast aus in jenes Land zurückkehrte, ausgerechnet!, in dessen Unbewußtem man ihn jahrelang gefangen gehalten hatte. Er hatte eine Frau geheiratet und war Briefträger und Vater geworden, und was davon hatte er sich überhaupt ausgesucht? Marl hatte sich selbst mehr als einmal, seit ihm der Vater von der Haftzeit erzählt hatte, gefragt, warum er, Marl, keinerlei Schwierigkeiten gehabt hatte, ausgerechnet!, Jura zu studieren. Möglich, daß sein Nichtwissen ihn mit naßforschem Selbstvertrauen gesegnet hatte. Das allein aber hätte die Schranken nicht aushebeln können, die die lange Haft seines Vaters ihm eigentlich hätte setzen müssen nach allem, was er wußte. War sein Vater zum Zuträger geworden? Hatte er womöglich wirklich sein Hirn für gereinigt gehalten nach all den Jahren und geglaubt, was er bei seiner Entlassung sich selbst geschworen hatte: *Dem Aufbau des Sozialismus nach Kräften dienen zu wollen?* Oder hatte er ihn, Marl, zum Vorwand genommen, sich wie geölt einzupassen? Sich anzudienen? Zum Wohl seines Sohnes sich ohne Tadel zu halten? Und hätte er, als die Zeit in eine andere Richtung zu laufen begann, ihn, seinen eigenen Sohn, nicht aufklären können? Warum nicht vor acht, neun Jahren? Marl wußte es nicht. Wollte es auf keinen (auf jeden?) Fall wissen. Er kannte die froststarre Person einfach nicht, die ihm da gegenübersaß, und ob er sie kennenlernen wollte, vermochte er nicht zu sagen. Er hätte, wüßte er

Bescheid, sich selbst neu erklären müssen. Immerhin hatte er ihn beerbt, so oder so… Aber seine Möbel würde er nicht erben müssen. So hatte er darauf gedrungen, daß sie sich einigten, am selben Tage noch, auf Sperrmülltermin und Putzaktion nach Dübellochkitten. Und da saß Marl nun in der verlassenen Küche seiner Jugendzeit, Frieling brachte gerade die auseinandergeschlagenen, massiven Schrankkloben, die piefigen Kleinmöbel und abgetretenen Teppiche nach unten vors Haus, und dachte daran, daß auch sein Vater eine Jugend gehabt haben mußte. Konnte sich darunter nichts vorstellen, darauf auch nichts geben. Eine Jugend haben. Einen Auslauf im Knastgeviert. Den hatte Reinhard Marl nach der Entlassung nur unwesentlich erweitert. Hatte sich immer im Kreis gedreht, war mit dem Fahrrad Tag für Tag im selben Karree von Haus zu Haus gefahren, um anderer Leute Post zu befördern. Als wartete er auf etwas, was ihm nur hier hätte begegnen können. Als hätte sein Fortgang eine Spur verwischt, die er gelegt hatte. Zu sich selbst! Die ein anderer finden sollte! Marl geriet ein wenig ins Schwitzen, erhob die Idee beinahe in den Rang einer Eingebung, mit der er dann aber wieder, wenn er es recht bedachte, nur wenig anzufangen wußte.

Frieling kam die Treppe herauf, bat um eine Pause. Eine dreiviertel Stunde lang schon hatte er verblüfft beobachtet, wie die Dinge, die er hinunterschleppte, sich von der vierten Etage bis ins Parterre veränderten. Was er beim Verlassen der Wohnung noch für eine erbärmliche Folge wunderlichen Stilempfindens hielt, eine Stehlampe mit beigefarbenem Stoffschirm und hellen Fransen etwa, gefiel ihm im Eingangsbereich des Treppenhauses so sehr, daß es ihm schwerfiel, sich davon trennen zu müssen. Der Lampe peppte er einen knallgelben Lackschirm über – ein Gedanke, den er nicht einmal verwarf, als ihm klar wurde, daß solche synthetischen Bezüge wegschmelzen mußten in der Hitze des Glühbirne. Vielmehr überlegte er, das Leuchtmittel zu entfernen, den Lampenschirm andersherum auf den Ständer zu setzen und so eine Schale daraus zu machen, in der man Obst oder Mützen und Handschuhe aufbewahren konnte, je nachdem, wo sich ein Plätzchen finden ließe dafür. Einen ausgeblichenen, aber noch festen Teppich würde er schwarz färben wollen, in der Stahlbadewanne am besten. Er überlegte, wie er das Wasser heiß genug bekam für einen aussichtsreichen Färbevorgang. Wollte unter der Wanne ein Feuerchen machen und freute sich diebisch, daß er die in einem Hartschaumkorpus eingepaßte Wanne durch eine freistehende mit Löwenfüßen hatte ersetzen lassen, auf eigene Kosten und ohne eine Genehmigung. Darin konnte er ein ganzes Schwein kochen – oder eben einen Teppich schwarz färben. Nun bat er um eine Pause, um seine Gedanken in einer schönen Folge auszurichten und Marl daran teilhaben zu lassen. Im Überschwang der Ideen hatte er nicht bedacht, daß Marl üblicherweise kein Interesse aufbringen konnte für Einrichtungsfragen. Daß es ihm völlig einerlei war, zwischen welchen Farben und Holzarten er täglich herumging. Solange Marl aber nicht wußte, was Frieling ihm mitzuteilen gedachte, war er neugierig. Legte Frieling den Zeigefinger über den Mund, um ihm erst ganz nahe zu kommen, ehe er zu sprechen beginnen konnte. Als erwartete er eine Liebeserklärung, umarmte er Frielings Rücken, hatte sich hinter ihn gestellt und seinen Kopf neben den des Geliebten auf dessen Schulter gelegt, so daß sie nun gemeinsam die Wände der stillgelegten Küche anstarren oder aber die

Augen schließen konnten, wie sie es oft taten, ehe sie einander auszogen. Meist spürten sie dann, wie die Haut da, wo keine Luft mehr dazwischenpaßte, zu brennen begann und sie Mühe hatten, im Schmerz die eigene von der des anderen zu unterscheiden.

Frieling hatte Glück. Ehe die Intimität des Augenblickes an seiner Unbedachtheit zerspringen konnte, machte *die Liebe, die Hur* im Treppenhaus Rast und zog Frieling durch die offene Tür ein fremdes Wort aus dem Mund: *Fotzfrisch* nannte Frieling Marls Atem, und Marl war hinüber vor Seligkeit.

So standen sie lange. Marl geriet in die Lage, Frieling das ungesagt Gebliebene auf den Kopf zusagen zu können: Daß er Spaß haben würde beim Zerstalten der Lampen und Teppiche. Daß es Schränkchen gab, in denen Frieling ein gefundenes Fressen erblicken mußte. Den Siebzigerjahrewürfel im Bad mit Kuhfell zu polstern, würde ihre Wohnung mit einem brauchbaren Touch Elternliebe ausstatten. Die Wohnzimmervitrine, das einzige noch nicht zerschlagene Möbel, gäbe unter Frielings gar zu geschickter Hand (Marl lächelte gezukkert) doch sicher einen hübschen Schaukasten für Fußtäßchen ab. Sie lästerten. Frieling war der Erstauntere, seine Phantasie hatte nicht ausgereicht, sich Marls Einfühlungsvermögen auszumalen.

Es war später Nachmittag, Marl hatte alle Nägel und Schrauben aus den Wänden gezogen und die Löcher verkittet. Ob sie die Wände würden anstreichen müssen, sollte der Nachmieter entscheiden. Sie suchten aus dem Haufen vor dem Haus gemeinsam ein paar verwertbare Bretter heraus. Nahmen zwei uninteressante Polsterstühle mit, denen Frieling eine hinreißende Zukunft unter einer pinkfarbenen Lackschicht und efeugrüner Rohseiden-Kurzhusse voraussagte. Marl, zu guter Letzt, griff noch einmal zu, als sie die Sachen schon im Auto verstaut hatten, und schnappte sich ein weißes Arzneischränkchen. Er selbst hatte, als er ein Kind war, das rote Kreuz aus Sperrholz aufgeklebt. Es war ein Weihnachtsgeschenk gewesen, das er im Werkunterricht ausgesägt und bemalt hatte. Viola hatte es ihm erzählt, und als er das Schränkchen vor sich auf den Knien hielt, fiel ihm wieder ein, daß sein Vater die Veränderung nicht bemerkt hatte zu Heiligabend. Er sah Reinhard Marl im Bad stehen, sah seine und Violas erwartungsvolle Augen, die den Vater aufforderten, das Geschenk zu finden, er hatte noch gezetert, ob denn hier Ostern ausgebrochen sei mitten im Winter. Marl merkte, wie die Tränen ihm in die Augen stiegen, und ärgerte sich darüber, daß er sie vor mehr als dreißig Jahren nicht hatte weinen können.

◆ ◆ ◆

Es tat wohl, ganz allein am hellichten Tag unterwegs zu sein, ohne ein Ziel haben zu müssen. Ida Bergner genoß jeden einzelnen Schritt, mit dem sie sich von der Siedlung entfernte und in Richtung der Dörfer lief, die jenseits der Zubringerstraße zur Autobahn auf sie warteten. Ein Überqueren der Straße ließ sie das Land wechseln – sie war nun schon in Brandenburg, raus aus Berlin, und es schien ihr richtig, der Stadt nach dem, was sie zugelassen hatte gestern abend, den Rücken zu kehren. Es roch schon nach Herbst über den Wiesen. Ein morgendlicher Regenguß hatte den Boden durchnäßt und die Maulwurfshügel pechschwarz getönt. Trotzdem mischte sich Reife unter die frische Luft, so daß Ida Genugtuung darüber empfinden konnte, daß alles weitergehen würde. Nichts war zu Ende. Die kleinen, müden Äpfel an den Straßenbäumen würde niemand essen. Allenfalls ein Kind, stellte Ida sich vor, würde im Vorbeigehen davon kosten wollen. Unter Umständen würde jemand vom Fahrrad steigen, um sich eine Schüssel voll aufzulesen. Aber vermutlich würde niemand eine Autofahrt unterbrechen, um die Früchte zu ernten. Trotzdem würden im Jahr darauf die Äpfel sich wiederum hoffnungsvoll anbieten. Die Ruhe, die einkehrte, wenn sie sich ihr eigenes Dasein als einen Spiralbogen immer wiederkehrender Abläufe vorstellte, nahm der Erinnerung an den gestrigen Übergriff von ihrem Schrecken.

Ida lief, holte mit jedem Schritt erneuerte Kraft aus ihrem Körper. Atmete tief. Einmal blieb sie stehen, um zwei Hasen zuzuschauen, die einander in verwegenem Ritt jagten. Ida versuchte, ihnen mit den Augen bis zum Horizont zu folgen, verlor sie aber. Als sie sich anschickte, weiterzugehen, sah sie an sich herunter und lächelte: Sie hatte sich stadtfein gemacht und die schwarzen Lederschuhe mit den halbhohen Absätzen angezogen, trug einen grauen Rock und darüber eine in kräftigen Farben gestreife Bluse mit halbem Arm und einem lose fallenden Bindegürtel. Ausgerechnet hier, auf freiem Feld, vermißte sie nichts weniger als die Filzweste, und daß es ihr leichter gefallen wäre, in ausgetretenen Botten über die Äcker zu stapfen, wollte ihr gar nicht erst in den Sinn kommen. Sie gefiel sich. Sogar die Haare hatte sie nicht nur einfach zu einem Knoten zusammengebunden, sondern das Nest im Nakken mit einem schwarzen Halteband umwickelt, zwischen dessen wippenden Federbüscheln metallgefaßte Straßsteine blinkten. Walja hatte ihr vor Wochen empfohlen, die Haare in einen dunklen Rotton zu tauchen, aber Ida hatte keine Lust verspürt, ihr Alter zu verleugnen. Ein paarmal hatte sie in der Drogerie vor dem Regal mit den Haarfarben gestanden. In ihrer Jugend war sie in pechschwarzes Haar verliebt gewesen, hatte aber nicht gewußt, wie sie es hätte beschaffen können.

Ida lief.

Ein rotes Auto überholte sie am Orteingang nach Eiche, hielt an, und eine blonde Frau mittleren Alters fragte nach dem Landgasthof. Zwar kannte sich Ida nicht aus hier, aber wies trotzdem die richtige Richtung. Edward hatte einmal am Abend von den Dörfern im Umkreis erzählt, daß sie nur aus Häusern links und rechts einer Durchgangsstraße bestanden. Wenn es also einen Landgasthof gab, mußte er sich der Fahrerin irgendwann zeigen, wenn sie nicht abwich. Ida fehlten die einfachen Kontakte, es war beruhigend, daß jemand anhielt und nach dem Weg fragte. Es beruhigte noch mehr, daß sie eine Antwort gewußt hatte. Die Straße schlug mitten im Dorf einen rechten Winkel, in dem Ida beizeiten den Landgasthof erkennen konnte. Sie vergewisserte sich, Geld in der Tasche zu haben und ihre Papiere, straffte sich abermals, strich ein paar verirrte Strähnen aus der Stirn und betrat den Gastraum.

Ach nee, ä Mädelschen.

Sie hatte es laut gesagt und erschrak, als sich die wenigen Gäste sofort nach ihr umschauten. Dabei hatte sie nur das Kind gemeint, das zu ihren Füßen herumkrabbelte, ein knapp Einjähriges, das sicher bald beginnen würde, das Laufen zu lernen. Das Mädchen versuchte, zwei klingelnde Stoffbälle über den Fußboden zu treiben. Es strengte sich an, die Knie oder Hände mit den Bällen in Berührung zu bringen und sie von sich zu stoßen. Wenn es gelang, ließ das Kind ein triumphierendes Glucksen vernehmen und warf den Kopf in den Nacken, so daß Ida die Zähnchen blitzen sah. Sie erinnerten an eine knipslüsterne Lochzange, wie sie sich so gegenüberstanden über die Mundöffnung hinweg – allezeit bereit, eine Fahrkarte zu durchstoßen oder einen verfallenen Paß zu entwerten. Es war ihr unangenehm, Aufmerksamkeit auf sich gelenkt zu haben, und so zog Ida es vor, sich neben das Kind auf den Boden zu hocken und ihm behilflich zu sein, die Bälle abwechselnd ein Stück zu verfolgen und wieder herbeizuholen. Das Mädchen kreischte vor Vergnügen. Ida sah dem Kind in die hellen Augen und schaute sich nach einem passenden Gesicht um. Die Mutter vermutete sie bald in einer eigentlich nicht mehr jung genug aussehenden Frau, die hinter dem Tresen hantierte, Gläser spülte und Flaschen entstaubte. Tatsächlich drehte sich die Mutter nach dem Kind um – als es nicht mehr zu hören war, weil Ida begonnen hatte, ihm in die Händchen zu singen. Das hatte sie oft mit Daghira getan, hatte in die weiche innere Muschel der geöffneten Kinderhand den Takt ihrer liebsten Liedchen gehämmert. Daghira hatte dann ebenso still gesessen wie dieses Mädchen hier, und in der Dunkelheit der schwimmenden Pupillen hatte sie damals kleine Boote entdeckt. Ida kam dem Kind jetzt sehr nahe, um tief hineinschauen zu können, und wirklich schaukelten auch am Grunde dieser hellen Augen winzige Schiffchen. Sie küßte das Kind. Der Mutter hinter dem Tresen schien das nicht zu gefallen. Hatte sie die Bespielung der Tochter eben noch für eine Arbeitserleichterung gehalten, so merkte sie jetzt, daß sie den Erwartungen der Gäste nicht entsprach, einer Frau mit fremdem Zungenschlag das offenbar hauseigene Kind zu verbieten. Sie schnellte hinter dem Ausschank hervor und riß das Mädchen zu sich herauf. Viel zu heftig, wie Ida fand, schüttelte sie die Tochter durch und ermahnte sie streng, von Fremden nichts anzunehmen. Ida wunderte sich darüber, sie hatte dem Kind nichts schenken wollen und stand auf, wandte sich für die Dauer eines ratlosen Schweigens zur Tür, drehte sich dann aber um und lief zu einem der freien Tische am Fenster. Es dauerte lange, bis jemand kam, ihre Bestellung aufzunehmen. Sie hatte Hunger. Bestellte Suppe, eine Aufschnittplatte, Spiegeleier mit Brot und ein großes Bier. Sie hatte den Spott der anderen Gäste ohnehin sicher, was sollte sie sich also bezähmen? Mit großem Appetit löffelte sie zunächst die Kraftbrühe mit Einlage, biß zwischendurch von der Brotscheibe ab, die sie mit den Eiern belegt hatte. Die Kalte Platte mit Garnitur verzehrte sie wie ein Dessert, schon halbwegs satt, aber mit Lust und Genuß. Zerschnitt die Salami- und Schinkenscheiben in mundgerechte Häppchen, die sie ohne Brot in den Mund schob. Schließlich den Strauß Petersilie als Magenschlüssel. Sie war zufrieden, rief sich aber ein zweites Bier auf den Tisch. Ehe es kam, bemerkte sie wieder, daß sie nichts vorhatte, auf nichts wartete. Alles schien ohne irgendeine Aussicht, war ganz auf den Moment zurückgeworfen und erfüllte Ida Bergner mit dem Gefühl einer angenehm süß schmeckenden Freiheit. So etwas hatte sie lange vermißt.

Sie bemerkte, als sie zahlte und aufbrach, nicht, daß sie drei Stunden hier gesessen hatte. Die anfangs verächtlich auf sie gerichteten Blicke waren von der Zeit zu Langeweile verdampft worden, die keinen Gegenstand mehr brauchte. Unbehelligt hatte sie sitzen können und dösen, auch das Kind hatte sich ihr nicht noch einmal genähert. Beim Verlassen des Gastraumes konnte sie es nicht mehr entdecken, vielleicht spielte es jetzt hinter dem Tresen oder war schlafen gelegt worden. Wieder nahm Ida Bergner eine beträchtliche Strecke unter die Füße, kehrte nicht etwa um, sondern lief mit absichtsloser Zielsicherheit auf Mehrow zu. Noch immer sprach sie es russisch aus: *Mjerow*. Hätte sie jemanden nach dem Weg fragen müssen, hätte man sie nicht verstehen wollen. Sie aber trug den Namen *Mjerow* seit Jahrzehnten mit sich herum. Es war der Name jenes Offiziers gewesen, der sie im Februar 1950 in einem Anfall hinterhältiger Gutmütigkeit ein ganz klein wenig vorzeitig aus einem sächsischen Kaff in die Heimat abkommandiert hatte, obwohl ihre geregelte Rückkehr dorthin schon beschlossene Sache gewesen war. Sie hatte jemandem von ihrer Schwangerschaft erzählt, und dieser Jemand hatte sie Mjerow angezeigt. Obwohl sie wußte, wie bedrohlich nicht nur die Tatsache selbst, sondern auch ihr Schweigen über deren Zustandekommen für sie sein konnte, hatte sie beharrlich den Mund gehalten. Mjerow war deshalb davon ausgegangen, daß sie sich, wer weiß wo, mit einem Deutschen eingelassen hatte. Und Mjerow, der sie ohne weiteres hätte bestrafen können dafür, hatte ihre Entlassung aus dem Dienst verfügt, was ihr beinahe undenkbar vorgekommen war. Auch während der langen Fahrt im Zug hatten sie immer wieder Zweifel beschlichen, war sie aufgestanden und hatte den Kopf weit vor durch die Abteiltür gesteckt, um nicht ohne Vorwarnung erleben zu müssen, wie man sie vor Erreichen des Ziels noch aus dem Zug holte und ihre Verbringung in ein abgelegenes Lager anordnete. Aber es war gutgegangen. Mjerow, ein streitsüchtiger Kerl, hatte seinem Vorgesetzten eins auswischen wollen, indem er in ihrem Fall selbständig entschied. Der Vorgesetzte, sein bevorzugter Widersacher, hätte nicht Milde walten lassen ihr gegenüber. Selbst in wechselnde Beziehungen mit deutschen Frauen verstrickt, mußte er Mjerow gewähren lassen, wenn er nicht kurz vor dem Ende der Besatzungszeit noch hochgehen wollte.

Sinaida Semjonowna hatte sich lange schon danach gesehnt, aus Deutschland weggehen zu können. Sie war jung gewesen und hatte erlebt, wie aus dem Haß auf das Deutsche, der sie doch so beflügelt hatte, als sie sich zur Roten Armee meldete, nach dem Sieg aschfahle Antriebslosigkeit geworden war.

◆ ◆ ◆

Lioba freute sich wirklich, als die Frau anrief. Sie hatte es nicht anders erwartet, hatte sich selbst für einen der kommenden Abende einen Besuch bei Ida Bergner vorgenommen. Daß diese den Faden als erste wieder aufnahm, und das nach nur drei Tagen, machte es Lioba leicht, sich vorzustellen, sie würde ihr eine Antwort geben: *Ob sie denn Kinder habe. Ob sie schon schliefen.* Nie hatte sie jemandem, am wenigsten sich selbst, eine wirkliche Antwort auf derlei Fragen zugestanden.

Die Frau schlug vor, daß man doch zusammen ins Kino gehen könnte. Wie sie ihren Namen aussprach, aus dem O ein U machte, dieses auch noch unbarmherzig dehnte und das A am Ende fast schon wieder in den Rachen hineinschluckte, gefiel Lioba. Sie merkte nicht, daß sie dabei war, die fremde Frau schon deshalb zu mögen, weil diese von weither zugezogen war. Lioba, wenn sie es recht bedachte, empfand sich, seit sie denken konnte, als Zugezogene. Zwar waren ihr die geläufigen Maßstäbe nicht fremd, mit denen hierzulande gemessen wurde, aber sie empfand sie offenbar als für sich selbst nicht gültig. Es war ja gerade ihre Unscheinbarkeit, die sie so auffällig machte. Die Mudrack, dachte Lioba, verfehlte sie Mal um Mal bei ihren Versuchen, sie in den üblichen Zusammenhang zu zwingen, den Frauen, Kolleginnen, Geschlechtsgenossinnen! (sie lachte laut auf) üblicherweise aufwiesen. Wie sie ihre Schüler verabscheute! Wie wenig sie ihnen anrechnete, daß sie es waren, die ihr die gleichermaßen verfehlte wie zufriedenstellende Existenz ermöglichten ... Auch als Lehrerin hing sie seitenverkehrten Verhältnissen an. Ein wenig verlegen beinahe schaute sie um sich, als sei sie hier, in ihrer eigenen Wohnung, beim Nachdenken ertappt worden.

Ida Bergner war noch nie in einem deutschen Kino gewesen. Obwohl es in unmittelbarer Nähe ihres Wohnviertels eines gab, einen neuen, gewaltigen Palazzo mit zwölf oder vierzehn Sälen, war sie nie auf die Idee gekommen, sich eine Karte zu kaufen. Aber mit *Ljuba* würde sie gern mal einen schönen Abend verbringen, außerdem könnte man danach noch im italienischen Café des Atriums sitzen. Vielleicht Wein trinken? Oder *Banana Split* vertilgen ... Ida liebte die Schokoschiffe und die gelben Melbakronen der Pfirsichbecher, die karamelisierten Walnußhälften oder die noch ein wenig frostigen Himbeeren auf süßer Sahne.

Lioba-Ljuba war die einzige Person, der Ida Bergner den Überfall geschildert hatte, was den Ton der Komplizenschaft erklären mochte, in dem sie inzwischen miteinander sprachen. Lioba fragte, ob sich Ida denn einigermaßen erholt, ob sie sich vielleicht doch noch zu einer Anzeige entschlossen hatte? Ida wehrte lachend ab.

Am Abend trafen sie sich vor der Kinokasse. Es waren überwiegend junge Leute, die nach Karten anstanden. Die Vielzahl der Filme machte zunächst die Auswahl schwer. Die Bildschirme über den Kassen informierten nicht nur über Beginn und Ende der Vorstellung, sondern auch über die Anzahl der noch verfügbaren Plätze. Lioba schlug vor, den am wenigsten gefragten Film anzuschauen. Der Titel, *Jenseits der Stille*, gefiel Ida gut. Als sie nebeneinander im Saal saßen, griff Ida Liobas Hand und ließ sie bis zum Ende der Vorstellung nicht mehr los.

Lioba hatte keinen Appetit auf Eis oder Wein oder einen süßlichen Cocktail im Atrium. Das Gefühl, die Jungen und Mädchen zu kennen, die sich hier aufhielten und die Nacht um die Ohren schlugen, statt etwas dafür zu tun, morgen nicht allzu lethargisch vor ihr zu sitzen, machte es ihr unmöglich, sich unter sie zu mischen. Wo die nur das Geld hernahmen! Wut stieg auf, schoß aus dem Rückgrat empor und verbiß sich in ihren Hinterkopf. Ida hingegen schien die jungen Leute nicht einmal zu bemerken. Das Schwatzen und Lachen der alten Frau hob sich so deutlich vom Klangteppich dieser (in Liobas Augen) aufgesetzten Jugendlichkeit ab, daß sie sich fragte, ob sie selbst jemals frei zu sprechen versucht hatte. Entweder, wie hier, fühlte sie sich untergebuttert von den dröhnenden Organen der Jungbullen, der Protzhysterie der auf Plateausohlen herumstolpernden Tussen, oder aber sie war, wie in der Schule, deren apathischem Verstummen nicht gewachsen. Die Stille und deren Jenseits hatten sie also gleichermaßen im Griff. In diesem Gewühle jedenfalls ließe sich kein Gespräch führen, war sie sich sicher. Also zog sie Ida Bergner, die nach wie vor fest ihre Hand hielt, aus dem Gebäude. Die Kühle der Luft überraschte sie, sie atmeten tief, ehe sie einander anschauten und mit den Köpfen nickten: Zu dir? Zu mir? Ida hätte schon Freude daran gehabt, ihre neue Bekanntschaft auch Walja und Edward vorzustellen, aber sie war eifersüchtig genug, sie an diesem Abend ganz für sich haben zu wollen, weshalb sie gern auf Liobas Kopfnicken einging.

Waren das Atrium, die Passagen des Kinogebäudes mit Menschen verstopft gewesen, so verblüffte die Leere der Straßen und Bürgersteige. Lioba mußte überlegen, um herauszubekommen, wann sie um diese Stunde zuletzt hier unterwegs gewesen war. Es gelang nicht. Wenn sie einmal später nach Hause kam, dann immer vom U-Bahnhof her, über einen Schleichweg nahe der Brache. Niemals über die Hauptgeschäftsstraße mit ihren wenigen Kneipen, dem Kino. So leer war es, jenseits des Lärms im Atrium, daß Lioba, wenn sie die Augen schloß und sich führen ließ von Ida Bergner, glauben wollte, sie durchstreiften ein stilles, mecklenburgisches Dorf. Ida hingegen hatte nicht im geringsten den Eindruck dörflicher Stille. Sie hielt die Augen wie beinahe immer weit offen, und der Anblick der fünf- und sechsgeschossigen, dichtstehenden Wohngebäude ließ keine Täuschung zu. Bis jetzt redete sie, kaum leiser als eben noch im Gewühl, und wollte sich dabei nichts versprechen vom Besuch bei *Ljuba.* Noch immer schmeckte sie jene Freiheit auf der Zunge, die dadurch entstand, daß sie sich alle Aussicht nahm und in jedem einzelnen Augenblick hocken bleiben wollte, bis der nächste über sie kam. Sie registrierte genau, wie der Türknauf zu Liobas Wohnung sich anfühlte, ein billiger schwarzer Knopf aus leichtem, sprödem Kunststoff. Wie ihre Schuhe sich in den flauschigen

Vorleger bohrten, der in Liobas Flur lag, und wie sie dabei einsank und sich unsicher fühlte. Bei jedem Schritt auf den Balkon zu, wo Lioba erst einmal eine Zigarette rauchen wollte, glaubte sie den einzelnen Muskel wahrzunehmen, während er sich dehnte oder verkürzte. Sah vor sich, wie die Sehnen und Gelenke zusammenspielten. Als sei sie in sich selbst angekommen und könne sich endlich von einem Standpunkt im Inneren ihres Körpers aus kennenlernen. Das Gefühl war nicht festzuhalten, zerstob im Rauch, der aus Liobas Nase in die Dunkelheit stieg. Sie lehnten sich über die Brüstung. Ida wies Lioba auf das Haus hin, in dem sie lebte, aber Lioba hatte es längst entdeckt, sie war an den vergangenen Abenden hinübergewandert in Gedanken, während sie rauchte. Das Rauchen zur Nachtstunde auf dem Balkon liebte sie ganz besonders. Früher, als noch alle Wohnungen ihres Aufgangs vermietet waren, hatte sie oft versucht, Kirschkerne hinunterzuspucken auf die unter dem ihren gelegenen Balkons. Das war eine schwierige Angelegenheit gewesen. Sie hatte sich sogar Hilfskonstruktionen einfallen lassen. Seit aber die Leute nach und nach auszogen, war ihr der Spaß daran vergangen. Inzwischen hatte man ihren Häuserblock verkauft an einen Investor aus dem Westen des Landes. Glaubte man den Kollegen, dann brachten solche Verkäufe unter Umständen einen erheblich höheren Wohnkomfort ein, weil der Erwerb an die Verpflichtung zu vollständiger Sanierung gekoppelt wurde. Der neue Besitzer ihres Hauses hingegen hatte sich nie gezeigt, hatte nur mitgeteilt, wohin die Miete überwiesen werden mußte und ließ die schmalen Grünstreifen vor und hinter dem Haus ebenso verlottern wie das Gebäude selbst. Es wurde gemunkelt, die Energiebetriebe würden demnächst den Strom abstellen, weil der Eigentümer Rechnungen nicht beglichen hatte. Die Leute tobten, hatten immer im voraus die Betriebskosten eingezahlt und lebten offenbar in der überkommenen Vorstellung, irgendein Politiker würde aus blanker Angst um sein Mandat für Ordnung sorgen. Lioba hatte für den Eintritt des Ernstfalls ein paar Kerzen gekauft. Hier auf dem Balkon war es zu windig, sie anzuzünden.

Ob sie denn Kinder habe. Ob sie schon schliefen. Lioba sprach Ida Bergners Fragen ins Dunkel. Sie zerstoben wie vordem Idas Gefühl, sich tief in sich selbst zu befinden. Aber Ida fing den Staub, sog ihn noch einmal auf, daß sie ganz angefüllt war mit Neugier. Lioba erzählte aus einer angehaltenen Bewegung heraus, und nicht eine Wimper zuckte in ihrem Gesicht, wie sie ein Kind geboren hatte. Und wie ihr das Kind von Anfang an abhanden kommen mußte, bis es ganz verschwand, obwohl es am Leben und inzwischen schon sehr erwachsen war. Sie hatte es aufgegeben, weil sie an ihm nichts hatte finden können, was Liebe auslöste. Statt dessen war es ihr fremd und bedrohlich erschienen. Ein sperriges, monströses, ein armes, ein mutterloses Tier. Als die neue Frau ihres Mannes das Kind adoptieren wollte, hatte Lioba ihre Zustimmung als ein großes Geschenk aufgefaßt. Das größte, das sie sich je gegönnt hatte.

Sie meinte noch einmal, feine Partikelchen von Worten herabsinken zu sehen. Aber Ida fing sie nicht auf, sie segelten unbehelligt auf den Gehweg vor dem Haus. Ida erinnerte sich, wie das Unaussprechliche auch ihr selbst einst so sperrig im Leibe gepoltert, daß sie gehofft hatte, das bloße Aussprechen würde es schroten, damit sie es ausscheiden konnte.

◆ ◆ ◆

Marona bot an, für Marls Eltern Gardinen zu nähen. Marl meinte, die Alten hätten genug Geld, sich fertige kaufen zu können. Aber die Stoffauswahl, sagte Marona, sei doch viel größer, wenn man sich für Meterware entschiede. Sie stieß auf taube Ohren: Er habe nun wirklich andere Sorgen. Sie sei ja sehr süß in ihrer Nettigkeit, doch sei es mehr als ausreichend, wenn sie sich ihrer Arbeit in der Kanzlei in bewährter Manier annehme. Er wisse, daß er das eigentlich schon nicht mehr erwarten dürfe von ihr.

Marona lächelte. Sie wußte, daß es schwer sein würde, eine andere Arbeit zu finden. Marl hingegen schien ihre berufliche Treue zu ihm für eine Art Gnade zu halten, die sie ihm gewährte. Marona nahm an, daß er tatsächlich nicht wußte, wieviele Sekretariatsdamen Schlange standen nach einem Job wie diesem, nicht schlecht bezahlt, mit kollegialem, von keinerlei Arroganz gegängeltem Chef. Fast mußte sie zugeben, ihn ein wenig zu lieben. Wenigstens dafür, daß er ihr Chef war und keinen Zweifel zuließ an ihr. In der Tat hatte sie noch nie mit dem Gedanken an einen Wechsel gespielt.

Nach der Verhandlung, erklärte Marl, würde er wieder in die Kanzlei zurückkehren, sie könne gegen 15 Uhr mit ihm rechnen, und er benötige sie dann für ein Diktat. Um die Mittagszeit habe sich eine scheidungswillige Verkäuferin angesagt, um einige Unterlagen vorbeizubringen. Er habe sie zufällig auf der Rolltreppe getroffen und das gleich an Ort und Stelle mit ihr ausgemacht. Wenn Marona Lust habe, könnte sie am Abend mit nach Altlandsberg hinüberfahren, wo Reinhard und Viola ihre Wohnung einweihten und dazu ein paar alte und neue Nachbarn und eben Frieling und ihn eingeladen hätten. Wenn sie just darauf bestehe, ihnen Gardinen nähen zu wollen, solle sie die Gelegenheit nutzen, sich die Fenster anzuschauen. Marl nahm den Aktenkoffer, eine Thermosflasche mit Kaffee und das Stullenpaket, das Marona ihm für die Verhandlung vorbereitet hatte.

Wie eine Frau, dachte Marl noch, ehe er die Tür hinter sich zuzog. Erst im Fahrstuhl spürte er die flüchtige Ahnung, daß an dieser Feststellung etwas nicht stimmte.

Marl nahm den Wagen, er fuhr die Stendaler Straße hinauf, tankte. Seit der Entdeckung des Kindes hatte er diese Tankstelle gemieden. Als er den Verkaufsraum betrat, um zu zahlen, stieg es heiß in ihm auf, wie damals, als waghalsiges Mitleid ihn erfaßt und er gemeint hatte, fürderhin als Anwalt des Kindes handeln zu müssen. Das er sich so lange gewünscht hatte! Das er, ja, doch!, glaubte annektieren zu dürfen! Marl sah sich in der Sommerhitze jenes Tages stehen als einen Fremden. Es war ihm kaum möglich, über die glänzenden Fußbodenfliesen zur Kasse zu gehen, er glaubte alle Blicke auf sich gerichtet, man würde ihn natürlich erkennen, man würde ihn mustern, ihn an jenen Tag erinnern, womöglich die Ereignisse noch einmal durchhecheln wollen mit einer gehörigen Portion Abscheu gegen den noch immer nicht ermittelten Täter, den Mörder, denn was sonst als ein Mord sollte der Zweck jener Attacke gewesen sein! Und die Ermittlungen erst! Wie lange sie sich nun schon erfolglos hinzogen! Das hätte man doch gelesen im Blatt, wenn man den Kerl geschnappt hätte! Marl wunderte sich jetzt, daß er die Szene, in der das Kind weinend und mit durchschnittener Kehle hier gestanden hatte, nie hatte erweitern wollen. Daß ihm nie ein Gedanke daran gekommen war, wie es sich anhörte, wenn man die Haut, dann den Kehlkopf durchschnitt. Ob der Täter es gehört hatte? Ob er dem Kind die Augen verbunden, einen Knebel in den Mund gedrückt hatte? Ob dem Mann dann die Angst gekommen war? Ob das Blut an seinen Händen ihn zu einer Art Besinnung veranlaßt hatte? Zum Innehalten, während das Kind auslief? Ob er daran gedacht hatte, daß er niemals mehr würde anhalten können, wenn er jetzt nicht die Notbremse zog? Woher mag er gewußt haben, daß er das Verbrechen zwar nicht zurücknehmen, seine furchtbarste Folge, den Tod des Kindes, aber noch würde verhindern können, wenn er den Kopf auf die Brust drückte, fixierte, daß sich die Knorpelringe das Kehlkopfes wieder zusammendrängten, damit das Kind Luft bekommen konnte? Ob er dem Kind den Kopf festgebunden hatte in dieser Position? War es ohnmächtig geworden? Hatte er lange suchen müssen, bis er Nadel und Faden fand, die Wunde zusammenzunähen? Er konnte elastische Binden, ein zerissenes Laken benutzt haben, um den Kindskopf auf der Brust zu fixieren. Dazu hätte er die Streifen über den Hinterkopf führen und unter den Achseln hindurchziehen müssen, um sie dann im Rücken fest zu verknoten. Marl stellte sich vor, wie das Kind in seiner Not keine Bewegung mehr gewagt hatte, wie es in dem Gefühl, man habe ihm den Kopf vom Hals geschnitten, ganz still liegengeblieben war, als es merkte, daß es nicht tot, daß noch Leben in ihm war und es Luft holen konnte. Das Kind würde vorsichtig eingeatmet haben, um nicht durch ein zu tiefes Luftholen etwa die in ihrer Schrecknis doch hoffnungsvolle Lage zu gefährden. Es mußte gespürt haben, daß es um sein Leben ging. Daß nicht nur von seinem möglichen Mörder, sondern nun auch von ihm selbst abhing, ob es noch einmal einen anderen Ort, gar seine Eltern wiedersehen würde. Wo mochte der Täter das Kind versteckt gehalten haben während jener furchtbaren Tage? Ob man dem Kerl ansah, wozu er fähig war? Daß er einem Kind so mitspielen konnte? Mußte? Es hatte Marl schon viel zu oft wütend gemacht, wie vor Gericht aus einer grausamen Tat eine zwangsläufige Folge schädigender Lebensumstände wurde, der Täter vom entfesselten Verbrecher zum armen Irren mutierte, den man nicht strafen, den man nur zu heilen versuchen konnte in irgendeiner Anstalt. Marl war froh, daß er mit derlei Fällen nie befaßt gewesen war, weil er sich auf seinen Posten an der Peripherie zurückgezogen und niemals den Ehrgeiz entwickelt hatte, ein ausgebuffter Strafverteidiger zu werden. Er hielt sich statt dessen für einen wahren Verteidiger der Strafe. Im Augenblick aber hatte er es schwer, sich selbst zu verteidigen gegen die Bilder, die in seinem Kopf aufstiegen zu jeder einzelnen Frage über den Hergang des Verbrechens, er wollte umkehren, in sein Auto steigen und wegfahren, statt den Fliesenspiegel zu seinen Füßen zu überqueren, der ihn anwiderte. Auf den die lautlosen Tränen des Kindes lautlos hinabgefallen waren, während er es auf seinen Armen getragen hatte. Der in jenem Augenblick, da er das Kind darauf abgelegt hatte, seinen künstlichen Glanz verloren und sich wie der gläserne Raum über ihm in seinen stumpfen Entwurf zurückgezogen hatte. Den jemand geputzt hatte, wie jemand auch seine Praxis putzte oder die Bäckerei an der Ecke. Als wären jene Tränenflecke harmlose Spuren, deren Beseitigung nicht viel mehr brauchte als einen Lappen und Wasser, mit einem Schuß Spülmittel versetzt! Marl wankte auf den Kassenbereich zu, hielt sich die Hand vor die Augen, als wehre er die Sonne ab, die wie damals scharf durch die hohen Glaswände stach. Er zahlte, wunderte sich, daß ihn niemand erkannte, hatte nicht damit gerechnet, daß die Ereignisse, obwohl sie doch erst einige Wochen zurücklagen, vergessen waren wie eine falsch adressierte, zurückgeschickte Warenlieferung. Kurz zuckte er zusammen, als die Frau hinter dem Tisch ihn musterte, ehe sie die Kreditkarte einschob. Sie hatte sich aber wohl nur seiner Vertrauenswürdigkeit versichern wollen. Müssen? Es gelang Marl, solange er sich hier aufhielt, nicht, festen Boden unter den Füßen zu gewinnen: Er mußte hinaus. Wieder wurde ihm schwindlig, als er daran dachte, daß er dem Kind untreu geworden war, daß er sich seiner nicht angenommen hatte, wie er es am Tage seines Auffindens für ausgemacht hielt. Für Augenblicke glaubte er, nun abermals jener Mann zu sein, der ihm, als er den Raum betreten hatte, so fremd erschienen war: Er selbst, wie er das Kind auf den Armen trug. Aber die Entfernung nahm schnell wieder zu, er schlüpfte aus jenem Fremden heraus und konnte ihn aufs neue, und diesmal endgültig, von weitem betrachten. Er staunte, daß jener Mann lächelte, daß in seinem Gesicht ein falsches Glück lauerte, wie er noch nie eines gesehen hatte. Er schaute ihn lange an und konnte endlich hinaustreten, einsteigen, losfahren.

Die Verhandlung wurde wegen Nichterscheinens der gegnerischen Seite abgesetzt. Ohnehin hatte Marl in dem Routinefall schon auf Automatismus geschaltet, ehe er das Gerichtsgebäude betreten hatte. Nun freute er sich, als hätte er die unerwartet freien Stunden in der Lotterie gewonnen. Es lockte ihn, mit dem Auto Berlin zu umrunden, den ganzen Ring einmal abzufahren. Er würde Stunden brauchen dafür und schaute auf die Uhr, freute sich, daß er um die Verhandlung herum so viel Luft gelassen und für die Hin- und Rückfahrt mehr Zeit als nötig eingeplant hatte. Das tat er oft, denn er liebte es, während der Fahrt über die Karl-Marx-, später Frankfurter Allee, über Biesdorf, Kaulsdorf, Mahlsdorf mehrmals anzuhalten. Im Stadtgebiet suchte er nach Geschäften, die er wiederzuerkennen hoffte. Erfolg war ihm nie beschieden, die Läden, wenn es sie noch gab, hatten nach einer Phase des Niedergangs, der Geschäftsaufgaben und Schließungen, oft schon mehrere Male den Besitzer gewechselt. In den ehemaligen Vororten aber war einiges beim Alten geblieben. Marl meinte die Kircheninsel, die in Biesdorfs Mitte die B 1 aufspaltete und deren Turm wie eine Galionsfigur dem aus beiden Richtungen anrollenden Verkehrsstrom standhielt. Oder das Schilkin-Gelände in Kaulsdorf, die Schnapsbrennerei des alten Russen aus St. Petersburg. Mit List und Tücke hatte Sergej Apollonowitsch das Unternehmen über die Zeiten geschippert. Es wurde erzählt, er habe sich nach dem Krieg die Erlaubnis der Briten beschafft, im Tiergarten Topinambur anzubauen, um daraus Schnaps brennen zu können. Mit dem hätte er dann die sowjetische Besatzungsmacht versorgt. Später hatte er der Verstaatlichung sein Verbleiben als Betriebsleiter abgewinnen können und die Firma nach dem Ende des *Volkseigentums* wieder ganz unter das eigene Ruder genommen. Marl kannte den alten Herrn als vitale Persönlichkeit, man wandte sich um Sponsoring an ihn und schätzte seine Verbundenheit mit der Region. Marl stieg gern aus hier, stellte das Auto in einer Seitenstraße ab, um am Betriebsgelände vorbei zum Dorfkern zu spazieren. Oder an der Wuhle entlang auf Hellersdorf zuzulaufen. Manchmal holte er das Auto dann erst am Abend, gemeinsam mir Frieling, vom Straßenrand ab, oder er lenkte seinen *Lauf des Grauens* am nächsten Morgen durchs Wuhletal auf Schilkin zu…

Jetzt aber zog es ihn ganz ans Wasser. Zum Auslüften. Zum Nachdenken. Der Ring war vergessen. Vielleicht wollte er sich auch über den blanken Spiegel des Rüdersdorfer Kalksees beugen, um noch einmal nach dem falschen Glück zu suchen, das er in der Tankstelle hatte aufleuchten sehen auf seinem Gesicht? Auf dem Gesicht jenes Mannes, der er vor einigen Wochen noch gewesen sein mußte, wenn er dem Bild glaubte. Die Fahrt führte ihn über den linker Hand unrettbar verfallenden Ortsteil Tasdorf, er bog rechts ab und erreichte Rüdersdorf, das seit einigen Jahren dabei war, seinen ekelhaften Überzug aus Kalk und Zementstaub abzuwerfen, und doch schienen Marl die unter der geplatzten Kruste hervorscheinenden Fassadenfarben sanierter Bürgerhäuser auch eine Drohung zu sein, die er aber nicht entziffern konnte.

Er durchquerte den Ort und nahm dann die Straße nach Woltersdorf hinüber, um in der Nähe des Krankenhauses anzuhalten. Es gab dort eine schmale Badestelle, die er gemeinsam mit Frieling gern aufgesucht hatte in den letzten beiden Sommern. Er stieg zum Wasser hinab und lief den Uferweg entlang, unter hohen Bäumen. Nahe am Wasser lagen die freigespülten Wurzeln über der Erde und vermittelten einen Eindruck tropischer Sumpflandschaft. Marl liebte diesen Weg, weil er ihn so gut täuschte. Die UFA hatte hier Filme gedreht, Studios hatten sich hier befunden, und auf den meist privaten Grundstücken am Ufergefälle waren noch heute Reste phantastischer Kulissen und orientalischer Tempellandschaften zu erkennen, wenn man um sie wußte. Oft waren die Fundamente und Ruinenmauern jener vorgetäuschten Realität von den jetzigen Besitzern der Grundstücke nach ihren eigenen Vorstellungen in Sitzplätze oder Lagerkeller integriert worden.

Die Kopien nach Originalen verwandelten sich in Originale nach Kopien unter den Händen märkischer Kleingärtner. Den morbiden Charme dieser Verwandlung verdankte das langgestreckte Ufer jedoch vor allem dem Efeu, der Sockel und Säulenstümpfe festhielt in bewahrender Umarmung. Während Marl hier entlangwanderte, entfernte er sich gerade soweit von der Wirklichkeit, daß er sie noch entdecken konnte, wenn er Ausschau hielt.

Ein Kind stocherte in geringer Entfernung mit einem Stöckchen im Uferschlamm. Als er näher kam, sah er, daß es ein Junge war. Er schätzte sein Alter auf sieben oder acht Jahre, ein blondes Bild von einem Kind: rosig, rundäugig, mit gelocktem Haar. Marl dachte an die Porzellanpuppe, die seine Mutter im Glasschrank zwischen den Bowlegläsern interniert hatte. Er ließ sich einige Meter entfernt von dem Jungen, der ganz allein hier am Wasser spielte, ins Gras fallen und begriff, daß er diesen Jungen in keiner Weise begehrte und überraschenderweise keine Erleichterung darüber empfand. Er sah ihm zu und überlegte, wer zu ihm gehören mochte. Eine alleinerziehende Mutter vielleicht oder ein gutsituiertes Elternpaar, das auf einem der gefragten, weiter nach Woltersdorf hin gelegenen Wassergrundstücke ein neues Haus errichtet hatte. Er stellte sich vor, wie jemand das Kind suchte oder in einiger Zeit zum Mittagessen holen würde. Der Junge beachtete Marl nicht, der jetzt auf den See hinausschaute. Als sein Blick ins ufernahe Schilf hinüberglitt, stockte sein Atem. Etwas Aufgedunsenes dümpelte im leise plätschernden Wasser. Marl, ehe er noch begriff, was er vermutete, stand nun auf und ging auf den Jungen zu. Er setzte sich neben ihn und fragte ihn, wo er wohne. Das Kind antwortete nicht, schaute nicht einmal zu ihm auf. Marl erhob sich noch einmal, um sich kurz darauf wieder niederzulassen, diesmal aber so, daß er dem Jungen die Sicht ins Uferschilf abschnitt mit seinen Schultern. Er sah jetzt genauer, was der Junge hier tat: Er grub Scherben aus dem Schlamm, braune und grüne Stücke von Flaschen, die er wusch und auf einem Stein zum Trocknen ausbreitete. Ein paarmal mußte er sich schon geschnitten haben, denn seine Finger hatten Blut auf der hellblauen Strickjacke verschmiert. Als Marl eine der Scherben aufnahm und gegen das Licht hielt, lächelte der Junge endlich. Marl holte sein großes, kariertes Taschentuch aus der Hosentasche und band die Scherben hinein, nahm den Jungen bei der Hand, brachte ihn auf den Weg zurück und wies fragend in die Richtung nach Woltersdorf. Der Junge nickte und rannte nun los, bald waren seine wirbelnden Beinchen, sein leuchtender Haarschopf im Luftwurzeldschungel verschwunden. Als Marl zum Ufer zurückging, fröstelte er, obwohl es ein lauer Tag und er keineswegs zu leicht bekleidet war. Er bemerkte den Steg, von dem aus das, was er entdeckt hatte, sicher gut zu sehen sein mußte. Marl balancierte über die morschen Bretter, die von dem rostigen, aus Schienen zusammengeschweißten Rahmen kaum noch gehalten wurden. Als er das Ende des Steges erreicht hatte, wurde ihm übel, er griff nach dem Taschentuch und ärgerte sich über die Unbedachtheit, es dem Kind mitgegeben zu haben. Langsam beugte er sich über die Wasseroberfläche, mußte warten, erbrach sich endlich. Maronas Stullen, er hatte sie im Auto gegessen auf der Fahrt hierher, würden nicht lange auf dem Wasser schwimmen: Marl sah Vögel, Enten und Lietzen, zwei Schwäne darunter, die den unverhofften Fraß schon bemerkt hatten und sich dem Steg zu nähern begannen. Er griff ein loses Brett und stukte es in Richtung des nackten, aufgeblähten Körpers, vor dem ihm schauderte. Das splittrige Holz fuhr mit einem Schmatzlaut in totes Fleisch. Marl fürchtete sich vor dem Gesicht, das gleich zu ihm aufschauen würde, versuchte aber doch, den Leib umzudrehen. Im gleichen Augenblick, da er begriff, ein noch nicht ganz ausgewachsenes Schwein vor sich zu haben, erhaschte er sein Spiegelbild im nur leicht erregten Wasser. Bei aller Anspannung sah sein Gesicht froh und leicht aus, als hätte nie ein gefälschtes Leuchten an seinen Zügen gezerrt.

◆ ◆ ◆

Die Tochter war zurückgekehrt. Lioba konnte sie zu ihr ins Bett schlüpfen, sie auf der Brille des Toilettenbeckens sitzen sehen, seit sie Ida Bergner von ihrem Abhandenkommen erzählt hatte. Manchmal glaubte sie, hinter den Kissen auf dem Sofa oder zwischen den abgestellten Schuhen, ein schmutziges Kindertaschentuch zu entdecken, das sie immer sofort in die Wäsche warf. Wenn sie das Gewaschene aber aus der Maschine holte, um es aufzuhängen, war ein Taschentuch niemals zu finden zwischen den Handtüchern und Bettlaken. Das Kind mußte es an sich genommen haben. Sie fühlte sich nicht gestört von der Tochter, die wirklich kaum auffiel und niemals ein Wort sprach, ihr nur hin und wieder ihr abwesend schläfriges Gesicht zeigte im Vorbeistreichen. Es war gut so, daß sie wieder da war.

Abend für Abend las nun Lioba die Briefe, die Frau Koenig in fremdem Auftrag hinterlassen hatte. Mit der Tochter im Rücken brachte sie mehr Geduld auf, konnte sich konzentrieren. Sie fand jenen Abschnitt ihrer Kindheit darin wieder, der vom Vorschulalter bis zur sechsten, siebten Klasse reichte. Manchmal, während sie las, spürte sie unter dem Entsetzen, Gegenstand jahrelanger Beobachtung gewesen zu sein, ein Gefühl der Beruhigung, daß jemand sie nicht allein gelassen, sondern sie auch in Schutz genommen, etwas für sie verwahrt hatte, um es ihr zurückzugeben. Sie begann zu glauben, den Mut aufbringen zu können für eine Gegenüberstellung. Sie würde Herrn Koenig in die Augen schauen, ihn fragen können, was er bezweckte. Ihn anzurufen, um ihren Besuch anzukündigen, wollte ihr nicht gefallen. Sie erinnerte sich, daß die Putzfrau die Kanzlei Marl erwähnt hatte, wo sie säuberte, wenn sie mit Liobas Wohnung fertig war. Lioba hatte das Schild des Anwalts schon einige Male im Vorbeigehen wahrgenommen, er praktizierte in jenem Bürohaus gleich neben dem Kino. Eine gute Adresse für ihr Anliegen, meinte Lioba: Sie würden nicht allein sein, wenn sie im belebten Parterre am Ausgang des Fahrstuhls auf ihn wartete, und schon deshalb würde er weder davonlaufen noch sie bedrohen können. Sie hatte keinerlei Vorstellung davon, was übermorgen, nachdem Frau Koenig ihre Arbeit getan hätte, geschehen würde.

Bis dahin blieb ihr genug Zeit, sich Gedanken darüber zu machen, ob ihre Tochter hier wohnen bleiben sollte. Sie störte sie nicht, aber sie gehörte auch nicht hierher. Lioba hatte sie ausgebürgert aus ihrem Leben, und daß sie nun zurückgekommen war, schien sich gegen die Ordnung zu richten. Es könnte Lioba lästig werden, immer daran denken zu müssen. Besser wäre, sie könnte das verflossene Kind irgendwo unterbringen, wo es nicht erkannt werden konnte. Ida Bergner fiel ihr ein. Sie hatte Lioba ins Begegnungszentrum für Aussiedler eingeladen, um in einer Teestunde am Samowar die Ausflugsfotos des eben vergangenen Sommers anzuschauen und vielleicht ein paar russische Lieder zu singen, was sie einfach nicht lassen konnten. Ida hatte das verlegen zugegeben.

Selten genug verirrten sich Deutsche in die offenen Runden, die doch gerade für das wechselseitige Kennenlernen eingerichtet worden waren. Manchmal, hatte Ida erzählt, kamen eifrige Lehrerinnen, um herauszufinden, was es etwa mit dem neuen Schüler Waldemar, mit Paul und Bärbel auf sich hatte, um dann die Geschichten anzuhören, die deren Mütter von jener Zeit erzählten, da Waldemar *Wladimir*, Paul *Pawel* und und Bärbel *Warwara* gewesen war. *Achgottchen. Herrjechen.* Lioba konnte in Idas Augen noch den Abglanz fettiger Rührung erblicken, die solcherart Lehrerinnen nur zu oft befiel. Lioba mochte das nicht. Sie hatte das Gutseinmüssen so satt. Den weichen Frieden. Sie fragte sich, ob sie sich deshalb zu Ida Bergner hingezogen fühlte, weil die ihr etwas entgegenhielt. Eine Wehrhaftigkeit, die sie nicht aufbauen mußte, weil sie schon vor ihr dagewesen war. Lioba sagte zu, am kommenden Nachmittag zur vereinbarten Stunde vor dem Aussiedlerzentrum auf sie zu warten. Daß sie die Tochter mitbringen würde, sagte sie nicht.

Lioba schlief gut in dieser Nacht. Die Kollegen bemerkten das schon: Wie Lioba, als sie am Morgen in der Schule erschien, nicht wie eine zufällig hier abgestellte, hilflose Person auf einen Hinweis darauf wartete, wo sie sich befand. Wie das Zwangdrüsige, obwohl sie Pullover trug, sich ein wenig zurückgenommen hatte und Lioba auch nicht gänzlich gebückt und von Unlust gebeutelt auf ihrem Stuhl im Lehrerzimmer hockte.

Heute hatte die Mudrack Kuchen mitgebracht, es war ihr Geburtstag. Sie buk selbst – ein Aufwand, den Lioba sich nie erlaubt hatte. Sie stellte ein Gebäck auf den Tisch, das keiner Geleeschicht bedurfte, um nach etwas Eßbarem auszusehen. Die Zündel ließ wie so oft den Kopf auf dem obersten Halswirbel tänzeln, während sie den Kuchen begutachtete und sich dafür interessierte, ob er aus 405er oder 550er Mehl gebacken worden sei. Das selige Lächeln der Mudrack darüber, daß jemand sie so tief verstand, amüsierte Lioba. Einige der Männer sahen erstaunt zu ihr auf, als sie mit klackendem Schritt zum Geschirrschrank lief, um ein Messer zu holen. Lioba schnitt den Kuchen ganz auf und wartete nicht ab, bis man sie einlud, sich ein Stück zu nehmen, sie griff einfach zu und biß hinein. Bedankte sich bei der *edlen Spenderin* und machte sich, acht Minuten vor der Klingel zur ersten Stunde, auf den Weg in ihre Klasse.

Zum Glück verließ sie hier das Gefühl, in einem ihr unbekannten Film eine tragende Rolle zu spielen. Die vor ihr saßen, ödeten sie an. Sie war neugierig gewesen, ob sie jetzt, mit dem Kind im Rücken, wirklich eine andere Figur abgab, hatte es nicht wirklich glauben wollen und sah sich nun bestätigt. Die Mädchen, deren Namen sie Stunde für Stunde aufs neue einem Klassenspiegel entnehmen mußte, den sie zu diesem Zweck zu Beginn des Schuljahres angefertigt hatte, hatten sicher wieder ihre Plätze untereinander getauscht. Lioba war es überdrüssig, hier noch etwas aufklären zu müssen, ehe der Unterricht begann. Sie würde sich an die Jungen halten, deren blödes Gruppengrinsen sie dazu gebracht hatte, jeden einzelnen mit Maik anzureden. Manchmal wunderte sie sich darüber, daß sie nicht von der Schule geworfen wurde. Vermutlich hatte sich noch nicht einmal jemand beim Direktor beschwert über sie. Jedenfalls war ihr da nichts zu Ohren gekommen. Während sie ihre Unterlagen auf dem Tisch ausbreitete, kam ihr der Gedanke, das Kind könnte ihr heimlich gefolgt sein. Sie sah sich um, schritt einmal den ganzen Raum aus, schaute in jeden Winkel, unter jeden Tisch und kehrte dann vor die Klasse zurück. Wie still es geworden war, merkte sie erst, als sie ganz sicher war, daß das Kind zu Hause auf sie wartete.

Nach Unterrichtsschluß am frühen Nachmittag schlug sie im Lehrerzimmer den übriggebliebenen Kuchen in Alufolie. Niemand war da, den sie hätte fragen können, ob sie ihn mitnehmen durfte. Also packte sie ihn in die Tasche. Legte ihn, damit er nicht zerquetscht wurde, über die Bücher, die sie hin und her trug zwischen Schule und Wohnung. Auf dem Weg nach Hause kaufte sie einen Biedermeierstrauß aus gelben und roten Röschen, eine Garnitur baumwollene Unterwäsche in Ida Bergners Größe und ein paar Kekse für das Kind. Sie würde außerdem den Kuchen zum Nachmittag mitnehmen, er paßte zum Tee: Ein saftiger, würziger Mohnstrudel, wie sie ihn nie zuvor gegessen hatte. Zu Hause brauchte sie nur noch die Unterwäsche in Geschenkpapier wickeln und das Kind auffordern, mitzukommen. Es sträubte sich nicht. Sie brauchte es nicht einmal bei der Hand nehmen. Eigentlich war es wirklich ein stilles, unauffälliges Kind geworden. Vermutlich hatte es sogar aufgehört, dauernd zu stolpern? Jedenfalls bemerkte Lioba während des ganzen Weges nicht ein einziges Straucheln, wobei sie zugab, das Kind nur gespürt, nicht wirklich gesehen zu haben neben sich.

Ida Bergner kam beinahe zur gleichen Zeit vor dem Aussiedlerzentrum an wie Lioba. Sie stiegen nebeneinander die wenigen ausgetretenen Stufen zur Eingangstür hinauf. Ida bemerkte sofort, daß *Ljuba* ihre Schuhe vor dem Betreten des Hauses ebenso sorgfältig abkratzte wie sie selbst. Das gefiel ihr. Den Geruch im Inneren des Hauses erkannte Lioba sofort, er hockte auch in ihrem Hausflur und im älteren der beiden Gebäude, die zu ihrer Schule gehörten. Man konnte ihn in Altlandsberg finden, wenn man zum Wandertag mit den Schülern in die berühmte Eisdiele ging, und er war auch aus dem Haus ihrer Eltern erst verschwunden, nachdem man das Haus saniert hatte. Ein altgewordener, gebrechlicher Geruch, der Lioba leid tat. Sie war froh, daß man ihn noch nicht überall vertrieben hatte.

Acht Frauen waren außer Lioba und Ida gekommen, dazu eine blondierte Dame, die sich als Seniorenbetreuerin der Begegnungsstätte vorstellte. Man sei ja fast unter sich, sagte sie mit einem Seitenblick auf Lioba, und versuchte, so etwas wie Freude auszudrücken, daß man wieder einmal so schön beieinandersitzen konnte. Zwar hätte sie eigentlich vorgehabt, zu dieser Stunde die Vertretung einer erkrankten Kollegin zu übernehmen und die Kinder der Gruppe Volkstanz zu betreuen, aber die Leutchen hier seien ihr doch zu wichtig. Sie habe den Kindern Bücher gegeben und würde nachher, wenn man beim ganz gemütlichen Teil angekommen wäre, nach ihnen schauen.

Jemand besorgte den Samowar. Die Dame in Blond legte deutsche Volkslieder auf einen altertümlichen Plattenteller. Es war dasselbe Modell, das auch Liobas Eltern besaßen. Als Lioba den Kuchen auspackte und in die Mitte des großen Tisches stellte, ging ein Raunen durch den Raum. Ida Bergner schien das mit Zufriedenheit zu registrieren. Zwei der Frauen, die jüngsten, fielen hier dadurch auf, daß sie auf der Straße vermutlich nicht auffielen. Sie trugen kurzes, gut geschnittenes Haar zu Jeans und knappen Shirts. Die anderen aber, und nur eine von ihnen war annähernd so alt wie Ida Bergner, sahen so aus, wie Lioba es von Russinnen erwartete. Und sie staunte darüber, daß sie von Russinnen etwas *erwartete*, noch dazu: Deren Aussehen! Das hatte sie bislang ja gar nicht gewußt! Die Frauen nestelten noch an ihren Taschen, holten die Umschläge mit den Aufnahmen heraus, die sie sich in der kommenden Stunde gegenseitig zu zeigen gedachten, und Lioba mußte in dieser Versammlung auf einmal so laut und vergleichsweise donnernd loslachen, daß alle einstimmten, auch wenn sie nicht wußten, worüber es zu lachen galt. Die so entstandene Unbefangenheit dem Gast gegenüber wurde nun ausgenutzt, die Fotos von Frau zu Frau zu geben. Das Seltsame war, daß die Bilder zu den gleichen Anlässen gemacht worden waren und sich nur unwesentlich voneinander unterschieden. Denoch wurde jedes einzelne Foto mit Lachen und lebhaften Gesprächen über die jeweilige Situation der Aufnahme, über die offensichtlich nicht anwesenden Teilnehmer an den Ausflügen und über die Lokale begleitet, die man zum Kaffeetrinken aufgesucht hatte. Eine der Frauen begann, während die Nachbarin ihr die Fotos vor die Augen hielt, sogar zu stricken, und Lioba konnte sich lange nicht entschließen, ob sie die Runde sterbenslangweilig oder sogar aufregend finden sollte. Sie kannte so etwas nicht und drückte sich schließlich tief in die verschworene Vertraulichkeit hinein. Das Kind hatte sie ganz vergessen. Erst ganz zum Ende hin, als Ida Bergner schon aufgestanden war, um ihre Jacke von der Garderobe zu holen, griff Lioba die Tochter, die die ganze Zeit still unter dem Tisch gesessen haben mußte, und trug ihr auf, Ida Bergner zu folgen, die gut für sie sorgen würde. Während sie Ida die Rosen und die Unterwäsche mit einer Umarmung in die Hand drückte, ließ sie die Kekse für das Kind unbeobachtet in die große Kunstledertasche gleiten, die Ida mit sich herumschleppte. Als sie die Treppe hinunterstiegen, war Lioba so erlöst und zufrieden, daß sie die Putzfrau nicht gleich sah, die mit einem Eimer in der Hand aus den Toilettenräumen kam und sich daranmachte, nun das Gemeinschaftszimmer zu wischen. Ida aber erkannte sie gleich, es war das plumpe, einfältige Mädchen, dem sie so gern ein wenig unter die Arme gegriffen hätte bei ihrem letzten Besuch hier. Sie blieb stehen, als überlege sie, ob sie die Gelegenheit nutzen sollte, dem jungen Ding ein paar Worte der Anerkennung zukommen zu lassen. Auch Lioba blieb stehen, als sie Ida Bergner nicht mehr neben sich sah, und drehte sich um: Frau Koenig stand auf der Treppe, und Ida Bergner kniff ihre Wange, redete ihr gut zu, und Lioba merkte, wie überrascht sie war, sie hier zu sehen. Dabei wußte sie, daß die Koenig mehrere Jobs hatte. Als sie später draußen vor der Tür standen, fragte sie Ida Bergner, ob sie die Koenig denn kenne, es sei jene Frau, die ihr, Lioba, auch in der Wohnung zur Hand ginge, und da fiel Ida ein, daß das Mädchen nicht nur polternd und unrhythmisch sprach, sondern gelegentlich *Ichalstochter, Siealsfrau* sagte, als wüßte sie nicht wirklich, wer sich hinter den Worten *Ich* und *Sie* befand, und Lioba, der Ida Bergner davon und von ihrer ersten Begegnung erzählte, fand Frau Koenig an dieser Stelle sehr gelehrig.

◆ ◆ ◆

Der Abend in Altlandsberg wurde ein voller Erfolg, wie Reinhard Marl meinte. Ehemalige und einige der neuen Nachbarn waren erschienen, dazu Frieling und Marl und in dessen Gefolge die süße Marona, wie Viola sich nicht verkneifen konnte zu sagen, als sie sie begrüßte. Und Marona hielt sich nicht lange bei der Vorrede auf und verwickelte Marls Mutter in ein gründliches Gespräch über die künftige Fenstergestaltung. Marona Birnenbaum hatte den Eindruck, damit einen der wichtigsten Punkte getroffen zu haben, die es für Viola Marl gab: Es würde sich alles ein wenig ändern, denn nun, da ihr Mann seine schlimme Vergangenheit öffentlich gemacht habe, sei doch mit einigem Interesse zu rechnen. Die Opferverbände, die Marls Vater bei der Beantragung der Entschädigung für seine Haftzeit beraten und unterstützt hatten, stünden schon Schlange und wollten ihn bitten, irgendeinen Posten zu übernehmen. Marona spürte, wie sehr der Gedanke, die Frau eines plötzlich sehr gefragten Mannes zu sein, Viola faszinierte. Besucher würden sich anmelden, es hätte auch Anfragen gegeben für Filmaufnahmen und ein lebensgeschichtliches Interview, da mußten schon ordentliche Gardinen an die Fenster, und obwohl sie die natürlich auch kaufen könne, sei es sehr nett, daß Marona sich darum bemühen wolle. Das nehme sie gerne an.

Marl, der wie so oft versuchte, sich mit seinem Vater zu unterhalten, ohne mit ihm reden zu müssen, stand mit der kleinen Männerrunde in der Küche beim Bier. Von hier aus konnte man auf die Rasenfläche des Innenhofes treten, den die Bewohner miteinander teilten. Viola hatte zwei Zivis, die in der Pflegestation der Wohnanlage arbeiteten, dazu überreden können, den hauseigenen Grill zu bedienen. Sie konnten essen, so viel sie wollten und bekamen noch jeder ein Sümmchen auf die Hand. Schaschliks und kleine Pfefferfleischbällchen hatte Viola selbst vorbereitet, für die Bratwürste hatte sie sich einen Metzger empfehlen lassen. Marl konnte es sich nicht verkneifen darauf hinzuweisen, daß mit dem, was Viola hier auffuhr, ein kleinstädtischer Feuerwehrball verpflegt werden konnte. Er schlug deshalb vor, doch ein bißchen mehr Radau zu veranstalten, laut zu singen oder eine CD mit 50er-Jahre-Hits einzulegen, damit die alten Herrschaften aus den anderen Wohnungen auf das Ereignis aufmerksam wurden und herbeigerufen werden konnten. Einen Moment lang überlegte er, ob solch ein Scherz ausreichen würde, Viola daran zu hindern, ihm später einige Büchsen Salate und einen Gänsebräter voll Fleisch und Wurst mitzugeben, *wir schaffen das ja doch nich, min Jong, und umkommen muß es ja nich, oder?* Erstaunlich, daß sie nicht Kuchen herangeschafft hatte aus ihrer alten Bäckerei. Hatte sie nicht letztens erzählt, daß der Besitzer den Laden aufgeben würde und keinen Nachfolger gefunden hatte für das Geschäft?

Er hörte seinen Vater, wie er den verflossenen Nachbarn die Finanzierung der Wohnung erklärte, in der sie sich befanden. Über Geld hatte er seinen Vater selten sprechen hören. Dessen eigentlich notorisch verstimmter Kehlkopf gab wohltönende Laute von sich, die es nebensächlich erscheinen ließen, wovon er sprach. Als Marl ihm ins Gesicht sah, war er überrascht, wie jung es ihm vorkam.

Frieling hatte sich gleich zu Beginn des Abends Viola zur Seite gestellt, hatte mit ihr und Marona Fenster begutachtet und Ratschläge gegeben. Jetzt war er damit beschäftigt, leere Schüsseln und Teller zusammenzutragen und im Spülbecken zwischenzustapeln. Er störte. Marl konnte solche Geschäftigkeit nicht ausstehen. Er gab sich Mühe, nach einem Gesprächsfaden zu schnappen. Wußte, daß es ihm schwerfallen würde, ihn weiterzuspinnen. Also hielt er einfach ein paar Enden fest und wartete ab, ob sie in seinem Kopf etwas lostraten, eine winzig kleine Welle der Plauderei etwa oder einen harmlosen Gedanken, den er hätte beisteuern können. Frieling stapelte Teller, und dennoch glitten ihm nebenbei geschmeidige Kommentare von den Lippen, um die Marl ihn beneidete. Schon deshalb störte Frielings Geschäftigkeit. Eine lästige Wut kroch Marl in die Hände und ließ ihn die rechte Faust ballen in der Hosentasche. Im gleichen Augenblick schon lachte er über sich und machte drei Schritte auf Frieling zu, hätte ihm am liebsten in den Nacken gebissen, beließ es aber bei einem ungefähren Streicheln seines Unterarms. Frieling wußte, daß das eine Entschuldigung war, und wenn er auch nicht wissen konnte, wofür sich Marl bei ihm entschuldigte, so nahm er doch dankbar an und griff aus dem Schrank über dem Spülbecken zwei Sektgläser. Marls noch halbvolle Bierflasche stellte er zum schmutzigen Geschirr und zog den Freund hinter sich her zum Tiefkühlschrank, wo er, von Marl unbemerkt, eine Flasche Champagner deponiert hatte. Er steckte die Flasche unter sein enges Rippshirt in den viel zu weiten Hosenbund, und daß niemand die lächerliche Ausbuchtung bemerkte, lag einzig daran, daß jetzt keiner auf ihn achtete – außer Marl. Er ließ sich gern in die klare Nacht ziehen, die über dem Rasen lag. Noch fauchte der Grill unterm Bier, das die beiden Jungs auf die Würste spritzten. Aber niemanden sonst hatte der schöne Abend verlockt, nach draußen zu gehen. Sie hatten den Hof für sich, den eben erst angewachsenen Rollrasen, die frisch und, wie Frieling sagte, viel zu früh gepflanzten Bäume. Sogar eine Tischtennisplatte entdeckten sie hinter dem nächsten Hausvorsprung, wo sich auch eine Ausfahrt befand. Wieder mußte Marl grinsen, er stellte sich die offenen Beine, künstlichen Darmausgänge und infarktnahen Atemnöte vor, die sich zum Schlagabtausch verabredeten. Obwohl es noch nicht einmal zehn war, brannte hinter kaum einem der Fenster noch Licht. Dabei hatte Marl, wieder einmal, gelesen, daß mit zunehmendem Alter das Schlafbedürfnis des Menschen abnehme. Stimmte das, dann lagen die Leutchen entweder in dunklen Zimmern auf der Lauer, waren zum Schwof unterwegs oder versuchten, in ihren Betten zu ruhen, leere Blicke zwischen Kissen und Decke gespannt.

Marl fragte sich, während beide sich auf die Tischtennisplatte brezelten und Frieling den Champagner in die Gläser laufen ließ, wie ihn das Alter erwischen würde. Es müßte nicht unbedingt lange auf sich warten lasssen. Aus seinen Kniegelenken knirschte zuweilen schon die Arthrose herauf, jedenfalls glaubte er das, wenn er die Schilderungen seiner Mutter mit seinem eigenen Empfinden verglich. Für die Schuhe brauchte er regelmäßig orthopädische Einlagen. Zwar hatte Frieling erklärt, auch Kleinkinder bekämen solche Dinger, *man denke nur an die Knick-Spreiz-Senkfuß-Seuche der Zivilisation!,* aber Marl litt gern unter der Drohung des Alterns. Er würde es ruhiger haben. Seine Zukunft stellte er sich als ein langsames Auslaufen vor, als etwas Behäbiges, das ihn allmählich außer Kraft setzen würde. Sie stießen an, tranken die Gläser in einem Zug leer. Küßten sich. Frieling fing schon wieder an, von den Fenstern zu reden, die Marona auszustaffieren gedachte. Marl hatte diese Sorgen nicht, aber im Augenblick auch keine anderen, so daß er nur griente. Sich mit Frieling gemeinsam in ein geruhsames Alter abzuseilen, erschien ihm vielversprechend.

Von jenem Treibgut im Kalksee, dem aufgedunsenen Schwein, hatte er Frieling nicht erzählt. Auch von dem Kind nicht, daß er sozusagen vor der Begegnung mit dem Tod hatte bewahren wollen. Frieling hatte von sich aus schon lange nicht mehr von Kindern gesprochen. Manchmal an eines gedacht wie an einen schlafenden Hund. Er war vorsichtig geworden. Sein Optimismus, es sei möglicherweise ausgestanden, war mit der Angst eine riskante Verbindung eingegangen, die Schweigen hervorbrachte. Lieber fragte er Marl nun des öfteren, was dessen Vater inzwischen von seiner Haftzeit erzählt hatte. Er wußte, daß die beiden zwei- oder dreimal Gelegenheit gehabt hatten, sich auszutauschen, ohne daß er oder Viola dabeigewesen waren. Er selbst hatte noch dafür zu sorgen versucht, daß die beiden unter sich bleiben konnten. Einmal hatte er Viola zum Kochen eingeladen und für diese Zeit Marl zum Vater geschickt, der jemanden brauchte, ein paar Sachen aus dem Baumarkt zu beschaffen. Später, als er merkte, daß außer Bilderrahmen und Filzscheiben für Stuhlbeine nichts hinzugekommen war, hatte er es geschafft, Viola einen Friseur im Westteil der Stadt ans Herz zu legen und sie mit dem Auto dorthin zu kutschieren. Aber auch diese Gelegenheit hatte Marl nicht genutzt, seinem Vater Erinnerungen abzuringen, von denen Frieling doch wußte, daß sie Marl wichtig waren und ihn um seiner selbst willen interessieren mußten. Marl hatte davon gesprochen, daß er die Bedingung ausfindig machen wolle, unter der man ihn verabredet hatte. Daß Reinhard

Marl nicht bei der Sache, bei Trost, bei sich selbst, bei Stimme, bei Kräften gewesen sein konnte, als er Viola ein Kind machte, schloß Marl daraus, daß sein Vater sich ja von Anfang an der Wahrnehmung seines Sohnes entzogen hatte. Als fürchtete er, beim Wort genommen zu werden: Vater. Aber Marl fürchtete wiederum, es läge ein großes Tier zwischen seinem Vater und ihm selbst, das demjenigen, der den ersten Schritt ins Reine tat, seine Reißzähne ins Fleisch schlug. Frieling konnte da wenig ausrichten. Es machte ihn unglücklich, so oft, wie er meinte, hinters Komma zu rutschen, was Marls Aufmerksamkeit betraf. Andererseits hatten sie in den vergangenen Wochen Momente der Intimität erlebt, von denen Frieling nicht einmal geahnt hatte, daß sie möglich waren.

In diesem Auf und Ab hätte er gern eine sichere Beschäftigung gehabt für jenen Teil seines Selbst, der ohne Marl auskommen wollte. Aber er fand keine und mußte mit seiner ganzen Seele deshalb allein seiner Liebe nachhängen und deren Rück- und Winkelzüge interpretieren. Und nachschauen, ob er selbst irgendwo auftauchte in Marls Entwürfen, die stets nur abseits der Momente großer Intimität deutlich wurden. Für Frieling waren das harte Wochen gewesen, die seine bescheidene Vorstellung nährten, Marl würde wieder ganz zu ihm gehören können, wenn Reinhard Marl und jenes Kind, das der Geliebte sich so lange gewünscht hatte, einander die Hand reichten zum Abschied. In Marls Kopf vermutlich. Vielleicht auch in Frielings Zimmer über den Tisch hinweg.

So lagen Marl und Frieling nebeneinander, jeder in seine eigenen, den anderen umkreisenden Gedanken vertieft, erhoben mitunter Oberkörper und Kopf, um zu trinken, und versuchten erst gar nicht, irgend etwas zu sagen. Marona kam nach einer Weile, wollte sie bitten, sie später mit dem Auto mitzunehmen und nach Hause zu bringen. Frieling, der Marona nur selten gesehen hatte in jenem Jahr, bemerkte erst jetzt ihre neugewonnene Zartheit, die ihn sehr angenehm berührte. Es würde noch eine Weile dauern, warf Marl ein, ehe sie hier aufbrechen konnten, er kannte die Reaktionen seiner Mutter auf vorzeitiges Verlassen solcher Gesellschaften. Trotzdem sei es ganz selbstverständlich, daß sie Marona wieder mitnehmen würden, schließlich hätten sie sie ja auch hergeschleppt. Marona widersprach mit dem Hinweis auf ihre Nähkünste, die sie Viola angeboten hatte. Wieder wurde Marl so kleines Gewäsch schnell zu viel. Er trollte sich, volle Blase vorgebend, ins eben gepflanzte Gebüsch, während Frieling Marona hinter sich her zog zum Grill. In dessen Nähe hielt sich inzwischen der Großteil der Gäste auf. Man plauderte, trank oder stahl in einer Frieling verblüffenden Hast den beiden Zivis die Fleischstücke vom Rost. Marl kannte das schon, er hatte keine Eile zurückzukehren. Frieling bemerkte, daß Reinhard Marl fehlte. Sah sich nach ihm um, vergaß aber noch im Moment des Kopfwendens, wonach er schaute, so daß Marona leichtes Spiel hatte, mit ihm ein Geplänkel über Bezugsstoffe und Narbenfarben anzufangen. Sie unterhielt sich gern mit Kennern, sie wußte, daß Frieling eine Ader fürs Dekorative hatte und daß sich hinter seinem Ohr eine wohl vier Zentimeter lange Narbe zum Hinterkopf schlängelte. Frieling hatte ihr einmal erzählt, wie er als Kind mit einem Roller einen steilen, bewaldeten Hang hinabgefahren war, den Roller aber nicht im mindesten hatte beherrschen können und in einen klaren Bach gerauscht war, der sich am Fuße das Hanges hinzog. Dabei hatte ein scharf hervorstechendes

Endstück der blanken Lenkerstange die Stelle hinter dem Ohr aufgerissen, war wie ein Klinge durch die Haut gefahren. Marl hatte Marona von Frielings Narbe erzählt, die mit dem Wetter die Farbe wechseln konnte, von einem weiß lasierten Rosaton ins Bläuliche. Blaurosa erinnerte die Narbe an einen Regenwurm, der es nicht schaffte, im schützenden Inneren des Kopfes zu verschwinden. Auch Marona verfügte über interessante Narben, die sich zu einem Gespräch anboten: Knieschrammen vom Fahrradsturz als Achtjährige, eine Schilddrüsen-OP-Narbe und eine breite Furche unterhalb des linken Ellbogens, wo man dem Schulkind Marona einmal eine Zyste entfernt hatte. Im Gegensatz zu ihr spürte aber Frieling keinerlei Veranlassung, darüber Worte zu verlieren, und er entführte Marona auf die improvisierte Tanzfläche im Wohnzimmer. Hoffte, daß sie sich dort über die Musik hinweg nicht würden verständigen müssen.

Marl, der unterdessen die Wohnanlage umrundete, ein ausgedehntes Gelände, traf auf der Straße, kurz vor dem Aufgang zu seinen Eltern, einen Mann, der ihm bekannt vorkam. Obwohl er den hellen Sommerhut tief ins Gesicht gezogen trug und seine Züge nicht wirklich auszumachen waren in der von Peitschenlampen nur unzulänglich ausgeleuchteten Dunkelheit, glaubte Marl in ihm jemanden zu erkennen. Der Mann lief sehr langsam, schaute immer wieder an den Fassaden der Seniorenresidenz hinauf, als könne er das Fenster seiner Wohnung nicht mehr erkennen und daher auch nicht entscheiden, wo er eintreten sollte. Weil er aber nicht stehenblieb, sondern seinen geruhsamen Schritt fortsetzte, verwarf Marl den Gedanken, ihm helfen zu wollen. Er ging wieder zu den anderen auf den Innenhof zurück und rechnete sich aus, wieviel Bier er jetzt noch trinken konnte, aber Frieling kam eben mit Marona von der Tanzfläche zurück und erklärte, mit Marls Mutter ihre Abfahrt besprochen zu haben. Viola sei müde und, vermutlich, ganz froh, wenn einer den Anfang machte, sich zu verabschieden. Natürlich bekam Marl, ehe er hätte *Auf Wiedersehen* sagen können, zwei Plastikdosen mit Salaten in die Tasche gedrückt. Wenigstens war kein Grillfleisch dabei, darum zankte man sich draußen auf der Terasse offenbar noch immer.

Sie fuhren in Richtung Autobahn, die man überqueren mußte, um wieder nach Berlin zu gelangen. Altlandsberg lag noch kaum hinter ihnen, als Marl einem Mann ausweichen mußte, der langsam auf dem rechten Randstreifen in ihrer Richtung lief und vielleicht sehr müde oder ein wenig betrunken war. Er schien nicht ganz sicher auf den Beinen und tat Frieling sofort leid, und er schimpfte über die schlechten Anbindungen der öffentlichen Verkehrsbetriebe. Sie hielten an, um den Mann ein Stück mitzunehmen. Marl wußte, daß er ihm vorhin schon einmal begegnet war. Hatte er tatsächlich seine Wohnung nicht finden können? Womöglich mußten sie den alten Herrn zurückbringen, wenn sich herausstellte, daß er verwirrt umherstreunte. Marona aber öffnete nur die Wagentür und bat den Mann, doch schnell einzusteigen, man habe ja den gleichen Weg, und ob denn die Tochter den Abend heute ganz allein verbringe?, und nun wußte auch Marl, wen Marona mit einem Blick erkannte hatte: Den Vater der debilen jungen Frau, die seine Kanzlei putzte. Marl hatte ihn schon einige Male gesehen, wenn er sie nach der Arbeit abgeholt hatte. Natürlich mußte Marona ihn besser kennen, sie war es, die dem Mädchen Anweisungen und dem Vater auch gelegentlich über deren Erfüllung Auskunft gab. Sie mochte ihn, er hatte ihr sogar erzählt, daß er nicht der Vater des Mädchens war, dessen Mutter schon vor Jahren gestorben war. Daß er es aber gern gewesen wäre. Marona hatte sich darüber ein wenig gewundert.

◆ ◆ ◆

Noch immer war es Edward Zeiger lieb, aber nicht ganz gc heuer, daß seine Frau so leicht hatte zurückkehren können zu ihm aus ihrer Verwirrung. Daß *die kleine Janina* nicht mehr bei ihnen war, machte es möglich, endlich die Wahrheit zu sagen von jenem Kind, das die Frau seines Bruders zur Welt gebracht hatte. Edward erzählte es Walja, während sie ein Schränkchen abschliffen, das Edward von einem Nachbarn geschenkt bekommen hatte. Sie wollten es neu anstreichen, und Walja würde versuchen, auf die grundierte Tür den Blick aus ihrer Küche in Konstantinowka hinaus in den Garten zu malen. Sie zeichnete und malte ganz achtbar, wie Edward fand. Während sie also schliffen, um die Oberfläche zu glätten und gleichzeitig aufzurauhen, nahm er sich vor, später das Fotoalbum durchzusehen nach einer geeigneten Vorlage für Waljas Unterfangen, und als er seiner Frau ins Gesicht sah, lokkerte sich seine Zunge von selbst, er sprach von dem Unglück. Das Unglück bestand in seiner Rede vor allem darin, daß die Eltern das Kind nicht wirklich als ihres annehmen konnten, während das Unglück in Waljas erstem Entsetzen damit gleichgesetzt wurde, daß es das Kind überhaupt gab. Daß man es nicht hatte verhindern können. Das hätte man doch sehen müssen vor der Geburt, so etwas sollte doch heute nicht mehr sein! Dann fielen ihr die überschwenglichen Briefe ein, die sie ihrer Schwägerin vor und nach der Geburt des Kindes geschrieben hatte. Die Antworten waren nur kurz und knapp gewesen, und Walja hatte noch überlegt, wie innerhalb nur weniger Jahre eine solche Fremdheit zwischen ihnen hatte entstehen können. Die Entfernung allein konnte das wohl nicht sein. Was Edward ihr hier erzählte, erklärte schon viel. Walja überlegte, wie lange es gedauert hatte, daß Edward die vorbereitenden Formalitäten für seine Reise nach Kasachstan bewältigt hatte. Wenn sie es geschickt anstellte, konnte sie in nur wenigen Tagen hinüberfliegen. Nicht ein einziges Mal seit ihrer Aussiedlung war sie auf den Gedanken gekommen, der alten Zeit einen Besuch abzustatten. Jetzt aber erwog sie sogar, länger in Kasachstan zu bleiben und nach einem Weg zu suchen, wie die Schwägerin das Kind wieder loswerden konnte. Es mußte doch inzwischen auch dort gute Heime geben für so was. Es konnte doch nicht sein, daß man sich das ganze Leben verdarb mit einem kaputten Kind! Sie ertappte sich dabei, den Schleifklotz sehr heftig über das Holz zu führen, hatte der linken Tür des Schränkchens sogar schon eine merkliche Vertiefung angetan. Edward lächelte und hielt ihre Hand fest. Er ahnte, daß die Schleifspur auf dem Holz jener ähnelte, die *die kleine Janina* seiner Frau beigebracht hatte, als sie noch neben ihr im Bett gelegen oder am Tisch gesessen hatte. Aber Walja fand den Rhythmus schnell wieder und bestand darauf, ihre Arbeit zu Ende zu bringen.

Als Ida Bergner von der Teestunde im Aussiedlerzentrum nach Hause kam, freute sie sich, die beiden so anzutreffen: in eine gemeinsame Arbeit vertieft. Das hatte es schon lange nicht mehr gegeben. Walja hätte es nicht fertiggebracht, ihrem Mann bei seinen Autoklempnereien zur Hand zu gehen, obwohl sie es gekonnt und womöglich ersprießlicher gefunden hätte als die Zubereitung von Piroshki und Salaten für die Arbeitspausen. Ida beugte sich über die Enkelin und drückte ihr die Lippen ins Haar, und wie früher ihre Mutter Daghira wandte nun Walja den Kopf zu Ida Bergner nach solch einem Kuß und verschluckte die Luft, die zwischen ihnen lag, mit einem tiefen, saugenden Atemzug. Solche Momente der Nähe gestatteten sie einander nicht oft, und obwohl die Großmutter noch ein wenig außer Atem war vom Treppensteigen, lief sie in ihrer Freude schnell aus dem Zimmer. Sie wollte den Moment so stehen lassen und nicht durch eine unbedachte Frage oder unerwünschtes Anteilnehmen an der geschäftigen Zweisamkeit ungültig machen.

Als sie längst in der Küche beim Zwiebelschneiden stand, hielt Edward Zeiger plötzlich in seiner Bewegung inne. Ihm war, als habe ihn etwas gestreift, er vermutete die Katze hinter der sanften Berührung, konnte sie aber nirgends entdecken.

Ida beeilte sich, die Küchenarbeit hinter sich zu bringen. Fast schämte sie sich ein wenig der Freude, die ihr die Tatsache bereitete, wohl wirklich eine Freundin gefunden zu haben in dieser Ljuba. Sie zog sich aus und probierte vor dem Spiegel im Bad die Unterwäsche aus, die sie bekommen hatte. Es rührte Ida, wie gut sie paßte. Ljuba mußte sich ihren Körper sehr genau vorgestellt haben. Sogar den Enkeln präsentierte sie sich in der schneeweißen Wäsche, und deren überraschtes Grinsen machte ihr nicht viel aus.

In Hemd und Schlüpfer setzte sie sich schließlich an das runde Tischchen in ihrem Zimmer und drückte das Gesicht tief in den Rosenstrauß hinein, den ihr Ljuba geschenkt hatte. Schließlich kramte sie in der Tasche nach einem Stift, um wieder einmal einen Brief an die Versicherungsanstalt zu entwerfen, die Jahre ihrer nicht nachgewiesenen Berufstätigkeit betreffend. Ihre Betreuerin würde ihr bei notwendigen Formulierungen und Korrekturen behilflich sein, und in diesem Augenblick war es ihr gar nicht wichtig, was mit ihr geschehen würde, sollte sich die Wahrheit ans Licht wagen. Vor allem aber war ihr nicht klar, wie sie aussah, ihre Wahrheit. Ob sie sie überhaupt erkennen würde unter all den anderen. Sie öffnete die Packung Kekse, die sie beim Kramen in ihrer Tasche entdeckt hatte. Vermutlich hatte Walja etwas beisteuern wollen zur Teestunde und das Gebäck eingepackt. Es schmeckte nach Butter. In Kasachstan hatte es nach Butter schmeckende Kekse nicht gegeben.

◆ ◆ ◆

Ja, es war gut gewesen, das Kind Ida Bergner anzuvertrauen. Auch wenn es sie in seiner so zurückhaltenden Art nicht wirklich gestört hatte. Aber wer weiß, wie Herr Koenig auf das Mädchen reagierte, wenn sie ihn zur Rede stellen würde, und wer weiß, wie seine Tochter mit der Tatsache umginge, auf ein Kind Rücksicht nehmen zu müssen beim Reinigen der Wohnung.

Lioba war, nachdem sie sich von Ida Bergner verabschiedet hatte, nur ein kleines Stück in Richtung ihrer Wohnung gegangen, hatte hinter einer Hausecke abgewartet, bis Ida Bergner nicht mehr zu sehen gewesen war. Dann war sie zurückgelaufen und hatte sich gegenüber dem Aussiedlerzentrum in einen Hauseingang gestellt. Durch das Glas des überdachten Vorbaus würde sie Herrn Koenig schon von weitem erkennen können, und wenn die Behäbigkeit seiner Tochter deren ungeduldige Oberflächlichkeit in Schach hielt, würde genug Zeit bleiben, ihn anzusprechen, ehe die Koenig hinzukam.

Lioba rauchte. Sie war ins Haus geschlüpft, nachdem ein junger Mann die Tür aufgerissen hatte und zu seinem Auto gestürmt war. Sie stand zwischen der äußeren und der inneren Tür, die den Vorbau vom Treppenhaus trennte. Ihre Tasche hatte sie unter den Briefkästen abgestellt. Obwohl sie leicht war, störte sie Lioba doch beim Anzünden der Zigaretten und rutschte außerdem stets im unpassenden Moment und in außerordentlich lästiger Weise von der Schulter. Es wäre besser, sie kaufte sich einen Rucksack, um stets freie Hand zu haben. Auch falls Herr Koenig zuschlagen sollte – sie hätte nicht sagen können, aus welcher Ecke diese Vorstellung über sie herfiel – wäre es wichtig, sie könnte im richtigen Moment zur Gegenwehr ansetzen. Ehe sie aber in eines der nahe gelegenen Lederwarengeschäfte hätte fliehen können, sah sie Herrn Koenig die Kokoschkastraße heraufkommen, er lief zügig, aber keineswegs eilig oder gar hastend auf das Aussiedlerzentrum zu. Lioba wunderte sich ein wenig, daß auch er rauchte. Sie hatte an der Kleidung seiner Tochter niemals auch nur eine Spur Tabakgeruch wahrgenommen. Vielleicht gehörte er ja zur Gilde der Balkonraucher, die, um Polster, Gardinen und Asketen zu schonen, aus ihrem Wohnzimmer an die frische Luft traten, ehe sie zur Zigarette griffen. Als sie schon all ihren Mut zusammengenommen hatte, um ihm entgegenzutreten, sah sie, wie die Tür sich öffnete und die Putzfrau heraustrat. Sie hatte den Arbeitskittel abgelegt und das Haar frisch gekämmt, hielt aber noch den Eimer für das Wischwasser in der Hand. Die Zärtlichkeit, mit der ihr Vater sie begrüßte und sie offenbar darauf hinwies, daß sie den Behälter zurückbringen müsse, erschreckte Lioba. Er legte der Putzfrau nicht nur die Arme um den Hals, er küßte mit geöffneten Lippen ihre Wange und zog die Strickjacke über ihrer starken Brust zusammen, um die Knöpfe zu schließen. Die üppige, gedrungene Figur der Tochter wurde nun überdeutlich nachgezogen von dem eng geschlossenen Kleidungsstück, ihre Hinterbakken schwappten in der formlosen Hose bei jedem Schritt hinauf und hinunter. Nein, Lioba fand das nicht schön, wie die Putzfrau aussah, und daß Herr Koenig sie liebhaben konnte, verwunderte sie ebenso, wie es Scham in ihr auslöste. Ihre eigene Tochter war immerhin ein viel ansprechenderes Wesen, wie sie in den letzten Tagen unter Beweis gestellt hatte. Gegen jeden Vorsatz ging Lioba schnurstracks auf Herrn Koenig zu und reichte ihm die Hand. Er schien nicht im mindesten überrascht und bat Lioba, ihn und seine Tochter nach Hause zu begleiten. Während des Weges sprachen sie kaum miteinander, waren viel zu beschäftigt, Frau Koenigs Quirligkeit in Schach zu halten. Sie zappelte zwischen ihnen und freute sich unablässig darüber, daß nun ihr langer Tag zu Ende war und sie endlich wieder mit ihren Barbie-Puppen würde spielen können. Lioba hatte der Frau ihres geschiedenen Mannes die eigene Tochter lange vor dem Eintreffen von Barbie-Puppen in ostdeutschen Spielzeuggeschäften ausgehändigt, so daß sie nun keine rechte Vorstellung hatte von dem, was Frau Koenig so sehnlich herbeiwünschte. Im Grunde war sie erleichtert, daß Herr Koenig auf sie gewartet zu haben schien wie sie auf ihn.

Koenigs Wohnung lag ganz am nördlichen Rand des Wohngebietes, da, wo man auf den Dächern seltsame Gebilde aus dem Atelier eines litauischen Künstlers installiert hatte. Meterhohe Blumenvasen, Schachfiguren oder stilisierte Baumsilhouetten – Lioba konnte sich ebensowenig wie die Anwohner für eine Deutung entscheiden. Koenigs Wohnung war größer als Lioba erwartet hatte. Er bewohnte vier Zimmer im obersten Stockwerk eines der mittleren Aufgänge. Daß Lioba sich hier sofort heimisch fühlen wollte, lag auch daran, daß dic Einrichtung *von der Pest* war. Sie ähnelte, was die Art der Möblierung betraf, in erstaunlicher Weise ihrer eigenen Wohnung. Sie fühlte sich auch an die Behausung ihrer Eltern erinnert. Vor allem gab es etwas, dem sie zunächst keinen Namen geben konnte, es aber nach einiger Zeit als das Gefühl identifizierte, an Koenigs Tisch, auf einem dieser Stühle, schon einmal gesessen zu haben.

Tatsächlich war von der Putzfrau schon bald nichts mehr zu hören oder zu sehen. Herr Koenig hatte ihr einen Kakao gekocht und in ihr Zimmer gebracht. Dann holte er für Lioba und sich selbst Teegläser, Zucker und Zitrone auf den Tisch und brachte aus der Küche eine große Kanne mit, die er auf eine elektrische Wärmeplatte stellte. Er sah sie lange schweigend an, und obwohl sein Gesicht ruhig lag, erkannte Lioba doch die übergroße Anspannung darin. Sie fragte ihn nicht, aber er antwortete, wie er vor zwei Tagen schon einmal geantwortet hatte auf eine nicht gestellte Frage. Auf jenem nächtlichen Weg von Altlandsberg herüber war er von Marls und Frielings Auto überholt worden, das kurz darauf angehalten hatte. Marls Sekretärin hatte ihn eingeladen einzusteigen, und als er in Marls Gesicht schaute, hatte er plötzlich weinen müssen und sich nicht mehr halten können, so daß Marl und Marona erschrocken aus dem Auto gesprungen waren und ihm unter die Arme gegriffen hatten, damit er nicht hinschlug.

Kinder, Kinder!, hatte er gesagt, und natürlich hatten sie das keinesfalls für eine Auskunft gehalten, sondern für eine Geste der Verlegenheit angesichts des Zustandes, in dem er sich befand. Im Auto hatte er ihnen kurz darauf erzählt, daß er nur unglücklich verliebt sei und darauf angewiesen, seine anderweitig verheiratete Liebe hin und wieder von weitem zu sehen, und Marona hatte nur verständnisvoll gegrient, während Marl, als rumorte in ihm ein absichtsvoll verschüttetes Wissen, ihn angestarrt hatte aus suchenden, fragenden Augen. Obwohl er wußte, daß der richtige Zeitpunkt längst schon verstrichen war, hatte er, so unter aller Augen, Marl nicht berichten können, wofür er ihn hielt. Aber er hatte es geschafft, ihn zu bitten, mit hinaufzusteigen zu seiner Wohnung und ihn zu stützen, nachdem sie vor seinem Haus angekommen waren, und auf dem Treppenabsatz vor der Tür hatte er plötzlich Marls Kopf mit beiden Händen umfassen und ihn auf die Stirn küssen müssen. Geschämt hatte er sich, schon während das geschah, und trotzdem hatte er Marl noch um einen Termin bitten können, es ginge um eine immer dringlicher werdende Angelegenheit, in der er sich wirksam vertreten lassen müsse, und Marl hatte ihn gleich am nächsten Tag angerufen und Tag und Stunde genannt, und wenn er alles so laufen ließe, würde er morgen endlich in Marls Kanzlei sitzen und ihm sagen können, wovor sie sich schützen sollten.

Koenig staunte, daß die Frau ihm gegenüber am Tisch so ruhig saß und wartete. Schwieg. So hatte sie auch manchmal gesessen, wenn Frau Brehme mit dem Haferschleim auf sich warten ließ. Einfach gesessen, ein wenig dösig, nicht muff und nicht mäh. Ein seltsames Kind. Er hatte das Mädchen gehaßt und sich damals geschworen, es niemals wieder aus den Augen zu lassen. Jetzt, im dunklen Licht ihrer Augen, freute er sich nicht, das durchgehalten zu haben.

Lioba Zeplin wollte warten, bis Koenig sich auftat. Ihr Herz schlug in einer riskanten Mischung aus Angst und Triumph, sie wußte auf einmal, daß sie ihn zur Strecke bringen würde, wenn es nottat. Doch sie wartete ab, und wirklich machte er, nachdem die Putzfrau einmal kurz hereingeschaut und eine Puppe im Brautkleid präsentiert hatte, den Mund auf. Schrie. Ein lautloser Ruf, nach dem er die Lippen wieder fest aufeinanderpreßte, aber Liobas Kopf dröhnte davon, sie zog die Nägel über die Haut der Unterarme, spürte den Nesselausschlag, der sich ausgebreitet hatte, seit sie hier saß. Es gab kein Zurück, er würde zu sprechen beginnen. Begann. Einzelne Worte schaukelten überreif noch ein wenig in der Luft, ehe sie platzten. Koenigs Rede ging flüssig, als habe er sie lange vorbereitet.

Ich war dein Nachbar, Lioba. Hatte bei Frau Brehme mein Zimmer wieder bekommen nach neun Jahren Haft. Sie hatte auf mich gewartet, der einzige Mensch. Ich war wieder da auf einmal und wußte, ich kann mich nicht wehren. Muß jeden Tag unter den Augen des Denunzianten atmen, essen und scheißen. Der Denunziant war dein Vater.

Wir kannten uns aus Kinderzeiten. Dein Vater war jung und klug und wollte was werden gleich nach dem Krieg. Wir standen ja trotz des Hungers in Saft und Kraft, das blieb nicht aus. So voller Elan, schmiß er sich in den Aufbau, den neuen Anfang, das ganze östliche Zeug, dem wir anhingen damals. Nie gab er sowas wie Ruhe, er lief von einem zum anderen, klingelte die Leute heraus, die Befreier freundlich zu empfangen, wenn sie durch unsere Straße patrouillierten, er war ganz Feuer, ganz Flamme. So glücklich, daß sein Erwachsenwerden mit jenem Frieden zusammenfiel. Ich konnte ihn gut verstehen. Er riß sich um jeden Posten, führte Listen, beobachtete alles genau. Manche fanden das gut, anderen war er ein Graus. Ich war etwas älter als er und hatte das Abitur gemacht, begann zu studieren. Er hätte das auch gern getan, aber seine Eltern hatten sich noch im April 45 aus lauter Angst vergiftet, und da mußte er die Schule auf irgendwann später verschieben und erst einmal zusehen, wie weit er ohne sie kam. Er haßte Vater und Mutter nach ihrem Tod, weil er sie geliebt hatte, als sie noch lebten. Sie konnten ihm nicht egal sein, sie hatten ihm etwas verbaut. Niemals ging er zum Friedhof, das Grab verlotterte schnell. Auf dem Stein, den der Bruder der Mutter hatte anfertigen lassen, stand Herrmanns Name mit dem Datum seiner Geburt unter denen der Eltern. Es hat ihn geekelt, daß seine Eltern imstande waren, ihn über den Tod hinaus zu verpflichten. Nie würde er sich in dieses Grab hineinlegen, hat er mir einmal gesagt.

Er kriegte dann ziemlich schnell einen kleinen Posten in der Kommandantur. Die Russen brauchten ja doch immer mal jemanden, der ihnen was half, und dein Vater hatte von seiner Mutter das Nähen gelernt. Da saß er also und nähte, gemeinsam mit einigen Russen, Knöpfe an Uniformjacken. Besserte Hosen aus. Schloß Nähte. War stolz. So habe ich viele gesehen damals. Ich nahm's ihm auch nicht übel, daß er sich wohlfühlte unter den Russen, deren Maskottchen er war. Sie waren ihm wohlgesonnen und fütterten ihn, daß auch ich was abkriegen konnte. Er war ja nicht geizig. Bis ich ihn eines Tages fragte, wie denn die Befreier so waren. Ob er sich vorstellen könnte, daß jene, die ihn fütterten, Leuten ins Herz schossen, die sie nicht grüßten. Herrmann redete nur von Bersarin, den er verehrte, und davon, daß die Deutschen an der ganzen Scheiße doch selber schuld seien und man sehr wachsam sein müsse, daß der Feind im Westen und der Feind im Inneren der Sowjetisch Besetzten Zone nicht gemeinsame Sache machen konnten zum Schaden der Antifaschisten. Ich stimmte ihm zu. Aber die blutige Frau, die ich später aus einem Fenster in der Frankfurter Allee stürzen sah, lebte doch noch, während sie fiel! Ehe sie aufschlug, zog ich meinen Kopf hinter die angekohlte Holztür des Hauseingangs zurück, daß ich nicht etwa noch eine Kleinigkeit zurückbehalten mußte von ihr. Wenn ich nur daran denke, wie unbedarft wir uns hielten, obwohl wir doch allen Schrecken, wenn nicht am eigenen, dann am Leibe des Nachbarn, erfahren hatten...

Es war ein einfacher Streit, wir waren ja kaum erwachsen, und ich glaubte, er hätte mir nur einen

Denkzettel verpassen wollen, als er mich bei den Russen anschwärzte mit einer dummen Geschichte von Feindkontakten … Ich dachte, das würde sich klären, und es klärte sich auch, aber ganz anders, als ich erwartet hatte. Ich fuhr nämlich ein und blieb verschwunden, und es gab niemanden mehr, der nach mir hätte fragen können. Außer Frau Brehme, die mich zu sich genommen hatte im Jahr neununddreißig, nachdem meine Eltern nicht mehr lebten. Und Frau Brehme erfuhr, wo ich war, als ich schreiben durfte nach Jahren. Und als ich zurückkam, dreiundfünfzig war das, da wohnte dein Vater immer noch da, wo vordem seine Eltern mit ihm gewohnt hatten, er hatte jetzt eine Frau und ein Kind und wollte mich nicht erkennen. Er führte das Hausbuch, ich trug unter seinen Augen den Tag meiner Rückkehr ein, er weinte nicht, lächelte nicht, sah, wie er so hinter mir stand, während ich schrieb, durch meinen Rücken hindurch aufs Papier und fuhr mir so nichtssagend durchs Herz, daß es schon stehenbleiben wollte. Ich merkte sofort, daß, was ich für die Freiheit hielt, eine neue Gefangenschaft war unter den Augen des Schneiders, der einmal mein Freund gewesen war. Nichts ließ er sich anmerken, fleißig beschleunigte er den Fortschritt und sah über mich hinweg. Als ich wiederkehrte, dachte ich noch, er könne vielleicht nicht dafür, ich war ihm während der Jahre der Haft nicht einmal wirklich böse gewesen, ich wußte ja, wie das damals so ging, und ich glaubte, wir könnten trotz allem uns wieder anfreunden, so, wie die Dinge nun mal gelaufen waren. Aber dein Vater, Zeplin, Herrmann Ingolf, war eine Wand geworden, gegen die nur anlaufen konnte, wer sicher war, daß er darüber hinwegkam in einem entschlossenen Sprung. Er hatte mich in der Hand, er wußte, woher ich kam, und hatte auf mich zu achten. Regelmäßig, wußte ich von Frau Brehme, kam man das Hausbuch kontrollieren. Deine Mutter, die von allem anderen wohl nichts wußte, hatte es ihr erzählt. Frau Brehme liebte dich, es fiel anfangs schwer, ihr das zu verzeihen, ich sah deinen sturen Blick und die oft so verächtlich nach unten gezogenen Mundwinkel. Sah deinen Vater in dir.

Wie er mit dir herumgemacht hat! So was von großtun. Wie er dich auf die Stange gesetzt hat, vor sich aufs Fahrrad, und vor den Leuten posiert hat mit deiner kindischen Fresse. Wie er dich später dressiert hat mit kleinen Gedichten und dich dann am Wahltag hinter sich herzog, damit du die Leute nett agitierst, er war ja der Wahlurnenschwenker, der Beitragskassierer, er hatte die Hand überall drin, die er mir vorher abgehackt hatte, ich wußte schon manchmal nicht mehr, warum ich ihn haßte. Sogar deine Mutter hat er geschickt, sich bei Frau Brehme nach mir zu erkundigen. Ob ich Kontakte habe. Wer hat nicht Kontakte, Frau Brehme war schon gewieft, aber ausweichen können hat sie deiner Mutter auch nicht auf Dauer. Hat sie dann lieber Klavier gespielt, als deine Mutter in die Wohnung zu bitten nach dem Klingeln. Sie sagte, du hättest Talent, man sollte dir Unterricht geben. Aber du durftest das nicht, dein Vater sah das nicht gern, wie du zur Brehme nach oben gekommen bist. Er hätte das strikt verboten, aber die Mutter erlaubte es doch, weil sie Frau Brehme traute und stolz war, daß du Talent hast.

Es hat so lange gedauert, bis ich aus seinen Augen kam. Ich konnte nicht wirklich fort, es wäre anständig gewesen, er wäre gegangen, hätte sich irgendwo eine Wohnung genommen, aber statt dessen hat er mir dein Gedeihen vorgeführt Tag für Tag und den kleinen Erfolg. Ich war nun ein Nichts, ich hatte es nicht noch einmal gewagt zu studieren, die zweieinhalb Semester Medizin blieben der Stumpf meiner Zukunft, der mich von innen heraus zermürbte. Dann habe ich einfach versucht, mir alles genau zu merken, was ich so hörte und sah, ich wollte das nie vergessen und eines Tages dein Feind sein, ich glaubte zu wissen, wie er dir anhing, und daß dein Schaden sein Tod sein würde. Ich schrieb jeden Tag, wenn ich nach Hause kam von der Arbeit. Ich war, was man war, wenn man nichts war: Ein Heizer, ein schwarzer, schwitzender Mann, den niemand mehr liebte. Als Frau Brehme dann starb, warf man mich doch aus der nunmehr zu großen Wohnung. Ich zog in ein Dachzimmer am Friedrichshain, wieder als Witwentröster, alles war gut gelenkt worden, nur wollte ich diesmal nicht wissen, wer mich hier unter Beobachtung genommen hatte. Es war nicht einmal so, daß ich aufatmete, weg zu sein von euch…

Es war spät geworden. Koenigs Kopf sank auf die Brust. Lioba, die alles überdeutlich wahrnahm, vermochte am Ende nicht mehr zu sagen, was sie gehört hatte. Sie rollte sich unter den Tisch, zog die Knie an die Brust und versuchte zu schlafen.

◆ ◆ ◆

Ida Bergner hatte sich viel Zeit genommen, den Brief zu gleichen Teilen mit Schärfe und Undeutlichkeit auszustatten, und so war er nur wieder jenen ähnlich geraten, die längst in ihrer Akte schmorten. Einmal sogar hatte sie das Formblatt mit Hilfe des *Versicherungsältesten* auszufüllen versucht, der ihr viel Mut zugesprochen hatte und sehr freundlich gewesen war. Dennoch hatte auch er ihr nicht helfen können. Sie mußte jemanden beibringen, der ihre Berufstätigkeit zumindest bezeugen konnte, wenn es denn wirklich keine Nachweise darüber mehr gab. Oder sie blieb eben bei ihrer Witwenrente. Während sie saß und vor sich hin döste, war sie drauf und dran, sich dreinzuschicken. Es kam ihr gelegen, daß das Wort *Versicherungsältester* in ihrem Kopf zu spuken begann. Sie überlegte, wie jung die anderen Mitarbeiter der Versicherung sein mochten, wenn jener Mann der Älteste von ihnen war. Sie schätzte ihn auf höchstens fünfzig Jahre und seufzte, sie war eine steinalte Frau im Vergleich zum Ältesten einer deutschen Versicherung. Die Kinder würden sie nicht im Stich lassen, und wenn sie wirklich eines Tages eine Arbeit bekommen sollten, würden sie auf Idas Rente nicht mehr angewiesen sein. Warum also sollte sie diese fehlenden Jahre nachweisen und sich schuldig machen in doppeltem Sinne? Wenn sie eine *Glaubhaftmachung* aus Kasachstan beschaffte, könnte das nur eine gefälschte sein, und wenn sie die Tatsachen anführte, würde man sie vermutlich ausweisen. Sie erinnerte sich ihrer Nachbarn in Konstantinowka, die nicht zusammen nach Deutschland ausreisen konnten, weil der Vater, wie es hieß, »eine Funktion ausgeübt hat, die der Aufrechterhaltung des kommunistischen Herrschaftssystems gewöhnlich als bedeutsam galt«. So hatte es in dem ablehnenden Bescheid gestanden, den die Nachbarn etwas genierlich nur Sinaida Semjonowna zu lesen gegeben hatten, nicht etwa dem ganzen Dorf, wie es bei positiven Benachrichtigungen üblich gewesen war. Nun ja, sie hatten sich damit abgefunden. Der Vater, ein Sekretär des Gebietsparteikomitees, hatte als eine beherzte Figur auf dem Spielfeld der Nomenklatura gegolten, der imstande gewesen war, unsinnige Vorgaben und Beschlüsse abzublocken und auszuhebeln, wenigstens aber ins Erträgliche zu mildern. Das konnte man hier niemandem erklären. Freilich hatte er die *kommunistische Herrschaft* nicht grundsätzlich in Frage gestellt, aber Ida konnte sich nicht vorstellen, daß dies die Aufgabe eines Kommunisten sein sollte. Sie hatte seine Reden aus den achtziger Jahren im Ohr, und sie erinnerte sich noch genau der aufs Zerreißen gespannten Stimmung im Kultursaal des Kolchos, als er den Film *Die Reue* zu einer einmaligen Vorführung von irgendwoher beschafft hatte. Lauter hohe Chargen hatten sich zur Beobachtung eingefunden, um das Ereignis in letzter Minute noch zu verhindern, ihre arglistige Ignoranz war schon zu sehr von Furcht durchsuppt gewesen, als daß sie es hätten wagen können, sich durchzusetzen. So hatten sie während des Films in steifer Haltung auf den harten Stühlen gesessen, und einer von ihnen hatte Ida bei jeder besonders grotesken Szene seinen schlechten Atem in den Nacken gestöhnt. Sie schüttelte sich und staunte, den Geruch sofort wieder in der Nase zu haben: Die Fäulnis von Speiseresten zwischen schlecht gereinigten Zähnen, durchschlagen von Spritdunst, der von weiter hinten aus dem Rachen aufstieg. Ida schüttelte sich. Sie hatte wenig zu tun. Niemals war ihr Haus in Konstantinowka so makellos aufgeräumt und sauber gewesen wie diese Wohnung am östlichen Stadtrand Berlins. Da blieb nichts mehr, was sie sich hätte vornehmen können. Auch wenn sie hin und wieder ein russisches Buch las, das sie sich im *Magasin* an der Ecke auslieh, blieb ihr so vieles leer und unerfüllt. In Konstantinowka war sie im Garten von Baum zu Baum gezogen, hatte im Frühsommer die kleinen Äpfelchen befühlt und ihnen einen sonnigen Sommer versprochen. Sie hatte sich mit anderen Frauen auf die Bänke vor dem Dorfladen gesetzt oder sie war mit Woldemar in die Stadt gefahren, wo sie Stoffe aussuchten für die Kleider der kommenden Jahre, und Schuhe kauften, was immer mit besonderen Schwierigkeiten verbunden gewesen war. Und obwohl sie sich hier frei bewegen konnte, obwohl sie inzwischen das Benutzen von Bussen und Bahnen gelernt hatte und halbwegs wußte, was man wo zu besorgen hatte, so blieb doch alles um sie herum auf seltsame Art leer. Nur wenn sie selbst sich ganz entleerte und dem puren Augenblick auslieferte, war es möglich, daß sie Zufriedenheit empfand, weil sie merkte, daß die Welt auch außerhalb ihrer selbst existierte. So wie neulich, als sie die von Obstbäumen gesäumte Straße nach Eiche genommen hatte. Nichts war zu Ende, und es hing nicht von ihr ab, wie es weitergehen würde. Ida war froh über die Sanftheit, mit der dieser Gedanke ihr hin und wieder Trost zusteckte.

Außerdem gab es ja Ljuba, die ein prächtiges Wesen haben mußte, wenn Ida sie noch nach Tagen für regelrecht präsent hielt. Immer meinte sie, eine Spur von Ljubas Körpergeruch wahrzunehmen, wenn sie morgens aufstand, ins Bad ging und sich später anzog, und es war vorgekommen, daß sie ihre ganze Wäsche mit der Nase abschnüffelte, um herauszubekommen, wie das möglich war. Ihr fiel auf, daß Ljubas Geruch sich bis in Brusthöhe in den Kleidern verfangen hatte, und selbst wenn sie Wäsche frisch von der Leine nahm und sie nichts anderes ausdünsteten als Waschmittelduft, spürte sie doch, wenn sie sie trug, schon nach kurzer Zeit, wie die Ärmel von Bluse oder Pullover bis zum Ellbogen hinauf an Ljuba erinnerten mit ihrem Aroma. Gedankenverloren rieb Ida Bergner mit dem rechten Unterarm die feuchte Nase ab – und hatte ihn wieder, Ljubas Geruch. Ein wenig mausig, ein wenig schweißig, ein Deodorant dazwischen und eine Spur scharfen Urins. Ein Dorfgeruch eigentlich, wie Ida jetzt fand. Sie stellte sich vor, Ljuba einmal nach Konstantinowka einzuladen, was aber voraussetzte, sie selbst befände sich dort. Ein schöner Gedanke, zumindest für den Moment.

Ida stand auf, zog im Flur Schuhe und Mantel über. Als sie die Treppe hinunterging, meinte sie noch, nach Eiche unterwegs zu sein, noch einmal die Straße durchs Dorf abzulaufen und sich umzuschauen, ob sie nicht einen Garten fände, der ein wenig Pflege vertrüge. Sie würde am Gartentor klingeln und den Besitzer fragen, ob sie ihm helfen dürfe. Sie wollte kein Geld, sie stellte sich vor, im Herbst das Laub auf Haufen zu rechen und die Beete fürs Frühjahr vorzubereiten. Als sie aber draußen stand, nahm sie ihren Weg in entgegengesetzter Richtung und lief auf das Stadtteilzentrum zu. Sie griff in die

Manteltasche nach ihrem Portemonnaie und war drauf und dran, den alternden deutschen Damen in der Konditorei einen Besuch abzustatten. Aber vor dem Schaufenster mit den Broten, Torten und verschiedenen Kleingebäcken wußte sie, daß sie sich für keine der Kuchensorten würde entscheiden können, wenn sie erst vor der Ladentheke stand, und so lief sie weiter. An jener Tankstelle, an der man *die kleine Janina* aufgefunden hatte, hielt sie kurz inne und schritt dann auf den Eingang des Verkaufsraumes zu. Edward hatte ihr erzählt, daß zu deutschen Tankstellen richtige Geschäfte gehörten, in denen man neben Autozubehör auch Zeitungen, Zigaretten und Lebensmittel kaufen konnte. In der Tat fand sie eine neue Ausgabe der *Russkij Berlin.* Der junge Mann, bei dem sie bezahlen mußte, nahm ihr das Geld mit einer Miene mühsamer Beherrschung ab. In einer Aufwallung von Selbstbehauptung bestellte Ida Bergner einen großen Topf Kaffee und ein belegtes Brötchen, suchte lange und umständlich eine Schachtel Zigaretten aus der unerklärlichen Vielfalt des Angebots aus und versuchte, dem Jungen in die Augen zu schauen dabei. Es gelang nicht. Dennoch war sie zufrieden mit sich und ließ den Kaffee auf einen der drei Stehtische neben dem Backautomaten stellen. Die Wärme und der Duft der aufgehenden Brötchen hüllten sie ein, daß sie ihrer selbst ganz sicher war. Die Männer am Nebentisch mochten Fernfahrer sein oder einfach Arbeiter, die hier ihrer Mittagspause nachgingen. Ida, die sehr genau spürte, wie ausdauernd sie beobachtet wurde, schaffte es, ohne allzu große Umstände die Zigarettenschachtel zu öffnen. Natürlich erkannte sie den Klappdeckel der Verpackung nicht als solchen und riß ihn ab, aber alles ging, aufs Ziel gerichtet, ohne Umständlichkeit ab. Die Männer grienten, einer von ihnen demonstrierte, wortlos, die Funktion der Schachtel am Beispiel seiner Marlboro-Light-Packung, und erst als sie eine Zigarette in der Hand hielt, merkte sie, daß sie Feuer brauchte. Nun kamen ihr die Männer zu Hilfe, gleich drei Flämmchen züngelten vor Idas Nase, sie lachte, war sich aber nicht sicher, ob die Männer sie verspotteten oder einfach nur freundlicher waren als die Damen in der Konditorei. Sie hatte noch immer wenig Erfahrung, die Gesten der Deutschen zu entziffern. Ihr Lachen. Ihre Blicke. Ihre Körperhaltung. Ihren Schritt. Das hatte sie damals auch nicht vermocht, in jener vergangenen Zeit, die nun als Lücke in ihrem *Rentenverlauf* klaffte.

Diese Männer hier waren viel lauter als jene stummen Deutschen, denen sie damals Tag für Tag begegnet war.

Ida faltete das Blatt auf, aber ohne Brille würde sie außer den Überschriften nichts lesen können. Die Männer schwiegen, als sie die Zeitung schließlich zusammenrollte und sich zu gehen anschickte. Der Kaffee hatte ihr gut getan, sie hatte ihn mit Zucker und Sahne getrunken. Das Brötchen hielt sie noch in der Hand, als sie auf die Stendaler Straße hinaustrat.

Sie hatte zu viel Zeit. Ließ sich treiben. Betrat schließlich ein Lederwarengeschäft. Wenn sie wirklich eine Reise nach Kasachstan unternehmen sollte, würde sie einen neuen Koffer brauchen. Sie lief an den raumhohen Regalen entlang und stellte fest, das nichts hier daran erinnerte, was sie suchte: einen stabilen, geräumigen Pappkoffer, braun oder grau, mit abschließbaren Schnappverschlüssen. Sie würde sich umstellen müssen, fühlte einen Moment lang lähmende Unsicherheit. Eine Verkäuferin kam ihr zur Hilfe, führte einen leuchtend roten Hartschalenkoffer vor. Natürlich, der gefiel Ida Bergner jetzt sehr viel besser als alles, was sie in ihrer Vorstellung zum Thema Koffer hatte finden können. Aber ihr Geld reichte nicht, sie war auf einen größeren Einkauf nicht vorbereitet. Also bat sie darum, den Koffer für sie reserviert zu halten, aber die Verkäuferin erklärte mit Nachsicht, daß das nicht nötig sei, sie habe genügend Ware vorrätig und würde der *geschätzten Kundschaft* jederzeit das Gewünschte anbieten können. Das gute Stück wurde wieder nach oben in die Auslage gehievt, Ida sah sich noch ein bißchen um, hatte auf einmal Freude daran, das Leder feiner Handtaschen zu fühlen, sie zu öffnen, das Seidenpapier herauszunehmen und sie genau zu untersuchen. Je mehr Fächer eine Tasche hat, um so höher stieg sie auf Ida Bergners Skala der Vorlieben, und wenn diese Fächer auch noch mit Reißverschlüssen versehen waren, mußte Ida sich jedesmal aufs neue erklären, warum sie die Tasche nicht auf der Stelle erwarb. Verwirrt von diesen Argumentationen, mit denen sie ihre plötzliche Kauflust zu bändigen suchte, zog sie es vor, das Geschäft zu verlassen. Der Ausgang führte sie in die zentrale, überdachte Ladenpassage. Hier gab es ein Café, ein Bistro, Rolltreppen und Bänke, von denen aus man das Treiben beobachten konnte. Den Tischen und Stühlen hatte man durch dicke, goldfarbene Seile abgetrennte Bereiche inmitten des Menschengewimmels geschaffen. Ida setzte sich, obwohl sie gerade erst einen Kaffee getrunken hatte, und orderte einen Cappuccino. Probierte noch eine von den Zigaretten. Sie hatte nur kurze Zeit in ihrem Leben geraucht, ein oder zwei Jahre, und was sie damals zwischen den Lippen hatte, war ganz etwas anderes gewesen als dieser fein geschnittene, parfümierte und fest in weißes Papier eingerollte Tabak. Damals hatte es besser geschmeckt, stellte sie nach wenigen Zügen fest und drückte die Glut aus, noch ehe der Kaffee da war. Die Besitzerin der lauten Stimme, die auf sie zuschwoll, klapperte, sich wieder entfernte, konnte sie sofort ausmachen: Es war die Putzfrau, deren Getöne sie aus dem Klangteppich herausgefiltert hatte. Dann sah sie sie auch, sie hüpfte an der Hand eines Mannes aufgeregt hin und her, trug eine Puppe im Brautkleid und zerrte ihren Begleiter in ein Spielzeuggeschäft. Ida lächelte. Der Schaum auf der Oberfläche der Tasse, mit Kakaopulver bestreut, ließ ihr das Wasser im Munde zusammenlaufen. Sie trank langsam, in kleinen Schlucken, kaute die Flüssigkeit gründlich. Das Mädchen wäre auch eine Möglichkeit, dachte sie wieder. *Ich weiß, wie man putzt. Ich könnt ihr was helfen.* Wenn der Mann mit der Putzfrau zu tun hatte, dann sollte sie ihn gleich fragen, was er dazu meint. Vielleicht war er ihr Betreuer? Lebte sie in einem Heim? Ida wartete jetzt, daß die beiden wieder aus dem Laden herauskamen. Zahlte den Kaffee, erhob sich. Es dauerte ihr zu lange, sie würde ihnen ja auch entgegengehen können. Das Schaufenster des Spielzeugladens war nur einige Meter von ihr entfernt, sie stellte sich an die Scheibe und schaute hindurch, wollte die beiden nicht stören bei ihrem Kauf. Nein, der Mann schien der Putzfrau kein Betreuer zu sein. Eher ein Vater, ein Großvater vielleicht. Das plumpe Mädchen drehte sich jetzt ganz in Idas Richtung, so daß ihr Gesicht zu sehen war. Beinahe enttäuscht stellte Ida fest, daß da keinerlei Ähnlichkeit war zwischen der Putzfrau und ihm. Andererseits – ihre Tochter hatte Woldemar auch nicht ähnlich sehen können, und dennoch war er mit den Jahren unzweifelhaft so etwas wie ihr Vater geworden. Ida lächelte noch, als der Mann, eine Folienpackung eingeschweißter Puppenkleider in der Hand, sich in ihre Richtung drehte. Sie sah ihn an, und wer sich nicht belog, mußte in Ida Bergners Gesicht Fassungslosigkeit ausmachen.

◆ ◆ ◆

Es war noch genug Zeit, bis der Mann kommen würde. Marona sollte ihm vorher ein bißchen erzählen vom alten Koenig, den er zwar schon einige Male gesehen, ihn aber nie wirklich wahrgenommen hatte. Der Putzfrau begegnete Marl zuvorkommend, aber auf nichtssagende Art, sie interessierte ihn nicht. Marona hatte sie ausgesucht und eingestellt. Im Grunde hatte sie selbst sich keine andere Wahl gelassen: Als Herr Koenig ihr seine Tochter antrug, hatte er auf ihr Mitleid gesetzt und recht behalten. Am Anfang hatte er die Putzfrau nicht nur abgeholt, sondern auch pünktlich abgeliefert zu ihren Arbeitsstunden. Bei diesen Gelegenheiten hatte Marona seine äußerst zuvorkommende Art schätzen gelernt: Die Frage nach ihrem Befinden, hin und wieder eine Schachtel Vollmilchpralinen und in größeren Abständen ein gutes Buch, das er ihr nicht etwa schenkte, sondern mit einer schriftlichen Begründung seiner Auswahl zum Lesen überreichte. Zudem hatte er ihren Geburtstag ausgekundschaftet und brachte zu diesem Anlaß alljährlich eine erlesene Flasche Wein in die Kanzlei. Seine offensichtliche Kennerschaft hatte Marona jedesmal aufs neue in Erstaunen versetzt. Daß sie jedoch zwischen den Zeitpunkten seines Auftauchens an ihn denken mußte, kam selten vor. Es war daher auch nicht viel, was Marona über ihn wußte. Jedenfalls weniger, als Marl sich vorgestellt hatte. Wenn er sich die Gründe für Koenigs Vorsprache ausmalte, wollte ihn ein Gefühl der Langeweile nicht verlassen. So, wie der Alte gekleidet war, konnte man ihn für einen Pachtgartenbesitzer halten. Der lederne Hut, in den er seinen runden Kopf hineinzwängte, hinterließ eine tiefe, rote Furche auf seiner Stirn. Als Marl ihn zur Wohnung hinaufbegleitete nach jenem Abend in Altlandsberg, hatte der Alte den Hut abgenommen und Marl nicht sofort begriffen, was zu der Kerbe über die Stirn geführt haben mochte…

Vielleicht hatte der Mann Ärger, weil er einen Zaun für überflüssig hielt, an dem er sich finanziell beteiligen sollte. Vielleicht stank ihm seines Nachbarn Misthaufen zu nahe an seiner Sitzecke, seiner Blockhütte womöglich. Viele der älteren Leute hier draußen hatten Schreberparzellen gepachtet, und nachbarschaftsrechtliche Auseinandersetzungen waren trotz der ehernen Kleingartenordnung und der Schlichtungsversuche im jeweiligen Siedlerverein an der Tagesordnung. Marl langweilte sich allein bei dem Gedanken, wieder so einen Fall auf den Tisch zu bekommen, in dem Kantensteine zu tonnenschweren Findlingen aufgeblasen wurden, Laubhaufen zu Schädlingsbrutstätten und Kohlstrünke auf dem Kompost zu schwerwiegendem Umweltfrevel. Marl schnitt eine Tomate auf und entfernte sorgfältig jene Stelle der Frucht, die er den *Nabel* nannte. Tatsächlich überlegte er einen Moment, ob er mit dem Herausgeschnittenen so etwas wie einen Zimmerkompost begründen und zu diesem Zweck einen durchlöcherten Eimer in eine alte Plastikschüssel stellen sollte. Statt dessen öffnete er aber das Fenster und schnippte den *Nabel* hinaus. Marona, deren Anwesenheit er schon beinahe vergessen hatte, öffnete den Mund, und Marl ließ das letzte Stück der Tomate hineingleiten. Marona schnappte mit den

Lippen nach Marls Fingerkuppen, zu seiner Überraschung spielte sie hin und wieder mit dem Feuer. Die feuchten Fingerkuppen wischte Marl augenblicklich an seiner Hose ab und konnte es nicht unterdrücken, daß sich sein Mund in ärgerlicher Weise verzog. Sie seufzte entschuldigend. Wußte, daß sie sich unfair verhielt.

Als es klingelte, zog Marl Marona an den Schultern vom Stuhl hoch und schob sie durch die Tür auf den kleinen Flur, den ein paar Stühle zum Warteraum umfunktionierten. Von seinem Stuhl hinter dem Schreibtisch hörte er, wie Marona öffnete und Herrn Koenig hereinbat. Sofort nahm er auch den Ton ausgesuchter Höflichkeit in dessen Stimme wahr. Und, daß dieser Ton sich ausschließlich auf Marona bezog: Marl war von Koenig vertraulich angesprochen worden. In dieser Vertraulichkeit war kein Platz für Höflichkeit gewesen. Marl wunderte sich jetzt, daß erst Koenigs Umgang mit Marona ihn darauf aufmerksam machte. Das Gefühl der Langeweile, das er in Erwartung des neuen Mandanten verspürt hatte, war unversehens verflogen.

Natürlich verhielt sich Marona, wie sie es miteinander ausgemacht hatten. Sie nahm zunächst Koenigs Personalien auf und bat ihn dann, für einen Moment im Flur Platz zu nehmen. Mußten mehrere Leute dort warten, erkundigte sich Marona, ob jemand Tee, Kaffee und etwas Gebäck wollte. Sie strahlte Marls Kundschaft gegenüber eine Verbindlichkeit aus, die nicht unmaßgeblich zum Erfolg seiner Kanzlei beitrug und von ihm vermutlich viel zu selten wirklich gewürdigt wurde. Die plötzliche Rührung würgte Marl. Er bat Marona, Koenig etwas anzubieten, auch wenn er der einzige Wartende war. Das würde Marl Zeit geben, auf Distanz zu gehen und die angebotene Vertraulichkeit erst einmal auszuschlagen. Als er Koenig schließlich eintreten ließ, sah ihn dieser an, als wolle er zur Geburt eines Kindes gratulieren oder sein Beileid zum Ableben eines nahen Verwandten bekunden. Marls Kragen schloß sich augenblicklich eng um seinen Hals. Flennende Männer, noch dazu fremde, widerten ihn an. Auch konnte er Koenigs Gesicht nicht im mindesten entnehmen, ob die Ergriffenheit Freude oder Trauer zum Anlaß hatte. So mußte er sich sehr bemühen, Koenig an jenem kleinen Tischchen Platz nehmen zu lassen, an dem er gewöhnlich mit seinen Mandanten deren Anliegen besprach und ihnen seine Auffassungen darlegte. Koenig räusperte sich und konnte offenbar den ersten Satz nicht finden. Wieder war Marl sehr überrascht: Erst während Koenigs Sprachlosigkeit spürte er, wie begierig sein Körper auf diesen ersten Satz aus war. Wie mühsam er die Indiskretion verbergen mußte, die Koenig hatte auslösen können in ihm. Und während nun Koenig langsam die Lippen öffnete, um zu sprechen, fand Marl in dessen Gesicht, wonach er bislang so vergeblich gesucht hatte: Den väterlichen Blick. Es war *die Liebe, die Hur*, die Marls Hand, noch ehe der Alte ein Wort verloren hatte, in Koenigs Richtung lenkte. Aber wie Koenig auswich, als erwarte er einen schmerzhaften Schlag, hatte sie nicht voraussehen können. Sie zog sich zurück. Marls Hand glitt auf den Tisch, ehe sie zum Stift griff und Koenig bedeutete, sein Anliegen vorzubringen. Der aber bat nun darum, Marona zur Zeugin seiner Ansprache zu nehmen. Er brauche eine neutrale Person. So etwas ließe sich nicht leichthin erzählen. Das Recht sei immerhin keinesfalls strittig. Die Tatsachen lägen sehr klar auf dem Tisch. Nur lagerten über den Tatsachen eben ein paar

Jahrzehnte, die wegzuräumen er nicht den Beteiligten überlassen könne. In Kenntnis seines eigenen Jähzorns. Seiner aufbrausenden Art. Seiner Liebe, die einfach kein Ende nehmen wolle und ihn noch heute am Leben erhalte, um ihn mit ihrer Unmöglichkeit zu Tode quälen zu können. Und wäre ihm nicht seine Tochter über den Weg gelaufen, die natürlich ebensowenig seine Tochter sei wie Marl sein Sohn, dann hätte er sich dieser Art zu leben längst schon entzogen. Und keine Chance mehr gehabt, die Geschwister miteinander bekanntzumachen. Was auch ein Unglück sein könne.

Marl wußte nicht recht, ob er froh sein sollte, nichts zu verstehen. Wenigstens gab ihm seine Ahnungslosigkeit die Möglichkeit zu kühler Überlegung. Er könnte Koenig bitten zu gehen. Einen Arzt aufzusuchen. Sich alles noch einmal in Ruhe zu überlegen und seine Gedanken zu ordnen. Vielleicht konnte er sich diese Sache vom Hals halten. Koenig war offenbar verrückt, einem Wahn erlegen. Leute in diesem Zustand hatte er schon einige Male in seiner Praxis gehabt. Es war schwierig, ihnen wohlwollend und dennoch bestimmt zu begegnen. Marl wußte, daß er nicht in der Lage war, *professionell* zu reagieren. In der Tat war es meist Marona gewesen, die es vermocht hatte, solchen Leuten die Sicherheit zu geben, daß man sie anhörte. Daß man nach einer Lösung suchte. Maronas feines Gespür für Ängste aller Art hatte sie meist den richtigen Ton finden lassen, wenn es darum ging, jemanden aus der Familie darum zu bitten, sich um die Belange des Betroffenen zu kümmern. Niemals aber hatte jemand um die Anwesenheit Maronas als *neutrale Zeugin* gebeten. Was sollte er tun?

Marona nahm ihm die Entscheidung ab, indem sie im

richtigen Moment hereinkam, um Marl die Mitschrift eines dringlichen Telefonats auf den Schreibtisch zu legen. Koenig bat sie nun selbst, sich zu ihnen zu setzen und anzuhören, was er zu sagen hatte.

Seine Rede kam nicht in Fluß. Sie zögerte, stolperte, erhob sich wieder. Glich einer gebrechlichen Person, die zwar ihr Ziel kannte, sich der Gefahren auf dem Weg dorthin aber sehr bewußt war und Mühe aufbringen mußte, loszugehen. Koenigs Worte erreichten Marona ohne Umwege, kamen bei Marl aber stets mit einiger Verzögerung an und lösten ein ziemliches Durcheinander aus. Während der Zeit, die er brauchte, einen Satz zu verstehen, indem er das Echo entzifferte, das er in seinem Kopf hinterlassen hatte, rauschte ein anderer Satz einfach vorbei. Die Löcher zwischen den Echos vermochte Marl bald nicht mehr zu füllen. Marona aber hatte verstanden: Herr Koenig liebte in Marl dessen Vater, den er im Gefängnis kennengelernt hatte. Sie hätten gar nichts anderes tun können als einander tief zu verfallen. Reinhard Marl war Koenigs erste Liebe gewesen, und wenn er sich daran erinnerte, wie er den Ort hatte verlassen müssen, allein, ohne den Geliebten, der noch einige Zeit länger aushalten mußte, so stieg ihm noch heute jene Verzweiflung hoch hinauf in den Hals, die ihn vor dem verschlossenen Tor der Anstalt überfallen und sehr fest gewürgt hatte. Er hätte vieles getan damals, wieder hineinzudürfen zu ihm, Reinhard Marl, dem er seine Treue geschworen hatte. Unter einer Art Tränen, die man nur hinter Gittern vergoß. So lange hatten sie dort miteinander gelebt, daß sie sich gar nicht mehr vorstellen wollten, woanders zu sein. Vermutlich waren sie den anderen gar nicht weiter aufgefallen, man miezelte eben, wenn man auf Trost und Abfuhr aus war, was sollte man tun. Marls Haut war glatt und hell gewesen, die Augen groß und dunkel. Ein sanfter Mann. Vor allem einer der jüngsten, wie Koenig selbst. Nie hatten sie sich über die Gründe ihrer Haft ausgetauscht. Das hätte bedeutet, ihre Begegnung bedauern zu müssen. Als sie sich trafen, lag die Zeit der größten Verzweiflung weit hinter ihnen. Sie wurden ein wenig gefoppt, ihrer intellektuellen Allüren wegen, wie man es nannte. Koenig selbst aber hatte in den albernsten Beschwörungen ihrer Liebe, den Gedichten, die sie einander schrieben, nur jenen Rausch ausgelebt, den die anderen längst hinter sich hatten, als sie sich im Kahn wiederfanden. Es verblaßte, wo sie sich liebten. War nicht mehr wichtig. (Marona, von Marl oft genug als sein Zimmer bezeichnet, in das es ihn zog, verstand, wie das ging.) Während sie viel zu viel Zeit hatten, einander die jeweilige Zukunft zu versprechen, kam sie ihnen abhanden mit Koenigs unerwarteter Entlassung. Als er dorthin zurückging, wo er hergekommen war, geschah das deshalb, weil er darin Reinhard Marls einzige Chance sah, ihn nach dem Ende der Haft wiederfinden zu können. Und darauf hatte Koenig von da an gewartet. Tatsächlich war auch sein Geliebter zwei Jahre später entlassen worden, aber, und das war nicht viel mehr als ein Mutmaßen Koenigs, hatte er vor lauter Angst nur noch ein unauffälliges Leben führen wollen. Reinhard Marl hatte ihn wirklich gesucht und gefunden, wo er ihn vermutete – bei seiner alten Vermieterin. Sie waren durch die Stadt gezogen bei stürmischem Aprilwetter, aber sie hatten einander nicht mehr berührt. Sie wohnten nicht weit voneinander entfernt, doch alle Versuche Koenigs, an seine Liebe zu gelangen, die er für sein Eigentum hielt, hatte Reinhard Marl anfangs nur mit angstgeweiteten Augen, später mit der Vorführung einer Braut vereitelt. Noch heute vermochte Koenig nicht zu sagen, warum er zu jenem Zeitpunkt nicht in den Westen gegangen war. Aber ebensowenig, wie er sich das vor Reinhard Marls Entlassung hatte vorstellen können, war es ihm danach in den Sinn gekommen. Statt dessen hatte er begonnen, den einstigen Denunzianten dafür zu hassen, daß Reinhard Marl Angst vor ihm hatte: Der Denunziant hieß Zeplin, war Koenigs Nachbar und früher ein Freund gewesen. Auch er hatte nach Koenigs Rückkehr Frau und Kind, und so waren Koenig die beiden Kinder dazwischengeraten: Des Denunzianten seltsame Tochter und Reinhard Marls Sohn, auf den er ein Recht zu haben glaubte. Irgendwann hatte Reinhard begonnen, Koenig einzuschüchtern, hatte gedroht, ihn auflaufen zu lassen, falls er ihm weiter nachstellte, er habe jetzt eine Verantwortung, er würde sich sein Leben nicht noch einmal verderben lassen, *aber das Kind!*, hatte Koenig geschrieen, *willst du mir auch noch das Kind nehmen?*, und während, in dieser Zuspitzung, Reinhard Marl schauderhaft zu lachen begonnen hatte, waren in Koenigs Kopf die Kinder des Geliebten und des Denunzianten, eben Marl und jene Lioba, ebenso ununterscheidbar geworden wie deren Väter, so daß Koenig, was er fühlte, nicht mehr hatte voneinander abgrenzen können. Nur langsam hatte er sich in einen von außen vorgegebenen Rhythmus zwingen können, der sich in seinem Inneren aber nicht fortsetzte. Immer hatte sein innerer Takt dem äußeren ganz und gar entgegengespielt, waren sein täglicher Gang zur Arbeit, sein pünktliches Erscheinen, seine beharrliche Arbeit eine Absage an sich selbst, ein selbstzerstörerisches Aufgeben gewesen. War der äußere Schein seiner Existenz also das Gegenteil dessen, was ihn im Inneren trieb, so spürte er sich selbst nur, seine zerfransten Ränder, die verschlungenen Knäuel aus Liebe und Haß, die ihn bei lebendigem Leibe auszustopfen begannen, wenn er die Kinder verfolgte. Wenn er ihnen auf den Fersen blieb, ohne sich ahnen zu lassen. Wenn er den Vätern, die er nicht treffen konnte, die Kinder entzog, indem er sie für sich beschlagnahmte. Mit eben jenen unentwirrbaren Knäueln aus seinem Inneren nach ihnen zu werfen versuchte. Sie ausforschte, bespitzelte, in seinen Schatten stellte, ihnen die Geheimnisse nahm, wie er glaubte.

Als Marls an die Peripherie zogen, wohnte er schon lange im Friedrichshain. Er war sich nicht sicher, ob Reinhard Marl überhaupt noch an ihn dachte. Aber er, Koenig, würde nicht untreu werden, er würde an seiner Seite bleiben, auch wenn er nun immer seltener das Haus verließ, um den Kindern nachzustellen, die sich ja selbst mehr und mehr entfernten von ihren Vätern.

Er hatte genug gesammelt.

Was er besaß, hielt er keinesfalls für unrechtmäßige Beute, sondern für den ihm zustehenden Anteil einer Unternehmung, um deren Früchte man ihn hatte betrügen wollen. Er zog sich zurück. Verließ Reinhard Marl nicht, aber beschäftigte sich fortan mit seiner Sammlung. Den kindlichen Turnbeuteln, Taschentüchern, Schlüsseln. Den Puppen und Autos, den Schulheften und Stiften, die er Marl und jener Lioba abgejagt hatte bei seinen einstigen Unternehmungen. Er führte Buch, schrieb auf, katalogisierte. In seinem Museum fand er sich selbst: Als seligen, grollenden Klausner, dessen ganzer Besitz ein paar fragliche Stücke beschlagnahmter Kindheiten waren. Erst als die Putzfrau als dickes, debiles Geschöpf mit einer Mutter an der Hand in sein Leben trat, hatte er für eine Weile davon Abstand nehmen und sich auf anderes einlassen können. Aber davon zu sprechen, verwarf Koenig. Statt dessen erzählte er von jener Zeit in den achtziger Jahre, als hier draußen die ersten Siedlungen in den Lehm gesetzt wurden. Nach Reinhard Marl war auch die Tochter des Denunzianten mit Mann und Kind nach hier gekommen, hatte sich festgewohnt. Junge Paare mit Kind versorgte man bevorzugt mit Wohnraum, und daß Lioba Zeplin Lehrerin war, mochte den Ausschlag gegeben haben. Lehrer wurden gebraucht und aus allen Teilen des Landes hier angesiedelt. Überhaupt setzte sich der Großteil der Einwohner der neuen Randbezirke aus Zugezogenen zusammen, die aus ihren entfernten Heimatstädten und -dörfern zum Hauptstadtbau abkommandiert worden waren. Sie konnten ihre Familien nachholen und waren froh, die begehrte Zuzugserlaubnis bekommen zu haben. Als sich die Möglichkeit bot, hatten Koenig und die Mutter der Putzfrau ihre beiden kleinen Wohnungen gegen eine gemeinsame hier draußen eingetauscht, und jene Frau, der Koenig von seinem früheren Leben erzählte, hatte ihn noch ermuntert, die Spur wieder aufzunehmen. So war Koenig schließlich in Marls und Liobas Nähe gelandet, die freilich nichts von ihm ahnten. Auf eine Begegnung mit seiner Liebe war er zwar immer noch scharf, aber Reinhard hatte ihn stets ignoriert. Koenig hätte gern noch ein eigenes Kind gehabt, aber seine Frau war nicht jung genug. Daß sie eine Frau war, hatte Koenig glauben lassen, sie auf eine Art lieben zu können, die seine Treue zu Reinhard Marl nicht beschädigte. Sie war die einzige gewesen, die sich in Koenigs verschrobenen Strebungen auskannte und die so seltsam zueinandergesetzten Konstrukte befestigte mit ihrem Zuspruch. So wandte sie die Gefahr ab, Koenigs Gedankengebäude könnte einstürzen. Krater reißen. Ruinen hinterlassen, die außerhalb seiner Vorstellung lagen. Sie hatte ihn gut beschützt. Und ihm ihr Kind angetragen, als sie ihren Tod vor Augen hatte. Sie rauchte zuviel. Koenig weinte. Marl war er so zuwider damit wie jeder flennende Mann, aber Marona konnte ihm die Arme um die Schulter legen.

◆ ◆ ◆

Die Schüler vor ihr saßen über einer Leistungskontrolle. *Hätten sitzen sollen.* Lioba registrierte die gewohnte Verteilung von Abwehr und Desinteresse unter ihnen gerade noch, war aber im Grunde dabei, zu rekonstruieren, wie sie am Morgen von Koenigs Wohnung aus zur Schule gelangt war. Es war die letzte Stunde, die Schüler hatten zu Beginn mit einer Beschwerde beim Direktor gedroht. Darüber, daß ihnen Lioba in der Phase ihrer größten Ermüdung eine schriftliche Arbeit zumutete. Sie hatte nur gelächelt und die Arbeitsblätter ausgeteilt. Die Art, Schülerwissen herauszufordern, indem man ihnen vier alternative Anworten auf die vorgedruckten Fragen anbot und sie die passende ankreuzen ließ, hatte sie stets geringgeschätzt. Wenigstens hielt diese Art des Glücksspiels die Schüler von noch größerem Widerstreben ab und versetzte die Lehrer in die halbwegs komfortable Lage, sie nicht reihenweise durchfallen lassen zu müssen. Die schriftliche Erörterung aufgegebener Problemstellungen brachte in der Regel erheblich schlechtere Ergebnisse. Das Lesen längerer Texte fiel den meisten von ihnen ebenso schwer wie das Verfassen einer halbwegs geordneten Abhandlung. Lioba fragte sich hin und wieder, in welchen Positionen ihr die jungen Leute eines Tages womöglich gegenübersitzen würden. Den Versuch einer Antwort wollte sie erst gar nicht unternehmen.

Sie hatte kurz nach sieben die Tür von Koenigs Wohnblock hinter sich zuschlagen lassen. Das Geräusch war jenem, das ihre eigene Haustür verursachte, überaus ähnlich gewesen. In einer Supermarktbäckerei hatte sie Kaffee getrunken und ein belegtes Brötchen gegessen und sich gefreut, daß sie nicht geduscht hatte. Während des Essens hatte sie Vater und Mutter verhört, war die Nachbartreppe zu Frau Brehmes Wohnung hinaufgestiegen und hatte versucht, irgendwo eine Spur von Koenig zu entdecken. Er mußte jener Mann gewesen sein, der Frau Brehme aus der plötzlichen Ohnmacht gezogen hatte in ihrem Beisein. Aber sie sah ihn nicht, er hielt sich zu gut versteckt in ihrem Kopf, er war womöglich ein Meister.

Nach diesem Frühstück hatte sie es eilig gehabt, zur Schule zu kommen. Sie war sicher, daß Koenig im Schlaf ihr Verschwinden nicht registriert hatte. Er tat ihr leid. Er störte so sehr. Noch immer zeigten sich die Nesselflecken auf ihren Armen. Wenn sie die Haut straffte mit der Hand, hoben sie sich weiß vom rot gescheuerten Untergrund ab. Lioba zog die Ärmel bis über die Handgelenke hinunter. Niemand beachtete sie. Einige Mädchen waren mit ihren Arbeiten fertig und unterhielten sich angeregt. Ihr Gespräch diente den Störgeräuschen der anderen als filzige, dämpfende Unterlage. Dafür war ihnen Lioba beinahe dankbar. Sie wollte in Ruhe gelassen werden, war eben erst jenseits des Vaters noch einmal zur Welt gekommen, und unabhängig davon, wie nahe Koenigs Verkündung der möglichen Wahrheit kam, sah nun Lioba, wie ihr der Vater vorausging. Wenn sie es war, die ihn von der Vergangenheit her beleuchtete, und wenn er nicht wissen konnte, daß sie ihn sah, bewegte er sich ganz anders. Sah sie in seinem über die Nadelarbeit gebeugten Rücken nicht nur den spitzbärtigen Eifer des kleinen Damenmaßschneiders, die Sorge für die Familie, den Fleiß und die Akkuratesse, sondern das Buckeln, und sei es aus ehrlicher Ergebenheit, vor dem vermeintlich Stärkeren. Das war ihr neu. Ihr Vater geriet unter ihrem Blick zu einem feigen Schneiderlein, dessen größte Verfehlung nicht etwa die womöglich unbeabsichtigte Denunziation eines Jugendfreundes war, sondern die Ignoranz, mit der er sich später bewehrt hatte, um sich für tapfer halten zu können. Sie kannte solche Geschichten. Sie hatten sie nie interessiert. Diese hier begann sie zu interessieren. Es war ihre eigene.

Als es klingelte, ließen einige Schüler die Arbeiten einfach auf den Tischen liegen, andere brachten sie nach vorn und überreichten sie mit unterschiedlichen Arten derselben Apathie. Lioba brachte den Stapel ins Lehrerzimmer und deponierte ihn in ihrem Fach. Sie würde am Nachmittag keine Lust haben, sich damit herumzuschlagen. Daß die Zündel nahe an sie herangetreten war, hatte sie nicht bemerkt, so daß sie erschrak, als sie deren Klopfen auf ihrer Schulter verspürte: Sie habe jemandem im Schlepptau, der nach Lioba suchte – ihr Kopf tänzelte auf jener seltsamen Achse zwischen Halswirbel und Kehlkopf –, und als sie beiseite trat, warf sich Ida Bergner an Liobas Hals.

Wenig später gingen die beiden, den Panzer ihrer jeweils eigenen Unsicherheit um die Schultern, nebeneinander her auf Liobas Wohnung zu. Den Blick auf den Gehsteig geheftet, sahen sie die Jungen nicht, die nun wieder beim Vietnamesen am Rande der Brache ihr Bier tranken. So konnten sie auch deren ungläubige Blicke nicht wahrnehmen, die wohl darin ihre Ursache hatten, die beiden Frauen zusammen zu sehen. Die Körperhaltung der jungen Männer verriet eine Betretenheit, die der großspurigen Mimik, dem Ausspucken, dem Einziehen und Auspfeifen der Luft durch die abschätzig über die Zahnreihen gezogenen Lippen zuwiderlief. Sie hatten die Gesichter in Richtung der Bude gewandt, dem Vietnamesen zu, der seinerseits in die Knie ging und in den Fächern unter dem Verkaufstisch irgend etwas zu suchen begann.

Lioba, als sie im Flur die Schuhe abstreifte, war froh, daß Ida Bergner sie sehen konnte. Sie hatte daran gezweifelt. Daß es sie gab. Daß sie aus Fleisch und Blut bestand. Eine Tatsache war. Jemand. Oder nur jemandes Schatten? Solcherart Zweifel hatte sie oft genug überrannt, wenn sie aus den Schienen ihrer täglichen Verrichtungen ein Stückchen heraussprang. Seit sie aber an Koenigs Tisch gesessen hatte, war die Möglichkeit hinzugekommen, daß sie nichts anderes war als eine von Koenig erfundene Figur, und daß Ida Bergner sie sah, war in diesem Zusammenhang heilsam.

Ida Bergner hatte sich auf die Suche nach *Ljuba* gemacht, weil sie niemanden außer ihr kannte, mit dem sie ein Stündchen über die hellste Aufregung hinweg hätte schweigen mögen. Es gab die Betreuerin im Aussiedlerzentrum, es gab die Eierschecke-Dame in der Nachbarschaft, die Ida Bergner nach wie vor Sinaida Semjonowna nannte und nicht einmal ahnen wollte, warum sie die Sowjetunion, die in den Augen der Dame offenbar weiterhin existierte, verlassen hatte. Wie hätte sie mit diesen Leuten schweigen können! Mit *Ljuba* ging das, diese *Ljuba* forderte nicht sofort ein Entgelt an Worten für den Kontakt, sie war in der Lage, den Mund zu halten und den anderen, wenn er verletzt war, nicht noch mit Wortkaskaden zuzurichten. Lioba erging es ganz ähnlich, es war ihr sehr recht, nicht allein zu sein und dennoch nichts sagen zu müssen. So saßen sie eine ganze Weile, sahen weder aneinander vorbei noch suchte die eine den Blick der anderen. Saßen aufrecht, während um sie herum die Dinge ins Fließen gekommen waren und jede von ihnen genau spürte, daß sie auf einem Inselchen hockte.

◆ ◆ ◆

Koenig, nachdem er sich *offenbart* hatte, war nicht imstande aufzustehen. Als sei nun entwichen, was ihn all die Jahre über zusammen und bei Kräften gehalten hatte, war zu erkennen, wie alt er geworden war. Er hockte noch immer in Marls Zimmer und schien froh, nichts mehr kaschieren zu sollen mit vorgehaltener Rüstigkeit. Nicht einmal die Tatsache, daß er die Putzfrau bald würde abholen müssen, vermochte ihm einzuheizen. Der ratlose Marl überlegte, Koenig ein paar Erklärungen abzuringen, die ihm noch fehlten. Aber Koenig öffnete auch ohne Aufforderung von Marl noch einige Male das Wahnkästchen und holte schillernde Stücke heraus. Zum Beispiel hätte er schon Jahre vorher, nach dem großen Tanz der Verhältnisse, überlegt, auf Reinhard Marl zu bestehen, gemeinsam mit ihm die ihnen zustehende Entschädigung für die langen Haftjahre einzuklagen und sich mit dem Geld irgendwo einzurichten. Da er aber nicht sicher hatte sein können, daß sein Geliebter die Putzfrau akzeptierte, von der er sich niemals mehr trennen würde, und weil andererseits er, Koenig, es im Grunde ablehnte, für das Glück seines Lebens *Wiedergutmachung* zu erfahren (als ginge es um die Beseitigung eines Schadens, was ihn und Reinhard Marl betraf!), hatte er das immer wieder verschoben und die günstige Gelegenheit abgewartet, die es doch geben mußte. Violas Tod zum Beispiel. Oder daß *der Junge*, den er nicht anders als einen Sohn betrachten konnte, ihn annahm als Elternteil. Daß er dann so etwas wie sein Erbe hätte aufteilen können zwischen ihm und der Putzfrau. Aber nichts war geschehen. Reinhard Marl, der doch niemanden mehr hätte fürchten müssen, wenn er sich zu ihm bekannte, schien keinen einzigen Schritt in Koenigs Richtung zu planen. Statt dessen verbriet er das Geld, von dem Koenig sich so ganz andere Dinge erhofft hatte und das doch ihm, dem Geliebten, unzweifelhaft zustand!, mit dieser Viola (*meiner Mutter*, warf Marl leise ein...), und jene Wut, die ihn, Koenig, nun wieder so gewaltig aufschäumte wie nach seiner Entlassung in den fünfziger Jahren, hatte ihn immer öfter daran denken lassen, jemanden in Not zu bringen. Seine eigene Not wegzustechen in einen anderen. Jemanden so zu verletzen, daß er sicher sein konnte, seinen eigenen Schaden in dem seines Opfers überdauern zu lassen. Es hatte Tage gegeben, an denen er kaum an einem Menschen hatte vorbeigehen können, ohne ihm in Gedanken einen Schraubenzieher zwischen die Brüste zu stoßen. Ihm die Luft wegzunehmen mit einem Strick, einem Strumpf der Putzfrau. Ihn mit noch heißem Brot auszustopfen. Kochenden Honig in seine Nasenlöcher zu füllen. Nägel durch die Trommelfelle zu treiben. An solchen Tagen war er dann lieber zu Hause geblieben oder nur in Begleitung der Putzfrau unterwegs gewesen, in deren Arglosigkeit ja auch, wie Koenig glaubte, das Wesen ihrer verstorbenen Mutter umging und ihn bewahrte. Und als dann Marl das zerschnittene Kind an der Tankstelle gefunden und Koenig davon zunächst aus dem Munde Maronas erfahren hatte, da war ihm der Verdacht, er selbst habe das getan, er selbst habe, in Ermangelung eines eigenen, einem wildfremden Kind Kopf und Kragen aufgeschnitten, um seine eigene Wut in ihm unterzubringen und es sich so ganz und gar anzueignen, so siedendheiß über die Haut gelaufen, daß er sich wieder beruhigen konnte: Nein, das hatte er nicht getan. Die Erinnerung an sein früheres Studium der Medizin hatte ihm aber sehr genau vor Augen geführt, wie es vonstatten gegangen sein mußte. Immer, wenn er daran dachte, konnte er jenem Fremden, der das Kind entführt hatte, bis zu jener Stelle sehr genau folgen, da er dem Kind den Hals öffnete. Viel zu hoch hatte er den Schnitt angesetzt und aus einer Position, in der er sich hinter dem Kind befand. Vermutlich hatte er das Mädchen mit dem linken Bein umklammert und an sein rechtes gedrückt, hatte dann den Kopf des Kindes mit der linken Hand, dem linken Arm an sich gerissen und rechtshändig den Schnitt ausgeführt, der dem Kind den Kehlkopf öffnete, statt die Luftröhre zu durchtrennen. Das mußte nicht einmal eine sehr blutige Angelegenheit gewesen sein. Aber dann? Koenig konnte nicht wissen, daß auch Marl jene Szene vor seinem inneren Auge gesehen und versucht hatte, sich den Moment des Innehaltens sehr genau vorzustellen. Die Stille nach dem Schnitt bekam einen scharfen, pfeifenden Unterton in Koenigs Kopf. Etwas mußte geschehen sein, das den Mann innehalten und, da er merkte, daß nicht alles getan war, umkehren ließ. Vielleicht war er Koenig sehr ähnlich, hatte auch er eine aufgeschäumte Wut kaum mehr halten können und war so auf das Kind losgegangen. Es hatte Lederhosen getragen und ein gestreiftes Sporthemd, als hätte es seine Kleidung von einer Reise in die frühen Sechziger mitgebracht. Vielleicht hatte gerade die Kleidung des Kindes den Mann an etwas erinnert, das er nicht bedacht hatte in seiner Erregung und das ihm nun bitter aufstoßen und Entsetzen in ihm auslösen mußte. Darüber zu spekulieren, hatte Koenig wieder und wieder darauf gebracht, daß er kein Kind auf der Welt an- und ausgezogen, für keines von ihnen wirklich gesorgt hatte, als es noch klein war, und wenn ihm das klar wurde, hakte er sich mit besonderer Zärtlichkeit in seine Tochter, die Putzfrau.

Marl wurde übel. Dennoch registrierte er, daß Maronas Langmut ihn faszinierte. An Frieling mußte er denken, an dessen weinerliches Gesicht, wenn er eifersüchtelte. Sich nicht ausreichend berücksichtigt fühlte in dem, was er Marls *Tiefebene* nannte: Dessen Absichten, Vorhaben, Pläne. Dessen Ausblicke und Zukunftswünsche. Dennoch schloß Marl rundweg aus, Frieling könnte sich zurückziehen auf eine Bühne, wo Wahn und Wirklichkeit hinter dem Vorhang derart unzertrennlich das Material für den Kulissenbau abgaben wie eben bei Koenig. Dem er nichts übelnehmen konnte. An dessen Beispiel er fühlte, daß er selbst schon Gastspiele gegeben hatte auf dieser Bühne, und vermutlich nicht erst, nachdem er das Kind hatte auftauchen sehen wie eine Werbung. Manchmal schien ihm, das Verhängnis des Kindes könnte darin bestanden haben, daß es etwas aufgeschnappt hatte. Etwas, das vor Jahrzehnten die Mauern eines ostdeutschen Gefängnisses passiert hatte, so oder so. Marl dachte an einen Ball. Einen

Stein mit Kassiber. Eine durch die Kanalisation fortgetragene Flaschenpost. Er wußte, daß er sich irrte.

Irgendwie hatte Marona Tee zustande gebracht. Marl hatte nicht bemerkt, daß sie das Zimmer verlassen hatte. Nun dampfte es aus er bauchigen Kanne, die Frieling vor ein paar Jahren in einer innerstädtischen Einrichtungsboutique erstanden und Marl für die Praxis geschenkt hatte. Frieling hatte Geschmack. Vermutlich hatte er für Geschirr so viel Geld ausgegeben wie Marl für die komplette Möblierung seines häuslichen Arbeitszimmers. Endlich konnte Marl zärtlich an ihn denken und lächelte, als er Marona, Koenig und sich selbst Tee eingoß. Als Koenig nach Zucker verlangte, sprang Marona noch einmal auf, um die Dose aus der Küche zu holen, nahm aber, wie Marl unterschwellig wahrnahm, Koenigs volle Tasse mit hinaus. Sie kam sofort zurück und stellte den Zucker in die Mitte des Tisches, legte Löffel dazu und rührte in Koenigs Tasse herum, als würde sie ihm den Tee einflößen wollen. Tatsächlich führte sie, da der Alte keine Anstalten machte, etwas zu sich zu nehmen, Löffel für Löffel an Koenigs Lippen, und Marl bemerkte nun die Anstrengung, die unter ihrer Langmut vibrierte. Als er fragte, ob er ihr helfen könnte, lächelte sie wissend: Herr Koenig würde jetzt nicht mehr lange machen, dann müßte man weitersehen. Ob man ihn einweisen könnte. Ihm aufhelfen und nach der Tochter sehen mußte.

Sie hatte Koenig sediert, ihm Faustan aufgelöst, das sie seit Jahren im Wandschrank des Bades aufbewahrte. Marl war außer sich deswegen, wies sie zurecht. Hoffentlich würde das Zeug dem Alten halbwegs bekommen. Koenig schlief nicht, er dämmerte vor sich hin, so daß sie ihn ohne Umstände in

Maronas Zimmer auf den Boden legen konnten. Marona deckte ihn sorgfältig zu, nachdem sie ihn in stablie Seitenlage verbracht hatte. Marls Vorwurf, sie habe sich womöglich vorsätzlicher Körperverletzung schuldig gemacht, konterte sie mit einem kühlen Hinweis auf seine keinesfalls professionellen Ausfälle, als es um das Sorgerecht für das fremde Kind hatte gehen sollen. Seiner Meinung nach. Sein vermeintliches Mandat, erklärte sie, sei nichts anderes gewesen als ein vorsätzlicher Angriff auf Würde und Integrität der ihm nicht bekannten Eltern in Tateinheit mit der Planung eines Kindesentzugs. Ob er das denn vergessen hätte? So hielten sie einander in Schach und bekamen das Denken frei. Marona schlug vor, Marl solle in der Praxis bleiben und Koenigs Erwachen abwarten. Sie würde die Putzfrau abholen, die um diese Zeit immer in einer Bäckerei unweit des Gesundheitsamtes arbeitete. Es würde nicht schwer sein, sie für einen Cafébesuch oder einen Gang ins Spielzeuggeschäft zu interessieren. Ihre Leidenschaft für süßes, klebriges Zeug war Marona hinreichend bekannt. Und vielleicht würde ihr unterwegs einfallen, wie man weiter verfahren könnte. Womöglich sollten sie alle die Nacht in der Praxis verbringen. Koenig in eine Klinik zu verfrachten, schien ihr eher verfehlt. Dann würde man die Tochter gar in einer Sozialeinrichtung schlafen legen. Koenigs doch kaum verheilter Herzbruch bräche dann auf. (*Deine Poesie, Marona, kann einen aber auch erschlagen*, ließ Marl sich hören.) Daß sie recht hatte, war dennoch wahrscheinlich. Er griff zum Hörer und rief Frieling an.

◆ ◆ ◆

Frieling las die die Stellenangebote der letzten Wochenendzeitung. Das hatte er noch nie getan, seit er mit Marl zusammenlebte. Obwohl er keine Lust verspürte, unter irgendjemandes Knute einer halbwegs einträglichen Beschäftigung nachzugehen, ahnte er doch, daß er sich einen Platz außerhalb von Marls *Tiefebene* suchen sollte. Nicht um der Sicherheit willen, die seine Person betraf. Seine größte Sicherheit glaubte er nach wie vor aus der unmittelbaren Nähe zu Marl ziehen zu können. Da Marl ihm aber keine offene Stelle bot, in die er einheilen konnte, würde er ihn verletzen müssen, um ihn zu erreichen. Glaubte er. Wußte aber gleichzeitig, daß Marl mit der offenen Wunde eher wegrennen würde als ihn eindringen zu lassen.

Am liebsten wäre ihm eine Beschäftigung in den frühen Morgenstunden. Marl müßte ohne ihn und seine Frühstücksfürsorge erwachen und sein Fehlen zumindest registrieren. Was er einmal gelernt hatte, Industriekaufmann, konnte ihm nach der langjährigen beruflichen Abstinenz nichts mehr nützen. Wenn er einer qualifizierten Tätigkeit nachgehen wollte, müßte er sich auf eine Umschulung einlassen. Zum Altenpfleger etwa. Ihn schauderte, sich vorzustellen, Tag für Tag zu vorgegebener Stunde mit gepackter Mappe als Schuljunge auftreten zu müssen. Er seufzte und faltete die Zeitung auf den Tisch zurück. Vom Fenster aus konnte er bei klarem Wetter den Fernsehturm sehen.

Frielings Blick, wenn er die Fenster der Wohnung nacheinander benutzte, mußte sie alle zusammenhalten: Die Zeigers, Ida Bergner, Koenig und die Tochter, Marl und Marona in der Kanzlei, Lioba Zeplin, den Schneider und seine Frau. Und selbst die Ausläufer Altlandsbergs, wo Marls Eltern wohnten, blieben in seinem Blick. Aber sie alle ahnten von Frielings Blick nichts, wie auch Frielings Blick nicht ahnte, was er umschloß. So war es eben: Die Klammer, von außen um die Dinge gestülpt wie Frielings Blick, mußte Willkür bleiben. Was von innen aber den Kreis zusammenhielt, der Fliehkraft zuwider, war schwer zu enthüllen, es hielt einfach nicht still und war kaum zu greifen. Die Fäden, an denen Lioba zu zappeln glaubte, klemmten in Koenigs Hand, wie ihr schien. Marl hingegen meinte, nun Koenig führen zu können wie eine Puppe. Koenig selbst war sich seiner Sache ganz sicher, was durchaus nicht angebracht war. Edward Zeiger glaubte seine Frau aus den Fängen einer laufenden und sprechenden Puppe befreit. Walja selbst war davon keineswegs überzeugt, hätte es aber sein dürfen. Viola und Reinhard allein scherten aus, wähnten sich abseits in neuen Sphären. Man hatte Marls Vater eine Einladung zum nächsten Neujahrsempfang des Bundespräsidenten überbracht. Aber Koenig, befürchtete Marl, könnte ihn stolpern und hinschlagen lassen auf dem roten Teppich. Der Damenmaßschneider Zeplin, Herrmann Ingolf, lebte in der Fluchtburg seiner fiktiven Demenz ein manierliches Leben, das ihn gefahrlos dünkte. An Koenig dachte er ebenso häufig wie Reinhard Marl, nämlich selten. Koenig seinerseits hatte keine Möglichkeit, an Ida Bergner zu denken. Ida Bergner aber hatte in Koenigs Gesicht ein Fragment ihrer Jugend wiedergefunden, sie würde den Versicherungsverlauf nun weit von sich weisen und mit ihrer Witwenrente zufrieden sein. *Die Liebe, die Hur* seufzte, wie Frieling vorhin geseufzt hatte, als er die Zeitung zurück auf den Tisch legte. Sie hockte in Frielings Augenwinkel, rechtsaußen, und klagte, weil irgend jemand ihr immer ins Handwerk pfuschte. Die

Mitte des Zirkels hatte es ihr angetan, aber so sehr sie sich auch mühte – der Platz im Zentrum war einfach zu heiß für sie, sie mußte wieder und wieder zurückweichen.

Als das Telefon klingelte, hatte Frieling das Abendessen unter dem Messer, einen gewaltigen Wildlachs, der ihm nun aus den Händen ins Spülbecken rutschte. Marls Stimme verhieß schon bei den ersten Worten nichts Gutes. Zumindest kein gemeinsames Essen. Was folgte, stellte sich Frieling als eine komplette Absage an den gemeinsamen Abend dar. Er war wütend. Hatte zumindest verstanden, daß schwierige Verhältnisse Marl in der Kanzlei zurückhielten. Aber dem Lachs, beschloß er, würden sie dennoch gemeinsam zu Leibe rücken.

◆ ◆ ◆

Es wurde Abend. Ida Bergner schwelgte noch immer im gedoppelten Schweigen, als Lioba endlich eine Flasche Wein öffnete. Den ersten Schluck ließ sie sich aus der Flasche in den Hals laufen, nahm dann zwei Wassergläser aus dem Büffetteil der Schrankwand und rieb sie mit einem trockenen Lappen aus. Während der Wein in das Ida zugedachte Glas lief, fragte diese, an welchem Wochentag das dicke Mädchen aus dem Aussiedlerzentrum ihr zur Hand ginge. Ob Ljuba so freundlich sein und ihr deren Adresse mitteilen könne? Daß man sich nach Stunden der Wortlosigkeit über eine debile Putzfrau unterhalten würde, hätte Lioba nicht vermutet. Andererseits hatte sie selbst die vergangenen Stunden ausdrücklich von Koenig geschwiegen. Wenn nun Ida Bergner nach dessen Tochter fragte, konnte das ebenso ein Indiz für Telepathie wie für eine unbedachte Äußerung sein, die Lioba entglitten sein mochte. Sie wunderte sich, fuhr zurück. Ein guter Schluck Wein verlief im groben Wolläufer aus den siebziger Jahren. Ida Bergner hatte es nicht bemerkt. Offenbar erwartete sie auch keine Antwort mehr von Ljuba, sie sprach nun selbst, und was sie sagte, hielt Lioba davon ab, ihr Glas zum Munde zu führen. Sie sprach, sie erzählte nicht, von einer Wette, die ihr zu ihrer einzigen Tochter verholfen hatte. Offenbar, verstand Lioba, war Sinaida Semjonowna in den ersten Jahren nach dem Krieg als Angehörige der sowjetischen Truppen in Deutschland geblieben, hatte zunächst weiter im Sanitätsdienst gearbeitet, Soldaten gepflegt und gelegentlich deutsche Zivilisten, obwohl es zunehmend anrüchiger geworden war, Kontakte zur Zivilbevölkerung aufzunehmen. Sinaida Semjonowna Partkowa hatte deutsche Frauen entbunden, deren Verzweiflung die neun Monate einer Schwangerschaft überdauern mußte. Als Gebärende kannten sie keine Furcht mehr, wenn sie den *Siegern* deren Kinder in die Lazarettbetten preßten und dann auf und davon gingen. Sinaida, obwohl sie noch nicht viel verstand, hatte ihnen manchmal beim Verschwinden geholfen. Was mit den Kindern geschehen war, wußte sie nicht zu sagen, selbst wenn sie es Ljuba hätte erzählen wollen.

Irgendwann, im Jahr achtundvierzig vielleicht, hatten nächtliche Militärstreifen die jungen Soldaten aus Kneipen und den wenigen Bars gefischt und bestraft, waren Männer, die sich mit deutschen Frauen in Liebe oder anderen Verhältnissen vereinbart hatten, unabhängig von ihrem Rang in der Hierarchie, in die Heimat abkommandiert worden. Bretterzäune hatten fortan die Wohnstädte der *Freunde* vor deutschem Einblick geschützt. Die junge Sinaida Semjonowna war nach dem Einsatz als Sanitäterin wechselnden Beschäftigungen nachgegangen, hatte als Stenotypistin eines in Sachsen amtierenden Schuloffiziers sogar den Geschichtsunterricht in den wieder eröffneten Lehranstalten protokolliert und war später, sie sagte nicht, wie, in die *Abteilung Speziallager* geraten, die dem sowjetischen Innenministerium unterstand. Für das Jahr 1950 hatte man die Übergabe der noch bestehenden Lager an die deutschen Organe beschlossen, und Sinaida Semjonowna hatte sich schon auf die Rückkehr nach Pawlodar gefreut. Zu ihren letzten Aufgaben zählte die Begleitung internierter Frauen aus dem aufzulösenden Lager Sachsenhausen in die sächsische Festung Hoheneck. Das junge Mädchen, das sie immer noch war, hatte sich an die Wechsel von Trost und dessen Abwesenheit beinahe gewöhnt und nannte sich unterdessen eine *robuste Natur*. Die *robuste Natur*, nicht sie selbst, gehörte im Januar des Jahres 1950 zu jener Gruppe Abkommandierter der Sowjetischen Militäradministration, die sächsische Zuchthäuser und Speziallager zu inspizieren und die Einhaltung der zentralen Vorgaben, was die Prozedur der Übergabe betraf, zu kontrollieren hatte. Vorzuzählen. Nachzurechnen. Etwas, was sie gut konnte. Im *Gelben Elend* von Bautzen zum Beispiel glitt ihr buchhalterischer Blick über die Kartons mit den A4-Bögen, von denen ein einziger ausreichte, ein ganzes Männerleben von sowjetischer in deutsche Verwaltung zu überführen. Von den Gefangenen selbst sah sie beinahe nichts. Am Abend vor ihrer Abreise nach Sachsenhausen kam man aber noch einmal mit den verbliebenen Wachmannschaften zusammen. Es wurde ein trunkenes, ausgelassenes Vergnügen, das in manchem an jene Taumelfeiern erinnerte, die nach der deutschen Kapitulation in Berlin ihren Lauf genommen hatten. Schnaps floß reichlich, man hatte sogar die Lagerküche besetzt und russisch, ukrainisch, kirgisisch gekocht. Weit nach Mitternacht hatte einer der Rangoberen schließlich nicht an sich halten können und jene Wette angezettelt, der nach einiger Zeit eine ganze Gruppe von Männern verfiel: Ob es den inhaftierten Arschfickern gelingen würde, sich wahrhaft männlich zu verhalten. Eine Frau zu vögeln. Man holte ein paar Spitzel aus den Schlafsälen und fragte nach den Hartgesottenenen, Eingefleischten. Namen fielen, die Ida Bergner nicht mehr erinnerte. Auch sie hatte viel getrunken damals. Vielleicht dauerte es deshalb so lange, bis sie das Ausmaß ihres eigenen Einsatzes begriff: Sie war die einzige Frau weit und breit, an ihr sollte sich die Wette entscheiden. Als schließlich zwei junge Kerle herbeigeholt wurden, denen der Schlaf noch die Augen verklebte, deren Wachheit sie aber das Schlimmste befürchten ließ, änderte man die Wette in einer Laune. Der Spitzel hatte die beiden als seine *Lieblingshinterlader* vorgestellt, als romantisch verliebtes Paar, dessen wechselseitige Zuneigung sie in einer Art Schutzehe zusammengeführt hatte, die inzwischen von den meisten Gefangenen respektiert wurde. Nicht aber von jenem, der sie nun auslieferte. Es wurde darauf gesetzt, wer von ihnen als erster Sinaida Semjonownas Angriff erliegen würde. Denn einen Angriff erwartete man schon von ihr. Daß er so einfach nicht gelingen würde, war der noch im benebelten Zustand *robusten Natur* aber klar. Die Jungen waren scheu und ängstlich, von denen würde keiner vor all dem Publikum etwas zeigen können. Also erreichte sie, daß sie mit den beiden abziehen konnte, und während die betrunkene Menge unter großem Radau zurückblieb, sollte es in einem abgelegenen Kabuff zur Sache gehen. Sinaida Semjonowna merkte, daß die beiden einander umklammerten und nicht zulassen wollten, daß sie über einen von ihnen herfiel, so daß sie begonnen hatte, die Männer zu bedrohen, so gut es ihre schwere Zunge gestattete. Schließlich hatte der Kräftigere von beiden auf den Geliebten eingeredet, sie hatten geweint, und dann war jener für den Freund, den er wohl sauberhalten wollte, eingesprungen. Noch während er sich in Ida Bergner bewegte, kam sie schlagartig zu sich. Sie konnte eben noch sehen, wie der Schmale, der abseits gestanden und den Kopf zur Wand gedreht hatte, den Freund bei der Hand nahm und sie sich umarmten. Dann wies sie die beiden hinaus, zog sich an. Hielt alles für möglich. Als sie schließlich in den Saal hinüberging, wußte sie nicht, ob sie das Geschehene weitermelden und sich mit den anderen anzeigen sollte. Als sie aber die Tür öffnete und feststellte, daß man die Wette längst vergessen hatte und dazu übergegangen war, ausgelassen zu tanzen und zu singen, beschloß sie, die Angelegenheit auf sich beruhen zu lassen.

Nur drei Wochen später wurden die Frauen aus Sachsenhausen nach Hoheneck verlegt. Es interessierte Ida Bergner nicht, wie es in den Waggons hinter ihrem Dienstabteil zuging. Früheren Vorgesetzten, die sich sehr wohl dafür interessiert und bei der Zentrale in Moskau um die Erlaubnis ersucht hatten, Leute nach Hause schicken zu dürfen, statt sie in geregelter Gleichgültigkeit aushungern zu lassen, war das nicht gut bekommen. Es hatte über die Jahre verschiedene Anläufe gegeben, die Zahl der Gefangenen zu reduzieren. Mal hatte man vorgeschlagen, die älteren der kleinen Blockwarte und NSDAP-Zellenleiter zu entlassen. Die die Lager gefüllt hatten, wußten schließlich selbst, welcherart Beschuldigungen den Grund für Inhaftierungen abgeben konnten. Die Mutigen unter den Verantwortlichen hielten ein Drittel der Internierungen für Fehlentscheidungen, die zu korrigieren waren, auch um sich im Kreise der Alliierten nicht völlig zu kompromittieren. Sinaida Semjonowna hatte es meist geschafft, ihre Kälte zu halten, indem sie sich das Gesicht eines der jungen Rotarmisten vorstellte, denen eine deutsche Granate die Beine abgefetzt oder eine schwarze Höhle in den Bauch geschmort hatte. So ein Gesicht vor Augen, brauchte sie jene anderen nicht wahrzunehmen, von denen sie nun umstellt war und denen nicht nur Parasiten, Typhus und Tuberkulose den Blick demoliert hatten.

Es war Februar, auf dem Berliner Bahnhof Gesundbrunnen drängten sich ausgelassene, kostümierte Menschen. Karnevalszeit. Ihr Zug war als Zuckertransport nach Chemnitz ausgewiesen worden. So stand es auch auf den Waggons. Angesichts der Faschingsgesellschaft da draußen schlug ein Geheul los in den Waggons, die Frauen waren schließlich der letzte Rest der Sachsenhausener Belegschaft und beinahe ohne Furcht. Zu Weihnachten noch hatte es so ausgesehen, als könnten sie alle nach Hause ziehen. Reichliches Essen, Gottesdienste und Weihnachtsfeiern waren ihnen zuletzt als Unterpfand ihrer baldigen Entlassung erschienen. Daß sie nun weiterverschoben wurden, hatte sie wütend und kämpferisch gestimmt. Zwei, drei Dutzend hatten noch Kinder bei sich, die zum großen Teil schon in ihrem Bauch gewesen waren, als sie ins Lager gekommen waren. Für die Kinder hatte es am Ende geweißte Baracken und Milchbrei gegeben, und es waren verwegene, selbstsichere Kerlchen aus ihnen geworden, wenn ihr Temperament sie dazu bestimmt hatte.

Der tobende Zuckerzug konnte nicht unbemerkt bleiben, und wirklich hielten einige der Verkleideten inne und lauschten, sahen ungläubig auf jenes Gleis hinüber. Im Augenblick zwischen dem akustischen Reiz und der Reaktion darauf hatten die meisten jedoch unwillkürlich den Körper zur Flucht angestachelt und bewegten sich schnell auf die Ausgänge ihres Bahnsteiges zu. (Lioba kannte das sehr genau: Wie man, ehe man hätte benennen können, was man sah oder hörte, sich eilig verriegelte.) Ein einsamer Pirat nur, der eben noch angriffslustig seinen Arm mit dem künstlichen Hakenstumpf in die Luft gehalten hatte, nahm sich die Augenbinde ab und ließ die Hand, die sie hielt, so langsam herabsinken, daß Sinaida Semjonowna für den Moment meinte, sie selbst sei es, die erstarre und die Fähigkeit verlöre, Bewegungen wahrzunehmen. Schon richtete sie sich darauf ein, den eingefrorenen Piraten als ihr letztes Bild von der Welt im Gedächtnis behalten zu müssen, da setzte sich der Zug langsam in Bewegung, und als der Tag und die Nacht ihrer Reise vorübergegangen waren, hatte sich ihr Eindruck in sein Gegenteil verwandelt: Sie glaubte sehen und hören zu können, was hinter ihrem Rücken in den Waggons vor sich ging, ohne auch nur einen Laut von dort zu vernehmen.

Sinaida Semjonowna wußte, daß die Kinder in ihrem Rükken nicht mehr lange bei ihren Müttern bleiben würden. Es war vorgesehen, sie bald nach der Ankunft in Hoheneck abzuholen und sie nach Möglichkeit den Angehörigen der Inhaftierten zu übergeben. Und während sie überlegte, ob dies einer Strafe oder einer Wohltat den Kindern gegenüber gleichkam, begann sie, an ein anderes Kind zu denken. Noch einmal rechnete sie die Tage vor und zurück und wußte es plötzlich: Sie würde ein Kind bekommen. Jener Junge, der es gezeugt hatte, würde es niemals kennenlernen.

Und nun, sagte Ida Bergner schließlich, beinahe fünfzig Jahre danach, habe sie ihn getroffen, in einem deutschen Spielzeugladen, mit seiner Tochter. Seinem rechten Ohrläppchen fehlte schon damals ein kleines Stück, und davor, auf der Wange, trug er noch immer den Käfer, einen roten Fleck, an dem ihre Augen sich festhielten, während er tat, was sie verlangt hatte.

◆ ◆ ◆

Die Heckklappe ließ sich schwer öffnen. Frieling besah sich das Auto genauer und stellte fest, daß jemand den Wagen gerammt haben mußte, während er auf dem Parkplatz vor dem Haus gestanden hatte. Die Klappe ins Schloß zurückschlagen zu lassen, konnte bedeuten, daß sie ein zweites Mal gar nicht zu öffnen war. Frieling packte also das Bettzeug, das er im Kofferraum hatte ausbreiten wollen, auf den Rücksitz, ehe er die Klappe einrasten ließ. Aus der Wohnung brachte er dann den Fisch, den er mit viel Gemüse in einer Folie gegart hatte und ihn nun, in eine Glasform gelegt, zwischen die Decken und Kissen packte. Er würde noch heiß sein, wenn er in der Kanzlei ankam. Den Safranreis und die heiße Dillsoße verstaute er ebenso, holte zum Ende noch die beiden Weinflaschen aus dem Kühlschrank und warf den Wagen an. In der Kanzlei reagierte zunächst niemand auf sein Klingeln. Marl hatte ihm einige Male vergeblich angeboten, sich einen Schlüssel nachmachen zu lassen. Nun mußte er doch bedauern, daß er keinen besaß. Das Essen befand sich zum Glück noch im Auto, das er in der Tiefgarage abgestellt hatte.

Frieling setzte sich auf den Fußabtreter und lehnte Kopf und Rücken gegen die Tür, schon wieder ein wenig weinerlich, weil Marl sich nicht da aufhielt, wo er ihn vermutet hatte. Es dauerte lange, bis er Maronas Lachen wahrnahm. Es näherte sich aus der Richtung des Fahrstuhls, der sich eben schloß und weiter hinaufstieg. Wem Maronas Lachen galt, konnte er nicht gleich feststellen, nahm nur die plumpe Kontur der Gestalt an ihrer Seite wahr. Die Person lachte keineswegs, erwiderte auch Maronas Erzählen nicht. Kein Ton der Zustimmung, kein ablehnendes Räuspern war zu hören. Als ginge ein Sack an Maronas Seite, nur dazu da, den Schall zu verschlukken, der aus ihrem Mund quoll. Erst als die beiden die Tür beinahe erreicht hatten, erkannte er die Putzfrau, die in Marls Kanzlei für Ordnung sorgte. Es wunderte ihn ein wenig, daß sie so ernst und mit zusammengekniffenen Lippen auf ihn zukam. Marona hatte gelegentlich einen kindisch anmutenden Frohsinn erwähnt, der von ihr ausginge.

Erleichtert sprang Frieling auf und fragte nach Marl. Er müsse in der Kanzlei sein, gemeinsam mit Koenig. Die Putzfrau nickte ihre erwartungsvolle Zustimmung in Maronas Gesicht hinauf. Nacheinander betraten sie die Kanzlei und fanden tatsächlich Marl und Koenig beieinander, nur schliefen sie fest und hatten Frielings Klingeln offenbar überhört. Auch jetzt bewegten sie sich nicht, reagierten weder auf das Licht, das Marona anknipste, noch auf das Klappern ihrer Absätze auf dem Fußboden. Frieling wußte, daß Marl sich zuweilen mit einer Art Schlaf plombierte, in dem ihn niemand erreichte. In dem er nicht außer sich war, sondern in sich selbst ertrunken schien. Frieling maulte, fuhr dann aber doch zur Tiefgarage hinunter, um das Essen aus dem Auto zu holen. Als Marona ihn mit dem Bettzeug zurückkehren sah, glaubte sie, ihn falsch verstanden zu haben vorhin und mühte sich ein bißchen, den Appetit zu zähmen. Aber Frieling warf das Bettzeug nicht einfach auf den Boden, wie sie erwartet hatte, sondern deponierte es umsichtig auf ihrem sehr ordentlichen Schreibtisch, entfaltete die bezogene Steppdecke, hob das dicke Kopfkissen fort und präsentierte den Wildlachs, der noch heiß und frisch war. Er bat Marona, für alle den Tisch zu decken, während er Reis und Wein aus dem Auto holte. Ehe er ein zweites Mal verschwand, verpackte er den Fisch noch einmal sorgfältig in der Thermohülle. Frau Koenig mochte keinen Fisch, verzog darum angewidert den Mund, hatte aber begriffen, daß ihr Vater sehr fest schlief und nicht zur Verfügung stand. So holte sie eine Packung Cremewaffeln aus ihrer Anoraktasche an der Garderobe und und begann grantig, sich abzufüttern. Forderte etwas zu trinken von Marona, der es aber gelang, sie auf einen Tee in wenigen Minuten zu vertrösten. Wenn sie alle am Tisch sitzen würden. Wenn Marl und Herr Koenig sich aufgerafft haben würden, um mit ihnen gemeinsam den wunderbaren Fisch zu verspeisen. Und anzustoßen auf Frau Koenig, die tüchtige Putzfrau. Die sich aber jetzt wirklich nicht zu voll fressen dürfe, wenn sie nachher noch mithalten wolle! Wollte sie aber nicht, sondern leerte die Schachtel Stück um Stück und näherte sich so einem jener gewaltigen Rülpser, die Marona nicht gerade liebte, weil sie einen deutlichen Geruch hatten.

Frieling kam mit einer zweiten Bettzeugpackung und einem Rucksack über der Schulter zurück, in dem er den Wein transportierte. Marona stellte die Flaschen in den Kühlschrank, obwohl sich das eigentlich nicht mehr recht lohnte, denn Teller und Bestecke lagen schon auf dem Tisch. Marona hatte aber keine passenden Gläser finden können und deswegen die Whiskybecher aus dem Schrank genommen. Frieling hatte eine Ahnung, wie er Marl entsiegeln und zu ihm unter den Schlaf schlüpfen konnte, um letzteren abzuschütteln, wartete aber einen unbeobachteten Moment ab, um es zu versuchen. Es gelang, und als sie ein paar Minuten darauf gemeinsam am Tisch saßen, fehlte nur Herr Koenig, den zu wecken Marona für zwecklos, Frau Koenig aber für unabdingbar hielt. Also begann sie zu plärren und schaffte es, daß ihr alter Herr nach wenigen Momenten des Sichzurechtfindens an den Tisch kam. Langsam, obwohl der Geruch des Fisches sie nach wie vor anwiderte, begann die Putzfrau Gefallen an der Versammlung zu finden. Auf Marona hatte sie beinahe verstört gewirkt, als an Stelle des erwarteten Vaters die Sekretärin des Anwalts in der Bäckerei aufgetaucht war, um sie abzuholen. Noch mehr hatte es Marona überrascht, daß die nervöse Erregung auch nach den Einladungen ins Eiscafé und zum Barbiekauf nicht abnehmen wollte. So war sie ziellos, plappernd um Aufheiterung bemüht, mit der Putzfrau durch die Ladenpassage gezogen und hatte es nicht geschafft, sie ein wenig zutraulicher zu stimmen. Dennoch war sie Marona umstandslos gefolgt. Daß sie nun endlich aufzutauen begann und in Koenigs Nähe wieder arglos lächeln konnte, verhalf auch den Tischnachbarn zu vorläufiger Gelöstheit. Marl küßte Frieling vor allen anderen auf den Mund und dankte ihm überschwenglich für seine Kocherei. Dann hob er die obere Hälfte des Fisches von der Mittelgräte und schaffte es, sie im Ganzen umzukippen. Frielings Safranreis war eine köstliche Angelegenheit, und als Marona endlich an den Wein dachte und ihn in die Whiskybecher goß, dabei auch die Putzfrau mit einem kleinen Schluck bedachte, hätte man meinen können, eine Gesellschaft langjähriger Freunde vor sich zu haben, die zusammengekommen waren, einen der Ihren zu feiern. Allein Koenigs Ungeduld, wenn er Marl zu fixieren versuchte, paßte nicht ganz dazu.

Da Frieling nun anwesend war, verabschiedete sich Marona nach dem Essen, um nach Hause zu gehen. Koenig und die Putzfrau hätten sich ihr anschließen können, aber die Idee, sich aus der Nähe seines *angenommenen* Sohnes zu verabschieden, kaum, daß er sich ihm zu erkennen gegeben hatte, blieb aus. Marl staunte, wie schnell seine Besorgnis, der Alte würde demnächst vollständig entgleisen, in Anwesenheit der Putzfrau entschwinden konnte, ohne sich aufzulösen. Sie hatte Koenig im Griff. Konnte ihn auf- oder zuknöpfen wie einen Mantel, ihn anziehen, ablegen und über die Stuhllehne hängen. Aber es schien nicht Belieben, wonach sie verfuhr. Es war eine Art des Umgangs, der beiden Verläßlichkeit sicherte und Marl überraschte. Nur: Etwas zu sagen, wollte keinem von ihnen jetzt mehr einfallen. Daß sie nicht auseinanderlaufen würden, schien abgemacht. Also packte Frieling das mitgebrachte Bettzeug für Marl und sich selbst neben Maronas Schreibtisch und baute aus den Sofapolstern in Marls Zimmer eine Schlafstatt für die Koenigs. Im Auto, und nun lief er ein drittes Mal hinab in die Tiefgarage, lagen wie stets die beiden unentbehrlichen Daunenschlafsäcke, mit denen sie manchmal am Wochenende unterwegs waren. Herr und Frau Koenig würden warm und sicher über die Nacht kommen.

◆ ◆ ◆

Ja, sie wurde verfolgt. Von Häftlingen, Lehrern, Putzfrauen, Denunzianten, Kindern und nun auch noch von einer wildfremden Frau aus Kasachstan, die sich in ihrem Kopf einquartiert hatte, um die zarten Nußhälften ihres Gehirns breitzutreten mit ihrem Gewicht. Lioba staunte nicht mehr. Jetzt wurde ihr klar, daß ihr Leben von allem Anfang an ein abgekartetes Spiel gewesen war, das jemand mit ihr geführt hatte, um sich kurz vor dem Ende an ihrem jämmerlichen Zusammenbruch zu weiden. Sie wollte das weder länger anhören noch glauben müssen, alles habe sich so zugetragen, wie es nun vor ihr lag. *Die Liebe, die Hur* bestätigte Liobas Eingebung, indem sie sie dazu verleitete, der unbewegt dasitzenden Ida Bergner um den Hals zu fallen und sie ausdauernd zu küssen. Es sollte ein Abschied sein, denn Lioba bewegte sich nun ohne Umschweife auf die Balkontür zu, öffnete sie, bestieg über einen Klappstuhl die Brüstung und ließ sich kopfüber in die Tiefe fallen. Nein, sie nahm federnd Schwung, während sie noch stand, und stieß sich vom Betonriegel wie von einem Startblock ab. Es war ein makelloser Sprung. Wer ihn beobachtete, hatte das Gefühl, einer trainierten Athletin beim Wettkampfstart zuzuschauen. Nur, daß eine unendliche Ausdauerstrecke vor Lioba lag, mochte dazu nicht passen. Vor Ausdaueretappen gab es gewöhnlich Massenstarts, und es kam nicht darauf an, sich mit einem weiten und eleganten Startsprung einen kleinen Vorteil zu verschaffen. Lioba schloß die Augen und sah das Kind, *die kleine Janina*, die ihr in diesem Moment so ähnlich schien, daß sie glauben wollte, sie selbst sei es gewesen, die da mit zerschnittener Kehle von einem Mann namens Marl aus der Sommerhitze genommen worden war. Mit *der kleinen Janina* hatte es angefangen, daß die Dinge ihre Kehrseite zurückbekamen, und während Lioba auf den Boden zustürzte, konnte sie es erkennen: Sie sah ihren Vater, wie er dem Kind, das sie war, den Hals öffnete, ihm das scharfe Taschenmesserchen, das er zum Pilzesuchen stets bei sich trug in der dafür üblichen Jahreszeit, seitlich in den noch kaum der Unfühlbarkeit entwachsenen Kehlkopf stieß, daß die Klinge auf der anderen Seite wieder austreten mußte, nicht ohne einen starken Fluß Blut hervorzurufen, der schließlich über das nach hinten gedrückte Gesicht des Kindes ins kniehohe Gras lief. Daß er es nicht getan hatte, verlor alle Bedeutung angesichts der Ruhe, die vor ihr lag. Für die sie ihm dankte. Die er ihr endlich geschenkt hatte. Mehr konnte ein Vater nicht tun. Lioba atmete, sah in einer unermeßlichen Verzögerung die Balkons unter dem ihren an sich vorbeigleiten. Sie lächelte, weil nun die Pflanzen verkehrtherum aus den Blumenkästen wuchsen und jeden Moment herausfallen mußten. Daß sie sich irrte, merkte sie zwar, überlegte aber doch, die Geranien zu einem gestreckten Salto aus den Kästen zu überreden, um ihr zu folgen. Sie womöglich zu überholen. Dann könnte sie inmitten der Blumen liegen, obenauf. Sie wußte, daß sie nicht genug Geschmack besaß, das Arrangement vorteilhaft aussehen zu lassen. Außerdem hatte sie niemals Glück gehabt mit ihren eigenen Pflanzen. Über die Jahre hatte sie hin und wieder versucht, ein paar Tagetes und Astörtchen aufzupäppeln, aber unter ihrer Hand waren nach einigen Wochen nur verlauste, klebrige Strünke übriggeblieben. Die Pflanzenwelt konnte also kein Interesse daran haben, ihr einen üppigen, theatralischen Abgang zu verschaffen. Der ohnehin nicht zu ihr paßte. Was für ein Glück. Lioba dachte an den frischen Kakao, der in ihrem Schrank auf Frau Koenig wartete. Sie öffnete den

Mund, um es Ida Bergner dort oben noch einmal einzuschärfen: Frau Koenig war ein besonderer Gast, da mußte man aufpassen!, aber sie würde es nicht mehr zuwege bringen, ihre Stimme hinaufzuschicken. Lioba fiel und war glücklich, sie fand es nun schade, daß sie erst jetzt eine Vorstellung davon bekam, wie das Glück sich anfühlte, wenn es sich in ihrem Inneren auftat. Wenn es nicht nur eine außerhalb ihrer Haut befindliche, günstige Konstellation der Umstände bedeutete. Nichts war hier *günstig*, und sie war glücklich. Froh, daß sie den Absprung geschafft hatte. Die Lücke, die sie hinterließ, würde den anderen bessere Möglichkeiten eröffnen, davonzukommen. Wenn es ihrem Vater auch nicht einfallen würde, das zu begreifen: Sie hatte ihn endlich ausgelöst aus der Haft, die das Wort *Vati* für ihn bedeutete. Sie würde ihm auch nicht mehr sagen müssen, daß sie Herrn Koenig kennengelernt hatte. Daß sie wußte, welche Fortsetzung diese Jugendfreundschaft genommen hatte. Und auch für Koenig und dessen Ziehtochter würde es besser sein, daß es keine Lioba mehr gab, die ihn zur Strecke bringen mußte, um ihm zu entkommen. Es fühlte sich gut an, auf nichts mehr hoffen zu müssen.

◆ ◆ ◆

Sinaida Semjonowna verhandelte einige Zeit mit ihrer Enkeltochter, wer von ihnen als erste nachschauen sollte, wie es in Konstantinowka aussah. Walja Zeigers Wunsch, noch vor ihr aufzubrechen, hatte sie überrascht. Auch Edward war nicht gefaßt gewesen darauf, so daß er Zeit brauchte, sich mit dem Heimweh seiner Frau auseinanderzusetzen. Walja erzählte ihm, daß sie die kleine Gertaud unbedingt kennenlernen müsse. Den Fotos nach zu urteilen, sei das Kind ihm, Edward, *ganz aus dem Gesicht geschnitten.* Außerdem fühle sie die Pflicht, ihrer Schwägerin beizustehen, wo sie doch hierzulande niemand mehr würde gebrauchen können. Sie käme, sagte sie Edward, natürlich zurück. Gar keine Frage. Als die Großmutter den *Kindern* vom Tode ihrer Freundin Ljuba erzählt hatte, war Walja abgekommen von ihrem Wunsch, die erste zu sein.

Sinaida Semjonowna kaufte sich eine Fahrkarte. Sie hatte genug gesehen. Sie hatte gelernt, den Vater ihrer Tochter beim Namen zu nennen. Natürlich hatte Herr Koenig keine Ahnung davon. Daß auch Ljuba eines von Koenigs Kindern gewesen war, wußte wiederum Sinaida Semjonowna nicht. Sie hätte sich sonst womöglich nicht mehr gewundert über die mütterlichen Gefühle, die sie ihr entgegengebracht hatte. Und auch darüber nicht, daß Ljubas Sprung über die Brüstung sie ebensowenig erschüttert hatte wie einst Daghiras Ableben in der Küche ihres Hauses in Konstantinowka. Sinaida Semjonowna hatte das Hinnehmen gut gelernt. Sie packte ihre Wäsche in den Koffer, nahm das Spitzendeckchen vom runden Tisch und legte es obenauf, über das Album, in das sie die Fotos ihrer Familie eingeklebt hatte. Inzwischen konnte sie anstandslos Fahrkarten kaufen und das Visum besorgen. Den Paß, der sie als deutsche Staatsbürgerin auswies, zeigte sie mit großer Selbstverständlichkeit vor. Es war gut, daß Walja auf den Boden der Tatsachen zurückgekehrt war. Sinaida Semjonowna vertraute darauf, daß die Kinder würden Fuß fassen können in Deutschland.

Ihre Fahrt über die Grenzen, durch Polen hindurch auf Moskau zu, von wo aus sie ein Flugzeug nach Almaty zu nehmen gedachte, erinnerte sie an den Tag ihrer Ankunft vor einigen Jahren, der gleichzeitig der Todestag ihres Mannes gewesen war. Damals hatte sie beobachten können, wie die Zukunft, in die sie unterwegs war, die Landschaft veränderte: Immer fremder waren die Bahnhöfe, die Dörfer und Städte, selbst die Gerüche geworden, als sich der Zug der deutschen Grenze genähert hatte. Nun, da sie in die Vergangenheit zurückfuhr, kehrte sich alles um, und das zunehmende Gefühl der Vertrautheit, in die sie hineinglitt, beruhigte sie. Seit sie wußte, daß sie es tun mußte, war sie noch einige Male bei Woldemar gewesen, war zu Fuß an der Wuhle entlang auf den Friedhof zugewandert und hatte sich überlegt, wie sie dem Mann ihren Abschied schmackhaft machen konnte. Zu ihrer Freude machte Woldemar keinerlei Anstalten, sie zu verfolgen. Sie würde nie mehr zurückkehren. Gar keine Frage.

◆ ◆ ◆

Marl, da er nun eine Vorstellung davon besaß, wie ihm geschah, fügte sich der Situation mit Pragmatismus. Daß er Lioba nicht mehr hatte kennenlernen müssen, erleichterte ihn. Ihr Tod hatte Koenig, mit dem er sich in größeren Abständen traf, die Worte ausgehen lassen. Koenig zog ohne Widerstreben in ein Seniorenstift, in das Marl ihn einkaufte. Mit Reinhards Hilfe und den Unterlagen, die der Verstummte in seinem Schreibtisch aufbewahrt hatte, war ein Antrag auf Haftentschädigung zustande gekommen. Sollte er noch zu Lebzeiten Koenigs positiv entschieden werden, konnte das Geld der Putzfrau zugute kommen, die von allem genug begriffen hatte, um der Vergangenheit nachzutrauern. Marona Birnenbaum ließ sich zu ihrer Vormünderin bestellen und nahm sie zu sich. Warum, wußte sie nicht zu sagen. Aus ähnlichen Gründen vielleicht, die sie dazu brachten, gelegentlich Reinhard, Viola und die vor den Fenstern des Wohnzimmers flatternden Gardinen in Altlandsberg zu besuchen. *Rundum gelungen*, lobte Viola das Werk.

Mit der Putzfrau im Schlepptau fiel es Marona schwer, jemanden zu finden, der auch ein zweites, drittes, viertes Mal mit ihr frühstücken wollte. Andererseits hatte sie nun einen externen Prüfstein für die Art männlicher Werbung, die ihr, sie mußte es zugeben nach ihren letzten Erfahrungen, nicht leicht bestimmbar schien.

Über ihren Sohn redeten Marls Eltern mit Marona nicht. Eher schon über Frieling, der Viola zunehmend für sich einzunehmen verstand. Unter der Hand geriet er ihr so sehr zum Schwiegersohn, daß sie an Marl wie an eine Tochter zu denken begann. Einmal, als sie zu viert in der neuen Küche über Kaffee und Apfelplunder saßen, bat sie ihren Sohn, die Sahne aus dem Kühlschrank zu nehmen. *Marla*, sagte sie, *du sitzt ja so günstig.* In jenem Moment erst fiel Frieling auf, daß sein Mann seit Monaten nicht beim Friseur gewesen sein konnte.

Marl, der nun wußte, daß ein Kind für Frieling und ihn außerhalb des Möglichen lag, und der deshalb keinen Besitzanspruch mehr fühlte, dachte noch oft an *die kleine Janina*. Sie brauchte ihn nicht. Konnte ihn nicht gebrauchen. Manchmal dankte er ihr im stillen dafür, daß sie von außen für einen Moment, in dem sie selbst nichts anderes hatte tun können als um Luft zu ringen, in seinen Kreis geprungen war. Sie gehörte dazu, und es war gut, daß sie davon nichts ahnte. Marl versuchte, mit jener jungen Beamtin Kontakt aufzunehmen, deren unvorsichtiger Bemerkung er einst hatte entnehmen können, in welcher Klinik das Kind behandelt wurde. Er wollte herausbekommen, ob man den Täter hatte ermitteln können. Nach jenem gigantischen medialen Aufgebot während der Zeit der Entführung und der ersten ein, zwei Wochen nach dem Wiederauftauchen des Mädchens hatte man in den Zeitungen nie wieder etwas über den Fall lesen können. Marl vermutete, daß das Verbrechen eine dicke Akte im Regal der ungelösten Fälle abgab. Seine Nachfragen bewirkten auch dann keine Auskunft, als er die Beamtin ausfindig gemacht und seine Bitte mit seiner persönlichen Beteiligung an der Geschichte und einem Hinweis auf seinen beruflichen Hintergrund begründet hatte – die Frau schwieg, und Marl war klar, daß sie mehr als einen triftigen Grund dafür hatte.

Frieling fühlte sich nicht länger genötigt, sich nach einer passenden Beschäftigung umzuschauen. Seine Rolle als Hausmann gab ihm den Rahmen, in dem er sich am liebsten zeigte. Daß er sich in steigendem Maße Viola zuwandte, belustigte Marl. Während er in der Kanzlei saß, fuhr Frieling nun immer öfter nach Altlandsberg, um mit Marls Mutter zu kochen und zu backen. Was er dabei lernte, half ihm, seinem Liebsten zu Hause Kindheitsgerüche zu installieren. Marl schien das nicht zu bemerken, jedenfalls verlor er kein Wort, das auf etwas anderes hätte hindeuten können. Wie er sich aber nach den Mahlzeiten dehnte und streckte, wohlig seufzend die Serviette auf den Teller knüllte und nach dem Koch als dem Vertrautesten griff, das es in seiner Umgebung nur geben konnte, nahm Frieling als ein Zeichen dafür, daß Marl zu sich gekommen war mit seiner und Violas Hilfe. *Die Liebe, die Hur* hatte übrigens ihren Spaß an Frielings Inszenierungen und war peinlich darauf bedacht, keine Unruhe mehr zu stiften.

Marl zog es selten zu den Eltern. Seit sein Vater in den Vorstand eines der Opfervereine gewählt worden war, wartete Viola – und sie wußte, daß sie hierin nicht die einzige war – auf das Ableben des derzeitigen Vorsitzenden. Ihrem Sohn erzählte sie, daß es ihr großer Wunsch sei, seinen Vater einmal im Fernsehen sehen zu können, wie er beim Neujahrsempfang des Bundespräsidenten in der Schlange der Eingeladenen auf einen Händedruck wartete. Das hätten sie doch verdient. Der Vorsitzende würde alle Jahre wieder dorthin bestellt, sein Abtreten erst würde einem der anderen den Weg freimachen. Nach ihrer Meinung sah man in Reinhard schon deshalb den aussichtsreichsten Nachfolgekandidaten, weil er der jüngste in der Runde der Vorstandsmitglieder war.

Marl schreckte davor zurück, sich die Beziehung seiner Eltern vorzustellen. Er war froh, daß sie einander hatten und vorerst nicht alle Tage auf ihn angewiesen waren. Die Zeit ihrer Gebrechlichkeit aber würde kommen, und Marl setzte sein Hoffen auch in diesem Fall ganz auf Frieling. Wenn Reinhard einmal nicht mehr in der Lage sein sollte, seine Ausscheidungen zu kontrollieren, so fürchtete Marl nicht etwa den Gestank der vollgeschissenen Greisenwindeln, sondern deren völlige Geruchlosigkeit. Daran hatte sich nichts geändert. Marl wollte vermeiden, seinem Vater unrecht zu tun. Manchmal glaubte er, Reinhard habe ihn sorgfältig geplant als ein falsches Alibi. Dann wieder rührte es ihn, sich Reinhards Tränen zu erinnern, als er von seiner frühen Liebe zu Koenig gesprochen hatte. Es dauerte einige Zeit, und es bedurfte Marona Birnenbaums Zuspruch, bis Marl anerkennen wollte, daß er geboren worden war und daß es, zumindest für diese Tatsache, völlig unerheblich war, ob seine Eltern einander geliebt hatten. Es war sein Glück, daß Reinhard Marl es fertiggebracht hatte, seinen Schwanz in eine Frau hineinzustecken. Ebenso war es sein Glück, daß die Frau das Kind angenommen, vielleicht sogar gewollt hatte. So genau mochte er das nicht wissen. Manchmal glaubte er sogar zu spüren, daß ihn das nichts anging. An solchen Tagen fragte er Marona meist, wann sie wieder einmal nach Altlandsberg hinüberzufahren gedachte. Er gab ihr dann Geld mit und hatte nicht das Gefühl, sich freikaufen zu wollen. Vielmehr wußte er, daß Geld seine Eltern in der Tat am meisten erfreute. Und es war ihm angenehmer, Marona damit zu beauftragen. Frieling sollte sich, wünschte Marl, ganz auf den emotionalen Part konzentrieren.

Als er später einmal, in der Schlange an der Kasse eines Supermarktes in einem südlichen Berliner Vorort, ein Kind dabei beobachtete, wie es unmittelbar vor ihm eine Packung Weichkaramellen bezahlte, fühlte er den undeutlichen Nachhall einer Erinnerung, die ihn unruhig machte.

◆ ◆ ◆

Die Liebe, die Hur hockte mit Stift und Papier vor dem Abakus, um ihre Bilanz zu prüfen. Sie wußte, daß Ida Bergner den *Stschoty* nicht etwa vergessen hatte, als sie ohne ihn nach Kasachstan aufgebrochen war. Er sollte Walja und Edward noch eine Weile weismachen, sie käme zurück. Tatsächlich waren die beiden auch dann nicht beunruhigt, als Walja merkte, daß die Großmutter die Fotoalben mitgenommen hatte. Der Tag ihrer Abreise lag nun schon über drei Wochen zurück, sie hatten zwei Briefe aus Konstantinowka bekommen und ein Foto, das die Großmutter zeigte, wie sie die kleine Gertraud auf dem Schoß hielt. Beide lachten in die Kamera, und Edward sah sofort, daß auch die blinden Augen des Kindes lachten. Er hatte das nicht erwartet, es überraschte ihn und ließ ihn glauben, Ida habe das Wunder vollbracht. Das war nicht ganz falsch, aber *die Liebe, die Hur* hatte selbst Hand angelegt. Als Ida Bergner das Mädchen für zwei Tage versorgte, während seine Eltern in der Rayonhauptstadt nach einem Heimplatz suchten, hatte sie die Herzspitzen der beiden kurz aneinanderlegt. Ida selbst hatte das nicht bemerkt, sich nur gefragt, wo die plötzliche Erinnerung an eine heimliche Betstunde in den ersten Jahren ihrer Ehe mit Woldemar hergekommen sein mochte. Als Gertrauds Eltern zurückkehrten, schwer beladen mit der Aussicht auf einen Platz im Taubstummenheim, bemerkte Ida, was mit ihr passiert war. Sie hatte sich in ein Kind verliebt, dem sie niemals würde in die Augen schauen können.

Nach drei weiteren Wochen erhielten die Zeigers noch einen Brief, in dem die Großmutter um Verständnis dafür bat, in Konstantinowka bleiben zu wollen. Bei ihren Söhnen habe sie freundliche Aufnahme gefunden und sich entschlossen, Edwards Nichte zu sich zu nehmen. Wenn das Mädchen erst einmal ein paar Jahre Gelegenheit hätte, sich in der Welt zurechtzufinden, und wenn außerdem die Eltern des Kindes sich nicht entschließen müßten, es ganz fortzugeben, so wäre allen am besten geholfen, und sie hätte auf ihre alten Tage noch eine schöne Aufgabe. Was sie über Gertraud schrieb, ließ Walja vermuten, Ida sei blind vor Liebe. Das passe ja dann ganz gut, ließ sich Edward vernehmen.

Die Liebe, die Hur zog einen Strich unter die Rechnung.

Kathrin Schmidt
Die Gunnar-Lennefsen-Expedition

Roman
Gebunden

Die junge Josepha Schlupfburg, Druckerin in einer thüringischen Klcinstadt im Jahre 1976, ist schwanger. Das Kind, das sie erwartet, wird unehelich sein. Josepha, durch die körperliche Veränderung in einen träumerischen Zustand versetzt, möchte für ihr Kind eine Geschichte haben. Und so begibt sie sich mit Therese, der Urgroßmutter, mit der sie zusammenlebt, auf die elf Etappen der »Gunnar-Lennefsen-Expedition«, um sich an ihre Sippe zu erinnern ...

»Barocke Fülle ... ein archaisches Buch.«
Sigrid Löffler im Literarischen Quartett

»Gewaltig ist das epische Urvertrauen, das diesen Roman trägt, als wäre es Milch und Honig.«
Süddeutsche Zeitung

»Von einer kolossalen Farbigkeit der Darstellung.«
Der Spiegel

»Ein in der deutschen Gegenwartsliteratur noch nicht gehörter Ton ... kostbar und von großer Anschaulichkeit.«
Die Zeit

www.kiwi-koeln.de VERLAG KIEPENHEUER & WITSCH

Kathrin Schmidt
GO-IN DER BELLADONNEN

Gedichte
Gebunden

Geschichte und Geschlecht, Körper und die Codes unserer Erfahrung, ein Blick, der die Sprache zum »fremdwörterhaus« werden lässt, die »kleinhausordnung« der Kindheit; Das sind Themen, um die das Schreiben von Kathrin Schmidt kreist, nicht nur in ihrer Lyrik, aber dort werden die Modelle zunächst erprobt, mit Lakonie, Frechheit, Intellekt, aber auch nicht ohne Melancholie.

www.kiwi-koeln.de VERLAG KIEPENHEUER & WITSCH